魯迅 루쉰전집

16

루쉰전집 16권 서신 4

초판 1쇄 발행 _ 2018년 4월 15일
지은이 · 루쉰 | 옮긴이 · 루쉰전집번역위원회(천진)

펴낸이 · 유재건 | 펴낸곳 · (주)그린비출판사 | 신고번호 · 제2017-000094호
주소 · 서울시 마포구 와우산로 180, 4층 | 전화 · 702-2717 | 팩스 · 703-0272

ISBN 978-89-7682-289-5 04820 978-89-7682-222-2(세트)
이 도서의 국립중앙도서관 출판시도서목록(CIP)은 서지정보유통지원시스템 홈페이지(http://seoji.nl.go.kr/ecip)와 국가자료공동목록시스템(http://nl.go.kr/kolisnet)에서 이용하실 수 있습니다.(CIP 제어번호: CIP2018011481)

루쉰(魯迅). 1936년 10월 2일 상하이 다루신춘 자택 응접실에서.

1936년 10월 18일 아침 루쉰이 우치야마 간조에게 쓴 마지막 편지.

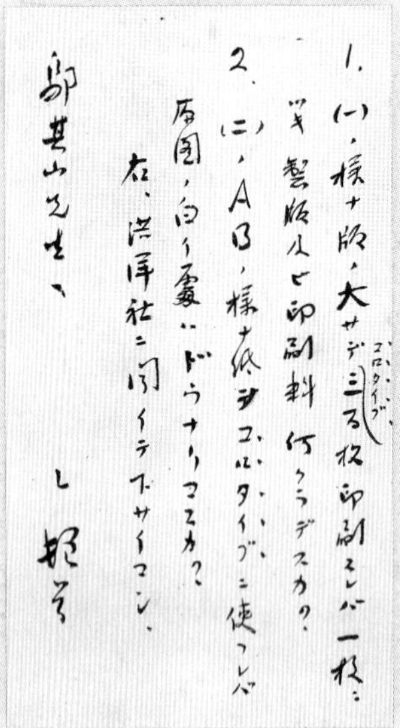

1933년 12월 우치야마 간조에게 보낸 일본어 편지.

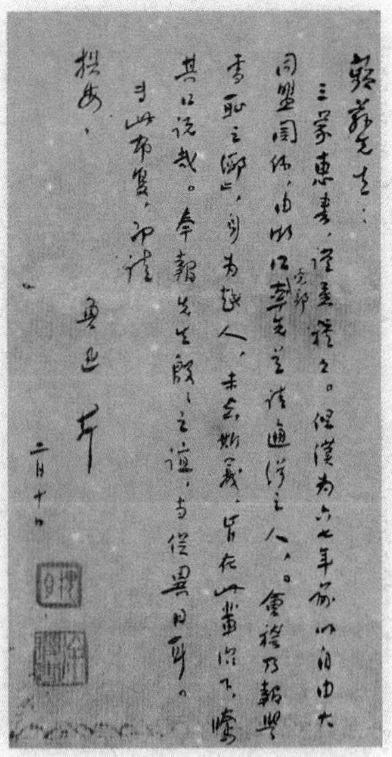

1936년 2월 10일 황핑쑨(黃苹蓀)에게 보낸 편지.

마스다 와타루(増田涉).

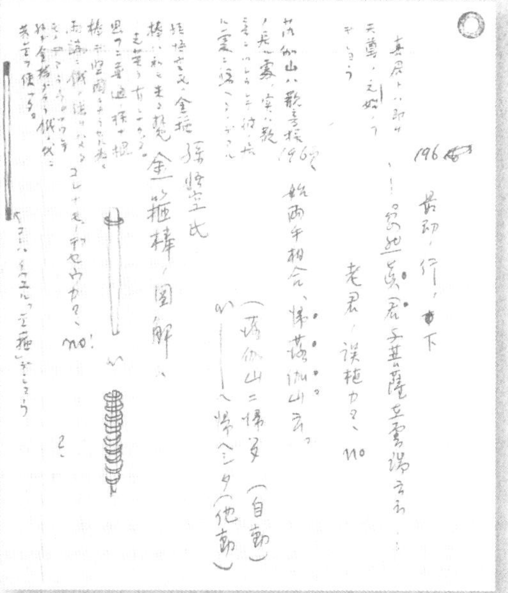

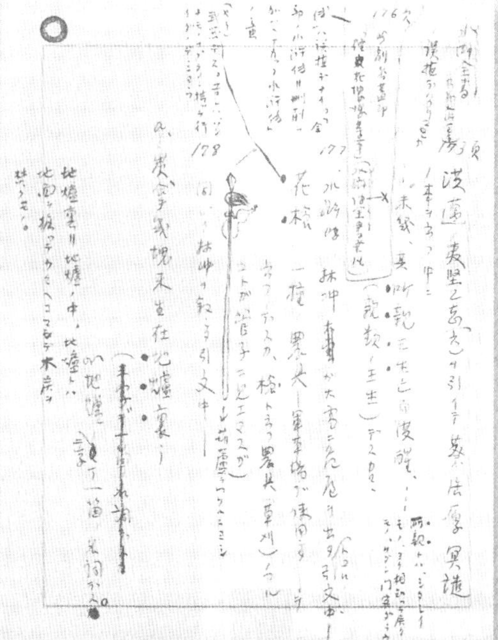

마스다 와타루에게 보낸 루쉰의 편지들. 『중국소설사략』 번역을 위해 마스다가 질문을 하면 루쉰이 그림을 그려 가며 답하는 형식이다.

류셴(劉峴)의 「감찰이 없으면 어디에도 간다」(沒有照會哪裏行). 류셴은 목판화가로 당시 상하이 신화예술전문학교 학생이었으며 무명목각사의 성원이었다.

『소련판화집』. 자오자비 편. 소련판화전람회에 출품한 작품 180여 폭을 수록하였다. 1936년 7월 량유도서인쇄공사 출판.

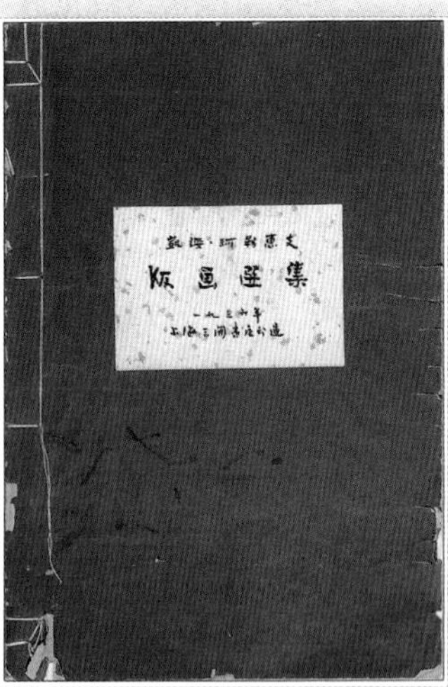

『케테 콜비츠 판화 선집』. 스메들리 여사가 서문을 썼으며(마오둔茅盾 번역). 루쉰이 골라 엮고 서문을 써서 1935년 5월에 '삼한서옥'(三閑書屋)에서 자비로 간행했다.

차오바이(曹白)의 목판화 「루쉰상」(魯迅像). 이 판화는 원래 1935년 10월 제1차 전국 목각연합전람회에 출품하려 했으나 국민당 상하이시 당부의 검열로 전시가 금지되었다. 루쉰은 판화 옆에 다음과 같은 제사를 썼다. “1935년 여름 전국목각전시회가 상하이에서 개최될 때 전시 작품을 먼저 시당(市黨)에서 검사했다. ‘높으신 나리’께서 이 목각을 가리키며 ‘이건 안 돼!’라고 하여 축출되었다.”

마지막까지 목판화 보급에 힘썼던 루쉰은 1936년 10월 8일 제2회 전국목각이동전람회에 참석하여 후배 예술가들과 함께했다.

루쉰 전집

16

서신 4

書信 4

루쉰전집번역위원회 옮김

그린비

| 일러두기 |

1 이 책은 중국에서 출판된 『魯迅全集』 1981년판과 2005년판(이상 北京: 人民文学出版社) 등을 참조하여 번역한 한국어판 『루쉰전집』이다.

2 각 글 말미에 있는 주석은 기존의 국내외 연구성과를 두루 참조하여 옮긴이가 작성한 것이다.

3 단행본·전집·정기간행물·장편소설 등에는 겹낫표(『 』)를, 논문·기사·단편·영화·연극·공연·회화 등에는 낫표(「 」)를 사용했다.

4 외국의 인명이나 지명, 작품명은 〈국립국어원〉에서 펴낸 '외래어 표기법'에 근거해 표기했다. 단, 중국의 인명은 신해혁명(1911년) 때 생존 여부를 기준으로 현대인과 과거인으로 구분하여 현대인은 중국어음으로, 과거인은 한자음으로 표기했으며, 중국의 지명은 구분을 두지 않고 중국어음으로 표기하는 것을 원칙으로 했다.

『루쉰전집』을 발간하며

루쉰을 읽는다, 이 말에는 단순한 독서를 넘어서는 어떤 실존적 울림이 담겨 있다. 그래서 루쉰을 읽는다는 말은 루쉰에 직면直面한다는 말의 동의어가 되기도 한다. 그런데 루쉰에 직면한다는 말은 대체 어떤 입장과 태도를 일컫는 것일까?

2007년 어느 날, 불혹을 넘고 지천명을 넘은 십여 명의 연구자들이 이런 물음을 품고 모였다. 더러 루쉰을 팔기도 하고 더러 루쉰을 빙자하기도 하며 루쉰이라는 이름을 끝내 놓지 못하고 있던 이들이었다. 이 자리에서 누군가가 이런 말을 던졌다. 『루쉰전집』조차 우리말로 번역해 내지 못한다면 많이 부끄러울 것 같다고. 그 고백은 낮고 어두웠지만 깊고 뜨거운 공감을 얻었다. 그렇게 이 지난한 작업이 시작되었다.

혹자는 말한다. 왜 아직도 루쉰이냐고. 이에 대해 우리는 이렇게 대답할 수밖에 없다. 아직도 루쉰이라고. 그렇다면 왜 루쉰일까? 왜 루쉰이어야 할까?

루쉰은 이미 인류의 고전이다. 그 없이 중국의 5·4를 논할 수 없고 중국 현대혁명사와 문학사와 학술사를 논할 수 없다. 그는 사회주의혁명 30년 동안 누구도 건드릴 수 없는 성역으로 존재했으나 동시에 사회주의 이데올로기의 금구를 타파하는 데에 돌파구가 되었다. 그의 삶과 정신 역정은 그가 남긴 문집처럼 단순하지만은 않다. 근대이행기의 암흑과 민족적 절망은 그를 끊임없이 신新과 구舊의 갈등 속에 있게 했고, 동서 문명충돌의 격랑은 서양에 대한 지향과 배척의 사이에서 그를 배회하게 했다. 뿐만 아니라 1930년대 좌와 우의 극한적 대립은 만년의 루쉰에게 선택을 강요했으며 그는 자신의 현실적 선택과 이상 사이에서 끝없이 방황했다. 그는 평생 철저한 경계인으로 살았고 모순이 동거하는 '사이주체'間主體로 살았다. 고통과 긴장으로 점철되는 이런 입장과 태도를 그는 특유의 유연함으로 끝까지 견지하고 고수했다.

한 루쉰 연구자는 루쉰 정신을 '반항', '탐색', '희생'으로 요약했다. 루쉰의 반항은 도저한 회의懷疑와 부정否定의 정신에 기초했고, 그 탐색은 두려움 없는 모험정신과 지칠 줄 모르는 창조정신에서 비롯되었다. 또한 그의 희생정신은 사회의 약자에 대한 순수하고 여린 연민과 양심에서 가능했다.

이 모든 정신의 가장 깊은 바닥에는 세계와 삶을 통찰한 각자覺者의 지혜와 존재하는 모든 것들에 대한 허무 그리고 사랑이 있었다. 그에게 허무는 세상을 새롭게 읽는 힘의 원천이자 난세를 돌파해 갈 수 있는 동력이었다. 그래서 그는 굽힐 줄 모르는 '강골'强骨로, '필사적으로 싸우며'(쩡자掙扎) 살아갈 수 있었다. 그랬기에 '철로 된 출구 없는 방'에서 외칠 수 있었고 사면에서 다가오는 절망과 '무물의 진'無物之陣에 반항할 수 있었다. 그는 자신을 둘러싼 모든 것과 대결했다. 이러한 '필사적인 싸움'의 근저에는 생명과 평등을 향한 인본주의적 신념과 평민의식이 자리하고 있다. 이것이 혁명인으로서 루쉰의 삶이다.

우리에게 몇 가지 『루쉰선집』은 있었지만 제대로 된 『루쉰전집』 번역본은 없었다. 만시지탄의 감이 없지 않지만 이제 루쉰의 모든 글을 우리말로 빚어 세상에 내놓는다. 게으르고 더딘 걸음이었지만 이것이 그간의 직무유기에 대한 우리 나름의 답변이 될 수 있기를 희망해 본다.

번역저본은 중국 런민문학출판사에서 출판된 1981년판 『루쉰전집』과 2005년판 『루쉰전집』 등을 참조했고, 주석은 지금까지의 국내외 연구성과를 두루 참조하여 번역자가 책임해설했다. 전집 원본의 각 문집별로 번역자를 결정했고 문집별 역자가 책임번역을 했다. 이 과정에서 몇 년 동안 매월 한 차례 모여 번역의 난제에 대해 토론을 벌였고 상대방의 문체에 대한 비판과 조율의 과정을 거쳤다. 그러므로 원칙상으로는 문집별 역자의 책임번역이지만 내용상으론 모든 위원들의 의견이 문집마다 스며들어 있다.

루쉰 정신의 결기와 날카로운 풍자, 여유로운 해학과 웃음, 섬세한 미학적 성취를 최대한 충실히 옮기기 위해 노력했지만 많이 부족하리라 생각한다. 독자 제현의 비판과 질정으로 더 나은 번역본을 기대한다. 작업에 임하는 순간순간 우리 역자들 모두 루쉰의 빛과 어둠 속에서 절망하고 행복했다.

2010년 11월 1일

한국 루쉰전집번역위원회

| 루쉰전집 전체 구성 |

- 1권 _ 무덤(墳) | 열풍(熱風)
- 2권 _ 외침(吶喊) | 방황(彷徨)
- 3권 _ 들풀(野草) | 아침 꽃 저녁에 줍다(朝花夕拾) | 새로 쓴 옛날이야기(故事新編)
- 4권 _ 화개집(華蓋集) | 화개집속편(華蓋集續編)
- 5권 _ 이이집(而已集) | 삼한집(三閑集)
- 6권 _ 이심집(二心集) | 남강북조집(南腔北調集)
- 7권 _ 거짓자유서(僞自由書) | 풍월이야기(准風月談) | 꽃테문학(花邊文學)
- 8권 _ 차개정잡문(且介亭雜文) | 차개정잡문 2집 | 차개정잡문 말편
- 9권 _ 집외집(集外集) | 집외집습유(集外集拾遺)
- 10권 _ 집외집습유보편(集外集拾遺補編)

• 11권 _ 중국소설사략(中國小說史略)

• 12권 _ 한문학사강요(漢文學史綱要) | 고적서발집(古籍序跋集) |
역문서발집(譯文序跋集)

• 13권 _ 먼 곳에서 온 편지(兩地書) | 서신 1

• 14권 _ 서신 2

• 15권 _ 서신 3

• 16권 _ 서신 4

• 17권 _ 일기 1

• 18권 _ 일기 2

• 19권 _ 일기 3 (일기 주석집)

• 20권 _ 부집

• 서신 4

1936년

외국인사에게 보낸 서신

부록 1

부록 2

부록 3

서신 4

360105① 차오징화에게

루전汝珍 형,

1월 1일 편지를 받았습니다. 『도시와 세월』城與年의 설명은 벌써 받았으나 함께 부친 편지 한 통이 없으니 아마 유실된 것 같네요. 기장쌀은 벌써 받았답니다, 감사드립니다. 천陳 군[1]은 대략 8일 오전에 다시 방문하여 논의할 것 같다고 편지하였습니다.

북방의 학교 일은 이곳에서는 전혀 알지 못합니다. 결국 평정할 수 없고 사실 어디로 옮기든 결코 평안할 수 없습니다. 제가 보기에 외교는 오래지 않아 일단락될 듯하고, 그리하여 한마음으로 협력하여 학풍을 정돈하니 학생은 또한 고통스러울 것입니다. 이 밖에 이후 생길 일은 특히 알 수 없겠지만 방법을 잠시나마 다시 강구할 수는 있을 것 같습니다.

신월新月 박사[2]는 항상 황당무계한 논리를 발표하지만 모두 관료와 한통속이라 남방에서는 아무도 그를 믿지 않고 있답니다.

『역문』譯文은 복간할 수 없을 것 같네요. 소년용 읽을거리[3]라면 제가 보기에 아마 출판할 수 없을 듯하니 번역을 하시면 부쳐 주시기 바랍니다.

상하이의 올해 새해는 작년과 달리 아주 조용하답니다. 내지가 빈궁한데 양인洋人은 피 흘리지 않고 빨아 대니 아마 그다지 신바람 나지 않는 듯합니다. 저희는 여전하니 심려치 마십시오. 저는 변함없이 잡다한 일을 하는데 매해 번역과 집필을 합해 보니 근 삼사 년은 이전의 배에 가깝습니다. 하지만 몇몇 영웅은 제가 문장을 쓰지 않는다고 오히려 반대로 말하고 있으니 실로 기괴합니다.

형수에게서 편지가 왔답니다. 그곳에 도착했을 것입니다. 우리는 타형[4]을 위해 번역논문집을 출판하려고 하는데, 제1권은 대략 삼십만 자로 지금 교정을 보고 있으니 여름 초에는 나올 겁니다. 전에(작년) 부친 『문학백과사전』 두 권은 도착했는지요?

이만 줄이며 삼가 답신을 드립니다.

봄날 평안하시길 기원합니다.

1월 5일 밤, 아우 위豫 올림

주)______

1) 천 군은 천투이(陳蛻)를 말하며 본명은 쩌우쑤한(鄒素寒, 1909~1959). 루쉰을 흠모하여 쩌우루펑(鄒魯風)으로 개명하기도 했다. 랴오닝(遼寧) 랴오양(遼陽) 사람이다. 당시 베이핑 학련(學聯) 대표의 신분이었으며 천투이라는 이름으로 상하이에 와서 전국학련 준비 작업을 하고 있었다. 차오징화(曹靖華)가 루쉰에게 소개를 했다.
2) 후스(胡適)를 말한다. 1927년 미국 컬럼비아대학 철학 박사학위를 받았었다.
3) 상페이추(尙佩秋)·차오징화가 『머나먼 나라』(遠方)를 공역한 것을 말한다. 중편소설이며 소련의 아동문학가 가이다르(Аркадий Петрович Гайдар, 1904~1941)의 작품이다. 에르몰라예프의 그림을 넣어 이후 『역문』 신1권 제1기(1936년 3월)에 실렸다.
4) '타 형'(它兄)은 취추바이(瞿秋白)를 말한다. '형수'(它嫂)는 양즈화(楊之華)를 말한다.

360105② 후펑에게[1]

자못 번거로울 일을 부탁하려 하네. 마오茅[마오둔]에 관한 아래 몇 가지 사항이니 답을 주시게나.

1. 그 지위

2. 그의 작풍, 작풍Style과 형식Form의 다른 작가와의 차이

3. 영향—청년작가에 미친 영향, 부르주아 작가들의 그에 대한 태도.

이것은 자료적 기술이라도 괜찮으니, 논문을 만들 필요도 없고 문장을 꾸밀 필요도 없네. 영역본 『한밤중』[2]의 서문에 쓸 것이라네. 그들은 내가 썼으면 하지만 종래 이 길에 유의하지 않았던 터이니 어찌 이게 이루어지겠는가. 또 핑계를 대고 거절하는 것도 좋지 않아서 자네가 썼으면 하고 다시 부탁하는 것이라네. 바쁘겠지만 시간을 좀 내어주면 하네. 물론 길게 쓰면 가장 좋고 또 빨리 써 주면 좋지.

자료를 모아 살 필요가 있으면 비용을 잠시 좀 메우면 나중에 갚도록 함세.

이만 줄이며, 봄날 평안하길 기원하네.

1월 5일 밤, 준隼 올림

'보충설명'[3]용의 두 편은 쓸 만한지? 생각해 보시게나. 추신

주)______

1) 이 편지의 글머리에 있던 호칭은 후펑(胡風)에 의해 빠졌다.
2) 영역본 『한밤중』(子夜)은 당시 스메들리(Agnes Smedley)가 『한밤중』의 영역을 의뢰하여 미국에 보내 출판하려 했던 것이다. 항일전쟁이 일어나서 실현되지 않았다.
3) 「문인비교학」(文人比較學)과 「크고 작은 기적」(大小奇迹)을 말하며, 이후에 『차개정잡문 말편』(且介亭雜文末編; 루쉰전집 8권 수록)에 수록되었다.

360107 쉬마오융에게[1)]

전해 주시길 바라며

쉬 선생, 새해 편지는 일찌감치 받았답니다. 『바다제비』海燕[2)]는 아직 소식이 없네요, 어찌 되었는가 모르겠습니다.

문장[3)]을 좀 써서 오늘 부쳤는데 아주 재미없답니다. 혹 『매주문학』每週文學[4)]에 실으면 어떨까 싶은데요. 『현실문예』現實文藝[5)]는 이런 걸 싣지 않을 것 같습니다.

연말에 오래된 잡문을 편집하고[6)] 예룽野容과 톈한田漢의 가명으로 쓴 두 편의 문장[7)]을 다시 읽었는데 실로 '만감이 교차'합니다.

편지에서 말씀하신 그 친구분은 선의였겠지만 오해랍니다. 저는 권법에 정통한 사부처럼 자신의 비책을 남기는 사람이 아닙니다. 생각이 나면 결국은 말해 버리는데 무슨 "하지 않으려 함"이 있을런지요. "문장을 적게 쓴다"라는 부분도 결코 정확하지 않습니다. 저의 근 3년 번역과 창작을 보면 이전보다 배 이상으로 하고 있으니 게으른 구석은 추호도 없지요. 따라서 그의 고민은 환상에서 비롯된 것일 터인데 그다지 좋은 일이 아닌 듯합니다.

답신을 드리며, 봄날 평안하시길 기원합니다.

1월 7일, 위豫 드림

주)

1) 쉬마오융(徐懋庸, 1910~1977). 저장 상위(上虞) 사람. 작가. 원명은 마오룽(茂榮), 위양링(余楊靈) 혹은 위즈리(余致力)로도 불렸다. 좌익작가연맹 성원. 차오쥐런(曹聚仁)과 함께 『망종』(芒種) 반월간을 편집했다.

2) 『바다제비』(海燕)는 문예월간으로 1936년 1월 상하이에서 창간되었다. 루쉰, 리례원

(黎烈文), 녜간누(聶紺弩) 등이 창간하였고, 스칭원(史青文) 편집으로 써 있으나 실제 편집은 녜간누, 후펑, 샤오쥔(蕭軍) 등이 했다. 하이옌문예출판사에서 출판했으며 발행인은 차오쥐런(曹聚仁)이다. 1936년 2월 20일 제2기 출판 이후 발행인 문제와 조계에서의 압박으로 종간했다. 비록 두 차례만 발행했으나 영향력이 컸으며 창작, 번역, 단평을 발행했다. 루쉰은 이 잡지에 몇몇 문장을 게재했는데 소설 「관문을 떠난 이야기」(出關), 그리고 「'제목을 짓지 못하고' 초고」("題未定"草) 등의 잡문을 게재했다.

3) 「신문자에 관하여」(論新文字)를 말하며 이후 『차개정잡문 2집』에 실렸다.

4) 『매주문학』(每週文學)은 『시사신보』(時事新報) 부간의 하나로 1935년 9월 15일 창간했다. 왕수밍(王淑明), 쉬마오융(徐懋庸) 등이 편집했다.

5) 『현실문예』(現實文藝)는 출판되지 못했다.

6) 『꽃테문학』, 『차개정잡문』, 『차개정잡문 2집』을 말한다.

7) 『서신 3』 350207① 편지와 그 주를 참고하시오. 예룽은 랴오모사(廖沫沙)를 말한다.

360108① 황위안에게

허칭河清 선생,

편지와 거戈 군[1]이 보낸 책을 벌써 받았답니다.

신경통은 점점 좋아지고 있어서 이틀 정도만 더 지나면 거의 좋아질 듯합니다.

『죽은 혼』은 교정이 끝난 뒤 원고를 버린 터라 지금 다시 쓰기는 어려우니 그냥 그만두어야겠습니다.

이만 줄이며 삼가 답신을 드립니다. 건필하시길 기원합니다.

1월 8일, 쉰 드림

주)

1) 거바오취안(戈寶權, 1913~2000)이다. 장쑤 둥타이(東台) 사람이며 번역가이다. 푸시킨을 중국에 소개했으며 고리키의 『바다제비』(海燕)를 번역했다. 1935년 톈진 『다궁바오』(大公報)의 소련 파견 기자였다. 여기서 거바오취안이 보낸 책은 『고골 그림전기』(果戈理畫傳)를 말하며 러시아 니콜라예프의 그림으로 1934년 레닌그라드작가협회출판부에서 출판했다.

360108② 선옌빙에게

밍푸明甫 선생,

7일자 편지는 잘 받았습니다. 제 병은 점점 좋아져서 아마 이삼 일 정도면 완전히 좋아질 것 같아요. 그날 얼굴색은 정말이지 유독 창백했지요. 단지 신경통 때문이라면 괜찮고 그저 조용히 앉아만 있으면 좋아지는 건데, 기침이 더해진 터라 꽤 괴로웠답니다. 그러나 지금은 기침도 꽤 잦아들었어요. 당초 저는 S와 야오姚[1]를 잘 안다 생각했는데 그날 보니 그렇지도 않은가 봅니다. 그를 부르지 않아도 좋았겠다 싶은데, 제가 보기에 그는 젊고 또 논의하기도 좋아하고 교제 범위도 넓은 것 같습니다.

『사회일보』 제3판[2]을 대략 훑어보니 오합지졸 같은 병사들이 상당히 많이 투고한 것 같습니다. 어떤 한 사람에 대한 비방과 칭찬이 결코 일치하지 않지만 그러나 사실 계통은 있답니다. 요 두 달 정도 제가 보니 저우양周揚 무리에 대한 나쁜 말은 한마디도 발견되지 않습니다. 대략 "사회관계" 정도가 있지요. 『문학』 및 그 관계자에 대한 공격은 이전부터 일관된 정책이고 결국 『역문』의 정간停刊을 이용해서 중상을 입히려 합니다. 하지만 우리의 푸둥화傅東華[3] 선생은 아마도 발악할 기운이 없나 봅니다.

최근 *China Today*[4] 몇 호에 「아Q정전」이 실렸는데, 그쪽에서 교사를 하고 있는 중국인이 새로 번역을 했나 봅니다. 아Q의 차가운 밥을 덥히는 것은 상당히 무료하지 않은가 항상 생각하고 있는데, 차라리 아직 소개되지 않은 작가의 새로운 작품을 골라 그쪽에서 번역해 싣는 것이 낫지 않을까 싶어요. 이 일은 S와 이야기해 보았으면 하는데 그녀는 아마 좋다고 할 것 같습니다. 또 책을 보낼 주소를 써 주시면 제가 서점에 부탁해서 직접 보내겠습니다. 하지만 그때 선생이 좀 골라 주시길 부탁드립니다.

이만 줄이며, 건필하시길 기원합니다.

1월 8일, 수 돈수頓首

주)

1) S는 스메들리(Smedley)를 말하며 야오는 야오커(姚克)를 말한다.
2) 『사회일보』(社會日報)는 1929년 11월 1일 상하이에서 창간되었다. 이와 관련하여 『서신 3』 351029③ 편지를 참조하시오. 제3판은 『십자가두』(十字街頭)였는데, '예단정보'(藝壇情報), '예인이사'(藝人膩事)라는 칼럼이 있었다. 당시 해당 판에 「루쉰과 문학의 불화」(1935년 11월 29일), 「문학에서 내홍이 일다」(12월 16일), 「역문 여기서 정간」(12월 26일) 등의 문장이 실렸는데, 이후 문장은 "마오둔은 …… 푸둥화와 의논하여" "『역문』을 파괴할 수밖에 없었다"고 되어 있다.
3) 푸둥화(傅東華, 1893~1971). 저장(浙江) 진화(金華) 출신의 문학가이며, 필명은 우스(伍實)이다. 1930년에 상하이 푸단(復旦)대학, 지난(暨南)대학의 국문계 교수를 지냈다. 1933년부터 『문학』(文學) 월간의 편집자를 지냈다. 이 월간지 제1권 제2기에 발표된 「중국을 찾은 휴스」(休士在中國)에서 루쉰을 질책했고, 루쉰은 이로 인해 「문학사에 보내는 편지」(給文學社信)를 쓰고 문학사에서 탈퇴하겠노라고 선포했다. 일 년 후 『문학』이 당국의 압박을 받게 되자, 루쉰은 다시 이 잡지를 위해 글을 쓰고 지지를 표명했다.
4) *China Today*(『現代中國』). 영문 월간으로 미국의 中國人民之友協會가 주간했으며 1934년 1월 뉴욕에서 창간되었고, 1936년 10월 정간되었다. 1935년 11월호~1936년 1월호에 왕지전(王際眞)이 번역한 「아Q정전」이 실렸다.

360108③ 어머니께

어머님 슬하, 삼가 아룁니다. 1월 4일 편지는 그저께 받았답니다. 아이 사진은 작년 12월 23일 부쳤는데 결국 아직도 도착하지 않은 걸로 보아 좀 늦나 봅니다. 지금쯤이면 도착했을지도 모르니 너무 심려치 마십시오.

닭조림과 장아찌 등이 든 상자는 오늘 도착했답니다. 잘 나누어서 내일 라오싼老三에게 보내겠습니다.

하이잉은 아주 활발합니다. 집에서는 매일 한두 차례 한바탕 소동이 일어나고 있습니다. 음력 연말, 유치원이 두 주 동안 방학을 해서 집에 있는 사람들이 모두 수심에 가득 차 있답니다. 하지만 때때로 말을 잘 듣기도 하고 억지도 부리지 않아, 근 일 년은 매도 안 맞고 꾸지람도 듣지 않고 있습니다. 그 녀석은 오직 저 한 사람만 무서워하지만, 그러나 제가 때리면 소리만 요란할 뿐 아프지 않답니다.

상하이는 눈이 아주 조금만 내렸답니다. 작년보다 춥지 않은데 집에는 오히려 화로가 생겼습니다. 하이잉은 살이 많이 붙었고 작년 여름에 비해 한 치는 더 자란 모습입니다. 저와 하이마害馬 모두 잘 지내니 심려치 마십시오.

쯔페이紫佩의 생일에는 제가 상하이에서 선물을 보낼 터이니 집에서는 신경 쓰시지 않아도 됩니다.

삼가 이만 줄입니다. 부디 평안하시길 기원합니다.

1월 8일

아들 수, 삼가 절을 올립니다

광핑과 하이잉도 삼가 절을 올립니다

360114 샤오쥔에게

류쥔劉軍 형,

차오[1]로부터 편지가 와서 오늘 보냅니다.

형의 구시는 신시보다 좋습니다만, 몇몇 부분이 명사名士풍이네요.

저는 작년 잡감을 편집하고 있는데[2] 출판을 할까 합니다.

음력 정월 전에 사람들을 초대해서 밥 한 끼 먹으려 하고 있어요. 준비가 되면 알려 드리지요.

이만 줄이며, 새해 복 많이 받으시길 기원합니다.

1월 14일, 위豫 올림

부인도 모두 평안하시길 기원합니다.

주)

1) 차오쥐런(曹聚仁)을 말한다.
2) 『차개정잡문 2집』을 말한다.

360117 선옌빙에게

밍푸 선생,

16일 편지를 막 받았습니다. 제 병은 벌써 나아졌어요.

자료[1]에 대해서는 이미 구谷와 논의를 마쳤고 이번 달 말에 쓰기 시작할 겁니다.

듣자 하니 최근 『독서생활』에 리보立波의 대작[2]이 게재되었는데, 쑤원蘇汶 선생과 위탕 선생의 태도가 아주 좋다고 말하고 있더이다. 『시사신보』 1월 1일의 『칭광』青光에는 허자화이何家槐의 글[3]이 실렸는데 또한 위탕 선생을 끌어들인 모양입니다. 이곳의 일부 사람들이 아주 새로운 꿈을 품고 있는 듯해요.

교정 중인 책[4]은 200페이지에도 이르지 못했습니다. 그런즉 전부 마치는 데 반년 정도 필요하니 편한 때에 쉬雪 선생[5]과 논의해서 설 지나면 좀 빨리 팔 수 있도록 하는 게 가장 좋을 듯합니다.

다음 주 월요일부터 저희 집 주인님의 유치원이 두 주 정도 방학을 하여 온 집안이 벌써 수심에 가득 차 있습니다.

이만 줄입니다, 부디 새해에 평안하시길 기원하며

1월 17일 밤, 수 올림

최근 난징 중앙감옥에서 엽서 한 통[6]이 왔는데 꽤 괴이합니다. 어떤 사람이 제가 전향했고 또 이 사람(서우창壽昌이라는 서명)에게 전향을 권유했다고 합니다. 이 사람은 저에게 직설적으로 말하고 있어서 도대체 어떤 '새로운 수법'인가 싶습니다.

주)______

1) 360105② 후펑에게 보낸 편지에서 말한 마오둔(茅盾)의 소설 관련 자료를 말한다.
2) 저우리보(周立波, 1908~1979). 본명은 저우사오이(周紹儀), 후난 이양(益陽) 사람이다. '좌련'(중국좌익작가연맹) 회원으로 『독서생활』 제3권 제5기(1936. 1.)의 「1935년 중국 문단의 회고」(一九三五年中國文壇的回顧)라는 글에서 린위탕(林語堂)과 쑤원(蘇汶)에 대해 논하였다. "린위탕 선생은 『우주풍』(宇宙風)의 출판 즈음에 작풍의 변화를 선언하였

다. 작풍은 확실히 변했다. 하지만 한적한 유머에서 자유로운 정취로 바뀌어 차이는 그다지 나지 않는다. 린 선생의 능력은 사실 수난의 중화민족을 위해 좀더 많은 일을 하셔야 한다"고 했으며, "『별빛』(星火)에는 쑤원 선생의 완곡한 이론이 실렸다. 쑤원 선생의 태도는 비교적 좋다"고 했다.

3) 여기서 지적하는 허자화이(何家槐)의 글은 「문화계의 '신년'을 축하하며」(恭賀文化界的"新年")라는 글이다. 360424① 편지를 참조하라.

4) 『해상술림』(海上述林) 상권을 말한다.

5) 장시천(章錫琛)을 말한다. 당시 메이청(美成)인쇄소 지배인을 겸임하고 있었다.

6) 1월 5일 서명이 서우창(壽昌)으로 된 엽서가 난징군사감옥에서 왔다. 보낸 이와 보낸 주소는 덧칠되어 있고 누구로부터 전송되었는지도 모른다.

360118 왕예추에게

예추 형,

13일자 편지를 받았습니다. 부간副刊[1]은 제한도 있으면서 또 모름지기 유의미해야 하지요. 이 마술은 아주 쉽게 변하지 않아서 저는 아마 투고할 수 없을 것 같습니다. 근 몇 년 여기에서 쇠사슬을 차고도 춤을 추며 놀았으나, 저도 무료함을 느끼고 있답니다. 올해 '정당한 여론을 보호하라'는 뜻이 있으나 저는 오히려 비평을 쓰지 않으려 합니다. 휴식을 하거나 아니면 다른 것을 쓰렵니다.

징눙靜農은 상하이에서 만났습니다. 그때는 북행을 아직 정하지 않았는데 이제서야 비로소 그의 가족이 남행하지 않고 있다는 것을 알았습니다. 당분간 그가 조용히 있는 것도 좋겠으나, 꼭 이대로 있을 필요도 없겠지요. 지금은 이렇게 있을 시세가 결코 아니기 때문입니다.

『새로 쓴 옛날이야기』의 교정을 오늘에야 끝냈습니다. 인쇄를 마치면 결국 '음력'[2] 내년이 되는군요. 완성되면 부쳐 드리겠습니다. 능글맞은 내용이 많아서 그다지 아름답지는 않답니다.

답신을 전하며, 새해 평안하시길 기원합니다.

1월 18일, 수 올림

주)

1) 왕예추(王冶秋)의 회고에 따르면 톈진의 『상보』(商報) 부간이다.
2) 원문은 '夏曆'이다. 음력을 말한다. 정월은 양력으로 1월 24일이었다.

360121① 차오징화에게

루전 형,

14일 편지는 벌써 받았답니다. 『도시와 세월』과 같이 보내신 편지는 나중에 받았어요. 소설 두 편,[1] 그리고 제가 번역했던 『죽은 혼』을 그저께 함께 부쳤는데 도착했는지 모르겠습니다. 소설은 그렇게 나쁘지는 않으나 파는 것이 쉽지 않습니다. 하지만 출판된 이후 천 부는 이미 팔렸으니 빠른 편인 듯합니다.

목판화는 그쪽에서는 새로 온 편지가 없어요. 편지를 하면 몰수되어 버리고 또 경제적 사정이 있어서 잠정적으로 간행을 중지할 수밖에 없습니다. 작년 겨울부터 타 형[2]을 위해 몇몇 사람들이 자금을 모아 역저를 출판하고자 했지요. 첫번째 책이 대략 30만 자(모두 논문)이고 제가 교정을 맡아 3월 초면 대략 끝날 터인지라 자못 바쁘답니다. 이 책이 잘 나와 순조롭게 팔려서 제2권을 내면 완결되는 것이지요.

이곳은 이미 안정되어 모두 새해를 맞을 준비를 하고 있습니다. 아무래도 음력이 좋은가 봅니다. 저희들은 외상을 할 수 없어 오히려 궁핍하지 않답니다. 그저 먹을거리만 좀 사두었는데 장이 4일이 되어야 열리기 때문입니다. 신문은 음력 정월에 나흘 휴간을 하는데 지금 또 나흘 휴간을 하려 합니다. 쉬는 건 아무도 바라지 않아요.

저희 모두 잘 지내니 염려하지 마세요. 싼 형三兄이 나가 보길 권하고 있는데[3] 제가 아직 허락하지는 않았어요. 이후 상당히 어려울 듯하고 가족(어머니)의 생계도 돌보지 않을 수 없어서지요.

이만 줄이며, 새해 평안하시길 기원합니다.

1월 21일 밤, 아우 위豫 돈수

주)

1) 『8월의 향촌』(八月的鄕村), 『삶과 죽음의 자리』(生死場)를 말한다.
2) 원문은 '它兄'. 1934년 10월 14일 차오징화 편지에 의하면 '타 형'은 취추바이(瞿秋白)를 말한다.
3) 모스크바에 가는 것을 말한다. '三兄'은 샤오싼(蕭三)을 말한다.

360121② 어머니께

어머님 슬하, 삼가 아룁니다. 1월 13일 편지는 잘 받았습니다. 하이잉은 벌써 방학을 하여 집에서 놀고 있는데, 요 이틀은 아직 큰 소동이 없습니다. 하지만 시험에서 일등을 하여 아이인데도 허세를 부리면서 자꾸 반복해서 말하는 것 같습니다. 편지 한 통을 부쳐 드리는데 편지

전반부는 하이잉이 쓴 것으로 이 일에 대해 말하고 있지요. 여기에 동봉해 드립니다. 벌써 대략 이백 자 정도 알고 있는데 저에게 글자를 못 쓰면 자기한테 물어보라 합니다.

집을 측량했던 일[1]은 돈을 요구하는 일에 불과했답니다. 편지는 이미 쯔페이에게 부탁해 두었습니다.

상하이는 요 며칠 꽤 추웠는데 설을 쇠는 기분입니다. 여기에서도 역시 음력 12월 말 설을 쇠는 것 같습니다. 집에는 먹을거리만 좀 사 두어 놓고 모두 먹고 있습니다. 저와 하이마, 하이잉 모두 건강하니 심려치 마십시오.

산셴善先[2]은 꽤 잘 쓰지만, 제 기억 속에서는 아직 아이랍니다. 그에게 보내는 회신은 좀 한가해지면 다시 쓰겠습니다. 삼가 이만 줄이며,

부디 평안하시길 아룁니다.

1월 21일, 아들 수 삼가 절을 드리며

주)______

1) 당시 베이핑 경찰국에서 시싼(西三)탸오 후퉁의 루쉰 집 주거면적을 측량했다.
2) 롼산셴(阮善先)으로 360215② 편지의 주를 참고하시오.

360122① 멍스환에게

스환 선생,

보내 주신 편지를 잘 받았습니다. 『죽은 혼』의 번역본에서 도판 설명

과 다른 부분은 '우편국장'을 바꿨던 것인데 이건 제 오역입니다. 나머지 두 곳은 독일어 번역으로는 이러하니 거기에 따르고 도판 서문에서 대략 설명하겠습니다.

「비이」[1]의 두 개의 명사는 독일어 번역은 Seminarist(연구생 혹은 사범생)와 Schüler(학생[대학생이 아님][2])로 하고 있고, 일본어 번역은 신학생(Bogosrov의 때는 '신학과생'이라 번역)과 기숙생이라 하고 있습니다. 그때의 신학교 조직을 저희가 알 길이 없으니 어떻게 번역해야 옳은지 당최 판정할 수가 없군요.

그러나 독일어 번역과 선생이 제시한 사전의 해석에 따라 추측해 보면 신학교의 학생은 거의 모두 국비입니다. Bursak는 저학년(따라서 독일어 번역은 두루뭉술하게 생도生徒라 했습니다)이고 Seminarist는 오히려 고등반으로 이미 스스로 연구할 수 있고 또한 저학년을 가르칠 수 있습니다. 이건 그저 제 추측이니 주석으로 할 수는 없겠지요.

제 생각에 명사 번역은 독일어처럼 모호하게 '학생'과 '연구생'으로 하는 게 어떨지요(단, 독자도 연구생이 학생보다 높은 단계라는 것을 아는 한에서). 새해 기쁨 가득하길 기원하며.

1월 22일 밤, 위豫 돈수

주)______

1) 고골(Николай Васильевич Гоголь)의 소설로 『미르고로드』(Миргород, 1835)에 수록되어 있다. 『미르고로드』에는 「비이」(Вий), 「타라스 불바」(Тарас Бульба), 「옛 지주들」(Старосветские помещики), 「이반 이바노비치와 이반 니키포로비치가 싸운 이야기」(Повесть о том, как поссорился Иван Иванович с Иваном Никифоровичем) 등의 작품이 실려 있다.

2) 괄호 안의 대괄호는 원래 있었던 것이다.

360122② 후펑에게[1)]

또 한 해가 가네. 신문도 쉬고 우체국도 아마 쉴 것 같아 이 편지가 하루이틀 내로 도착하지 않을 것 같네. 하지만 사정이 좀 급하니 써서 부쳐 주게나.

"사정이 급하다"고 한 건 과장된 말이 아니네. 첫째, 며칠 전 청원[2)] 관련 자료들을 모아서 빨리 좀 내게 보내 주게나. 빠르면 빠를수록 좋네. 둘째, 자네에게 충고하는 것인데, 이후로 거리에서 달리기 경주를 하지 말길 바라네. 셋째, 자네에게 알려 둠세. 난징의 시끄러운 소문에 따르면 내가 벌써 전향했다 하네.[3)]

넷째, 그저께 저우원周文의 편지를 받았는데 그는 삭제사건[4)]으로 화가 나 죽을 지경이며 결사항전으로 일전을 치르는 듯하네. 나는 그의 방법에 대해 좀 이견이 있다네. 그는 편지를 량유良友의 왕씨를 통해 전달하는 것이 좋다고 했으나 왕 공[5)]인지 뭔지 하는 이름을 나도 모르는데 어찌 전달될 수 있겠는가. 따라서 내 생각으로는 내년 작은 음식점이 영업을 시작할 때 자네의 수고를 빌려 날짜와 장소를 정해서 알리고 다들 함께 모여 이야기를 나누는 편이 가장 좋다고 보네. 간단한 편지를 쓰는 것보다 좋아 보이네. 이 일은 일찍이 차오인悄吟 부인에게 전언을 부탁드렸으나, 지금 한가하기에 이렇게 다시 쓰는 것이네. 불현듯 떠오른 것이나 저우원이 오히려 모임에서 도모할 수 있지 않을까 하기에 그렇다네. 이만 줄이며, 부디 평안하길 바라네.

음력 12월 28일(1월 22일), 수 돈수

주)______

1) 이 편지 시작 부분의 호칭은 후평에 의해 삭제되었다.
2) 상하이 학생이 베이핑 학생의 12·9운동을 지지했던 청원이다. 351221③ 편지를 참조하시오.
3) 360117 편지를 참조하시오.
4) 저우원이 『문학』 월간 제5권 제6기(1935년 12월)에 발표했던 단편소설 「산비탈에서」(山坡上)가 『문학』의 편집인 푸둥화에 의해 삭제되어 버렸던 것을 말한다. 저우원이 이에 항의하는 편지를 『문학』 제6권 제1기(1936년 1월)에 실었다.
5) 왕화(汪芢, 1912~1991)를 말한다. 안후이 허페이(合肥) 사람이다. 좌련 성원으로 당시 량유도서인쇄공사(良友圖書印刷公司)에서 미술 편집을 맡고 있었다.

360201① 쑹린에게[1]

쯔페이 형,

일전 집에서 편지를 받고서야 올해 형이 쉰이라 걸 알고 정말 의외였답니다. 저랑 십 년 이상 터울이 진다 생각했었지요. 볼품없는 작은 것이라도 축하의 뜻을 표하고 싶은데, 남북의 길이 멀고 우송이 불편한 데다 꼭 필요한 물품일지 싶네요. 오늘 상우인서관을 통해 10위안을 보내오니 부디 형께서 이를 찾으셔서 원하시는 술과 과일로 축하의 잔치에 보태시기 바랍니다. 저는 환경이 허락지 않아 북쪽으로 갈 수가 없습니다. 예전에 놀았던 곳, 오래된 친구를 그리워하며 때때로 울적해하고 있습니다. 이 기회를 빌려 제 정성을 정말 이렇게 드릴 수밖에 없는 것이니 부디 거절치 마시면 좋겠습니다.

이만 줄이며, 부디 봄날 평안하시길 기원합니다.

2월 1일, 수 돈수

주)______

1) 쑹린(宋琳, 1887~1952). 자는 쯔페이(子佩) 혹은 쯔페이(紫佩). 저장 사오싱 사람이다. 루쉰이 저장의 양급사범학당 교사로 있을 때 학생으로 신해혁명 이후 징스도서관분관(京師圖書館分館)에서 근무했다. 루쉰이 베이징을 떠난 뒤 그에게 베이징 집의 여러 일을 부탁했다.

360201② 어머니께

어머님 슬하, 삼가 아룁니다. 1월 27일 보내 주신 편지를 어제 잘 받았습니다. 집 문제는 이미 쯔페이에게 편지로 부탁해 두었습니다만 아직 회신이 없어 어찌된 연고인가는 모르겠습니다. 어제 10위안을 보냈지요. 그가 쉰 살이라 축하할 뜻으로 보냈습니다. 제가 외지에서 오랜 시간을 보내 사정이 그다지 밝지 않아 그전까지는 쯔페이가 마흔 언저리 즈음이라 생각하고 있었답니다. 산셴善先[1]은 제 심중으로는 한 열두 살 정도의 아이로 제가 칠 년 전 집에 돌아갔을 때 본 모습인 줄 알았는데 벌써 열여덟이라 합니다. 제 머리카락이 하얗게 되었으니 이상할 것도 없지요. 제 모든 벗과 동학들의 아이들은 모두 스무 살 전후이기에, 하이잉은 그들을 볼 때마다 제 친구 아들이라는 걸 알고는 어째서 이렇게 크지 하며 이상한 질문을 한답니다.

오늘 세 권의 책을 보냈습니다. 산셴에게 보내는 것이니 도착하면 전해 주십시오. 그런데 우편으로 책을 보내면 우체국에서 집까지 가져다주는지 아니면 직접 우체국에 가서 찾아오는지 모르겠습니다. 불편한 바가 있는지 바로 알려 주세요. 만약 불편하다면 다른 방법을 찾아보겠습니다.

상하이는 그다지 춥지 않습니다. 한 차례 눈이 좀 내렸는데 밤이 되자 녹아 버렸답니다. 지금은 정월 말인지라 또 내리지는 않을 것 같습니다. 저와 하이마 모두 잘 지내고 하이잉도 잘 지냅니다. 하루 종일 집에서 소동을 피우는데 고함을 치지는 않지만 물건을 부수고 있답니다. 다행히 다음 한 주가 지나면 유치원이 개학을 합니다. 그렇지 않으면 정말 견디기 어렵습니다.

삼가 이만 줄이며, 항상 평안하시길 기원합니다.

2월 1일, 아들 수 삼가 절을 드립니다

광핑, 하이잉도 삼가 절을 드립니다

주)______

1) 롼산셴(阮善先)으로 360215② 편지의 주를 참고하시오.

360201③ 리례원에게

례원 선생,

어제 아침 편지를 보냈는데 오후에 바로 편지와 『펭귄섬』[1]을 받았습니다. 감사드립니다.

아나톨 프랑스의 작품은 정교하면서도 폭넓고 날카롭고 예리한데 중국인은 주의하지 않고 있고, 볼테르[2]의 작품은 번역되어 나온 것도 대단히 적으니, 대체로 중국인은 풍자문학을 그다지 환영하지 않나 봅니다.

『새로 쓴 옛날이야기』는 "대충 때운" 것입니다. 「검을 벼린 이야기」 말고는 모두 능글능글 장난이라는 평을 면하지 못할 것 같은데, 하지만 몇몇 문인학사는 오히려 두통을 면치 못할 터이니 진실로 이를 두고 "하나가 좋으면 하나가 나쁘다", 혹은 "하나가 나쁘면 반드시 하나가 좋다"라 하겠습니다.

'이와나미문고'[3]는 조사한 것은 이미 주문 편지를 보냈습니다만, 왕복으로 총 3주가 걸리는 탓에 도착하는 게 20일 언저리일 것 같습니다.

이만 줄이며, 봄날 평안하시길 기원합니다.

2월 1일, 쉰 돈수

주)______

1) 『펭귄섬』(*L'Île des Pingouins*, 1908)은 아나톨 프랑스(Anatole France, 1844~1924)의 장편소설이다. 본문에서 말하는 리례원의 번역본은 1935년 9월 상우인서관에서 출판되었다.

2) 볼테르(Voltaire, 1694~1778). 프랑스 계몽사상가이자 작가로 신랄한 지성과 비판 정신, 재기 넘치는 문체를 지녔다. 『철학서간』(*Lettres philosophiques sur les Anglais*), 역사시 『앙리아드』(*La Henriade*), 철학 우의소설 『캉디드 혹은 낙관주의』(*Candide, ou l'Optimisme*) 등이 있다.

3) 일본 도쿄 이와나미출판사(岩波書店)의 종합 총서를 말한다.

360201④ 차오징화에게

루전 형,

1월 28일자 편지와 송금해 주신 돈을 어제 받았습니다. 지금 수령증을 써서 부칩니다만 쓸모가 있을지요?

번역 원고[1]도 받았답니다. 이러한 읽을거리는 제가 보기에 발표할 곳이 있을 것 같습니다. 하지만 몇몇 부분을 완곡한 표현으로 고쳐야 할 듯한데, 제가 좀 펜을 들어도 되는지 형의 승낙을 구합니다. 삽화는 있는 게 좋지만 인쇄 넘길 때를 기다려 다시 말하지요. 지금은 급하지 않습니다. 인쇄 넘길 때 아마 강의[2] 인쇄가 끝나거나 아니면 영원히 인쇄되지 않겠지요.

『죽은 혼』은 문화생활출판사文化生活出版社에서 발행하는데 이 출판사가 아직 베이핑에 괜찮은 대리점을 찾지 못한 탓에 부치지를 못했습니다. 일반적인 대리점은 판매 대금을 송금하지 않지요. 제가 직접 발행한 책은 본전의 이삼십 퍼센트 정도만 회수했고 몇몇 지부는 지판紙板까지 사취해 가 버리기도 했답니다.

저는 현재 Agin[3]이 그린 『죽은 혼 백 가지 그림』을 인쇄하고 있습니다. 모두 일백 점으로 형이 이전에 제게 주신 열두 점을 뒤에 붙였는데, Agin 그림의 서문에 따르면 이 열두 점은 다 갖추어진 것입니다.[4]

현상에 대해서는 할 말이 없지요. 남북이 다 같습니다.

저희는 모두 잘 지냅니다. 오늘 잡지 4부를 보냈는데 안에 저의 『새로 쓴 옛날이야기』 한 권을 넣었답니다. 장난감일 뿐이랍니다.

이만 줄입니다, 봄날 기쁨 가득하길 기원합니다.

2월 1일, 아우 위豫 돈수

덧붙임: 방금 목판 한 보따리와 편지를 받았네요. 편지를 동봉하오니 번역하여 보여 주시길 희망합니다.

1일 오후

주)

1) 가이다르(Аркадий Петрович Гайдар, 1904~1941)의 『머나먼 나라』(遠方, Дальние страны)를 말한다.
2) 『머나먼 나라』의 원문을 말한다. 당시 차오징화가 학생들에게 외국어 학습 참고용으로 복사해 주었었다.
3) Agin은 아긴(Александр Алексеевич Агин, 1817~1875). 러시아 화가.
4) 표트르 소콜로프(Пётр Фёдорович Соколов, 1787~1848)의 『죽은 혼』 삽화 12점을 가리킨다.

360202① 선옌빙에게

밍푸 선생,

대리응시자가 찾은 자료[1]를 벌써 받아서 오늘 부칩니다. 하지만 S여사[2]에게 보낼 때는 이것은 제가 쓴 것이 아니라는 점을 확실히 해두는 것이 좋을 듯합니다.

이만 줄이며, 봄날 기쁨 가득하길 기원합니다.

2월 2일 밤, 수 돈수

주)

1) 창티(槍替)가 과거시험에서 대리응시했던 것을 말한다. 350105②의 후평에게 부탁했던 일을 말한다.
2) 스메들리(Smedley)를 말한다.

360202② 야오커에게

신농莘農 선생,

선생께서는 귀성하셔서 새해를 잘 보내셨는지요? 왕 군[1]으로부터 편지가 왔는데, 선생께서 상하이에 계신다면 보내 드리겠습니다.

답신을 기다리겠습니다.

이만 줄이며, 봄날 평안하시길 기원합니다.

2월 2일 밤, 쉰 돈수

주)

1) 왕진추(王鈞初)를 말하며, 351020②의 편지 주석에 따르면 당시 왕진추는 상하이를 떠나 러시아에서 유학을 하고 있었다.

360203 선옌빙에게

밍푸 선생,

오후 편지 한 통을 부쳤습니다. 안에 든 자료는 리 선생[1]에게 등기로 보내 전송을 부탁합니다. 돌아오는 길에 서점에서 2일자 편지를 보았습니다.

참관[2]할 손님 명단은 제가 작성하지 않았습니다. 목판화를 하는 몇몇 청년은 모두 그 행적이 묘연하여 초대장도 전하기 어렵답니다. 그냥 놔둘까 합니다.

이 아름답게 인쇄된 목판화의 목록[3]을 살펴보니 번역문이 꽤 이해하기 어렵습니다. 게다가 중영대조中英對照는 영문은 가로로 왼쪽에서 오른쪽으로 쓰고 중문은 세로로 오른쪽에서 왼쪽으로 쓰니 아주 '뒤엉켜' 있는 느낌입니다.

이만 줄이며, 건필하시길 기원합니다.

2월 3일, 쉰 올림

작은 아씨[4]의 가죽 가방은 이미 받았습니다.

주)

1) 리례원(黎烈文)을 말한다.
2) 소련판화전람회 참관을 말한다.
3) 『소련판화전람회 판화 목록』을 말한다.
4) 양즈화(揚之華)를 말한다.

360204 바진에게[1]

바진 선생,

교정 원고[2]를 살펴보고 오늘 보냈습니다. 고친 곳이 적지 않으니, 바꾸신 뒤에 다시 제가 볼 수 있도록 부탁드립니다.

속표지는 아마도 조판이 된 것 같습니다. 속의 작은 도판은 아연판으로 해야 합니다. 세 개의 큰 글자를 만들고, 윤곽을 확대하며(별도로 만든 샘플처럼 그렇게) 중간의 삽화 크기를 어울리게 맞추면 좋겠습니다. 만약 속표지와 서문을 고무판으로 하지 않고 모두 별도로 인쇄한다면, 그러면 제 생각에는 도판 인쇄를 끝내고 속표지를 시작하는 게 가장 좋지 않을까 싶습니다. 왜냐면 이때가 되어야 속의 도판이 도대체 크기가 어느 정도인지 알 수 있기 때문이지요.

이만 줄이며, 부디 건필하시길 기원합니다.

2월 4일, 루쉰 올림

주)

1) 바진(巴金, 1904~2005). 본명은 리야오탕(李堯棠), 자는 페이간(芾甘), 쓰촨 청두 사람이다. 작가, 번역가이다. 당시 상하이 문화생활출판사에서 편집일을 맡고 있었다. 장편소설로 『가』(家), 『봄』(春), 『가을』(秋)의 '격류 3부작'(激流三部曲) 등이 있다.
2) 『죽은 혼 백 가지 그림』의 교정 원고를 말한다.

360207 황위안에게

허칭 선생,

『역문』 일은 이후에도 아직 듣지 못했습니다. 아마 단서가 없는 것이겠지요. 어제 『출판계』에서 우리푸 선생의 문장 절반을 읽었는데,[1] 우 선생도 이 길의 사람이라는 것은 처음 알았습니다. 그리고 지드를 저평가하는 것이 정말로 철저하십니다. 『역문』의 옛 기고자는 이에 필적할 사람이 많지 않지요. 그런데 리밍서국에서 발행한[2] 출판물은 오히려 『역문』과 비교할 수 없는 책이 많으니 피차가 똑같이 존중되면 정말 죽도 밥도 아닌 것이 됩니다. 만약 매 호에 저 서국의 책 광고를 싣게 되면 독자들이 아주 깜짝 놀랄 것입니다. 『역문』이 오욕으로 더러워지면서 부활하느니, 이전의 광명 속에는 죽는 편이 차라리 낫습니다. 개인적 의견으로 이 길은 통하지 않는 것 같습니다.[3] 선생은 어떻게 생각하실지 모르겠네요.

이만 줄이며, 봄날 평안하시길 기원합니다.

2월 7일 밤, 쉰 올림

주)______

1) 우리푸(伍蠡甫, 1900~1992). 광둥 신후이(新會) 사람이며 번역가이다. 당시 푸단대학 교수와 리밍서국(黎明書局)의 편집을 겸임하고 있었다. 그의 '문장 절반'은 1936년 2월 6일 상하이 『선바오』(申報) 「출판계」에 게재한 「글쓰기와 출판(상)」이란 글을 말한다. 이 글에서 루쉰이 번역한 지드(Andre Gide)의 「자기를 쓰는 것」(『역문』 1권 2기)을 언급하며, 지드가 "전향 문인의 한 부류"라면서 "무턱대고 그를 소개하는 것"은 적절하지 않다고 했다. 동시에 루쉰이 발표한 「제목을 짓지 못하고("題未定"草)」(7)(루쉰전집 8권 『차개정잡문 2집』 수록)의 관점에 이의를 제기하면서 당시 '새로운' 비평가는 "무슨 '전진', '낙후' 등등을 작가에게 무리하게 덧씌운다"고 비난했다.

2) 리밍서국에서 번역 출판했던 히틀러의 『나의 투쟁』 및 기타 파시스트 선전 서적을 말한다.

3) 리밍서국과 황위안이 교섭하여 『역문』의 복간과 출판을 논했던 것을 말한다. 『역문』은 1936년 3월에 복간되었으며 상하이잡지공사에서 출판했다.

360209 야오커에게

신눙 선생,

일전에 등기로 보낸 왕 군의 서신이 도착했을 것이라 생각됩니다.

일본이 상하이에서 연주했던 것은 서양 음악 계열로 그 지휘자는 성이 고노에近衛이며 궁정의 호위관이라는 뜻입니다. 또 본래 공작이기도 하기에 궁정의 고악으로 잘못 전해지기도 했으나 실은 그렇지 않습니다.

이만 줄이며, 봄날 평안하시길 기원합니다.

2월 9일, 쉰 돈수

360210① 차오징화에게

루전 형,

4일자 편지를 받았습니다. 징눙, 천투이 두 형은 아직 보지 못했는데 아마 여전히 여행 중이라고 생각합니다.

그 편지[1]는 답신할 필요가 없어 보입니다. 답할 말이 전혀 없기 때문이지요.

『역문』은 복간의 희망이 있습니다. 『머나먼 나라』도 발표할 수 있는 가능성이 있으니 삽화를 보내 주시길 바랍니다. 또 책도 보내 주십시오. 이곳에서 찍어서 다시 돌려드려도 괜찮으실지. 이번 달 말 아니면 다음 달 초에 책을 받아 사진을 찍는 게 가장 좋을 것 같습니다.

번각을 하는 사람들이 지금 제 생활에 영향을 미치고 있답니다. 여기에 또 어떤 사람들은 '선집'을 내면서 3, 4회 고르는데 바로 저의 창작을 모두 골라 거기에서 팔아 버립니다. 지금은 영향이 작습니다만 계속된다면 다른 생계 방법을 생각해야 합니다.

『무덤』의 제1편을 되돌아보면 1907년이니 올해 족히 삼십 년이 흘렀습니다. 번역 말고도 글 쓴 것이 도합 이백만 자이니 한 부部로 집성해서 (약 10권) 그것을 몇백 부 출판하여 기념으로 삼고자 합니다. 또 원판을 바라는 사람에게도 편리한 점이 있으리라 봅니다. 하지만 이 일은 경비가 많이 들어 그저 공상에 불과할 뿐이지요.

저희는 모두 잘 지내니 염려치 마십시오.

이만 줄입니다. 부디 봄날 기쁨 가득하길 기원합니다.

2월 10일, 아우 위豫 올림

주)

1) 1936년 2월 1일 받은 소련 목판화가의 편지.

360210② 황핑쑨에게[1)]

핑쑨 선생,

삼가 세 차례 편지를 받고 모든 사정을 알았습니다. 그러나 저는 육칠 년 전 자유대동맹自由大同盟 관계로 저장 당부가 솔선하여 체포령을 내린 사람입니다.[2)] "콰이지會稽는 원수를 갚고 치욕을 씻어내는 고장"[3)]이며 이 몸은 월越인으로 그 뜻을 잊지 않고 있으니, 어찌 이러한 무리 밑에서 구설에 오르는 일을 하겠습니까. 선생의 두터운 성의의 보답은 훗날을 기약하도록 하겠습니다.

삼가 이만 줄이며, 건필하시길 기원합니다.

2월 10일, 루쉰 돈수

주)

1) 황핑쑨(黃苹蓀, 1908~1993). 저장 항저우 사람으로 저장성 교육청 편집 보좌관을 지냈다. 『중앙일보』(中央日報) 항저우 특파 기자를 지냈다. 1935년 봄 『웨펑』(越風) 반월간을 편집했다.
2) 체포령 통지의 일은 300327 편지(루쉰전집 15권)를 참조하시오.
3) "콰이지는 원수를 갚고 치욕을 씻는 고장"은 명조 말기 문인화가 왕사임(王思任)이 한 말이다. 홍광(弘光) 원년(1645) 청나라 군사가 난징을 파괴하자 명조 재상 마사영(馬士英)은 저장으로 도망쳤다. 왕사임은 그를 질책하는 편지에서 "역적의 군사가 이르면 꼼짝 못하고 강한 적이 오면 목을 움츠리며 먼저 도망치고 …… 또한 우리 저장으로 오려 하는데 저장은 원수를 갚고 치욕을 씻는 곳이지 더러운 것들을 감추는 곳이 아니다"라고 했다.

360214 선옌빙에게

밍푸 선생,

12일자 편지를 막 받았습니다. 말씀하신 각 절은 각각 바꾸어 물어보겠습니다.

판화에 대한 글[1]은 본래 한 번 참관하고 나서 다시 쓸 요량이었는데 지금 이처럼 촉박하니 부득불 공허한 의견으로 쓸 수밖에 없네요. 발표할 곳은 27일 이전 출판되는 잡지(20일)로는 『바다제비』밖에 모르는데 게재할 수 있을지는 잘 모르겠습니다. 아마도 현재 벌써 조판이 끝났을지도 몰라 그렇습니다. 신문이라면 당연히 늦지 않았지요. 다만 관에서 발행하는 신문이 아니라면 저는 다 좋습니다. 원고는 21일 전후 보내 드리니 선생께 처리를 부탁드립니다.

목전에 "봄이 왔다"고 느끼지만, 이른 감이 없지는 않습니다. 매일 해가 길어졌다고는 하지만 말입니다. 아마도 피로한 까닭이겠지요.

이후부터는 일본 배척排日 = 모반입니다. 제가 보기에 작가협회[2]는 분명 유산합니다만, 비록 진압을 받아도 오히려 지하에 숨어드는 사람이 있어 좌련과는 다를 수 있습니다. 다만 지하에서 지상 위로 나와 게다가 사교계에 들어가는 작가는 어떻게 해야 할까요.

바이거[3]가 돌아온 것 같습니다. 답신을 드리며, 건필을 기원합니다.

2월 14일, 수 올림

소련 판화 목록 및 설명의 번역문은 그야말로 번역이 어찌 이럴 수 있는지 너무 난해합니다. 예를 들어 Monotype는 우선 판 위에 펜과 잉크로 그리고 그것을 종이에 인쇄하는 것이기 때문에 판화라고 하지만 오히려 한 장의 그림입니다. 그 번역자는 목록에 '모노'라고 번역하고 설명에서는 '단형학'單形學이라 해놓았습니다.

주)

1) 「소련판화전람회 기록」으로 『차개정잡문 말편』에 수록되었다.
2) 좌련의 해산 이후 상하이의 일부 문예공작자가 조직했던 문예 단체이다. 이후 중국문예가협회로 개명하였고 1936년 6월 7일 정식으로 성립하였다.
3) 린바이거(任白戈)를 말한다. 필명은 위원저우(宇文宙), 쓰촨 난충(南充) 사람이다. 당시 좌련 해산의 정황을 이해하기 위해, '좌련' 도쿄분맹위에서 파견되어 귀국했다.

360215① 어머니께

어머님 슬하, 삼가 아룁니다. 산센의 편지에 대한 답신을 동봉하오니 부디 전해 주시기 바랍니다.

상하이는 요 며칠 따뜻했습니다. 저희 모두 잘 지냅니다. 저는 변함없이 바쁘지만 몸이 오히려 좋아졌으니 부디 심려치 마십시오.

하이잉은 벌써 학교에 갔습니다만 그저 가까운 곳의 유치원이지요. 학생 수가 적고 꼭 확실하다고 할 수는 없지만 그다지 착실하지는 않습니다. 가을에 아마 다른 곳으로 바꿀지도 모르겠습니다.

쯔페이의 생일에 10위안을 보냈는데 그가 편지를 보내와 예를 차립니다.

다른 것에 대해서는 후일 말씀드리겠습니다. 이만 줄이며,

부디 평안하시길 기원합니다.

2월 15일, 아들 수 삼가 절을 올리며

광핑, 하이잉도 삼가 절을 올립니다

360215② 환산셴에게[1)]

산셴 조카, 두 통 편지를 받아 몇 자 적어 회신을 보내네.

「비범을 자처하다」[2)]는 칼끝이 너무 드러나서 학교에서 아마 질책을 받지 않을까 싶네. 하물며 지금은 역행하는 시대이니 당연히 배척되어 버린다네.

마오둔은 『역문』의 발기인 가운데 한 사람이나 『역문』의 정간은 결코 그의 농간이 아니네. 이것은 베이핑의 소보小報가 꾸며낸 유언비어이고 아마 농간을 부린 사람이 만들어 낸 것이니 자네는 믿지 말세나. 『역문』은 다음 달에 복간되지만 출판처는 바꾸었네. 마오둔도 여전히 기고자 중 한 사람이네.

소보는 유언비어를 잘 만들고 게다가 베이핑은 상하이에서 먼 곳이니 당연히 진상이 드러날 수 없겠지. 예를 들어 이번에 부친 소보는 양춘런楊邨人의 말을 성지聖旨로 삼고 있네. 하지만 양은 일찍부터 상하이에서는 본명으로 문장을 발표할 수 없는데 그의 사람됨이 이랬다저랬다 하여 아무도 그의 문장을 읽지 않기 때문일세.

자신은 전등을 켜고 기차를 타고 서양 음식을 먹으면서, 오히려 과학을 욕하고 국수를 강조하니 분명 소위 '사대부'의 결점일세. 인도의 간디는 반영反英을 주장하면서 영국의 물건을 쓰지 않았을 뿐만 아니라 병이 나도 영국의 약품을 쓰지 않았으니 이야말로 "언행일치"라 하겠네. 그러나 중국의 독서인은 오히려 공허한 말을 논하며 스스로를 비범하다 드러내고 있다네.

2월 15일, 쉰

주)

1) 롼산셴(阮善先). 창롄(長連)이라고도 한다. 저장 사오싱 사람으로 루쉰의 이종사촌조카이다. 당시 베이핑에서 공부하고 있었다.
2) 수신인의 회고에 따르면 이것은 그가 쓴 잡문으로 그 뜻은 '국수'를 제창하면서 서양 물건을 숭상하는 사람을 풍자하는 것이었다고 한다. 투고하였으나 실리지 않아 루쉰에게 보내 비평을 부탁했다.

360215③ 샤오쥔에게

류쥔 형,

그 소설 서른 권은 두 종류[1] 모두 다 팔렸습니다. 그들[2]에게 각 수십 권을 보내 주시기 바랍니다.

또 저에게 다섯 권을 보내 주십시오. 이 일은 장張 형[3]에게 직접 부탁했지만 다시금 말씀드리는 것입니다.

15일, 쉰 올림

주)______

1) 『8월의 향촌』과 『삶과 죽음의 자리』.
2) 우치야마서점을 말한다.
3) 후평을 말한다.

360215④ 차이위안페이에게[1]

제민孑民 선생님께, 오랫동안 격조했습니다. 건강하고 평안하시길 삼가 기원합니다.

일본 친구 야마모토 군[2]이 일찍이 도쿄에서 가이조샤를 세워 잡지를 편찬하고 서적을 발행하면서 문화에 힘을 쓴 지 수 년이 흘렀습니다. 이전에 보잘것없는 저의 소설을 번역했던 연유로 서로 알게 되었답니다. 최근 중국에 와서 우콰이吳會[3]를 유력遊歷하였는데, 또한 아언雅言을 경청하여 숙원을 달래기를 진심으로 바라고 있사옵니다. 이에 외람되오나 바로 소개드리오니 청안靑眼[4]으로 봐 주시며 담소를 들을 수 있다면 실로 큰 행운입니다. 이만 줄이며, 삼가 평안하시길 기원합니다.

2월 15일, 후학 저우수런 삼가 올립니다

주)______

1) 이 편지는 본래 표점이 없다.
2) 야마모토 사네히코(山本實彥, 1885~1952). 일본 가이조샤의 창립인이며 사장이다. 당시 중국에 와서 루쉰과 중일문화 교류의 일을 논의했었다.
3) 후한 때는 콰이지군(會稽郡)을 우향(吳鄕)이라 했다. 야마모토가 사오싱을 방문했다는

뜻이다.

4) 원문은 '垂靑', 청안을 말한다. 진(晉)의 완적(阮籍)은 마음에 드는 사람이 방문하면 청안으로 맞이하고 마음에 들지 않는 사람이 오면 백안으로 맞이했다고 한다.

360217① 정예푸에게

예푸 선생,

막 편지와 『철마판화』[1] 한 권을 받았습니다, 감사합니다! 『소금팔이』賣鹽[2]를 일찍 받았으나 잡다한 일이 많은 탓에 잠시 두었는데 그만 답신을 잊어버렸답니다. 대단히 죄송합니다. 근 일 년여 다른 자잘한 일을 하느라 목판화에 관심을 오랫동안 쏟지 못하여 수십 점의 목판화를 수집했는데도 아직 소개를 못 했습니다. 다만 가끔 보면 중국에서 목판화는 비록 이미 유행하고 있지만 오히려 진보가 보이지 않는 것 같아요. 어떤 작품은 정말이지 인쇄하지 말아야 하고, 개인의 전집은 특히 숫자만 채운 것입니다. 그래서 제 생각에는 어떤 단체가 광범위하게 조직되어 작품을 엄선하고 잡지를 내는 것이 정말 필요하고 유익할 것이라 봅니다. 철마사가 능히 이 일을 할 수 있기를 희망하고 있어요.

20일부터 상하이에서 소련판화전람회[3]가 열리는데, 그 가운데 목판화가 적지 않습니다(전람회의 장소는 지금은 모르지만 그때 되면 광고가 있을 겁니다). 중국 목판화가에게 큰 도움이 되니 부디 선생과 친구들이 가서 보길 바랍니다. 이만 줄이며, 봄날 평안하시길 기원합니다.

2월 17일, 쉰 올림

주)______

1) 『철마판화』(鐵馬版畵). 목판화 잡지로 철마사(鐵馬社)에서 출판했으며 모두 3기가 나왔다. 철마사는 정예푸(鄭野夫), 장펑(江豊), 청워자(程沃渣)가 창립한 목판화 단체로 1935년 하반기에 상하이에서 세워졌다.
2) 정예푸의 판화집으로 손으로 인쇄하여 자비로 출판했다.
3) 상하이 중소문화협회, 소련대외문화협회와 중국문예사가 공동 주최한 것으로 1936년 2월 20일~26일에 상하이청년회에서 전시했다.

360217② 쉬마오융에게

전달을 부탁드리며

쉬 선생,

보내 주신 편지를 받았습니다. 근래 자질구레한 일들을 하면서 친구를 기다리고 있지요.[1] 미리 약속했었으나 아마 그때가 되어 약속을 어겼나 싶은데 한 주 지나 다시 보도록 합시다.

「검을 벼린 이야기」의 출전[2]은 지금은 완전히 잊어버렸습니다. 그저 원문의 대략 이삼백 자 정도만 기억하고 있어요. 저는 그저 배치만 했지 바꾸지는 않았답니다. 아마 당송의 유서類書나 지리지地理志에 보일 텐데(거기의 '삼왕총'三王冢) 그러나 조사할 방도가 없네요.

『새로 쓴 옛날이야기』에 대한 선생의 비평을 꼭 보고 싶습니다. 추邱 선생의 비평[3]을 읽어 보았지요. 그는 곡해를 하여 억지로 갖다 맞추고 있으니 태양사 때부터 하나도 나아진 것이 없군요.

이만 줄이며, 또한 봄날 평안하시길 기원합니다.

17일 밤, 쉰 올림

주)______

1) 천투이를 말한다.
2) 미간척(眉間尺) 전설을 말한다. 위의 조비(曹丕)가 지은 『열이전』(列異傳) 및 진의 간보(干寶)가 지은 『수신기』(搜神記) 등의 고적 가운데에 있다.
3) 추인둬(邱韻鐸, 1907~1992). 상하이 사람으로 창조사 출판부 주임을 역임했으며 당시 광밍서국(光名書局)의 편집인이었다. 그의 비평은 「『바다제비』를 읽고서」를 말하며 1936년 2월 11일 『시사신보』의 부간 『매주문학』 제21기에 실렸다. 글에서 그는 루쉰의 「관문을 떠난 이야기」를 읽고 "뇌리에 남은 그림자는 바로 온몸과 마음이 모두 고독감에 절어 있는 노인의 그림자뿐이다. 나는 독자는 우리의 작가를 따라 고독과 비애에 빠질 것이라고 진정 느낀다" 했다. 루쉰은 『차개정잡문 말편』의 「「관문을 떠난 이야기」의 '관문'」에서 그의 비평에 대해 비판했다.

360217③ 멍스환에게

스환 선생,

사부로 부인 말씀을 통해 선생이 『인옥집』引玉集 인쇄본을 정말 좋아해서 "사랑한 나머지 손에서 놓지를 못한다"는 걸 알았답니다. 일찍이 "홍분紅粉은 가인佳人에게, 보검은 장사壯士에게"라고 했는데, 그렇다면 좋은 책은 당연히 책벌레에게 드려야 하지요. 거처에 한 권이 있어 특별히 삼가 드리오니, '멍씨 장서藏書'로 삼으시고 오십 세기를 기다리시면 분명 졸역 『죽은 혼』과 함께 모두 희대의 보물이 될 것입니다.

이만 줄이며, 또 봄날 평안하시길 바랍니다.

2월 17일, 쉰 올림

360218 선옌빙에게

밍푸 선생,

신팔고新八股[1] 짓기를 마쳐 삼가 드립니다. '부기'附記의 한 단락은 중국 독자를 위해 말한 것이니 번역을 할 때는 빼야 합니다.

원고 건[2]은 각각 부탁해 두었습니다. 다만 후펑이 묻더군요. 이 문장은 어떤 사람에게 읽히기 위해 쓰는 것인지요? 중국인인지, 외국인인지? 하고 말입니다. 제 생각에 이 점은 집필과 관계가 있는데 거기에 발표하는지 확실하지 않기 때문에 그에게 확답을 못 하고 있습니다.

이만 줄이며, 부디 건필하시길 기원합니다.

2월 18일, 수 올림

주)

1) 「소련판화전시회에 부쳐」를 말한다.
2) 후펑에게 마오둔 관련 자료를 부탁한 것과 샤오쥔에게 둥베이 의용군 관련 글을 부탁한 것을 말한다. 각각의 내용은 360105①과 360223 편지를 참조하시오.

360219① 샤촨징에게[1]

촨징 선생,

삼가 혜서惠書를 받았습니다. 『하프』의 서문은 관의 검열에 의해 삭제되었답니다.[2] 작년 상하이에는 이러한 기관이 존재해서 비밀리에 언론을 압박하는 것을 전문적으로 책임지고 있었지요. 출판된 책들이 모두 암암리에 참살되었습니다. 이어 두중위안杜重遠의 『신생』新生 사건[3]까지 이르고 일본 측이 지적을 하자 결국 비밀리에 없앴습니다. 『들풀』의 서문[4]도 이와 마찬가지라 서점에 몇 차례 말을 했지만 결국 빠지고 말았습니다.

『고리키 문집』은 제가 번역한 것이 아닙니다. 서점에서 함부로 광고를 낸 것이지요. 이 책은 좀 있으면 좋은 번역본[5]이 출판되는데 볼만합니다. 『예술론』 등은 오랫동안 출판되지 않고 있어 구매할 방법이 없습니다. 저의 번역과 저서는 별지에 적어 두었습니다. 편역을 한 것은 『인옥집』, 『작은 요하네스』, 『죽은 혼』 셋이 괜찮고, 다른 것은 모두 오래된 편이라 시효가 다하였으니 읽을 필요가 없습니다.

문학 연구에 대한 것은 정말이지 실마리가 뒤엉켜 있어 어디서부터 말해야 할지 모르겠습니다. 그러나 외국어는 최소한 하나 이상은 정통해야만 하는데, 영어, 프랑스어, 독일어, 일본어, 무엇이든 좋고 러시아어라면 더 좋습니다. 이것은 어렵지 않답니다. 청년은 기억력이 좋아서 하루에 단어 몇 개씩을 외우면 결국 글을 읽고, 중단하지 않고 사오 년 쌓이면 분명 책을 읽을 정도가 됩니다.

경험이 많이 쌓이면 앞의 원인으로 뒤의 결과를 바로 알 수 있습니다. 저의 예측은 때때로 영험하지만 이것도 일단에 지나지 않지요. 다만 근래 문의 그물[6]이 나날이 늘어나니 느낀 바가 있다 해도 독자와 서로 만날 수가 없습니다.

이만 줄입니다. 부디 봄날 평안하시길 바랍니다.

2월 19일 밤, 쉰 올림

작作

무덤, 먼 곳에서 온 편지(서신) 이상 베이신, 남강북조집, 풍월이야기 이상 우치야마, 새로 쓴 옛날이야기 쿤밍昆明로 더안得安리 20호 문화생활출판사 편,

편編

소설구문초, 당송전기집 이상 롄화聯華, 인옥집(소련 판화) 우치야마

역譯

벽하역총(오래됨), 사상 · 산수 · 인물(상동), 근세미술사조론(너무 전문적),

한 청년의 꿈(절판), 노동자 셰빌로프(상동) 이상 베이신, 연분홍 구름(가능),

작은 요하네스(좋음) 이상 생활, 러시아 동화(가능), 죽은 혼(좋음) 이상 문화, 10월(가능) 신주국광사, 예로센코 동화집(평이) 상우인서관

루나차르스키 예술론, 신흥예술의 여러 문제, 플레하노프 예술론, 문예와 비평, 문예정책 이상은 모두 금지 혹은 절판되어 구매 불가

주)

1) 난징(南京)의 성지(盛記)포목점 직원이다. 루쉰에게 편지를 보내 역저의 관련 사항 및 문학연구방법을 물었다.
2) 『하프』의 서문이 삭제된 일로 341210② 편지를 참조하시오. 1933년 『하프』의 제3판을 찍을 때 검열관에 의해 삭제되었다.
3) 두중위안(杜重遠, 1899~1943). 지린 화이더(懷德) 사람. 1934년 상하이에서 『신생』(新生) 주간을 펴내고 주편을 맡았다.

   『신생』 사건. 1935년 5월 상하이 『신생』 주간 2권 15기에 이수이(易水)가 「황제 한담」(閑談皇帝)을 발표하여 고금과 국내외의 군주제도를 논하고 일본 천황제를 언급했다. 그 당시 상하이 주재 일본총영사가 "천황을 모욕하고 국가외교를 방해했다"라는 명분으로 이에 항의를 했다. 국민당 정부는 이 항의에 굴복하였고 그 기회를 이용해 진보적인 여론을 탄압했다. 『신생』 주간을 조사하여 폐쇄시켰고 법원은 이 잡지의 주편 두중위안에게 1년 2개월의 징역을 선고했다. 이 사건을 '『신생』 사건'이라고 부른다.
4) 『들풀』의 「제목에 부쳐」. 삭제된 사건은 351123 편지의 주석을 참조하시오.
5) 취추바이가 번역한 『고리키 창작 선집』과 『고리키 논문 선집』이며 『해상술림』에 수록되었다. 당시 출판이 진행 중이었다.
6) 문의 그물(文網). 관의 언론 문화 탄압을 말한다.

360219② 천광야오에게[1]

광야오 선생,

두 번에 걸쳐 혜서를 받고 모든 것을 잘 알게 되었습니다. 선생의 성실한 업적은 이미 오래전에 듣고 탄복하고 있었습니다. 다만 간자簡字에 대해서 유의해 본 적이 없어 노력의 성과에 놀라고 있는데 어떤 말로 찬사를 드려야 할지 모르겠습니다. 원하지 않는 것이 아니고 정말 할 수 없는 것입니다. 삼가 제 심정을 말씀드리니 부디 헤아려 주시기를 부탁드립니다.

이만 줄이며 건필하시길 삼가 기원합니다.

2월 19일, 루쉰 올림

주)

1) 천광야오(陳光堯, 1906~1972). 산시 청구(城固) 사람. 베이핑연구원(北平硏究院)의 보좌관. 오랫동안 언어, 문자 연구에 종사했다.

360221① 차오쥐런에게

쥐런 선생,

삼가 혜서를 받고 어제 답신을 보낸 것으로 기억합니다만, 지금 또 19일자 편지를 받으니 이로 상세히 알게 되었습니다. 제가 보기에 이것은 그저 작은 일에 지나지 않고[1] 지나가면 그것으로 그만입니다.

제가 선생을 오해할 리가 없지요. 제가 나이가 많기는 하지만 저도 청년 시절을 지냈던 터라 청년들이 격렬한 열정으로 앞뒤를 재지 않는 것도 잘 압니다. 또한 공명共鳴하면서도 모든 것을 고려할 수밖에 없는 중년의 고심苦心과 고독함을 잘 압니다. 지금 많은 논객들이 제가 화를 낼 것이라 말하고 있지만 사실 오히려 저 자신은 여태껏 작은 일 때문에 누구하고 벗이 되거나 원수가 되지 않았습니다. 저는 수십 년 된 오래된 벗이 적지 않은데, 요는 서로 작은 일은 양해하고 큰 것을 취하는 데 있지요.

『바다제비』는 문예잡지이지만 그 앞길에 가시덤불이 가득해 보입니다. 주된 원인은 내용이 아니라 집필자 때문이지요. 내용이 대수롭지 않으면 평온무사하다는 것은 오늘날 중국에서 구할 수 없는 일입니다. 사실 경찰이 이 잡지에 특별히 관심을 갖는 것은 아주 웃긴 이유가 있습니다.

이만 줄이며, 부디 건필하시길 기원합니다.

2월 21일, 쉰 올림

동봉한 편지를 전해 주시길 부탁드립니다.

주)

1) 『바다제비』의 발행과 관련한 일이다. 『바다제비』 제1기에 발행인을 밝히지 않았는데 주관 당국이 간섭을 하였다. 그리하여 제2기를 출판할 때는 편집자가 차오쥐런의 동의를 얻어 "발행인 차오쥐런"이라고 하였다. 발행된 이후 차오쥐런이 책임을 지는 것을 두려워하여 1936년 2월 22일 『신보』에 「차오쥐런, 『바다제비』 발행인을 부인함을 알린다」를 게재하였다.

360221② 쉬마오융에게

쉬 선생,

19일자 편지를 받았습니다. 편지를 보낸 후 선생의 문장[1]을 보았습니다만 저는 결코 찬성하지 않습니다. 그러한 폐단은 소설은 남을 배척하거나 자신을 비유하기 위해 쓰는 것이라 하는 낡은 견해에 있다고 저는 봅니다. 소설에도 회화처럼 모델이 있지만 저는 여태 어떤 사람 전체를 쓴 적이 없습니다. 하지만 팔다리 어느 한 부분은 어쨌든 어느 한 부분과 비슷할 수밖에 없지요. 만약 살아 있는 사람과 비슷한 곳이 하나도 없으면 구상화한 작품이 아닙니다. 그런데 추邱 선생은 추상적인 포장지로 「관문을 떠난 이야기」를 봉해 버렸습니다. 이 일에 대해서 말하기 시작하면 길어질 터이니 앞으로 제 견해를 좀 써야 될 것 같습니다.

그 「관문을 떠난 이야기」는 사실 노자 사상에 대해 비평한 것이고, 결말의 관윤희[2]의 몇 마디 말이 제 본의입니다. 이러한 "크지만 옳지 않은" 사상가는 쓸모가 없습니다. 저는 그에 대해 공감하지 않으며 묘사도 만화 필치로 하여 그를 관문 밖으로 내보냈지요. 지금 "열정의 청년"들이 보고 적막감을 느낀다면 이는 저의 실패입니다. 하지만 『다궁바오』의 어떤 소개[3]를 보면 그는 저의 의도를 보아 내고 있습니다.

저는 28일(금요일) 오후에 서점에서 기다리겠습니다.

이만 줄이며, 평안하시기를 기원합니다.

2월 21일, 쉰 올림

주)______

1) 천보(岑伯)라는 필명으로 1936년 2월 18일 『시사신보』 부간 『매주문학』 제22기에 게재한 「『새로 쓴 옛날이야기』 독후감」을 말한다. 이 글에서 『새로 쓴 옛날이야기』가 쓴 것은 "사실 모두 현대의 이야기"이며 "최근 학자와 문사들"의 "추악한 낯"을 "루쉰 선생이 무자비하게 그려 냈다"고 했다. 또한 "「관문을 떠난 이야기」 속의 노자는 루쉰 선생 자신임이 아주 분명하다"고 하면서, "(루쉰) 자신이 본 추악함에 의해 자극받아 심하게 비관한 듯하며, 그리하여 그의 성격이 나날이 괴팍하게 변하는 것이며, 이 괴팍함은 결국 열정의 청년들로 하여금 그가 소극적으로 변했다고 오해하도록 만든다"고 했다. 쉬마오융에 대해서는 360107 참조.
2) 관윤희(關尹喜). 「관문을 떠난 이야기」에 나오는 인물로 한구관(函谷關)의 관윤(關尹)으로 전해지고 있다.
3) 쭝줴(宗珏)라는 필자의 「'바다제비'」로 1936년 2월 7일 톈진의 『다궁바오』 「문예」 제89호 「신문서적간평」란에 실렸다. 이 글에서 "「관문을 떠난 이야기」는 역사를 제재로 하였지만 새로운 관점으로 어느 귀퉁이의 작은 현상을 겨누는데, 대중 앞에 일찍이 많은 사람들이 미신처럼 믿은 우상의 원형을 폭로하니 대단한 의의를 지닌다"고 하였다.

360222 황위안에게

허칭河清 선생,

징화의 원고[1]는 다 읽었으며 어제 오후 후펑에게 전달을 부탁했습니다. 오후에 원본을 받았는데 안에 삽화 17점이 있었습니다. 원본은 돌려드려야만 하기에 밤에 우랑시吳郎西가 방문했을 때 제판制版을 부탁했어요. 다음 주 월요일에 견본쇄를 줍니다만 판은 그가 있는 곳에 두오니 선생에게 직접 드리겠습니다.

따라서 그 원고를 며칠 늦게 인쇄에 넘겨 삽화와 함께 바로 조판을 해서 우여곡절을 면하는 게 나을 듯합니다. 왜냐면 몇 점은 낱장이 아니라서 『시계』의 삽화처럼 본문 속에 넣어야 할 것 같아서 그렇습니다.

이만 줄이며, 건필하시길 기원합니다.

2월 22일, 쉰 올림

주)

1) 『머나먼 나라』의 번역 원고를 말한다.

360223 샤오쥔에게

류 형,

의용군의 일[1]을 급히 좀 사용해야 합니다. 편지를 기다리는데 아무래도 제 시간에 대지 못할 것 같습니다. 그래서 형에게 과거 이삼 년의 경과(회고기의 형식이라도 좋아요)의 개략을 그들을 위해 써 달라 부탁합니다. 빠르면 빠를수록 좋습니다. 우선 일이천 자를 쓰고 나머지를 계속하면 됩니다.

후펑을 만나면 전해 주시길 바랍니다. 그 문장은 외국인이 볼 것이니 사실만을 기록하고 의론은 쓰지 말며 이삼천 자면 족하지만, 단 빨리 써야 한다고 전해 주십시오.

2월 23일, 쉰 올림

주)

1) 샤오쥔이 영문 잡지 『중국의 소리』(中國呼聲, *The Voice of China*)에 쓴 「둥베이 의용군」을 말하며, 이후 해당 잡지 제1권 제6기(1936년 6월 1일)에 게재되었다.

360224 샤촨징에게

촨징 선생,

일전 급히 답신을 보내 드렸는데 이미 도착했으리라 생각합니다. 근래 우연히 책 상자를 뒤지다가 세 종류의 책을 보았는데 선생이 가지고 있지 않은 것입니다. 졸저인 터라 전혀 쓸모가 없고 그저 벌레들 배만 불리겠지요. 또 『하프』는 최근 제4판이 나왔는데 문의 그물이 조금 느슨해져 서점에서 서문을 넣었으니 한 책冊을 보내옵니다. 저는 쓸모가 없으니 오전에 서점에서 보내도록 부탁하겠습니다. 삼가 보내 드리옵니다. 이는 저에게는 무용의 물건으로 어떤 손실도 없사오니, 부디 책값을 부치시지 않도록 삼가 부탁 또 부탁드리옵니다.

이만 줄이며, 또한 평안하시길 기원합니다.

2월 24일, 쉰 올림

360229① 차오징화에게

루전 형,

25일자 편지를 받았습니다. 신문과 책은 벌써 받았지요. 책은 벌써 제판制版[1]에 들어갔고, 오늘 각종 잡지 두 보따리를 서점에 부탁하여 보냈습니다.

『바다제비』는 중죄로 금지되었는데[2] 속간의 여부는 정해지지 않았습니다. 이런 지경에 이르니 가짜 호인의 진상이 드러나고 대리점은 판매금을 슬쩍 하니 정말 만감이 교차합니다. 동시에 금지된 잡지는 이십여 종이 넘습니다.[3] 대략 생기 있는 잡지는 거의 소멸해 버렸습니다. 덕정德政이 어찌 북방뿐이겠습니까!

문인학사의 각종 모임도 생기가 없습니다. 유명하고 싶지만 핍박도 두려우니 어찌 일을 하겠습니까. 저는 어떤 모임도 참가하지 않고 있습니다. 어떤 사람은 제가 통일을 파괴한다고 말하고 있는 것 같은데 마음대로 하게 두고 있답니다.

『머나먼 나라』는 벌써 『역문』에 전했습니다. 좀 눈에 띄는 부분은 모두 고쳤는데 별일 아닙니다. 하지만 지금 덕정을 시행하고 있는 때라고 말하기가 어려워 그저 듣고만 있습니다. 저는 『죽은 혼』 제2부를 번역하고 있는데 꽤 어렵네요. 하지만 제1부에 비해 재미있지는 않습니다.

천투이, 징눙 두 형은 모두 만나 보았습니다. 천이 소설 10권을 가지고 있어 형의 거처에 우송을 부탁했지요. 가까운 시일 내에 보내겠습니다. 잠시 맡아 주시면 그가 돌아온 뒤 찾아갈 것입니다.

이만 줄이며, 봄날 편안하시길 기원합니다.

2월 29일, 아우 위 돈수

주)______

1) 러시아어판 『머나먼 나라』의 삽화 제판을 말한다.
2) 1936년 2월 29일 국민당 중앙선전부는 "1.우리 당의 외교정책을 공격했다. 2. 프로 문화를 선전했다. 3. 인민정부를 고취했다" 등의 죄명으로 『바다제비』를 수사하고 발매 금지시켰다.
3) 1936년 1, 2월 사이에 국민당 중앙선전부는 갖가지 구실을 들어 『바다제비』, 『대중생활』, 『생활지식』, 『독서생활』, 『만화와 생활』 등의 잡지 23종을 차례로 수사하고 발매 금지시켰다.

360229② 양지원에게

지원 선생,

막 보내 주신 원고를 받고 기뻐하였습니다. 『바다제비』는 저희 몇몇 사람이 간행했지만 지금은 이미 '공'共 글자의 죄로 인해 금지되고 속간의 여부도 알 수가 없습니다. 옥고는 누추한 이곳에서 장래를 기다립니다. 이번 금지된 것은 모두 20여 종으로 생기가 있는 잡지인데 일망타진되었습니다.

정절靖節선생[1]은 첩이 있을 뿐만 아니라 노비도 있습니다. 노비는 당시에 생산을 위한 도구였고, 도공陶公은 생산에 종사하지 않았지요. 그러나 누군가 술을 보내왔으니 고독한 사람은 아니었습니다.

지난달 『새로 쓴 옛날이야기』 한 권을 출판했습니다. 심심풀이 작품이 많습니다. 서점에 부탁하여 한 권을 보내오니 한 번 크게 웃으며 보십시오.[2]

이만 줄이며, 평안하시길 기원합니다.

2월 29일, 쉰 돈수

주)

1) 도연명(陶淵明, 365~427)을 말한다. 290106 편지 주석을 참조하시오. 『진서』(晉書) 「도연명전」(陶淵明傳)에서 "생업을 일구지 않고 노복에게 집안일을 맡겼다"고 되어 있다.
2) 원문은 '以博一粲'. 자신이 지은 시나 문장을 타인에게 증정할 때 자주 쓰는 말이다. 시원하게 웃는 것을 말한다.

360304 러우웨이춘에게[1]

웨이춘 선생,

삼가 편지를 받았습니다. 『문밖의 글 이야기』[2]는 몇몇 청년들이 저의 동의를 얻은 뒤에 편집 출판한 것입니다. 인세는 신문자新文字[3]에 관한 잡지 출판의 비용으로 삼는 것이라 그들이 받는 것이니 저와는 아무런 관계가 없습니다.

따라서 톈마의 저에 대한 부채는 사실 『선집』[4]분의 이백 위안밖에 없습니다. 그러나 저는 출판사와 주주 관계를 갖고 싶지 않기 때문에, 현재 형과 친구가 업무를 재개한다면 제가 책임을 지고 말씀드리는 건 출판사가 나중에 여유가 생겨 스스로 지불할 때까지 저는 결코 재촉하지 않는다는 것이지요. 그렇게 하면 목전의 것도 채무가 되지 않을 수 있습니다. 톈마가 중도에 신용할 수 없었던 점도 좀 있는 것 같지만 지금은 새로 개조되었으니[5] 저는 결코 방해하고 싶지 않습니다.

이만 줄이며, 평안하시길 기원합니다.

3월 4일 밤, 쉰 돈수

주)

1) 러우웨이춘(樓煒春). 저장(浙江) 위야오(余姚) 출신. 러우스이(樓適夷)의 사촌동생이다. 1932년에 동향의 한전예(韓振業)와 함께 톈마(天馬)서점을 창설했다. 1933년에 러우스이가 체포된 후 러우스이와 루쉰 사이를 연락했다.
2) 『문 밖의 글 이야기』(門外文談). 예라이스(葉籟士), 인겅(尹庚) 등이 편집하였다. 루쉰의 「문 밖의 글 이야기」를 비롯하여 언어문자개혁과 관련된 문장 5편을 수록하였다. 1935년 9월 상하이 톈마서점(天馬書店) 출판.
3) 라틴화 신문자(新文字)를 말한다. 351221④ 서신 참조.
4) 『루쉰자선집』을 말한다.

5) 1933년 톈마서점 편집인 러우스이가 체포되고 사무 처리를 하던 러우웨이춘이 사직, 1935년 지배인 한전예가 죽어 서점의 영업이 정지되었다. 1936년 초 궈징탕(郭靜唐)이 이어받아 다시 영업을 시작했다.

360307 선옌빙에게

밍푸 선생,

5일자 편지를 받았습니다. 그전의 편지도 받았지요.

월요일에 추운 방에서 책을 찾았는데 조심하지 않았는지 한기가 들고 천식이 심해 거의 졸도를 했습니다. 주사를 맞았습니다만 지금까지 아직 계단을 내려가지 못합니다.

S[1]의 곳에는 지금 갈 수가 없답니다. 걷는 게 힘들기 때문이지요. 만약 꼭 이야기를 해야 할 필요가 있다면, 그렇다면 그녀가 집에 오는 것은 어떨지요?

이만 줄입니다, 부디 건필하시기 바랍니다.

3월 7일, 수 돈수

주)

1) 스메들리를 말한다.

360309 황위안에게

허칭 선생,

어젯밤 「복간에 부쳐」 원고 등 세 점[1]을 부쳤는데 도착했는지요?

『죽은 혼』 원고를 찾아올 수 있다면, 부디 매 호마다 돌려주시길 부탁드립니다. 왜냐하면 나중에 이후 단행본을 출판할 때 『역문』에서 뜯어내는 것보다 간편하기 때문이고 게다가 최초의 오식이 있을까 염려할 필요가 없기 때문입니다.

이만 줄이며, 부디 건필하시길 기원합니다.

3월 9일, 쉰 올림

주)

1) 「『역문』 복간사」, 『죽은 혼』 제2부 제1장 및 「역자부기」로 모두 『역문』 신1권 제1기(1936년 3월)에 게재되었다.

360311① 양진하오에게[1]

진하오 선생,

혜서를 받았습니다.

소년 독서물은 참으로 큰 문제입니다. 우연히 출판된 것을 본 적이 있는데 내용과 문장이 모두 생기가 없으니 이런 교육을 받은 소년의 앞날이 가히 예상됩니다.

하지만 바꾸기 위해서는 전문가가 필요하며 모든 것을 거의 새롭게 하지 않으면 안 됩니다. 저는 지금껏 아동문학을 연구하지는 않았지요. 일찍이 한두 권 동화를 갖고 있었는데 그건 삽화 때문에 사서 즐겨 보았던 것으로 『시계』가 그중 하나랍니다. 지금은 자료를 쉽게 모을 수가 없는데 희공希公[2] 치하에서 이러한 것들이 거의 모두 잿더미가 되어 버렸기 때문이지요. 하지만 우리 쪽에서도 의미 있는 것을 발표할 수가 없답니다.

따라서 정말 거의 힘이 되지 못합니다. 사양하는 말이 아니랍니다. 이는 제가 권법을 할 수 없어요, 혹은 케이크를 만들지 못해요, 라고 말하는 것과 같고 그것은 사실입니다. 지인들 가운데에서도 이쪽 길에 관심을 가진 사람이 없네요.

병은 아직 좋아지지 않았습니다. 제가 잘 아프지는 않지만 한 번 병이 나면 쉽게 낫지를 않습니다. 그러나 이번도 아마 죽을 정도는 아닌 것 같습니다.

이만 줄이며, 부디 평안하시길 기원합니다.

3월 11일, 루쉰

주)

1) 양진하오(楊晉豪, 1910~1993). 자는 서우칭(壽淸), 장쑤 펑셴(奉賢; 지금은 상하이에 속해 있다) 사람. 당시 베이신서국에서 『소학생』 반월간을 편집하고 있었다.

2) 히틀러를 말한다.

360311② 샤촨징에게

촨징 선생,

6일자 편지를 막 받았습니다. 우치야마서점에서 받은 편지와 『매화몽전기』梅花夢傳奇[1] 두 권도 벌써 받았답니다. 감사드립니다! 다만 베이신의 편지는 보지 못했습니다. 그들은 저에게 편지를 전해 주지 않으려 하여 전보인데도 방치해 두고 있습니다. 저도 찾아가 묻고 싶지 않아 내버려 두렵니다.

『조하문예』朝霞文藝[2] 류는 도처에 있답니다. 이러한 시대에는 당연히 이런 종류의 문인이 있으므로 저는 신경 쓰지 않고 있답니다. 스크랩[3]해서 보내 주셔서 정말 감사드립니다. 하지만 이후에는 그냥 두셔도 무방합니다. 시간과 우편 비용을 이런 글에 쓸 가치가 없습니다.

이만 줄이며, 평안하시길 기원합니다.

3월 11일 밤, 루쉰

주)

1) 매화몽전기(梅花夢傳奇). 청대 진삼(陳森)이 지은 2권 2책의 희곡. 1921년 시암(詩盦)에서 원고본을 영인했다.
2) 1930년대 초에서 40년대 말까지 활동한 조하문예사(朝霞文藝社)의 잡지. 샹진장(向錦江) 등이 발기하여 1932년 잡지 『조하』(朝霞)를 창간했다. 1936년 『장쑤성보』(江蘇省報)에 「문예공작」(文藝工作)란을 운영했다.
3) 수신인의 설명에 따르면, "이곳(난징)의 신문에 선생에 대한 풍문들이 떠돌아 바로 스크랩하여 선생에게 보냈고, 이후에 또 이런 글이 보이면 그때마다 보내겠다고 말했다"고 한다.

360311③ 멍스환에게

스환 선생,

『도시와 세월』 삽화의 목판화는 작가[1]가 직접 인쇄한 것을 제가 가지고 있습니다. 책 속의 것보다 좋고 많답니다. 작가가 작년에 돌아가셨지요. 그래서 출판을 해서 기념을 해야 하지 않을까 생각하고 있었답니다.

징화에게 개요를 좀 써 달라 부탁했습니다. 하지만 생각해 보니 각각의 도판 아래 제목을 달면 독자가 더욱 편할 것 같습니다. 제가 좀 뽑아 봤습니다만 아무래도 분명하지 않은 것이 있습니다. 개요 속에도 없는 것 같네요.

그래서 부득이하게 개요와 원본을 보내 드립니다. 부디 좀 뽑아 주시고 또 뽑아 놓은 것에 오류가 있는지 살펴봐 주시기 바랍니다. 가르침을 받을 수 있다면 곧 하늘의 덕은 높고 두터워 살아 있는 한 감사를 드릴 것입니다. 이만 줄이며, 평안하시길 기원합니다.

3월 11일, 쉰 돈수

주)______

1) 『도시와 세월』의 삽화가로 곧 알렉세예프(Николай Васильевич Алексеев, 1894~1934). 차오징화를 통해 페딘의 『도시와 세월』, 고리키의 『어머니』 등의 삽화를 루쉰에게 전했다. 알렉세예프에 관해서는 350126 편지와 『집외집습유』에 수록된 「『인옥집』 후기」를 참조하시오.

360312 스지싱에게[1]

한즈涵之[2] 선생,

서문[3]을 좀 써 보았습니다. 지금 기록하여 보냅니다만 쓸 수 있을지 어떨지 보시고 결정하십시오.

필사할 때 우연히 가로로 썼지만, 결코 제가 횡서여야만 한다고 주장하는 것이 아닙니다. 시를 어떻게 배치하고 서문도 맞추어 배치하면 그걸로 좋습니다.

이만 줄이며, 또한 항상 평안하시길 기원합니다.

3월 12일, 쉰 올림

주)

1) 이 편지는 1936년 5월 1일 한커우 『서북풍』(西北風) 반월간 제1기에 수록되었다.
2) 치한즈(齊涵之)로 스지싱(史濟行)의 필명이다. 저장(浙江) 닝보(寧波) 출신이며, 필명은 스옌(史岩), 치한즈(齊涵之), 톈싱(天行) 등이다. 『인간세』(人間世; 한커우漢口에서 출판되었으며, 후에 『서북풍』으로 개명) 등의 간행물을 편집했다. 1936년 3월에 바이망(白莽)의 학우라며 루쉰의 「바이망 작 『아이의 탑』 서문」(白莽作『孩兒塔』序)을 속여서 빼앗았으며, 루쉰은 「속기」(續記)를 지어 이를 폭로했다. 290221 편지의 주석을 참조하시오.
3) 「바이망 작 『아이의 탑』 서문」으로 이후 『차개정잡문 말편』에 수록되었다.

360317 탕타오에게

탕타오唐弢 선생,

혜서를 받았습니다. 반 개월 이전 날씨의 급변에 주의하지 않은 탓에 병이 났는데 지금도 여전히 회복하지 못하고 있답니다.

외국어를 배우는데 그만두었다 배웠다 하면 공부하는 데 좋지 않습니다. 「자유담」에 쓰는 그런 단문은 제한도 있고 구속도 있어서, 사실 글쓴이에게는 좋은 점이 하나도 없답니다. □[1] 아니면 긴 문장을 쓰는 것이 가장 좋겠지요.

톈마서점은 수개월 휴업을 한 듯한데, 지금 듣자 하니 영업을 시작하여 『추배집』推背集[2]을 출판하는 것 같습니다. 문화생활출판사 그쪽은 작품을 수록하는 것이 『문학총간』뿐이라 문학과의 관계가 간접적인 문장은 어떠한지 제가 모릅니다. 어제 물어봐 달라 부탁했으니 회신이 오면 다시 알려 드리겠습니다.

저의 주소는 아직 알리지 않으려 합니다. 사람을 못 믿어서가 아니라 수시로 손님을 만나면 시간을 자신이 장악하지 못할 뿐만 아니라 책 볼 시간도 조각나 버리기 때문입니다. 게다가 이전과 달리 체력도 제가 담화하는 걸 허락하지 않네요.

이만 줄이며, 항상 평안하시길 기원합니다.

3월 17일, 쉰 올림

주)______

1) 서신에 이곳이 빈 칸으로 되어 있다.
2) 탕타오(唐弢)의 잡문집으로 1936년 3월 상하이 톈마서점에서 출판되었다.

360318 어우양산, 차오밍에게[1)]

편지 주셔서 감사합니다.

사실 저의 생활도 이만 하면 고생스럽지 않습니다. 수십 년 동안 눈과 손에 짬이 나지 않았답니다. 정말이랍니다. 다만 일찍부터 습관이 되어버려 아무것도 느끼지 못하는 것이지요.

이번 날씨가 갑자기 추워지고 게다가 제가 조심하지 않은 바람에 한기가 심하게 들었는데 기관지에 경련이 일어나고 갑자기 격렬한 천식이 일어났습니다. 다행히 때마침 의사가 가까이 있어 바로 주사를 맞고 회복해 가고 있답니다. 3일간 누워 있었고 그 후 점차 회복하고 있는데 지금은 좀 좋아져서 매일 몇백 자씩은 쓰고 있습니다. 약도 벌써 중지했지요.

중국은 해야 할 일이 상당히 많습니다만, 제가 할 수 있는 것도 제한적이니 사실 말할 필요가 없지요. 그러나 중국은 정말로 힘겨운 노동을 하는 사람을 필요로 하고 있는데 이러한 노동자는 너무나 적습니다. 저도 나이가 들어가고 체력도 약해지기 시작해서 정말 유감스럽습니다. 이전에는 춥고 더움에 영향을 받지 않았지요. 뜻밖에도 지금은 그렇지 않습니다. 금후 재발할지 어떨지 이것도 의문입니다. 하지만 천식은 죽을병이 결코 아니니 재발해도 상관없습니다. 그저 반 개월 정도 시간만 들이면 그만입니다.

저의 오락은 그저 영화를 보는 것뿐인데 애석하게도 좋은 작품이 아주 적습니다. 이 밖에 '제3종인' 사람들을 보면 하나하나 꼬리를 끌어올리는데 이것도 일종의 큰 오락입니다. 사실 저는 작가 가운데 지금까지 실패가 없어 아주 행복하다고 할 수 있는 터라 할 말이 없습니다. 천식이 일어나도 문제 될 것이 없습니다.

그러나 지금은 매일의 작업에 제한이 있어 실행을 할 수 있을지 단언할 수가 없습니다. 글을 쓰는 것은 수공예와 달라 시작하고 싶을 때 시작하고 그만두고 싶을 때 그만둘 수가 없기 때문입니다.

오늘 이천 자가량 번역을 했답니다.[2] 이 편지는 밤에 쓰는 것이니, 보세요, 벌써 회복된 것 같지요? 걱정하지 마십시오.

이만 줄이며, 평안하십시오.

(3월 18일)

주)

1) 이 편지는 수신인에 의해 호칭이 삭제되었다.
어우양산(歐陽山, 1908~2000)의 본명은 양펑치(楊鳳岐)이며 필명은 뤄시(羅西), 후베이 징저우(荊州) 사람이다. 작가이다. 차오밍(草明, 1913~2002)의 본명은 우쉬안원(吳絢文), 광둥 순더(順德) 사람이며 여류작가이다. 이들 모두 '좌련'의 성원으로 당시 상하이에서 문학을 창작하고 있었다.

2) 『죽은 혼』 제2부 제2장을 말한다.

360320① 어머니께

어머님 슬하, 삼가 아룁니다. 며칠 동안 편지를 드리지 못했는데, 건강하신지 걱정되옵니다.

상하이의 날씨는 여전히 추워서 솜옷을 입어야만 한답니다. 지난달 말, 제가 외출을 했다가 한기가 들었는지 갑자기 천식이 일어나더니 지탱하지 못할 정도였는데 다행히 의사가 와 급히 주사를 맞고는 점차 회복하였습니다. 3일 정도 누웠다가 일어날 수 있게 되었고 지금은 다 나았다 할 수 있습니다. 조금 힘이 없기는 하지만 심려치 마십시오. 천식은 지금까지는 없었고 이번이 처음인데, 장래 재발할지 어떨지는 지금으로서는 알 수 없습니다. 추위와 더위를 조심하면 걱정 없을 겁니다.

하이마가 며칠 감기를 앓았으나 지금은 나았습니다. 하이잉은 아주 건강하고 살도 오르기 시작합니다. 다만 유치원 교사가 게으르고 가르치지를 않아 작년보다 못합니다.

모리 형으로부터 편지가 와서 회신은 산셴에게 부치니 산셴이 회송해 주도록 부탁드릴게요. 이번에 동봉하오니 그에게 주시기 바랍니다.

이만 줄이며, 삼가 평안하시길 기원합니다.

3월 20일, 아들 수 삼가 절을 드리며

광핑과 하이잉도 아울러 절을 드립니다

360320② 천광야오에게

광야오 선생,

삼가 혜서와 저서[1]를 받았습니다. 광대함이 하한河漢[2]과 같음에 탄복하게 됩니다. 만약 출판을 하면 명예와 이익 두 가지를 모두 얻을 것이니, 진실로 말씀하신 바와 같다 하겠습니다. 하지만 이러한 시세 속에서 탁견을 가진 출판사는 실로 발견하기가 어렵습니다. 게다가 제가 견문이 좁고 내내 두문불출하는지라 소개를 올리기가 어렵습니다. 기백이 비교적 큰 곳은 지금은 상우인서관을 넘어설 곳이 없사옵니다. 이만 줄이며, 삼가 건필하시길 기원합니다.

3월 20일, 루쉰 돈수

주)

1)『중화간자선』(中華簡字選) 원고를 말한다.
2) 하늘의 강. 크기가 광대함을 비유하는 말.

360321① 차오바이에게[1]

차오바이 선생,

이제 막 편지와 목판화 한 점[2]을 받았습니다. 기술로 말하자면 당연히 아직 성숙하지 않은 것이지요.

하지만 전 이 판화를 보존하려 합니다. 첫째는 만나기 어려운 청년의 작품이기 때문이고, 둘째는 당의 나리들의 발자국 흔적이 남아 있기 때문입니다. 셋째는 이것으로 현재의 암흑과의 쟁투를 기념하기 위해서입니다.

기회가 있다면 그들에게 발표하여 보여 주고 싶군요.

이만 줄이며, 부디 평안하시길 기원합니다.

3월 21일, 루쉰

주)______

1) 차오바이(曹白). 본명은 류핑뤄(劉萍若), 장쑤 우진(無進) 사람이다. 무링목각사(木鈴木刻社)의 발기인 가운데 한 사람이다. 1933년 10월 항저우 국립예술전문학교에서 목판화에 종사하다 국민당 당국에 체포되어 수감되었다가 다음 해 연말에 출옥했다. 당시 상하이 신아중학(新亞中學)의 교사였다.
2) 「루쉰상」(魯迅像)을 말한다. 이 판화는 원래 1935년 10월 상하이에서 열린 제1차 전국목각연합전람회에 참가하려고 했으나 국민당 상하이시 당부의 검열로 전시가 금지되었다. 루쉰은 일찍이 상(像) 옆에 제사를 썼는데, 『집외집습유보편』에 수록되어 있다.

360321② 쉬웨화에게[1]

웨화 선생,

이제 막 편지와 『세계문학전집』 한 권을 받았습니다.[2] 훠霍씨의 작품[3]은 제가 연구하려는 것이 아니고 그저 몇 점의 회화[4]를 해석하기 위해 『직조공들』을 볼 필요가 있었던 것입니다. 책을 이미 보았으니 원문 전집도, 다른 번역본도 필요 없습니다.

영역본 『곤충기』[5]는 급하지 않으니 일부러 찾을 필요 없고 그저 도중에 발견하면 사 주시면 됩니다. 독일어 번역본은 아직 보지 못했는데 대략 전체가 모두 열 권이라 하니 권당 삼사 위안이라면 대신 구매를 부탁드립니다. 그리고 빠진 책도 신경을 써 주셔서 있으면 구입을 부탁드립니다.

이만 줄이며, 또한 평안하길 기원합니다.

3월 21일, 루쉰

주)______

1) 쉬웨화(許粵華). 필명은 위톈(雨田). 저장 하이옌(海鹽) 사람이다. 번역가이며 당시 일본에서 유학 중이었다.
2) 『세계문학전집』 제31권. 일본 신초샤(新潮社) 출판이다.
3) 하웁트만(G. Hauptmann, 1862~1946)을 말한다. 독일의 극작가로 희곡 『직조공들』(*Die Weber*) 등이 있다.
4) 케테 콜비츠의 동판화 『직공들의 반란』을 말한다. 모두 6장으로 루쉰에 의해 『케테 콜비츠 판화 선집』에 수록되었다.
5) 프랑스 파브르(Jean Henri Fabre, 1825~1915)의 『곤충기』를 말한다.

360322 멍스환에게

스환 선생,

혜서는 일찍이 받았습니다. 병이 나고 이후 또 잡다한 일이 많아 회신이 늦어졌습니다.

목록[1] 윗부분에 작은 초상小像을 넣는 것은 나쁘지 않습니다만, 제 것은 빼주시길 바랍니다. 관의 나리들이 저의 초상을 금지하고 있기 때문에 사용하게 되면 사실 아무 쓸모가 없는데도 판매에 오히려 해가 됩니다.

삽화에 대해서는 제가 내막을 알 수 없고 힘이 미치지 못합니다.

문장[2]은 좀 쓸 수 있으니 월말이나 월초에 보내겠습니다. 하지만 공개하려면 그저 뜨겁지도 않고 차갑지도 않은 것을 써야만 하니 다른 좋은 방법이 없답니다.

『바다제비』는 이전에 리밍黎明에서 출판의 말이 있었는데 원인이 아주 복잡해서 편지로는 상세하게 말할 수 없지요. 하지만 지금은 이미 중지되었답니다.

『도시와 세월』은 급하지 않습니다. 다만 한 번 다 읽는 데 수고로울 것이니, 제 생각에는 그저 삽화 몇 쪽을 보면 족할 것 같습니다. 당연히 그 "대략의 해설"[3]은 다 읽어야지요. 이것은 삽화에 제목을 붙이기 위한 것일 뿐이기 때문이지요.

목판화 전람회[4]의 소위 『야인』은 Goncharov[5]가 이전에 원판을 보내 주었는데 그 자신이 제목을 뒷면에 적어 두었답니다. 한 장은 『Поле』였고 한 장은 『Жизнь Смокотинина』였지요.[6] 『광야』와 『Smokotinin의 생애』가 아닐지? 아마 『야인』은 많은 단편소설의 총 제목이 아닐까 싶습니다.

이만 줄이며, 평안하시길 바랍니다.

3월 22일, 쉰 올림

주)

1) 『작가』(作家)의 목록을 말한다. 이 잡지의 제1권 제1기에서 6기까지 세계의 저명한 작가의 두상을 실었는데 거기에 루쉰의 상이 포함되어 있다.
『작가』는 문학월간으로 1936년 4월 15일 상하이에서 창간되었다. 멍스환 편집이며 작가월간사(作家月刊社)에서 발행했으며 위안위린(袁玉麟)이 발행인이다. 1936년 11월 15일 종간되었고 도합 8기가 발행되었다.
2) 「나의 첫번째 스승」을 말하며 『작가』 제1권 제1기(1936. 4. 15)에 실렸고 이후 『차개정잡문 말편』에 수록되었다.
3) 「『도시와 세월』 개요」이다. 루쉰이 차오징화에게 부탁한 것으로 『『도시와 세월』 삽화본』의 뒤에 붙어 있으며 독자의 참고를 위한 것이다. 350530① 편지를 참조하시오.
4) 목판화 전람회는 소련판화전람회를 말한다.
5) 곤차로프를 말한다.
6) 『Поле』는 『광야』, 『Жизнь Смокотинина』는 『스모코티닌의 생애』를 말한다.

360323 탕잉웨이에게

잉웨이英偉 선생,

13일자 편지와 장서표 열 장을 막 받았습니다. 감사드립니다. 저의 편지 주소는 변함이 없습니다. 작년 반송은 어찌된 일인지 모르겠네요. 아마도 제 생각에는 상세한 사정을 아직 모르는 새로 온 점원을 만나서 얼떨결에 정신없이 거절된 게 아닌가 싶습니다.

중국의 목판화는 지금 위기에 직면한 것으로 보입니다. 명목은 보급하는 것이나 오히려 상세히 알지도 못하고 또한 모델도 참고서도 없습니다. 그저 뜻만으로 하는 것이라 진보도 어렵습니다. 이후 다른 나라의 목판화를 소개하는 것 말고, 반드시 전국 목판화 잡지가 있어야만 합니다. 그러나 전국목판화전람회 뒤에 작가들이 모두 해이해진 듯하고 어떤 이는 선택되지도 않았는데 자신의 화집을 인쇄하기도 합니다.

그래서 『목각계』木刻界[1]의 출판은 상당한 의미가 있습니다. 다만 저는 문장을 쓰지 않는 게 좋을 것 같습니다. 관의 나리들이 제 모든 것을 증오하고 있기 때문에 내용 불문 제 글이 실리면 그저 제 이름만을 봅니다. 저는 출판물의 보급을 고려해서 한 구절 한 구절 조심하고 있지만 결과적으로 보면 판매에 방해가 되기 때문에 가치가 없답니다.

이만 줄입니다. 편안하시길 기원합니다.

3월 23일, 쉰 돈수

주)______

1) 광저우현대판화회가 제1차 전국목판화연합전람회의 작가와 연계하여 만든 간행물로 1936년 4월 15일 창간되었고, 7월 15일 제4기로 정간하였다.

360324 차오징화에게

루전 형,

사오 주 전으로 기억합니다. 보내 주신 편지는 잘 받았습니다. 편지는 잃어버렸고 그날 편지를 보냈는지도 잊어버렸습니다. 그저 편지 속에서 저에게 책을 보내 달라 부탁한 것으로 기억되는데, 책은 하루이틀 전에 보냈답니다. 지금 도착했는지 모르겠습니다.

『역문』은 벌써 복간되었고 『머나먼 나라』는 전부 제1권 특대호에 게재되었습니다. 원고비가 백이십 위안으로 상우인서관 송금의 우편환 한 장을 동봉하오니 류리창 분관에서 현금으로 바꾸시면 됩니다. 장래에 원 출판자에 의해 단행본으로 발매되는 것도 있을 터인데 이후의 인세는 확실하지 않습니다.

상하이는 정말 건달의 세계입니다. 저의 수입은 거의 누군지도 모르는 사람의 선본과 해적판에 의해 갈취되었습니다. 하지만 별다른 방법도 없습니다. 목전의 생활에는 아직 영향이 없지만, 장래에는 아마 원고의 판매에 응하여 밥을 벌어먹어야 할지도 모르겠습니다.

월초에는 갑자기 한바탕 앓았고 격하게 천식이 일어났습니다. 다행히 제가 일찍 좋지 않다는 느낌이 들어 의사를 청했고 의사가 제때에 와서 바로 주사를 맞아 안정을 찾았지요. 삼 일 정도 누워 있다 차차 일어났는데 지금은 거의 회복하였답니다. 하지만 여전히 많이 걷지는 못합니다.

집의 여인과 아이 모두 건강합니다.

형의 댁은 어떠하신지요. 이 편지가 도착하면 저에게 기별을 넣어 주세요.

이만 줄이며, 봄날 평안하시길 기원합니다.

3월 24일, 아우 위 돈수

우편환 한 장을 동봉합니다.

360326 차오바이에게

차오바이 선생,

23일자 편지와 목판화 한 점[1]을 모두 받았습니다. 중국에 목판화전람회[2]가 열렸습니다만, 그 후로는 조용해져서 아무런 소리도 들리지 않아 꼭 대회를 위해 목판화를 찍은 것 같습니다. 사실 이 기회로 단체가 생겨나서 매 달 혹은 매 계절에 작품을 모집하고 정선하여 잡지를 창간한다면 이야말로 모두가 서로 배우며 진보할 수 있는 것이지요.

저의 생활은 괴로울 정도는 결코 아닙니다. 낯빛이 안 좋은 것은 스무 살에 생긴 위병 때문인데 그때는 돈이 없어 치료를 하지 못해 만성이 되어 버렸지요. 이후는 생각할 수가 없었답니다.

소련의 판화[3]는 확실히 대단했습니다만, 그 가운데에는 빠진 채 부분만 있기도 하고 몇몇 유명한 작가의 작품은 없었습니다. 최근에 듣기로는 출판을 하기로 한 출판사[4]가 있다고 하는데 만약 인쇄가 나쁘지 않다면 중국에 유익할 것입니다.

필요하신 책 두 종류[5]는 듣자 하니 출판사가 벌써 지형紙型을 관의 나리에게 바쳐 소각되었다고 하니 살 수가 없습니다. 설령 있다고 해도 아마 비싸겠지요. 힘들게 노동하여 얻은 돈으로 일부러 그걸 살 필요가 없습니다. 여기에 아직 있으니 드리도록 하겠습니다. 책은 서점에 부탁하겠으니, 보내 드린 교환권을 가지고 가서 받으시기 바랍니다. 그들이 건네 줄 것입니다(단 월요일은 오후 1시에서 6시까지 영업합니다). 꾸러미 속 소설[6] 한 권은 새로 나온 것입니다. 또 『인옥집』 한 권은 소련 판화인데 그 가운데 몇 점은 이번에 전시했던 것입니다. 이 책은 일본에서 인쇄했는데 인쇄 기술이 아주 좋습니다. 편지의 어투로 보건대 아직 보시지 못한 듯하여 한 권을 함께 드립니다(만약 이미 갖고 계시면 다른 사람에게 주십시오, 제게 돌려주실 필요 없습니다). 재판이 다 팔린 후 삼판은 찍지 않을 겁니다. 지금 다른 목판화 인쇄를 계획하고 있는데 이것도 소련 것으로 모두 60점이며 『고화집』枯花集[7]이라 부릅니다.

인생은 현재 정말 고통입니다만, 우리는 결국 광명을 싸워 얻을 것입니다. 설령 자신은 만날 수 없을지라도 후세에게는 남겨 줄 수 있을 것입니다. 우린 이렇게 살아가는 것이겠지요.

하지만 선생님은 감정이 너무 풍부한 것 같습니다. 그래서 제가 특별히 말씀드립니다. 목하 저의 경제생활은 결코 어렵지 않으며, 보내 드리는 몇 권의 책은 전혀 영향을 끼치지 않으니, 제가 무슨 손해가 있으리라 절대로 생각하지 마십시오.

이만 줄입니다. 항상 평안하시길 기원합니다.

3월 26일 밤, 쉰

주)

1) 차오바이의 「루쉰이 만난 샹린댁」을 말한다.
2) 제1차 전국목판화연합전람회.
3) 소련판화전람회에 출품되었던 작품.
4) 량유도서인쇄공사를 말한다.

5) 수신인의 기억에 따르면 『이심집』과 『거짓자유서』이다.
6) 『새로 쓴 옛날이야기』를 말한다.
7) 이후 출판되지는 않았다.

360330 야오커에게

신농 선생,

내방하셨던 그날 혜서를 받았습니다. 잡다한 일로 인하여 회신이 늦어 참으로 죄송합니다.

그 책의 목차는 참 좋습니다만 매 편에 각각 조금씩 발췌한 것은 미국책의 폐단입니다. 번역을 한다면 원서와 대조하되 증보는 하지 않는 편이 좋습니다. 그렇지 않으면 문제가 많아지기 시작합니다. 다만 출판사는 쉽게 찾기 어려울 겁니다.

E군에게 보낸 회신을 편지에 동봉합니다(받은 편지도 함께).[1] 편하실 때 번역해서 보내 주신다면 감사하겠습니다.

『훼멸』은 출판사에서 가지고 왔습니다. 마땅한 편에 드리겠습니다.

이만 줄이며, 부디 건필하시길 기원합니다.

3월 30일, 쉰 돈수

주)______

1) 에팅거(Pavel Ettinger)를 말한다. 이 회신은 외국인 서신 360330(독일)의 에팅거에게 보내는 편지이다.

360401① 어머니께

어머님 슬하, 삼가 아룁니다. 3월 26일자 편지를 막 받았습니다. 저는 벌써 회복되었는데 재발의 여부는 지금은 예측하기가 어렵답니다. 명주솜 두루마기 하나는 벌써 지어 놓았고, 매일 차를 마시고 있답니다. 이 차는 광둥산인데 기침 치료에 좋다 합니다. 효과가 좀 있는지 최근에 기침이 확실히 줄었습니다. 다만 글 쓰는 것은 여전히 줄이지를 못합니다. 이걸로 생활을 꾸리기 때문인데 결국 서로 관련된 일들이 많아 피할 수가 없습니다.

하이잉의 학교는 여전히 바꾸지 못했습니다. 근처에 괜찮은 학교가 없기 때문이지요. 하지만 녀석의 건강은 좋습니다. 키도 커서 또래들 가운데 가장 큽니다. 이전에 비해 말길도 잘 알아듣는답니다. 일전에 제 친구가 세발자전거 한 대를 보내 주었는데 타다가 벌써 부숴져 지금은 두발자전거를 사 달라 야단이지요. 봄방학이 되면 하이잉에게 10위안 정도 나갈 것 같습니다. 하이마도 잘 지내니 심려치 마십시오.

이만 줄이겠습니다. 평안하시길 삼가 기원합니다.

4월 1일, 아들 수 삼가 절을 올리며

광핑과 하이잉도 삼가 절을 올립니다

360401② 차오징화에게

루전 형,

3월 28일자 편지를 이제 막 받았습니다. 모든 것이 괜찮다 하니 참으로 기쁩니다. 『역문』은 지금 어쨌든 간에 복간될 것인데, 여론이 여전히 괜찮으니 오천 부는 팔릴 듯합니다. 근래 몇몇 청년들이 있는데 허명을 구하지 않고 착실하게 번역을 하는 경향입니다. 잔재주를 부리던 이전 사람들에 비해 상당히 진보한 것이지요. 게다가 독자의 눈도 밝아지기 시작했으니 비교적 좋은 현상입니다.

디諦 군[1]은 일찍이 "세상에 기염을 토하였지만" 그러나 그의 진지는 최근 무너졌습니다. 수많은 청년 작가들이 모두 그의 권모술수에 불만을 품고 멀리 도망가 버렸지요. 현재 그는 다시 새로운 진용을 꾸리고 있지만 결과가 어떨지는 모르는 일입니다.

『머나먼 나라』의 삽화 한 장은 안전을 위해 일부러 빼 버렸습니다만, 단행본을 낼 때는 아마 넣을 것 같습니다. 비행기를 바라보고 있는 한 장이 왜 실리지 않았는지는 모르겠습니다. 기회가 되면 알아보겠습니다.

형이 현대서국現代書局에 보낸 두 편의 원고[2]는 며칠 전에 가지고 왔지요. 출판할 기회를 찾아볼 생각입니다. 책을 낼 출판사가 있다면 한 편을 바꾸는 것(이것은 형이 일전에 제게 편지로 말씀하셨던 것)[3] 말고도 서명을 바꿀 수 있습니다. 예를 들어 책 하나를 순서를 바꾸어 "평범하지 않은 이야기"로 하는 것이지요. 그렇지 않으면 한 권으로 묶어 자비 출판할 길이 없습니다. 그때가 되면 다시 편지로 이야기합시다.

『문학도보』文學導報[4]는 벌써 받았습니다. 그 가운데 몇 사람을 제가 알지만 시시하고 아주 멍청합니다. 하지만 그들도 여기의 Sobaka처럼[5] 고리키를 간판으로 하고 있는데 고리키가 정말 운이 없는 것이죠. '제3종인'에 대해서는 여기에서는 이제 그들을 믿는 사람이 아무도 없습니다. 우리의 타격 때문이 아니라 오랜 시간이 지난 뒤 스스로 꼬리를 노출한 것입니다. 심지어 스저춘, 다이왕수 무리조차 자신들의 잡지에 그들이 투고할까 두려워합니다. 그런데 『도보』는 여전히 지기知己로 알고 있으니[6] 정말이지 중놈을 품고 보살이라 부르는 꼴입니다.

『도보』에는 장루웨이가 있는데 그의 말투를 보면 고리키의 친구이고 톨스토이기념문집간행회의 중국 쪽 책임자 같습니다.

이 극본[7]은 출판을 할 수 있을지 여부를 알아보고 있습니다. 원본 찾는 것이 어렵지 않다면 좀 보내 주십시오.

문학 방면에서 Sobaka들은 실력 면에서 실패했습니다. 그러나 제가 보기에 그들은 오래지 않아서 또 다른 힘을 빌려 우리를 칠 것입니다.

잡지가 또 오므로 수일 내로 부치겠습니다. 『유월심수』六月流火[8]를 보는 사람들이 많아져서 좀 보내 드리지요.

이만 줄이며, 봄날 평안하시길 기원합니다.

4월 1일, 아우 위 돈수

추신 : 제가 지금은 다 나은 듯합니다. 염려하지 마세요.

주)

1) 정전둬를 말한다.
2) 『담배쌈지』(煙袋), 『마흔한번째』를 말한다. 340224①의 편지를 참조하시오.
3) 소련 네베로프(А. С. Неверов)의 단편소설 「여성 볼셰비키 마리아」를 말한다.
4) 여기서의 『문학도보』는 1936년 장루웨이(張露薇)가 편집한 『문학도보』(文學導報)를 말한다.

5) 루쉰이 영문자로 러시아어 собака를 표기한 것이다. 그 뜻은 개, 주구(走狗), 이리.
6) 『문학도보』 제1권 제1기(1936년 3월)의 편집후기에서 "저희 잡지를 알리는 때 힘을 써 준 친구들에게 특히 감사합니다. 저희는 …… 『별빛』(星火)의 편집자 두헝, 양춘런(楊邨人), 한스헝(韓侍桁) 세 선생에게 대단히 감사드립니다"라고 했다.
7) 『양식』(糧食)을 말한다.
8) 유화(流火)는 별 심수(心宿)를 말한다. 음력 5월 황혼 무렵 하늘 정남쪽 한가운데 가장 높은 곳에 위치하는 별이 6월 이후 서쪽으로 기울면서 무더위가 약해진다. '칠월유화'(七月流火)라는 말이 있는데 이 심수가 서쪽으로 기울면서 무더위가 물러간다는 뜻이다. 『유월심수』는 푸펑(蒲風, 1911~1943)의 시집으로 1935년 일본 도쿄에서 자비 출판했다.

360401③ 차오바이에게

차오바이 선생,

3월 30일자 편지와 목판화 모두를 받았습니다(28일자 편지도 받았지요). 5·4의 장식화[1]는 무난합니다. 저한테 정확한 비평을 얻으려 하신다면 좀 어렵겠습니다. 제가 문외한이기 때문이지요. 하지만 제가 보기에 지금 중국의 목판화가의 재능 가운데 가장 부족한 부분은 인물 목판화인데 그 병의 뿌리는 기초 훈련이 결여된 데 있습니다. 목판화는 결국은 회화이기 때문에 먼저 데생을 잘 배워야 합니다. 이외에 원근법의 긴요함은 말할 것도 없으며 가장 필요한 것은 명암법입니다. 목판화는 오직 흑백 두 가지만 있기 때문에 빛의 정도가 조금만 틀려도 엉망진창이 되지요. 현재 마세렐[2]을 배우는 경우가 종종 있는데 제가 보기에 그의 명암은 상당히 정확합니다.

이후 문학과 목판화에 매진한다는 것은 제가 글을 짓는 사람으로서 말씀드리자면 당연히 아주 좋은 것입니다. 제가 알고 있는 것이라면 질문하면 바로 답해 드리니 꺼리지 마십시오. 다만 먼저 분명히 말씀드리는 것은 때때로 오랫동안 회신이 없을 수도 있다는 점입니다. 약속된 원고 압박에 아주 바쁘거나 혹은 병이 나서 글자를 쓸 기력조차 없을 때이기 때문이지요.

『죽은 혼 백 가지 그림』은 이번 달 중순에 출판될 겁니다(아마도 이미 출판되었을지도 모릅니다. 정확하지 않네요). 허나 비교적 좋은 품질의 종이를 사용했는데 출판이 좀 늦습니다. 종이가 하얗고 두껍지만 판형과 인쇄법은 모두 같지요. 너무 조급하게 가서 살 필요가 없습니다. 제가 그때면 수십 권이 있을 테니 한 권 드리도록 하겠습니다. 그러나 이것이 아주 오래된 목판화이고 목판화가가 여러 선으로 그 밑그림에 표현했던 것이라 이른바 '창작목판화'는 아닙니다. 지금은 배우는 곳이 없습니다.

저를 매장하려 하는 권력자가 분명 꽤 마음을 쓰고 있습니다. 게다가 그들에게는 발바리가 있는데 베이양군벌보다도 용의주도해서 더 해가 됩니다. 그러나 효과는 그렇게 크지는 않은 것 같습니다. 일군의 발바리는 지금 그 꼬리를 스스로 노출하여 가라앉고 있지요.

한 장의 문학가 초상 때문에 이러한 죄를 짓게 되는 것[3]은 정말 커다란 암흑이고 또 웃긴 일입니다. 짧은 글을 써서 외국에 발표할까 생각 중입니다. 그러하니 제게 선생이 체포된 원인, 날짜, 재판 정황, 판결의 연한(2년 4개월?)을 알려 주시기 바랍니다. 그저 대략이라도 좋습니다.

이만 줄이며, 부디 평안하시길 기원합니다.

4월 1일, 쉰 올림

주)

1) 차오바이가 5·4운동 17주년을 기념하며 제작한 목각 장식화이다. 5·4 두 글자가 있고 『5·4운동의 역사』(천돤즈陳端志 저, 생활서점출판사, 1936)의 책 표지로 삼았다.
2) 마세렐(F. Masereel, 1889~1972). 벨기에의 판화가이다. 1933년 9월 상하이 량유도서인쇄공사에서 그의 4종 목판연환화를 발행했는데, 그 가운데 『어느 한 사람의 수난』의 서문을 루쉰이 썼다.
3) 차오바이가 「루나차르스키 초상」을 만들고 체포된 것을 말한다. 루쉰이 이를 「깊은 밤에 쓰다」로 드러냈고 『차개정잡문 말편』에 수록되었다.

360402① 두허롼, 천페이치에게[1)]

허롼·페이치 선생,

보내 주신 편지와 『훙자오』[2)] 한 권을 받았습니다. 감사합니다.

제가 투고하는 건 별로 좋지 않다고 생각해요. 관에는 예측할 수 없는 권위가 있어서 똑같은 사정이라도 갑자기 중요하지 않고 큰 범죄가 됩니다. 사실 한 편의 문장을 위해 문학 결사와 잡지에 손해를 끼칠 필요가 없지요. 가령 발표를 하면 천지가 뒤집어지는 대大문장이라면 그런 희생도 있을 수 있겠으나 저는 그러한 글을 쓸 수가 없답니다.

저를 스승으로 삼는 것은 제가 감당하기 어렵습니다. 전 가르칠 만한 게 아무것도 없고, 스승과 제자의 기풍을 찬성하지도 않기 때문입니다.

우리 관계는 제 생각으로는 모두가 문학계에서 작은 일을 하는 사람들인 걸로 족하다 봅니다.

이만 줄이며, 항상 평안하시길 기원합니다.

4월 2일, 루쉰

주)______

1) 두허롼(杜和鑾, 1919~1987)은 이후 차오융(草甬)으로 개명했다. 안후이 타이핑(太平; 지금의 황산에 속한다) 사람이다. 천페이치(陳佩騎)는 저장 사람이다. 당시에 모두 항저우 옌우(鹽務)중학 학생으로 소형 문학잡지 『훙자오』(鴻爪)를 창간했다.
2) 『훙자오』(鴻爪). 1936년 4월에 창간되었으나 1기만 냈다. 항저우 훙자오월간사(鴻爪月刊社) 편집 및 출판이다.

360402② 자오자비에게

자비 선생,

최근 편지와 혜서 두 권[1]을 삼가 받았습니다. 감사드립니다.

소련회화전은 이미 갔었기에 대략 기억을 하고 있습니다. 수채화가 가장 평범하니 몇 점을 살펴서 인쇄하면 충분할 것 같습니다. 하지만 동판화, 석판화, 리놀륨 판화(Lino-cut), Monotype 각각은 중국에 소개된 것이 적으므로 약간씩 늘려 인쇄하면 좋을 듯합니다. Monotype는 최소 한 장에 삼색판이 됩니다. 큰 폭의 리놀륨 판이 가장 훌륭하니 꼭 인쇄해야만 합니다.

목판화는 많이 수록하는 것이 가장 좋습니다. 작은 것이 많으니 책 크기가 좀 크다면 페이지마다 최소 두 장 넣을 수 있습니다.

저는 서문을 쓰지 않으려 합니다. 『신보』에 실은 글 한 편[2]을 전재轉載하면 되는데 이외에 새롭게 할 말이 별로 없답니다. 전람회의 목록에는 설명이 있는데, 저자명은 없고 간단히 요약만 하고 있습니다. 애석하게도 궈만郭曼 교수[3]의 번역이 이해하기 어려우니 제 생각에는 선생께서 영문을 보고 다시 번역해서 책머리에 두시고 작품 배열의 순서는 이것에 근거를

두시면 될 것 같습니다.[4]

목판화를 보는 데 서점은 사람이 많고 장소도 협소하니 아주 불편합니다. 다음 주 회사에 가서 면담을 하도록 하는데 오후 두 시 전후로 합시다. 날짜는 아직 정해지지 않았으니 미리 전화로 물어봐 주세요.

이만 줄이며, 부디 건필하시길 기원합니다.

4월 2일, 루쉰

주)

1) 『고죽잡기』(苦竹雜記; 저우쭤런 저)와 『애미소찰』(愛眉小札; 쉬즈모 저)을 말하며 모두 량유문학총서 시리즈이며 1936년에 출판되었다.
2) 「소련판화전람회를 말하다」를 가리킨다.
3) 당시 중앙대학(中央大學) 교수이다.
4) 이후 자오자비(趙家璧)가 다시 번역하여 「소련의 판화」라는 제목으로 『소련판화집』에 수록했다.

360402③ 안리민에게[1]

안리민 군,

3월 27일자 편지를 받았습니다. 몇 번 전송하려 했는데 어쨌든 빠르겠지요.

제가 보기에 군의 아버지는 좋은 사람입니다만 기억력이 좀 부족한 듯합니다. 그 자신도 어릴 때 분명 어둔 방에 갇히는 것을 좋아하지 않았을 겁니다. 허나 이후 그때의 고통을 잊고 자신의 아이를 가둔 것이지요.

하지만 이후로는 다시는 군을 가두지 않을 겁니다. 그냥 내버려 둡시다. 나는 군이 기억력이 좀 좋아서 장래에 나이가 들어도 아이를 마음대로 때리지 않기를 바랍니다. 아이에게도 잘못이 있을 터이지만 좋게 말을 해야만 합니다.

군의 숙부는 더욱 좋지만 일 년 동안 소식이 없어 제 마음이 좀 불안합니다. 하지만 그는 너무 급하네요. 제 책을 가져다가 스무 살도 안 된 청년에게 보여 주는 건 적당하지 않습니다. 서른 살이 넘어야 비로소 이해하기 쉽지요. 하지만 기왕 보았으니 저도 더 뭐라 말할 필요가 없네요. 필요하신 두 권의 책은 제가 이미 찾아보았고 내일 출판사에 등기로 부쳐 달라 부탁했습니다. 한 권은 『시계』이고 또 한 권은 잡지이지요.[2] 잡지의 내용은 두려워할 만한 것이 아무것도 없지만 관은 담이 작고 하는 일이 흉악한지라 그래서 더 내지 못했답니다.

또 『인옥집』 한 권이 있는데 이것은 목판화입니다. 제가 출판한 것이라 부치는 김에 보내오니 모두 즐겨 보시길 바랍니다. 제게 편지를 한다면 이 책 끝 페이지에 있는 서점 주소로 보내면 됩니다.

사진 한 장이 『인옥집』 커버에 끼워져 있어요. 아마 사오 년 전에 찍은 것인데 새로운 것은 없답니다. 제가 저 자신을 찍는 걸 좋아하지 않아서 잘 찍지 않았답니다. 군이 보기에 아이를 학대할 것 같은 얼굴을 하고 있나요? 벽에 걸지 말고 서랍에 넣어 두시길.

어떤 책을 좋아하는가 물었는데 참 곤란하군요. 현재 아이들이 읽을 책이 많이 출판되었는데, 저는 아동문학을 연구하지 않기 때문에 주의를 기울이지 않았답니다. 읽어 본 것에 기초하여 말하자면 무해하다면 좋은 것이지요. 어떤 것은 오히려 바보 같은 이야기를 하고 있기도 합니다. 이후로 좀 관심을 기울여서 좋은 것이 발견되면 다시 알려 드리지요. 다만 제 의견으로는 군들은 문학만을 보지 말고 과학책(당연히 재미있고 이해하기 쉬어야 하겠지요)과 여행기 부류의 책도 읽어야만 한다고 봅니다.

최근 『역문』이 복간되었는데 거기에는 아동이 볼 만한 것은 없습니다만, 제1호에 특별히 게재된 『머나먼 나라』가 아주 좋습니다. 가격이 비싸지 않고 반년에 6권, 1위안 2자오로 베이핑에서는 쉽게 살 수 있을 겁니다.

또 한 가지 알려 줄 것이 있습니다. 「물고기의 슬픔」[3]은 제가 쓴 것이 아니라 번역일 겁니다. 군의 선생이 분명하게 구별하지 않았네요. 중요한 것이 아니니 이것도 그냥 내버려 둡시다.

저는 군들이 베이핑에서 다시 2년 사는 것을 찬성합니다. 저도 17년을 살았는데 베이핑을 아주 좋아하지요. 지금은 떠난 지 10년이 지났지만 여전히 가 보고 싶답니다. 하지만 그렇지 못하는데 원인은 군들이 잘 알 것이라 생각해요.

좋습니다, 또 이야기합시다.

군들의 진보를 기원합니다.

4월 2일 밤, 루쉰

주)

1) 안리민(顔黎民, 1913~1947). 본명은 방딩(邦定), 쓰촨 량핑(梁平) 사람이다. 1934년 베이핑 홍다(宏達)중학 학생으로 1936년 4월에 루쉰의 회신 두 통을 받은 이후 오래지 않아 '공산혐의'로 체포되었고 반년 뒤 출옥하였다.
2) 『바다제비』 제2기를 말한다.
3) 예로센코의 단편동화이며 루쉰이 번역했다. 『부녀잡지』 제8권 제1호(1922. 1.)에 실렸고 이후 『예로센코 동화집』에 수록되었다.

360403 페이선상에게

선상愼祥 형,

어제 『신보』에 『사부총간』을 파는 광고가 있어 오늘 보냅니다.[1] 부디 형이 한번 봐주세요. 아래 네 가지 조건에 부합하면 알려 주십시오. 함께 가서 논의해 보고 구매하도록 하지요.

1. 다 갖추어졌는지.
2. 백지白紙[2]에 인쇄되었는지.
3. 새것인지.
4. 가격(상자도 함께)이 400위안 이하인지.

만약 하나라도 부합하지 않으면 그만둡니다.

이만 줄이며, 항상 평안하시길 기원합니다.

4월 3일, 쉰 올림

주)

1) 동봉한 광고의 내용은 다음과 같다. "초편 『사부총간』 판매. 2,112책 모두 신판, 고급스런 서궤, 염가 판매. 상담처: 웨이하이웨이로(威海衛路) 583룽(弄; 작은 거리) 21호."
2) 인쇄용 종이 중 하나.

360405① 쉬서우창에게

지푸 형,

일전 혜서와 번역시를 잘 받아 보았습니다.[1] 제가 원문을 모르니 딱히 도움이 되지 않지만, 재고해 볼 만한 곳을 기록하여 보내옵니다. 조금만 바꾼다면 게재할 수 있을 것입니다. 이외에 좋은 방법은 없네요.

형의 책 한 꾸러미가 이곳에 있는데 베이핑으로 우송할까요? 알려 주시면 바로 처리하겠습니다.

저는 지난달 초에 갑자기 병이 났습니다. 숨이 가빠서 거의 서 있을 수가 없었는데 주사를 맞고 안정을 취한 뒤 수일을 누워 있다 일어났답니다. 최근에 거의 회복이 되었지만 번역과 글 쓰는 일에 쫓겨서 시종 피곤합니다. 반년만 만유漫遊할 수 있다면 좀 건강해지겠지요. 하지만 그럴 수가 있을까요. 이만 줄이며, 부디 평안하시길 기원합니다.

4월 5일, 수 돈수

주)

1) 쉬서우창의 「아동에 관하여」라는 글에 영국의 시인 워즈워스(William Wordsworth)의 「무지개」와 미국의 시인 롱펠로의 「아동」이 번역되어 있는데 이 시들을 말한다. 이 글은 『새싹』(新苗) 창간호(1936년 5월)에 실렸다.

360405② 왕예추에게

예추 형,

3월 30일자 편지는 이미 받아 보았습니다. 일전의 편지 두 통도 받았지요. 처음 회신을 하지 못한 것은 바빠서랍니다. 이곳에서 저는 일부 영웅들한테 아무 일도 하지 않는다는 질책을 듣고 있지만, 사실 저는 매일매일 번역과 글쓰기를 쉼 없이 하고 있어 살아 있는 사람의 즐거움이 거의 없답니다. 하지만 사소하게 화내는 걸 숱하게 듣다 보면 때때로 정말 분노가 일어나 아무것도 하지 말까 생각이 듭니다. 아무것도 하지 않으면 질책도 없기 때문이지요. 3월 초에는 피로하고 한기가 들어서인가 갑자기 숨이 막혔답니다. 죽는 게 아닌가 싶기도 했지만 오히려 태연자약했는데, 결국 의사가 와서 주사를 놓고 차차 안정을 되찾았습니다. 여러 날 누워 있다가 조금씩 일어나게 되었지만 한편 또 조금씩 번역과 글쓰기를 해야 했지요. 지금은 거의 완쾌되었다고 할 수 있습니다. 다만 일을 좀 하면 바로 피곤함을 느끼는데 이 병이 재발할지 여부는 확실히 말할 수 없네요.

우리 ×××[1]에는 실제 일하는 사람은 적고 감독이 너무 많다고 생각합니다. 저마다 '현장감독'이 되려고 하기 때문에 노동자는 한층 더 괴롭게 됩니다. 현재 이쪽 진영은 이미 해산되어 별도의 무슨 협회[2] 종류를 만들고 있는데 저는 결코 들어가지 않았지요. 하지만 지금껏 해왔던 일은 당연히 합니다.

생물학을 연구하는 그 학생의 일은 물어보기는 했지만 이곳에서는 방법이 없습니다. 상우인서관에서 표본을 팔기도 하지만 그것은 구입해 온 것이지요. 담당하는 사람이 있지만 오리 한 마리, 부엉이 한 마리 식으로 갑자기 주문을 하니 곤란한 데다가 돈벌이도 되지 않으니 이 사람이 줄

곧 힘들다고 죽는 소리를 합니다.

서발序跋은 선생이 모아 주신다면 출판할 곳이 있으리라 봅니다.[3] 하지만 상당수의 글이 제가 초고만을 가지고 있습니다. 예를 들어 외국어로 쓴 것[4]과 남에게 써 주었으나 결국 그 책이 출판되지 않은 것 등은 뒤에 보충해 드리지요. 그 사륙문은 『수쯔淑姿의 편지』의 서문으로 초판은 다 팔렸습니다. 소문에 의하면 출판사를 바꾸어 롄화서점에서 나온다고 하는데 아직 신판은 보지 못했습니다. 혹 선생이 이 책이 없다 하시면 제가 구해 드릴 수 있습니다.

『문학대계』 서문의 영인할 수 없다는 말은 별도로 찍어 낸다는 것이니, 『서발집』에 넣는 것은 문제되지 않을 것 같습니다. 제가 그들과 계약을 맺을 때는 따로 찍지 않는다 했었으나, 원고료를 지불하는 때가 되면 그들이 먼저 약속을 어긴답니다.

성청盛成[5] 선생의 프랑스어는 듣자 하니 그다지 잘 이해되지는 않는다 합니다.

저의 글은 경험이 없는 사람은 솔직히 봐도 이해할 수 없는 것 같습니다. 그런데 중국의 독서인은 또 세상사에 관심이 없는 사람이 많기 때문에 정말 방법이 없습니다. 근래 각종 간행물을 보면 허튼소리가 많은데 십 년 전과 다를 바 없지요. 그러나 독자의 눈은 오히려 진보했으니 허튼소리 하는 출판물은 오래가기 어려울 겁니다. 아직도 사람을 속일 수 있는 것은 영웅적 말을 하는 것이지요.

최근 제가 『새로 쓴 옛날이야기』를 출판했는데 아직 보시지 못했으리라 생각하여 적당한 때에 보내 드리도록 하겠습니다.

항상 평안하시길 기원합니다.

4월 5일 밤, 수 올림

주)______

1) 이 세 글자는 왕예추에 의해 덧칠되었는데, 그의 기억에 따르면 '이 진영'(這一翼)으로 곧 '좌련'을 말한다.
2) 작가협회를 말한다. 좌련의 해산 이후 상하이의 일부 문예공작자가 조직했던 문예 단체이다. 이후 중국문예가협회로 개명하였고 1936년 6월 7일 정식으로 성립하였다.
3) 왕예추가 『루쉰서발집』을 편집하고 있었으나 출판되지 못했다.
4) 일본어로 쓴 「우치야마 간조의 『살아 있는 중국의 자태』 서문」과 「『중국소설사략』 일역본 서문」을 말한다. 두 글 모두 『차개정잡문 2집』에 실려 있다.
5) 성청(盛成, 1899~1996). 장쑤 이정(儀征) 사람. 프랑스에 여러 해 체류했고 프랑스어로 『나의 어머니』와 시집 몇 종을 써냈다.

360406 차오바이에게

차오바이 선생,

편지와 '약기'略記[1]를 오늘 받았습니다. 선생이 희망이 없다는 걸 저는 생각하지 못했답니다. 하지만 글을 보면 같은 나이의 보통 청년보다도 세상에 대해 알고 있는 것이 많습니다. 그래서 매우 조심하고 감정의 고조와 침체 또한 보통 사람보다도 빠릅니다. 박해를 받았던 사람은 대체로 이와 같아서 환경이 바뀌면 이러한 상태도 바뀌지요. 개체에게 완전을 구할 수는 없습니다.

이번에 저는 『약기』에서 조금 글을 발췌해 적어 보았답니다. 적당한 곳이 있다면 원문의 전편을 발표하고 싶지만, 문장을 읽으면 누가 지은 것인지 추측할 수가 있어서 선생에게 방해가 되는 것이 아닐까 싶습니다. 지금 사용하고 계신 필명을 써도 될까요? 이 두 가지는 빠르게 회신해 주시기 바랍니다.

제가 쓴 것은 연월, 지명을 모두 삭제했습니다. 하지만 세심한 사람(이 사건을 아는 사람)은 어느 사건을 기록한 것인지 추정할 수 있을 것입니다.

이만 줄이며, 항상 평안하시길 기원합니다.

4월 6일 밤, 쉰 올림

주)

1) 「감옥살이 약술」(坐牢略記)로 차오바이의 작품이다. 훗날 발표되지 않았는데 루쉰이 「깊은 밤에 쓰다」(루쉰전집 8권 『차개정잡문 말편』)에서 일부분을 썼다.

360408 자오자비에게

자비 선생,

『인옥집』의 인쇄소와 주소를 보내 드립니다.

일본 도쿄

우메고시구 이치가야 다이초 10,

고요샤洪洋社.

『인옥집』의 크기에 이백여 페이지[1] 전후의 것을 인쇄하면 원가가 거의 4위안이 됩니다. 그래서 "저렴한 가격에 품질은 최상"인 것은 출판업자가 자선가이거나 바보라면 몰라도 실제로는 할 수가 없지요.

귀가하신 뒤 최근의 『미술생활』[2]을 보시면 안쪽에 이번 전람회의 목판화 4점[3]이 있을 겁니다. 나쁘지 않은 것 같고 아주 가는 선도 모호하지 않으니, 만약 이런 판을 가지고 인쇄한다면 권당 2위안이 안 될 겁니다.

제 생각에는 선생께서 이 『미술생활』을 가지고 가서 그 비서와 상담해 보시면서, 중국에서 최고의 인쇄는 이 정도이면서도 가격은 비교적 싼 것이고, 싸지 않다면 학생들은 살 수가 없다고 설명하시는 것이 나을 듯합니다. 그리하여 얻는 최후의 결정이 비교적 적당할 것 같습니다.

만약 인쇄를 하면 제가 보기에 작가의 이름과 제목은 다시 번역해야 합니다. 예를 들어 「곰의 생장」[4]은 아동용 도서가 아니라 과학책 같습니다. '고리키'는 중국에서는 이미 '고'高[5] 글자로 표기하고 있으므로 다른 것으로 할 필요가 없습니다. 하지만 이것은 그때 다시 이야기하지요.

아잉阿英 선생에게 보내는 편지가 한 통 있는데 주소를 모릅니다. 부디 전해 주시길 바랍니다.

이만 줄이며, 또한 건필하시길 기원합니다.

4월 8일, 루쉰

주)

1) 『소련판화집』 출판에 대한 것이다.
2) 회화와 사진을 게재한 월간지이다. 우랑시 등이 편집했다. 1934년 4월 창간, 1937년 9월 정간되었다. 상하이미술생활사 출판이다.
3) 솔로베이치크(Аарон Соловейчик)의 「고리키 상(像)」, 파블리노프(Павел Яковлевич Павлинов)의 「체호프 상(像)」, 크랍첸코(Алексей Ильич Кравченко)의 「레닌의 묘」, 「바이런 상」을 말한다. 『미술생활』 제25기(1936. 4.)에 있다.
4) 본래 '아기 곰은 어떻게 큰 곰이 될까요'로 번역해야 된다. 소련 아동용 도서로 『소련판화집』에 해당 도서의 삽화가 수록되어 있다.
5) 고리키를 '郭尔基'로 표기한 것에 대해 '高尔基'로 표기해야 함을 말하는 것이다.

360411 선옌빙에게

밍푸 선생,

원고[1)]가 완성되어 오늘 보냈습니다.

써내려 갔더니 꽤 깁니다. S에게 전해 주시길 부탁드립니다.[2)] 중국의 이 신문[3)]에는 아마 전문을 발표하는 것이 어렵고 일단만을 사용하겠지요. 전문은 사용할 것인지 아닌지를 그녀가 살펴보도록 부탁하고 완전히 그녀가 자유롭게 처리하도록 하지요. 필요가 없다면 버립니다. 다만 번역한 이후에는 편한 때에 제 원고를 보내 주시기 바랍니다.

우리들의 『판화집』을 위해 써 주시길 부탁드렸던 서문[4)]이 아직 도착하지 않은 것 같습니다. 대신해서 재촉해 주시기 바랍니다.

이만 줄이며, 편안하시길 기원합니다.

4월 11일, 수 올림

주)______

1) 「깊은 밤에 쓰다」를 말한다.
2) 스메들리를 말한다.
3) 『*The Voice of China*』로 『중국의 소리』(中國呼聲)이다. 영문 반월간이다.
4) 스메들리의 「케테 콜비츠—민중의 예술가」를 말한다. 이후에 마오둔이 번역을 해서 『케테 콜비츠 판화 선집』 서문의 하나가 되었다.

360412 자오자비에게

자비 선생,

수일 전 편지 한 통을 보내 드렸지요. 판화 인쇄 일로 말씀드린 건데 아마 도착했으리라 생각합니다.

선생께 부탁드릴 일이 하나 있습니다. 량유공사에 사진실이 분명 있는 것으로 아는데, 혹시 판화 가운데 크랍첸코(Kravchenko)의 No. 87 「*Dneprostroy at Night*」[1]를 사진으로 찍어 보내 주실 수 있으신지요. 크기는 6촌寸이고 비용을 알려 주시면 보내 드리겠습니다. 글 속의 삽화로 사용할 것인지라 화집이 출판될 때까지 기다릴 수가 없네요.

이 일이 가능할지 여부를 우선 알려 주시길 부탁드립니다.

이만 줄이며, 건필하시길 기원합니다.

4월 12일, 루쉰

주)

1) 크랍첸코(Алексей Ильич Кравченко, 1889~1940)의 「드네프르 댐의 밤」을 말한다. 『역문』 신1권 제3기(1936년 5월)의 표지로 사용되었다.

360413 러우웨이춘에게

웨이춘 선생,

11일자 편지를 이제 막 받아 보았습니다. 상세한 정황을 잘 알았답니다. 이전 편지와 번역원고[1]는 벌써 받았습니다만, 바로 회신드리지 못한 까닭은 젠建 형이 편지에서 말씀하신 것처럼 『중학생』[2]에 이미 이 책의 번역이 실렸고 그 번역자가 '역문총서'의 편집자이기 때문입니다. 그래서 우선 상담을 하지 않고서는 확실한 대답을 할 수가 없었답니다.

그저께 다른 번역자인 황 군과 이야기를 했습니다만 그는 스(러우스이) 형 책 번역을 바꿀 수 없다고 생각하고 있고 흔쾌히 자신의 번역을 중지하고 『중학생』에 스 형의 번역을 게재한다고 합니다. 카이밍서점은 자신이 교섭을 하겠다고 했어요. 지금 아직 회신이 없지만 아마 잘 될 것이라 봅니다.

혹 이 일이 성사되지 않으면 이런 두꺼운 서적은 원고를 팔기가 어려울 뿐만 아니라 단행본 출판을 희망해도 출판사를 찾기가 곤란하지요. 상우인서관과 같은 큰 출판사에 시도해 보는 것 말고는 달리 적당한 출판사가 없습니다.

이만 줄이며, 평안하시길 기원합니다.

4월 13일, 위 돈수

주)

1) 러우스이(樓適夷)가 번역한 고리키의 「세상 속으로」를 말한다.
2) 중학생을 대상으로 한 종합 월간지. 샤몐쭌(夏丏尊)·예성타오(葉聖陶) 등 편집, 1930년 1월 상하이 창간, 카이밍(開明)서점 출판이다. 제61호(1936. 1.)에 황위안이 번역한 「세상 속으로」가 연재되었다가 65호에 러우스이의 번역이 연재되기 시작했다.

360414 탕타오에게

탕타오 선생,

혜서를 삼가 받았습니다. '유지'維止의 일[1]은 확실한 출처를 알지 못합니다. 그저 어릴 적 어른들이 말씀하시는 걸 기억할 뿐인데, 옹정 때 『동화록』東華錄[2]의 원래 제목이 『유지록』維止錄이었고 "오직 민이 머무르는 곳"維民所止이라는 뜻이라 했답니다. 하지만 사실 옹정 글자의 머리 부분을 잘라낸 것이라 이후 큰 옥고를 치르게 되니 이에 급히 『동화록』으로 바꾸었다고 해요. 편지에 언급하신 것이 거의 비슷하지만 이 또한 제나라 동쪽 야인의 말[3]일 따름입니다.

『청조문자옥당』淸朝文字獄檔은 본래 가지고 있습니다만, 작년 장서가 너무 짐이 되는 것이 싫어 꼭 사용하지 않는 것을 골라 상자에 넣어 다른 곳에 보관했습니다. 상자가 아직 정리되지 않았고 또 먼 곳에 두어 빌려드릴 수가 없네요.

이만 줄이며, 항상 평안하시길 기원합니다.

4월 14일 밤, 루쉰 올림

주)

1) 『청패유초』(淸稗類鈔) 제8책 『옥송류』(獄訟類) 가운데 「사사정(査嗣庭)이 문자로 주살되다」(査嗣庭以文字被誅)에 사사정 사건의 이야기가 기술되어 있다. "옹정 병오(1726)에 사사정, 유홍도(兪鴻圖)가 장시에서 시험을 실시했다. …… 사의 출제는 '유민소지'(維民所止)였다. 이것을 비난하는 자가 유지(維止) 이 두 글자가 옹정(擁正) 두 글자의 머리 부분을 뗀 것이라고 지적하고 상주하였다. 세종은 원망훼방(怨望毀謗)으로 불경하다고 보았다."

2) 청나라 천명(天命)에서 옹정(雍正)까지 육대의 실록과 기타 필화사건을 정리한 것. 청대 장양기(蔣良驥) 편찬으로 모두 32권이다.

3) 『맹자』「만장」(상)에 "이것은 군자의 말이 아니고 제나라 동쪽 야인의 말이다"(此非君子之言 齊東野人之語也)가 나온다.

360415 안리민에게

안리민 군,

어제 10일자 편지를 받아 보고 나서 그 책을 이미 받았음을 알았답니다. 저도 안심을 했지요.

군은 오로지 제 책을 애독한다고 말하는데 아마 그건 제가 항상 시사를 논하고 있기 때문일 겁니다. 하지만 한 사람의 저작만 읽게 되면 결과는 그다지 좋지 않아요. 다방면의 장점들을 얻을 수가 없답니다. 꿀벌이 수많은 꽃들을 채집해야 비로소 꿀을 빚어내는 것처럼 해야 합니다. 한 곳에만 매달리면 한계가 너무 많아 말라 버리게 됩니다.

오로지 문학책만 보는 것도 좋지 않습니다. 이전의 문학청년은 종종 수학, 물리화학, 역사지리, 생물학을 싫어하면서 이 모두가 하찮은 것이라고 여겼는데, 그러더니 이후 상식도 전혀 없고 문학을 연구해도 명확하지도 않고 또 자신들이 쓴 글도 엉망진창인 것으로 변해 버렸답니다. 그래서 여러분이 과학을 제쳐 놓고 문학에만 무턱대고 파고들어 가지 않기를 바라는 겁니다. 예를 들어 보지요. 옛사람들이 달이 이지러지고 꽃이 흩어지는 것을 보고 슬픔에 눈물을 흘리는 것은 용서할 만합니다. 그때는 자연과학이 아직 발달하지 않았기에 당연히 이것이 자연현상이란 것을 몰랐지요. 그러나 지금 사람이 여전히 눈물을 흘린다면 그는 바로 멍텅구리입니다. 다만 제가 지금까지 아동 도서물에 관심을 두지 않았기 때문에 어떤 책이 적당한지 말할 수는 없답니다. 카이밍서점 출판의 통속과학서에 아마도 몇 종류가 있는 것 같은데 한 번 조사해 보고 다시 이야기합시다.

다음으로 세계여행기를 보는 것이 좋습니다. 이를 통해서 여러 곳의 인정풍속과 물산을 알 수 있지요. 여러분은 영화를 보는지 어쩌는지 모르겠어요. 저는 봅니다. 단 무슨 '미인을 얻었다', '보물을 발견했다' 종류의 것은 보지 않고, 아프리카와 남극 북극에 관한 영화는 즐겨 보고 있답니다. 제 자신이 장래 아프리카나 남극 북극에 갈 수 없을 터이니 그저 영화상으로 식견을 얻는 것이지요.

복숭아꽃이라 하면 전 상하이에서 보았답니다. 군이 상하이에 가 보았는지 모르겠네요. 베이징의 집들은 단층이 많고 뜨락이 넓지만, 상하이의 집은 층집에 진흙을 찾아보기가 쉽지 않습니다. 우리집 문 밖에는 4척尺 4방方의 땅이 있는데 작년에 복숭아나무 한 그루를 심었답니다. 예상외로 올해 꽃이 피기 시작했지요. 비록 아주 작지만 그래도 어쨌든 꽃을 보았습니다. 복숭아꽃을 볼 수 있는 명승지는 룽화龍華이지만, 거기에는 도살장도 있고 저의 좋은 청년 친구들[1])이 그곳에서 죽었기에 저는 가지 않습니다.

저의 편지를 발표하려 하고 또 발표 지면이 있다면 저는 동의합니다. 우리가 다른 사람에게 알릴 수 없는 무슨 말이 있을 리가요? 만약 있다 해도 기왕 말했으니 발표하는 것이 두렵지 않습니다.

끝으로 군이 소홀히 한 점 하나를 알려 드리려 합니다. 군은 자신의 이름을 지우고 고쳐 썼지요. 자기 이름을 잘못 쓰는 사람은 아주 드뭅니다. 따라서 이것은 자신이 쓴 것이 가짜라는 것을 알려 주는 것이지요. 또 제가 보기에 군은 『부녀생활』의 「어린이에 대하여」를 읽어 본 것 같은데 그렇지 않나요?

이만 그칠까 합니다. 잘 지내길 기원하며.

4월 15일 밤, 루쉰

주)

1) 국민당에 의해 상하이 룽화경비사령부에서 비밀리에 살해된 리웨이썬(李偉森), 러우스(柔石), 후예핀(胡也頻), 인푸(殷夫), 펑경(馮鏗) 다섯 명의 좌련 작가를 말한다.

360417① 자오자비에게

자비 선생,

이제 막 편지와 사진을 받았습니다. 감사드립니다.

제작했던 동판銅版의 성적은 그다지 나쁘지 않습니다. 그러나 인쇄를 시작하면 견본쇄와 좀 차이가 있을 터이고 게다가 인쇄공의 수단도 크게 관계가 있답니다. 이 점을 주의하지 않으면 안 되지요.

『인옥집』의 판형에 따르면 원화가 아주 클 경우 축소하지 않을 수가 없습니다. 하지만 가격이 저렴하려면 이것 말고는 좋은 방법이 없지요. 『인옥집』의 결점은 종이가 너무 두껍고 철사로 묶었다는 것인데 이번에는 그 방법으로 묶지 않았으면 합니다.

이만 줄이며, 건필하시길 기원합니다.

4월 17일, 루쉰

추신 : Mitrokhin[1]의 목판화를 한 장 더 넣고 싶은데 No. 135의 「Children's Garden」[2]이랍니다. 그 No. 136의 「Flowerbeds」는 필요 없습니다. 이 두 점은 사실 서로 관련이 없답니다.

주)

1) 미트로힌(Дмитрий Исидорович Митрохин, 1883~1973)을 말한다.
2) 이후 『소련판화집』에 수록되었다.

360417② 뤄칭전에게

칭정 선생,

혜서와 판화 몇 점을 막 받았습니다. 감사의 말씀 올립니다.

E군[1]의 편지는 전혀 없는데 편지를 부칠 수 없는 것인지 아니면 평할 것이 없는 것인지 잘 모르겠습니다. 목판화 교환에 대해서는 저와 그쪽 목판화가의 직접 교제가 없는 터라 갑자기 이런 것을 하게 되면 조금 무례함에 언짢을 수도 있습니다. 그런고로 또한 분부가 없는 것이겠지요. 부디 혜안으로 살펴봐 주시길 바랍니다.

삼가 이만 줄이며 또한 항상 평안하시길 기원합니다.

4월 17일, 루쉰

주)

1) 에팅거를 말한다.

360420 야오커에게

신눙 선생,

18일 밤의 편지를 이제 막 받았습니다. 『역문』이 복간되었는데 또 다른 것[1]이 나왔으니, 아마 어떤 사람들에게는 또 불편함을 줬을 것입니다. 듣자 하니 『시사신보』는 벌써 저의 죄상을 선포하는 문장을 실었다 하는데 저는 보지 못했지요.

영어로 글을 쓸 필요성은 중국어로 쓸 필요성보다 결코 없는 것이 아닙니다. 제 생각에 세상에는 서양열에 혼미한 사람들이 분명 너무 많아서 냉수 한 통을 끼얹는 것은 중국과 서양 양쪽에 모두 도움이 됩니다.

영화계의 정황은 제가 잘 모릅니다. 그러나 신문 잡지 검열관에서 추측해 본다면 그 관리는 분명 희극 속의 역할일 겁니다.

두 명의 일본인 이름 영문 표기법은 다음과 같습니다.

兒島獻吉郎[2] = KOJIMA KENKICHIRŌ. (RO는 장음인데 위에 획을 긋는지요?)

高桑駒吉[3] = TAKAKUWA KOMAKICHI.

이만 줄이며, 건필하시길 기원합니다.

4월 20일, 쉰 돈수

주)

1) '역문총서'를 말한다.
2) 고지마 겐키치로(兒島獻吉郎, 1866~1931). 일본의 중국문학 연구자. 저서로 『중국문학사강』(支那文學史綱), 『중국제자백가고』(支那諸子百家考) 등이 있다.
3) 다카쿠와 고마키치(高桑駒吉, 1869~1927). 일본의 한학가. 저서에 『중국문화사』(中國文化史) 등이 있다.

360423 차오징화에게

루전 형,

삽도본 『마흔한번째』는 벌써 받았답니다. 출판할 수 있을 때 넣도록 하지요.

싼三 형으로부터 편지가 와서 전달해 드립니다. 지예는 귀국해서 어제 보았습니다. 아마 한 번 정도 고향에 갈지도 모른다고 그가 그러더군요.

이곳에는 작가협회라는 것이 움직이는데 이전의 벗과 적이 모두 같은 진지에 있답니다. 내막이 어떠한지는 알 수가 없습니다. 지휘를 하는 것은 마오와 정이며 그들이 적극적인 것은 『문학』을 구하기 위해서라고 운운합니다. 저는 지난날 받은 상처를 비추어 보아 가입하지 않을 작정이지만, 이 또한 필시 큰 죄상이 될 터라 그냥 듣고만 있을 따름입니다.

근 십여 년 문예를 위해 사실 적지 않은 정력을 썼지만 결과는 상처를 입은 것이었지요. 좀 진지해지고 신뢰가 생기면 모두가 타격을 가합니다. 작년 톈한이 글을 써서 제가 조화파라고 했지요. 제가 글을 써 힐문을 하자 그는 편지로 대답을 하더군요. 제가 명예가 있으므로 함부로 말해도 해가 없다나요. 그 후 그는 이렇게 변했고 우리들의 '전우' 중 하나는 그를 위해 변호를 하면서 그에게는 큰 계획이 있고 지금은 확실히 말하기 어렵다 합니다. 저는 정말이지 약삭빠른 인간이 아니라면 중국에서는 살아 나가기가 힘들다고 느낍니다.

저희는 모두 잘 지냅니다. 건강도 이미 회복되었습니다만 여전히 바쁩니다. 어제 책 두 보따리를 보냈는데 안에는 『작가』[1] 한 권이 있습니다. 막 출판된 것이지요.

올해 각종 잡지에 고리키의 초상이 실려 있습니다. 이 노인은 올해 갑자기 좋은 것 나쁜 것을 모두 엄호하는 깃발이 되어 버렸습니다.

『문학도보』는 너무나 공허합니다. 하지만 이렇게 두꺼운 것이 마치 목을 길게 빼느라 정말 피곤한 것처럼 보입니다.

제가 방법을 강구해서 『죽은 혼 백 가지 그림』을 인쇄했습니다. Agin의 그림으로 형이 주신 12점도 뒤에 실었습니다. 두꺼운 종이를 사용했고 아직 제본 중이니 다 되면 부쳐 드리겠습니다.

이만 줄이며, 부디 평안하시길 기원합니다.

4월 23일 밤, 아우 위 올림

주)______

1) 문학월간으로 멍스환이 편집했다. 1936년 4월 상하이에서 창간되어 11월 정간되었다. 상하이잡지공사 발행이다.

360424① 허자화이에게[1]

자화이 선생,

일전에 편지와 연기[2]를 받았습니다. 의견이 모두 대단히 좋습니다.

저는 일찍이 단체[3]에 들어갔었습니다. 비록 지금 이 단체가 있는지 잘 모르겠습니다만 『문학생활』의 최종호도 볼 수가 없었습니다. 그러나 공적인 일에 또한 도움이 되지 못했다 느낍니다. 이번은 범위가 더욱 크고 사업 또한 더 크니 사실 더욱이 제 능력이 미치지 못하는 바이지요. 서명은 결코 어려운 일이 아니나 이름을 걸어 놓는 것은 오히려 너무나 무료한 것입니다. 그래서 가입하지 않기로 결정했습니다.

이만 줄이며, 또한 평안하시길 기원합니다.

[4월 24일]

주)

1) 허자화이(何家槐, 1911~1969). 저장 이냐오(義烏) 사람. 좌련의 성원이며 작가협회의 발기인 가운데 한 사람이다.
   본래는 서명이 없는데 수신인이 『광명』 반월간 제1권 제10호(1936. 11. 25)에 실린 「루쉰 선생의 정신을 배우다」에 실린 글에 다음과 같은 말이 있다. "루쉰 선생의 서명 부분은 언제인지 모르지만 망가져 없어졌다."
2) 「작가협회조직연기」(作家協會組織緣起)를 말한다.
3) 좌련을 말한다.

360424② 돤간칭에게

간칭 선생,

20일자 편지를 이제 막 받았습니다. 목판화 2집[1]도 잘 받았지요, 감사드립니다.

목판화는 보급에서 침체로 들어섰습니다. 이는 기법을 지도할 사람이 없기 때문이지요. 그리하여 상달上達할 수가 없어 설령 아주 좋은 제재가 있다 하더라도 표현할 길이 없습니다.

제 자신은 판각을 할 수 없지만 외국작품을 좀 소개했지요. 근래에는 또 잡다한 일과 병으로 인하여 소개하는 일을 놓고 있었습니다만, 조만간 출판을 할 생각입니다. 이론과 기법에 대해서는 사실 제가 문외한입니다.

이만 줄이며, 부디 편안하시길 기원합니다.

4월 24일, 루쉰

주)

1) 『간칭목각이집』(干青木刻二集)으로 손수 인쇄하여 출판했다.

360424③ 우랑시에게[1)]

랑시 선생,

어제 우치야마와 이야기를 했는데, 『죽은 혼 백 가지 그림』이 나왔을 때 그가 책을 보내는 사람에게 20부가 필요하다 했었으나 지금까지도 도착하지 않았다고 하네요. 제 생각에 분명 그 사람이 잊은 듯합니다. 적당할 때 그에게 보내 주세요.

이만 줄이며, 평안하시길 기원합니다.

4월 24일 밤, 쉰 올림

주)

1) 우랑시(吳朗西, 1904~1992). 쓰촨 카이셴(開縣) 사람으로 번역을 했다. 당시 문화생활출판사(文化生活出版社)의 경리였다.

360502 쉬마오융에게

마오융 선생,

보내신 편지를 받았습니다. 저의 편지[1]로 인해 발생한 문제에 대해 다음과 같이 답해 드립니다.

첫째, 단체가 해산하는 일은 들었습니다. 이후 아무런 진행이 없었고 또한 통지도 없어 비밀을 지키고 있는 것 같았지요. 이 또한 필요합니다. 그러나 이것은 동인이 결정한 바인가요 아니면 다른 사람의 의견을 덧붙인 것인가요? 만약 전자라면 해산이고, 혹 후자라면 그것은 패전하여 뿔뿔이 흩어지는 것이지요. 관계가 결코 작지 않지만 저는 확실히 들은 바가 전혀 없습니다.

둘째, 제가 말했던 출판물[2]은 이미 등사판으로 인쇄되었습니다. 최종호는 일찍이 다른 곳에서 실물을 본 적이 있는데 이후 확실히 출판되지 않았습니다. 이는 오래전 일인데 선생이 책임자가 된 이후의 것인지 여부는 제가 아직 알아보지 못했습니다.

"시비", "유언비어", "보통 전해지는 말"에 대해서는 전 규명이나 해석을 할 생각이 없습니다. "문자의 화禍"가 이미 충분히 고생스러운데 "말의 화禍" 혹은 "유언비어의 화"는 더욱 막아도 막을 수가 없고 게다가 씻어도 씻어 낼 수 없으니 설령 "쟁론"을 벌인다 해도 분명해지지 않습니다. 다만 이른바 "그 사람들"에 대해서는 오히려 저 자신도 "그 사람들"인지를 모른답니다.

다행히도 지금 옛 단체는 이미 존재하지 않고 새로운 것[3]에 저는 가입하지 않고 있으니 다시는 저로 인해 갈등이 일어나지 않을 것입니다. 이것이 저의 마지막 편지로 지난 공사公事는 모두 이것으로 끝내기를 바랍니다.

이만 줄이며, 항상 평안하시길 기원합니다.

5월 2일, 루쉰

주)______

1) 360424① 편지를 말한다.
2) 좌련 내부의 간행물 『문학생활』(文學生活)을 말한다.
3) 작가협회를 말한다.

360503 차오징화에게

루전 형,

27일자 편지를 받았답니다. 롄蓮 누님 집[1]은 이미 흩어져 푸, 정이 주재하는 대가족이 되었습니다만,[2] 실은 이를 통해 『문학』을 지지할 따름인 것이고 그 속에 마오毛 고모[3]가 있는 듯합니다. 옛사람들 가운데 그쪽으로 간 사람들이 자못 있는데, 저에게 독설을 퍼붓는 뜻은 파괴에 있습니다. 하지만 그들의 형세 또한 아름답지 못하지요.

『작가』, 『역문』, 『문총』[4]은 『문학』과 맞지 않아 지금도 함께 작업을 하지 않습니다. 그런 까닭에 푸·정의 미움을 받았고 그들이 부하들을 시켜 통일을 파괴한다는 죄명을 덧씌우고 있지요. 하지만 누가 이 무리의 사심을 위해 기꺼이 통일될까요, 두루뭉수리를 만들어 놓을 텐데 말입니다. 근래 또 다른 단체[5]가 나왔지요. 제 생각에 이 단체가 괜찮은데, 독자들이 비교해 보도록 하면 상황은 곧 변화합니다.

7월부터 『문학』이 왕퉁자오王統照[6]로 편집이 바뀝니다. 그는 그저 꼭두각시에 지나지 않고 또 끈을 조종하는 사람이 달리 있습니다. 오늘 밤 손님을 초대하는데 듣자 하니 주인 쪽을 넣어도 고작 열여덟 명이라 합니다만, 그러나 지배인이 바뀌어도 장사는 아마 나아질 기미가 여전히 없을 듯합니다.

천陳 군[7]으로부터 아직 돈이 오지 않았습니다만 제가 필요한 것이 아닙니다. 오히려 지금 그쪽[8]에서 그를 찾고 있는데 지금에 와서 찾는다면 아주 많이 늦겠지요. 하지만 그들이 그전의 편지를 잃어버려 다시 한 통이 필요하다 하여 그저 답장을 할 수밖에 없네요.

『마흔한번째』는 인쇄를 시작하였습니다. 비용은 방법이 있으니 보내실 필요가 없습니다.

대회에서의 몇 마디 말은 마오형을 만날 때 의논해 보고 다시 말씀드리지요.[9]

저희도 수렴청정을 준비하고 있습니다만 롄 아가씨의 것이 아니라 별개의 것입니다. 남방인은 북방의 솔직함이 없어서 일처리가 좀 어렵지만 한번 해보지요.

『도시와 세월』의 목판화를 인쇄할 때 각 도판 아래에 독자의 편리를 위해 한두 구절 설명을 붙이기로 했는데, 제목은 대체로 형의 해석에서 찾을 수 있었습니다. 하지만 첫 부분의 몇 점은 찾지 못했는데 대체로 '독자가 갈피를 찾을 수 없는 것'입니다. 삽화가 있는 페이지를 기록해 두오니 형이 설명을 붙여 주세요. 도판당 한두 구절이면 족합니다.

(1) 11페이지　(2) 19페이지 맞은편　(3) 35페이지

(4) 73페이지　(5) 341페이지

이상 모두 다섯 점입니다.

올해 상하이는 아주 이상해서 지금까지 여전히 춥습니다. 저는 벌써 건강을 회복했고 처와 아이도 모두 잘 지내니 염려하지 마십시오.

현재 Gogol의 『죽은 혼 그림』을 찍고 있고 형이 보내 주신 12점도 넣었습니다. 타 형의 번역문[10] 상권은 이미 교정이 끝났고 인쇄를 시작했는데 700페이지입니다. 하권도 조판에 넘기려 합니다.

이만 줄이며, 봄날 평안하시길 기원합니다.

5월 3일 밤, 동생 위 올림

주)

1) 좌련을 말한다.
2) 푸, 정은 푸둥화, 정전둬를 말한다. 대가족은 작가협회를 지칭하는 것이다.
3) 마오 고모 및 글의 마오 형은 모두 마오둔(선옌빙)을 말한다.
4) 『문학총보』(文學叢報). 문예 월간으로 1936년 4월 1일 상하이에서 창간되었다. 왕위안헝(王元亨), 마쯔화(馬子華), 샤오진두(蕭今度), 녜간누(聶紺弩) 주편(主編)으로 상하이잡지공사출판에서 나왔다. 제5기 이후 국민당 상하이특별시당부에 의해 금지되었다가 1936년 9월 20일 『인민문학』으로 바꾸어 1기를 출판하고 그 이후로 모두 6기를 출판했다.
5) 당시 상하이의 일부 문예공작자가 설립을 준비 중이었던 항일민족통일전선 단체를 말한다. 해당 단체는 이후 정식으로 세워지지 않았는데 1936년 6월 15일 루쉰, 바진 등 63명의 연명을 받아 「중국문예공작자 선언」을 발표했다.
6) 왕퉁자오(王統照, 1898~1957). 자는 젠싼(劍三), 산둥 주청(諸城) 사람이다. '문학연구회' 발기인 가운데 하나이며, 저서로는 장편소설 『산비』(山雨) 등이 있다.
7) 천투이(陳蛻)를 말한다.
8) 상하이 중공 지하당 조직.
9) 1936년 초여름 베이핑 일부 문예공작자 등이 '베이핑작가협회'를 준비했는데 루쉰에게 성립대회의 축사를 부탁했었다.
10) 취추바이의 『해상술림』을 말한다.

360504① 차오바이에게

차오바이 선생,

보내 주신 편지를 받았습니다. 리췬力群의 소식은 저를 기쁘게 합니다. 그의 목판은 아주 생동적이지만 형체의 경우 때때로 실패하는 부분이 있답니다. 이는 인체에 대한 연구가 충분하지 않기 때문이지요.

『죽은 혼 그림』을 사신다니 아주 급하십니다. 백지를 사용했으며 인쇄도 비교적 좋은데 지금 장정 중이니 선생께 한 권 보내겠습니다. 그 가운데 세 점은 원화에서는 본래 가는 선이지만 고무판으로 만들면서 두꺼워졌습니다. 중국은 숙련된 인쇄공이 없기 때문에 그래서 이런 상황이 된 것이지요. 각법刻法도 현재 그저 참고만 하지 배우지 않습니다. 이 책은 벌써 오백 권이 팔렸는데 만약 전체가 다 팔리면 본전을 회수합니다. 그러면 톨스토이의 『안나 카레니나』(*Anna Karenina*)의 삽화[1]를 인쇄할지 모르지만 그것은 목판화가 아닙니다.

선생의 문장[2]은 아직 발표할 만한 적당한 곳을 찾지 못하고 있습니다. 제가 그 일부분을 좀 인용하고 한 통의 편지(약간을 생략과 가필을 했습니다)와 함께 「깊은 밤에 쓰다」에 수록하였답니다. 원래 『*The Voice of China*』를 위해 썼던 것이지요. 번역문은 5월 15일자 책에 게재되는데 나오면 보내 드리겠습니다(영어를 읽을 수 있으신지요? 편하실 때 알려 주십시오). 원문은 『밤꾀꼬리』[3]에 주었는데 듣자 하니 곧 출판된다고 합니다. 이 문장 때문에 장례식을 치르지 않을까 하는데 그들은 그래도 괜찮다 하네요.

제 자신 일을 말하자면 정말이지 무료합니다. 공사公事, 사적인 일, 쓸데없는 분노가 끊임없이 일어납니다. 원고를 요청받으면 한편으로는 금지당하지 않도록 조심을 하면서 또 한편으로는 아주 무의미하지 않도록 해야 하니 정말이지 고통으로 변해 버립니다. 저는 이것을 "족쇄를 차고 추는 춤"이라 부르고 있지요.[4] 하지만 『작가』는 이미 우송이 정지되어 버렸고 『죽은 혼』 제2부는 남아 있는 원고가 5장인데 제1부만큼 안 되니 생략되어도 괜찮습니다. 그러나 전 이것을 번역하기로 결정해서 제2장을 『역문』 제3권에 실었고 이후로는 5기에 실을 것인데 대략 십만 자 미만입니다. 작가는 제1부에서 지주들이 개심하여 선행을 베푸는 것으로 묘사하고 있어요. 하지만 그가 그린 이상적 인물은 조금도 화를 내지 않고 있고 오히려 몇몇 악역이 더 뛰어납니다. 그는 죽기 전에 모든 원고를 불살랐으니, 자신의 결점을 정확히 알고 있었던 것이지요.

이만 줄입니다. 또한 평안하시길 기원합니다.

5월 4일, 쉰 올림

주)

1) 러시아 슈체글로프(Михаил Щеглов), 모라보프(Александр Викторович Моравов), 코린(Алексей Михайлович Корин)이 톨스토이 『안나 카레니나』의 유화 삽화를 그렸다.
2) 「감옥살이 약술」(坐牢略記)을 말한다.
3) 『나이팅게일』(夜鶯)은 문학월간이다. 좌련의 성원이었던 팡즈중(方之中) 편집. 1936년 3월 창간되었고 제4기를 끝으로 정간되었다. 상하이 군중잡지공사 발행. 평론과 창작을 중시했고 특히 현실을 반영한 르포문학과 단평을 제창 보급했다.
4) 『차개정잡문 2집』 「후기」에서 말한 것이다.

360504② 왕예추에게

예추 형,

5월 1일자 편지를 받았습니다. 이 집集[1]은 적어도 아직 대여섯 편은 보충할 수 있는데, 그중 몇 편은 미발표된 것입니다. 하지만 역서 및 『분류』 후기[2]는 생략해도 좋습니다(「전람회 서문」, 「『파도소리』를 경축하며」, 「논어 일 년」 등[3]도 불필요합니다). 원고를 등기로 출판사에 보낸다면 분실하지 않을 겁니다. 간행처는 제가 찾고 있고 분명 출판하려는 사람이 있겠지만, 다만 아마 몇몇 편을 빼자고 요구할지도 모릅니다. 그들의 간이 작기 때문이지요.

근래 찍은 사진은 없답니다. 가장 최근의 것이 사오 년 전의 것인데 인쇄하는 데 오고 가는 그 사진[4]이지요. 서문은 당연히 씁니다.

4월 11일자 편지는 벌써 받았지요. 매년 쉬어야지 쉬어야지 하고 있지만 공사公事, 사적인 일, 하찮은 분노 따위는 늘어날 뿐 줄어들지 않으니, 안식할 겨를도 없고 책을 볼 틈도 없으며 편지를 쓸 시간조차 없답니다. 병은 이제 좋아졌습니다만 기력이 없거나 아니면 잡다한 일을 처리할 힘이 없는 것인 듯합니다. 기억력도 나빠지기 시작했지요. 영웅들은 오히려 끊임없이 타격을 가하고 있습니다. 근래 이곳에서는 작가협회가 열렸는데 국방문학을 부르짖었답니다. 이전의 실패를 거울로 삼아 저는 가입하지 않았지요. 그러나 영웅들은 이것은 국가의 대계를 파괴하는 것이라 하고 심지어 집회에서 저의 죄상을 선포하였답니다. 사실 저는 정말 아무것도 하지 않을 수 있습니다. 아무것도 하지 않으면 죄도 없으니까요. 그러나 중국은 어쨌든 그들의 것이 아니며 저도 살고 싶기 때문에, 최근 두 편의 글[5]을 써서 반격을 했습니다. 그들은 껍데기입니다. 아마 오래지 않아

소리 없이 종적을 감출 것입니다. 이런 부류의 사람들은 이전에도 이미 적지 않게 나왔지요.

말씀하신 처방은 기관지염을 치료하는 것인데 저의 천식은 염증이 원인이 아니라 신경성 경련입니다. 재발 여부는 현재 모릅니다. 휴식을 하거나 거처를 바꾸면 더 좋아질 것이지만 거듭 생각해 봐도 갈 만한 곳이 없네요.

이곳은 여전히 아주 춥습니다. 정말 이상하지요. 지霽는 벌써 귀국했고 얼굴을 봤습니다만 지금쯤 고향에 갔는지 톈진에 갔는지 모르겠네요.

이만 줄이며, 또한 항상 평안하시길 기원합니다.

5월 4일 밤, 수 올림

주)______

1) 수신인이 낸 『루쉰서발집』을 말한다.
2) 「『분류』 편집 후기」로 『집외집』에 수록.
3) 「이바이사의 습작전람회의 서문」이며 이후 『이심집』에 수록되었다. 「『파도소리』를 경축하며」, 「논어 일 년」은 이후 『남강북조집』에 수록되었다.
4) 루쉰의 오십 세 생일을 축하하며 찍은 사진.
5) 「3월의 조계」와 「『관문을 떠난 이야기』의 '관문'」을 말하는데, 이후 『차개정잡문 말편』에 수록되었다.

360504③ 우랑시에게

랑시 선생,

『케테 콜비츠 판화 선집』의 서문 두 편[1] 뒤에 자필 서명을 쓸 요량으로 글자를 동봉하오니, 수고스럽겠지만 아연판을 만들고 판이 완성되면 그쪽에서 보존해 주시고 견본쇄를 보내 주시길 삼가 부탁드립니다. 교정 볼 때 해당하는 곳에 붙여 놓을 터이니 선생께서 판과 함께 인쇄소에 건네 주십시오.

이만 줄이며, 봄날 평안하시길 기원합니다.

5월 4일 밤, 루쉰 올림

주)______

1) 스메들리의 「케테 콜비츠—민중의 예술가」와 루쉰의 「『케테 콜비츠 판화 선집』 머리말 및 목록」을 말한다. 루쉰의 것은 이후 『차개정잡문 말편』에 수록되었다.

360505 황위안에게

허칭 선생,

선 선생이 보낸 원고[1]는 전송을 부탁했습니다. 편지의 일부와 원고를 함께 보냈답니다. 장편의 한 절이 아닐까 싶은데 확정할 수는 없네요.

천陳 양의 주소는 이미 선 선생에게 편지로 물어보았으니 회신이 오면 다시 알려 드리겠습니다.

이만 줄이며, 부디 평안하시길.

5월 5일, 쉰 올림

주)______

1) 선옌빙이 보낸 천쉐자오(陳學昭)의 번역 원고인데 발표되지 않았다.

360507① 어머니께

어머님 슬하, 삼가 아뢰옵니다. 5월 2일자 편지를 어제 받았답니다. 측량 건[1]은 잘 처리하여 결국 한 건을 해결하였답니다.

하이잉은 아주 잘 지냅니다. 매일 학교에 가는데 공부를 그렇게 게을리하지는 않지만, 묘한 방법이 하나 생겨서 일요일이 되면 영화를 보러 가야 한다고 합니다. 겨울에 약간 살이 붙었는데 근래는 또 삐죽하게 크고 있지요. 아마 아이들은 봄에는 자라고, 자랄 때는 마르나 봅니다.

저는 벌써 건강을 회복했지만 여전히 바쁘답니다. 하이마도 잘 지내니 염려치 마십시오. 상하이는 화로가 필요하지 않지만 여전히 추워서 밤에는 솜옷을 입고 있답니다. 이건 올해 특별히 그런 것이지요.

이만 줄이며, 삼가 평안하시길 기원합니다.

5월 7일, 아들 수 삼가 절을 올리며

광핑, 하이잉 모두 절을 올립니다

주)______

1) 360121② 편지를 참조하시오.

360507② 돤간칭에게

간칭 선생,

혜서를 받았습니다. 아이艾 군[1]의 소설 원고는 별도로 보냈습니다. 다만 근래 기력이 쇠하고 일이 번잡스러워 작품을 읽고 서문을 쓸 수가 없사와 말씀하신 뜻을 거스르니 부디 헤아려 주신다면 다행이겠습니다.

지난달 인쇄한 『죽은 혼 백 가지 그림』 한 권을 출판사에 부탁하여 보내 드리오니 부디 기쁘게 받아 주십시오. 아이 군의 소설 원고 또한 그 속에 동봉하였사오니 전달을 부탁드리옵니다.

이만 줄이며, 항상 평안하시길 기원합니다.

5월 7일, 루쉰

주)

1) 아이밍(艾明)을 말한다. 장시(江西) 사람으로 당시 난창(南昌) 루쯔팅(孺子亭)소학교 교사였다.

360507③ 타이징눙에게

보젠伯簡 형,

2일자 편지를 받았습니다. 이 편지는 아마 중순 전에 도착하겠지요. 제 병은 이미 좋아졌습니다만 허나 여전히 일이 번잡스러운 탓에 병이라 말할 정도로 피로합니다. 하지만 그렇다고 또 병이라고 말할 수는 없답니다. 지예는 만나 보았는데 지금 고향에 갔는지 북상했는지는 모르겠습니다. '제3종인'은 이제 사람들을 볼 면목이 없어 다이왕수를 얼굴로 내걸고 문예계에서 부활하려고 하고 있는데[1] 멀리하는 것이 좋지요. 『문학』 편집은 장톈이는 어렵다는 걸 알고 벌써 도망갔고 지금은 왕퉁자오로 정해졌는데 이 역시 푸·정 무리가 은밀하게 배치하고 그 뒤에서 조종하는 것이니 이 두 공公은 아직 충돌이 없나 봅니다. 『죽은 혼 백 가지 그림』은 견포 표지에 백지로 된 책이며 지금 장정 중이니 완성이 되면 보내 드리겠습니다. 북으로 가실 때 상하이를 지나시면 만나서 이야기할 수 있다면 좋을 듯합니다. 이만 줄이며, 항상 평안하시길 기원합니다.

5월 7일, 수 돈수

주)

1) 『현대』 잡지 복간을 말한다. 당시 두헝, 스저춘과 다이왕수 세 사람이 『현대』의 복간을 기획하고 다이왕수를 앞세워 각지 작가들의 원고를 모았는데 이루어지지 않았다.

360508① 차오바이에게

차오바이 선생,

5일자 편지를 받았습니다. 문학을 연구하는데 외국어를 이해하지 못하면 아주 불편하지요. 일본어는 명사가 중국과 대략 비슷하나, 오류가 없을 정도로 정통하려면 삼사 년 정도 하지 않으면 안 됩니다. 게다가 그들 자신에게 대작가가 없는 터라 근래 소개되는 것이 적으니 할 필요가 없네요. 영국 또한 대작가가 적은데, 거기에다가 그들은 아주 완고하여 다른 나라의 작품을 번역하지 않습니다. 미국은 비교적 많지만 책이 비싸지요. 제 생각에는 선생이 기왕 프랑스어를 배웠으니 프랑스어를 계속 배우는 것이 좋을 듯합니다. 왜냐하면 첫째, 복습하는 것이 아무래도 완전히 처음부터 배우는 것보다 편하다는 점, 둘째, 그들은 최근 다른 나라의 좋은 작품을 상당히 많이 번역하고 있다는 점, 셋째, 그들은 지금 대작가가 있다는 점입니다. 로맹 롤랑, 지드가 그러하지요. 작품들이 독자에게 유익하답니다.

하지만 외국어를 배우려면 매일 쉬지 않고 해야 하고, 단어와 문법을 외우는 것이 충분하지 않아도 고집스럽게 봐야 합니다. 한 권의 책을 가지고서 어쨌든 읽어 가면서 단어를 찾고 문법을 외어 가는 겁니다. 책을 다 읽고 크게 이해되지 않으면 바로 그만두고 다시 다른 책을 봅니다. 수개월 혹은 반년 뒤에 다시 이전의 책을 보면 분명 첫번째보다 더 많이 이해가 되지요. 이는 아이가 말을 배우는 방법이랍니다.

『죽은 혼 백 가지 그림』의 백지 인쇄본의 장정이 잘 끝나 서점에 싸서 두었습니다. 동봉한 교환권을 가지고 가셔서 받으시길 바랍니다.

이만 줄이며, 항상 평안하시길 기원합니다.

5월 8일, 쉰 올림

360508② 리지예에게

지예 형,

5월 5일자 편지와 돈을 모두 착오 없이 잘 받았습니다.

저는 자서전을 쓰지 않고 또 다른 사람이 제 전기를 쓰는 것에도 관심이 없습니다.[1] 제 일생이 너무도 평범하기 때문인데요, 만약 이러한데도 전기를 쓸 수 있다면 중국에는 갑자기 4억 부의 전기가 나와 도서관이 미어터져 버릴 것입니다. 제게는 소소한 생각과 말들이 많았었지만 항상 바람 따라 사라져 버렸습니다. 물론 아쉽다고 생각되지만 사실 어디까지나 작은 사정일 뿐이었지요.

새로 나온 『죽은 혼 백 가지 그림』 한 부를 서점에 부탁하여 부치도록 했으니 수일 내로 받으실 겁니다. 이런 책의 인쇄는 중국에서는 전례 없지만 인쇄 기술이 좋지 못한 것이 유감이랍니다.

이만 줄이며, 별고 없으시길 기원합니다.

5월 8일, 쉰 올림

주)

1) 리지예의 회고에 따르면 당시 그는 루쉰에게 자서전을 쓰거나 아니면 쉬광핑이 루쉰전을 쓰도록 돕자고 루쉰에게 건의한 적이 있다고 한다.

360509 우랑시에게

랑시 선생,

어제 우치야마가 말하길 고급 장정의 『죽은 혼 백 가지 그림』 5권이 도매로 필요하다 하니 편하실 때 그에게 보내 주시길 바랍니다.

이만 줄이며, 평안하시길 바랍니다.

5월 9일, 루쉰

360512 우랑시에게

랑시 선생,

교정본[1]과 혜서를 모두 받았습니다.

삽화의 글[2]이 좀 급하오니 우선 보내 주십시오. 식자공에게 한 번 더 고치도록 청하고 재교용 교정본을 보내 주시면 감사하겠습니다.

이만 줄이며, 평안하시길 바랍니다.

5월 12일, 루쉰 올림

주)______

1) 『케테 콜비츠 판화 선집』의 서문 두 편의 교정 원고를 말한다.
2) 『도시와 세월』의 목판화 삽화 가운데 다섯 점에 붙이는 글을 말한다.

360514 차오징화에게

루전 형,

이삼 일 전 서점에 『죽은 혼 백 가지 그림』 한 권을 보내 달라 부탁했었는데 도착했는지 모르겠습니다. 형이 주신 12점도 말미에 넣었지요. 인쇄 기술이 그렇게 나쁘지는 않았지만 원본과 비교하면 차이가 크답니다.

4월 결산하니 『별빛』星火의 인세가 26위안 들어와 우편환을 동봉하오니 편하실 때 상우분관商務分館에 가서 현금으로 바꾸시면 됩니다.

어떤 이[1]가 제 작품을 모아 출판하자고 제의하는 글을 작가사作家社에 보내왔는데 회신은 형과 하는 걸로 말하고 있습니다. 모든 출판사는 설령 꿀처럼 달콤한 말을 할지라도 오로지 이익만을 도모합니다. 이 일[2]은 본래 제가 직접 할 생각이었으나, 목하 결정하지 않고 있고 꼭 출판할 것도 아니랍니다. 그 문장도 발표하지 않고 있으니 알려 주시기 바랍니다.

또 일군의 영웅들이 제가 통일 전선을 파괴한다는 죄상을 선포하고 있답니다. 자문을 해보지만 요 몇 년 게으르지 않았는데 매번 이렇게 큰 문제에 마주치게 됩니다. 어떤 이는 이 기회를 틈타 저를 목 졸라 죽이려 하는데 정말 무엇 때문에 그러는가 모르겠지만 분명 사람됨이 아주 나쁠 겁니다. 요즘은 항상 쉬고 싶다고 생각합니다. 이만 줄이며, 무고하시길 기원합니다.

5월 14일, 아우 위 돈수

주)

1) 리허린(李何林, 1904~1988). 안후이 훠추(霍丘) 사람으로 루쉰 연구자이다. 베이징 중파대학, 톈진 난카이대학 등에서 가르쳤다. 당시에는 산둥 지난 고급중학에서 편지를 보

내서 루쉰의 창작활동 30년 기념으로 루쉰의 저작을 모아 간행할 것을 제안했었다.
2) 루쉰이 출판을 기획하면서 스스로 목차를 작성했던 『삼십년집』이나 생전에 출판되지 않았다.

360515 차오징화에게

루전 형,

어제 편지와 『별빛』 인세를 보냈으니 도착했을 것입니다. 오늘 11일자 편지와 삽화에 넣을 글을 받았답니다. 각 조마다 한두 구 정도를 빼려고 하고 인쇄는 콜로타이프판으로 단행본을 내려 합니다. 6월에 인쇄를 넘기는데 먼저 글자 조판을 하고 지판을 떠서 그림과 함께 도쿄에 보내려 합니다.

『문학』이 부활을 도모하는 것은 커다란 문제에 의한 것입니다. 저는 문예가협회(푸둥화가 주요 발기인)에 가입하지 않았다는 이유로 바로 일군의 사람들에게 공격을 받고 있지요. 연합전선을 파괴했다나요. 하지만 이런 영웅은 대체로 나왔나 싶으면 곧 보이지 않습니다. 『문총』 2기가 나왔으나 3기는 원고 모집이 아주 어려웠지요. 『작가』의 편집자도 차분해졌답니다. 재야에서는 종종 격렬했지만 한 번 지위를 얻으니 그것을 유지하려고 애를 쓸 수밖에 없나 봅니다. 그렇기에 앞날도 낙관하기가 어렵답니다. 하지만 어쨌든 전투를 하는 사람은 있습니다. 그러니 이후 출판자가 회색이 되더라도 결국 새로운 잡지가 창간될 것입니다.

타 형의 책 상권은 조판이 끝났습니다. 모두 논문과 번역으로 700페이지인데 수일 내로 인쇄하여 7~8월 사이에 완성됩니다. 하권은 막 인쇄에 넘겼는데 모두 시, 극, 소설의 번역으로 거의 발표되었던 것이지요. 어찌되었든 간에 올해 안으로 꼭 출판될 겁니다. 이렇게 하면 그의 번역문이 결국 마무리되지요.

저의 선집[1]도 사실 타 형의 손에 의한 것인데 서문도 그가 썼습니다. 그때 그는 상하이에 있어서 돈이 여의치 않아 글품을 팔았지요. 『작가』 제1기 가운데 한 편[2]은 본래 그의 책 상권에 수록된 것이랍니다. 책이 아직 출판되지 않아서 우선 발표했던 것이지요. 제 생각에 이것으로 형의 의심 덩어리가 사라졌을 것이라 봅니다.

기념의 일은 어제 보내 드린 편지에서 언급했지만, 저 스스로가 찬찬히 모아 출판하는 것이 낫다고 생각합니다. 출판사의 손을 거치면 그저 이익만을 도모하기 때문에 좀 빨리 나올지는 몰라도 엉망진창이 되어 버립니다.

상하이는 여전히 춥습니다. 번잡한 일이 많아 벗어날 방법을 좀 강구하고 있답니다. 일부 사람들은 자신을 혁명의 큰 인물이라 자임하면서 가죽 채찍으로 고단한 노동자의 등을 마구 후려칩니다. 저는 심히 증오하고 있어요. 그 인간은 현장 감독의 입장을 가지고 있을 뿐입니다.

최근 힘이 빠져 오늘 의사에게 가 보았는데 위병이라 합니다. 칠팔 일 복약하면 좋아질 겁니다. 아내와 아이 모두 잘 지내니 염려하지 마십시오.

이만 줄이며, 항상 평안하시길 기원합니다.

5월 15일, 아우 위 돈수

주)

1) 『루쉰잡감선집』으로 편자는 취추바이. '허닝'(何凝)이라는 서명을 썼다. 1933년 7월 상하이 칭광(靑光)서국 출판이다.
2) 「졸라에 대해」로 『작가』 제1권 제1기(1936년 4월 15일)에 발표되었고 필명은 허닝이다.

360518① 우랑시에게

랑시 선생,

6척의 운화선지雲化宣紙 105장을 보내 드리오니 귀사에 잠시 보존하였다가 서문의 교정이 끝나면 사용해 주십시오.

인쇄할 때 여분으로 5장을 인쇄하여 불량한 페이지와 교환하시기 바랍니다.

이만 줄이며, 편안하시길 기원합니다.

5월 18일, 쉰 올림

360518② 우랑시에게

랑시 선생,

교정본을 받았습니다. 지판은 아직 보지 못했는데 다 된 것인지요? 아직 되지 않았다면 세 곳 정도를 교정하고자 하니 교정 후 만들어 주시기 바랍니다. 혹 이미 다 되었다면 그만두십시오. 지판을 보내 주시기 바랍니다.

선지宣紙는 오늘 지물포紙鋪에 부탁하여 보냈습니다. 그러나 교정이 아마 몇 차례 더 필요할 것입니다.

이만 줄이며, 편안하시길 기원합니다.

5월 18일, 루쉰 올림

360522 탕타오에게

탕타오 선생,

보내신 편지를 받았습니다. 잡지 편집[1]에는 결코 "절대적 자유"는 결코 없으며, 또한 그 사람도 "어느 한쪽에도 속하지 않을 수"가 없습니다. 일을 해보면 바로 아실 겁니다. 만약 진짜 어떤 쪽에도 속하지 않는다면, 그렇다면 그는 괴상한 사람이거나 아니면 교활한 사람일 것이며 간행물도 분명 별로일 겁니다.

제가 보기에 이러한 요구조건의 하나라도 대응하면 말끔하게 해결되지 않을 겁니다.

병중인지라 길게 쓸 수 없으니 노여워하지 마시길 바랍니다.

평안하시길 기원합니다.

5월 22일, 루쉰

주)

1) 잡지 편집의 일은 탕타오의 회고에 따르면 다음과 같다. 당시 상하이의 진다이(今代)서점이 그와 좡치둥(莊啓東)이 『진다이문예』(今代文藝)를 공동 편집할 것을 요청했는데, 서점이 그들에게 "어떤 편에도 속하지 말 것"을 요구했다 한다. 또한 편집자가 원고 채택을 결정하는 것에 "절대적 자유"가 있음을 표시했다.

360523① 자오자비에게

자비 선생,

혜서를 받았습니다. 서적과 신문 또한 받았답니다, 감사드립니다.

열이 난 지 근 열흘이 되어 외출을 할 수 없었습니다. 오늘 의사가 처음으로 열형熱型을 조사했는데 어떤 병인지도 아직 판정할 수 없는 것 같습니다. 언제쯤 나을지는 더욱이 지금 말할 수가 없네요.

『판화』[1]의 인쇄가 곧 끝난다면, 그러면 서문을 쓰기 전에 서점에 보내고 서점에서 저한테 전송하여 한 번 보았으면 합니다. 그때 제가 집필할 수 있다면 서문도 쓰겠지요.

이만 줄이며, 부디 건필하시길 기원합니다.

5월 23일, 루쉰

주)

1) 『소련판화집』을 말한다. 자오자비 편. 소련판화전람회에 출품한 작품 180여 폭을 수록하였다. 1936년 7월 량유도서인쇄공사 출판.

360523② 차오징화에게

루전 형,

20일자 편지와 원고를 받았습니다. 『백 가지 그림』[1]은 평장본 일천, 정장본 오백을 찍었는데 대략 올해 안으로 전부 팔릴 듯하니 수익을 내지는 못해도 손해 보지는 않을 겁니다.

말씀하신 소식은 전부 유언비어랍니다. 여기서는 아직 듣지 못했는데 아마 북방에서 만들었겠지요. 오래지 않아 분명 퍼져 갈 것입니다.

작가협회는 벌써 문예가협회로 이름을 바꾸었는데 그중 열심인 사람은 많지 않습니다. 대다수가 형식적이고, 일부는 오히려 이를 통해 자기 잇속을 채우거나 다른 사람을 모함하려고 합니다. 보아 하니 곧 침체되거나 아니면 변질될 것입니다. 새로운 작가의 잡지는 날카로운 언사를 보이다가 곧 병색을 드러냅니다. 예를 들어 『작가』가 그렇지요. 처음 함께 진군했던 사람들을 배척하기 시작해서 자신은 안전한 지위에 서 있으니 정말 가슴을 아프게 합니다. 이런 이기심이 너무 많은 청년은 장래 바로잡아야 좋다고 봅니다.

샤오蕭 형에게 알리는 것은 물론 좋지만 두서없이 복잡하게 얽혀 있어 무엇부터 말해야 할지요? 듣기만 해도 머리가 아픕니다.

상하이의 이른바 '문학가'는 그야말로 엉망이라 그저 잔재주만 부릴 뿐 다른 것은 모릅니다. 저는 글 한 편을 쓸까 정말 생각하고 있답니다. 최소 오륙만 자로 지금까지 받은 울분을 모두 쏟아내면 이것도 장래에 남기는 한 점의 유산이 됩니다.

천陳 군을 만나시면 전해 주십시오. 그의 편지 한 통을 받았고 돈은 필요 없으니 마음에 두지 말라고 말입니다.

이번에 또 근 열흘을 누워 있었습니다. 열이 났는데 의사가 여전히 열의 원인을 찾지 못하고 있습니다만 제가 보기에는 큰 병은 아닌 것 같습니다. 어쨌든 이번에 치료가 잘 되면 정말 놀아 보려 합니다.

이만 줄이며, 항상 평안하시길 기원합니다.

5월 23일, 아우 위 돈수

주)______

1)『죽은 혼 백 가지 그림』.

360525 스다이에게[1]

스다이時玳 선생,

15일자 편지를 25일에 받아 보았습니다. 족히 열흘이 걸렸군요. 작가협회는 벌써 문예가협회로 이름을 바꾸었는데 발기인이 다양합니다. 제가 보기에 개인적인 의도가 커 보이지 않습니다만, 어쨌든 이것을 통해 혹자는 이름을 날려 보려 하고 혹자는 몸을 씻어 보려 하고 또 혹자는 그저 얼굴만이라도 내밀어 보려 합니다. 왜냐하면 누군가가 커다란 간판을 가지고 와서 발기인이 되어 달라고 할 때 거절하게 되면 큰 죄명을 얻을 수 있기 때문이지요. 제가 딱 그 예랍니다. 상하이에 사는 사람은 대체로 현명해서 바로 서명을 하는데, 마구 서명을 하고도 아무것도 하지 않으면 서명하지 않은 것과 마찬가지랍니다.

제 생각에 선생도 가입하는 것이 좋을 듯합니다. 세상을 겪어 보지 못한 청년은 정말 핍박으로 미쳐 버릴 겁니다. 가입한 뒤에는 오히려 크게 성가신 일이 별로 없을 것인데, 이른바 지도자가 어떤 사람을 공격하고 어떤 사람을 치켜올리는 걸 돕거나 아니면 힘이 좀 드는 일을 하거나 유언비어를 들어 주기만 하면 됩니다. 국방문학 작품이란 건 있을 수가 없습니다. 그저 누군가가 혹은 무슨 파가 국방문학을 반대하면 그 죄가 크고 악질이라고 공격하기만 하는 것이지요. 이렇게 물고 늘어지다가도 자기도 무료하고 독자도 무료해지면 소리도 냄새도 없이 끝이 납니다. 만일 중도에 핍박을 받게 되면 지도하던 영웅은 분명 제일 먼저 말없이 자취를 감추거나 아니면 탈퇴를 성명으로 내거는데 보통 회원과는 더구나 상관이 없답니다.

암전暗箭은 상하이 '작가'의 특산품이지요. 제가 여기 뽑아 놓은 화살이 엄청난데 지금은 병중이라 다 낫고 나면 그것들을 발표하여 여러분들에게 보여 드리겠습니다. 예를 들어 최근 '작가협회'의 발기인 가운데 한 사람은 그가 편집한 잡지에 저를 "이상적인 노예"라고 했는데, 다른 발기인은 오히려 저보고 가입하라고 권유를 했답니다. 그들은 제가 이 암전을 누가 쏜 것인지 모른다고 생각하고 있어요. 선생이 여러 사람과 접촉해 보면 더 많은 것을 알게 될 것입니다.

암전을 쏘기 좋아하는 이 병의 뿌리는 그들이 작가는 작품이 아니라 계책에 의해 작가가 된다고 잘못 생각하는 것에 있습니다. 그래서 어떤 큰 일이 생기면 이 기회를 통해 누구와 연계하고 누구를 타도하여 자신을 치켜올릴까를 생각하는 것이죠. 이것이 별 효과가 없다는 것을 알지 못합니다. 그래서 상하이에서는 결국 삼사 년을 견딜 수 있는 작가가 아주 드뭅니다. 예를 들어 『작가』 월간은 본래 상인이 경영하는 것이지 문학단체의 기관지가 아니어서 그것의 흥망성쇠는 '국방문학'과 아무런 관계가 없답니다. 그런데도 그들은 이렇게 소중히 여기니 보는 눈이 전혀 없고 또 자신감도 없다는 걸 알 수 있습니다.

『작가』는 기관지가 아니니 이른바 '분열'도 없습니다. 하지만 저는 그들이 오로지 영업만을 생각해서 제 항의를 듣지 않고 저의 작품을 첫번째로 실었기 때문에 좀 불만입니다.

저를 처음 만나는 청년에 대해 전 그 청년이 "좋은지" "좋지 않은지"

를 생각하지 않습니다. 만약 이미 "좋지 않은 인간으로 간주한다"면 쓸데없이 만나겠습니까? 차오 선생은 제가 편지를 쓰는 지금까지 무사합니다(다만 저는 왜 사람들이 이런 유언비어를 지어내는지 정말 알 수가 없답니다). 살아 있으니 안심하세요.

이만 줄이며, 항상 평안하시길 기원합니다.

5월 25일, 루쉰

주)

1) 그 당시 청년 작가이다.

360528 우랑시에게

랑시 선생,

『판화』[1] 서문의 교정은 다른 편지에 넣어 등기로 부쳤사오니 인쇄소에 이에 따라 정정을 하고 깨끗하게 찍어 내어 두 부로 나누어 주길 부탁해 주십시오. 그리고 보내 주시면 그 새로 찍어 낸 것을 선지宣紙에 붙여서 다시 보내 드릴 터이니 그런 연후 인쇄하시면 됩니다.

이만 줄이며, 항상 편안하십시오.

5월 28일, 루쉰

주)

1) 『케테 콜비츠 판화 선집』을 말한다.

360529 페이선샹에게

선샹愼祥 형,

어제 방문하셨을 때 열이 나서 이야기를 많이 할 수 없었습니다. 지금 생각으로는 교정[1]은 제가 직접 할 수 있을 듯합니다. 각 편의 제목은 아마 장체자長體字[2]로 하면 보기 좋으니 모두 장체자로 바꿉시다.

그런데 진행이 좀 늦어질 수밖에 없네요. 제 병이 이번에는 빨리 좋아질 것 같지 않아서입니다.

이만 줄이며, 편안하시길 바랍니다.

5월 29일, 쉰 올림

주)

1) 『꽃테문학』을 교정하는 것을 말한다.
2) 일본어판에서는 '송체자'(宋體字)로 번역했는데 송체자는 '장체자'(匠體字)로도 불린다.

360603 탕타오에게[1]

탕타오 선생,

편지를 받았습니다. 잡지 편집을 그만두어 참 좋네요. 수많은 번잡스러움이 줄었습니다.

저의 병은 더욱 심해져 글자조차 쓸 수가 없습니다만 아마 곧 좋아질 것입니다.

우연히 서평[2]을 보아 잘라서 보내 드립니다. 이만 줄이며, 평안하시길 기원합니다!

6월 3일, 루쉰

주)

1) 이 편지는 루쉰이 구술하고 쉬광핑이 대신 썼다.
2) 1936년 5월 4일 『베이핑신보』에 게재된 뤄쑨(羅蓀)의 「「추배도」를 읽고」이다.

360612 차오바이에게[1]

차오바이 선생,

오늘 편지를 받았습니다. 듣자 하니 선생께서 저우 선생님의 병을 염려하시어 "마음의 고통"을 느낀다 하네요. 저희들 모두 선생의 호의에 깊이 감사를 드립니다. 지금 말씀드릴 수 있는 것은 저우 선생님은 1개월 충분히 쉬어야 하며, 와병 처음에는 병이 중하였으나 지금은 호전되는 듯한 면도 있으며, 완전히 회복하는 데 어느 정도 시간이 걸릴지 아직 모른다는 것입니다. 현재 상태로는 절대적으로 요양을 해야만 하고 그래서 일체의 접견을 의사가 금지시켰습니다. "그를 한 번 만나고 싶다"는 선생님의 성의를 제가 대신 전해 드리는 바입니다.

건강하세요!

6월 12일, 징쑹

주)______

1) 이 편지는 『루쉰 서간』에 다음과 같은 주석이 있다. "이 편지는 루쉰 선생이 병이 중하여 한 자씩 구술하여 징쑹(景宋)이 써서 발송하였다."

360619 사오원룽에게

밍즈銘之 형님께,

일전에 16일자 혜서를 받고 다음 날 말린 채소, 말린 죽순, 건어를 받았습니다. 두터운 정과 성의에 보답하지 못하고 깊이 감사만 드립니다. 이 동생은 삼월 초 병을 얻은 뒤 지금까지 회복하지 못하고 있습니다. 지난달 중순 또 조심하지 않아 감기에 걸려 결국 크게 앓았는데 누워 일어나지 못한 것이 만 한 달입니다. 그간 수일은 갑자기 생명이 사그라지는 것인가 자못 염려 되었으나 약 열흘 전부터 위험에서 벗어나 지금은 잠시 정좌하고 백여 자를 씁니다. 나이가 이미 많고 근력도 나날이 쇠하여 걸핏하면 병이 나니 실로 어찌할 수 없는 것인가 봅니다. 형님의 위병은 제 소견으로는 아주 조심하셔야 하고 의사에게 치료를 받으셔야 할 것 같습니다. 위가 좋지 않으면 병에 걸렸을 때 아주 쉽게 쇠약해져 버립니다. 이 동생이 이번 갑작스럽게 중병에 걸린 것은 예전의 위병으로 인하여 체력이 쉽게 고갈되었기 때문이라 사료됩니다. 이만 줄입니다. 부디 건강하시길 기원합니다.

6월 19일, 아우 수 돈수

360625 차오바이에게[1)]

차오바이 선생,

혜서를 받았습니다. 선생님들이 열심인 것[2)]은 저희들이 잘 알고 있답니다. 하지만 저우 선생님의 병세를 쓰는 것은 쉽지가 않습니다. 왜냐하면 이것은 그의 일생의 생활, 형편, 일, 몸부림掙札과 상관된 것이라 몇 마디 말로 다 할 수가 없기 때문이지요.

그래서 부득이 최근의 상황만을 알려 드릴 수밖에 없습니다.

대략 열흘 전 X선으로 폐를 찍고 나서야 그가 청년 때부터 지금까지 최소 두 차례 위험한 폐병을 앓았고 한 차례 늑막염에 걸렸다는 것을 알았습니다. 양쪽 폐에 모두 병이 있어 보통 사람이라면 이미 죽었을 터이나 그는 죽지 않았지요. 의사가 모두 매우 놀라고 있습니다. 아마도 그의 병을 잘 처치했거나 몸의 다른 부분이 아주 건강하기 때문일 것이라 생각합니다. 이는 특별한 현상입니다. 미국 의사[3)]는 그에 대해 말하길 인생에서 처음 만난 질병에 잘 저항하는 전형적인 중국인이라고 했지요. 현재의 병세로 장래를 판단하는 것은 할 수가 없습니다. 그는 지금 몇 차례 죽을 고비를 넘기고도 죽지 않았으니까요.

현재 그의 병을 살피는 사람은 그의 오랜 벗인 의사 스도 선생입니다. 그는 나이와 자격이 그의 선배이며 매일 거처로 와서 주사를 놓고 있는데, 지금 현재의 병터를 포위하여 그 이상으로 확대되지 않도록 하는 것이지요. 말하는 바에 따르면 이 목적은 곧 달성될 것이고 그때면 열이 전부 내린다고 합니다. 전지요양轉地保養은 스도 선생의 주장인데 그러나 국내에서 할지 국외에서 할지 아직 말하지 않았습니다. 이건 목전의 일이 아니기 때문입니다.

그러나 선생이 긴히 알고 싶은 바는 저우 선생님이 결국 어떠하실지 이겠지요? 이것은 미래의 일이고 아무도 예언할 수 없습니다. 의사 말에 따르면 이번 치료 뒤에 위생에 유의하고 1. 감기에 걸리지 않도록 하고 2. 설사를 하지 않도록 하면 이전처럼 계속 유지할 수 있다 합니다. 잘 유지해 나가면 십 년 이십 년 살아갈 수 있다 합니다.

선생, 저우 선생님의 병세에 대해 말하자면 저는 좋은 소식이라 할 수 없을 것 같습니다.

이만 줄이며, 건강하시길 기원합니다.

6월 25일, 징쑹 올림

주)______

1) 이 편지는 루쉰이 직접 쓴 뒤 징쑹(쉬광핑)이 깨끗하게 옮겨 써서 부친 것이라고 한다.
2) 차오바이의 회고에 따르면 베이핑의 목판화가들이 루쉰의 병세에 대한 통신을 그에게 써 달라고 해서 차오바이가 쉬광핑에게 편지를 했었다 한다.
3) 토머스 던(Thomas Dunn, 1886~1948). 미국 국적의 영국 사람으로 폐결핵 전문가이다. 캘리포니아대학 의학부를 졸업하고 미 해군의 군의관을 역임, 1920년에 상하이에 와서 개업하였고 1943년 미국으로 돌아갔다.

360706① 어머니께

어머님 슬하 삼가 아룁니다. 편지를 보내지 못한 지가 벌써 두 달이 되었습니다. 그 사이 라오싼에게 대략을 알려 드릴 것을 부탁하였는데 이미 보셨다고 들었습니다. 전 5월 16일부터 갑자기 열이 나고 기침을 하였는데 이날부터 나날이 심해져 월말에는 꽤 위험한 지경에 이르렀습니다. 다행히 하루이틀 뒤 호전의 조짐이 보였지만 열은 끝내 떨어지지 않았답니다. 7월 초, 투시광선으로 폐를 찍어 보았더니 제가 어릴 적 폐병을 앓았고 적어도 두 차례 발병했었답니다. 또 늑막염을 심하게 한 차례 앓았고 지금 늑막이 두꺼워져 광선이 통과하지 못할 정도라 합니다. 하지만 당시 치료도 하지 않고 게다가 병이 중한지도 모른 채 자연적으로 치료되었던 것은 몸이 기본적으로 건강했기 때문입니다. 지금은 나이도 들고 체력도 이미 쇠한 탓에 이전의 병이 재발하면 이렇게 벗어나지 못하지요. 근래 병의 상태가 거의 나은 듯합니다. 식욕도 본래대로 돌아오고 안색 또한 회복하였습니다. 다만 매일 여전히 열이 나고 있는데 높지는 않으며, 폐병을 앓는 사람이 모두 이러하답니다. 의사가 매일 와서 주사를 놓는데 며칠 지나면 열이 나지 않을 것이고 또 두 주 정도면 약도 그만 먹어도 된답니다. 병이 나아지고 있으니 염려치 마십시오.

하이잉은 유치원에서 1등으로 졸업을 했답니다. "산 속에 호한이 없자 원숭이가 패왕이라 칭한다"[1]는 격일 따름입니다.

이만 줄이며, 부디 편안하시길 기원합니다.

7월 6일, 아들 수 삼가 절을 드리며

광핑, 하이잉도 모두 삼가 절을 올립니다

주)______

1) 『서유기』에 나오는 손오공이 산 속에서 원숭이왕을 하면서 많은 원숭이를 거느렸다.

360706② 차오징화에게

루전 형,

어제 7월 1일 징쑹에게 보낸 편지를 보았습니다. 의사가 매일 몇 자 써도 좋다고 허락하여 제가 답장을 쓰는 것입니다.

매일 미열이 나고 있어 여전히 주사를 맞고 있습니다. 대략 육칠 일 정도면 다 맞고 열도 내린다 합니다. 제가 앓고 있는 것은 폐병이고 게다가 무서운 폐결핵이랍니다. 이건 6월 초 X선으로 검사한 것이지요. 어릴 적에 이 병이 시작된 것인데 제 몸이 건강했던 터라 지금까지 버텼고 죽지 않았을 뿐만 아니라 한 번도 병으로 눕지도 않았던 것입니다. 지금은 나이도 들고 기력이 쇠하여 이렇게 고생이네요. 하지만 이번에도 호전될 것이니 염려하지 마십시오. 이후로 그저 감기를 조심하고 과로하지 않도록 주의하면 재발하지 않을 겁니다. 폐결핵은 청년에게는 위험한 병이나 오히려 노인에게는 치명적이지 않답니다.

이번 달 20일 전후부터 상하이를 3개월 정도 떠나 9월에 돌아올까 합니다. 가는 곳은 일본인데 구체적인 것은 아직 정해지지 않았습니다. 시후西湖로 간다고 운운하는 것은 진짜 유언비어랍니다.

이만 줄이며, 여름 건강하시길 기원합니다.

7월 6일, 아우 위 돈수

360707① 자오자비에게[1)]

자비 선생,

6일자 편지와 『판화집』[2)] 18권을 오늘 한꺼번에 받았답니다, 정말 감사드립니다. 중국의 현재 출판계의 상황 아래에서, 이것은 제가 보기에 인쇄·장정 모두 우수한 편이라 생각됩니다. 다만 번쩍거리는 금색 책표지는 결국 '량유良友식'을 벗어나지 못했군요. 허나 이것도 나쁘지는 않답니다. 가격은 오히려 저렴한 것 같지만 그래도 예술을 배우는 사람들의 구매력이 미칠 수 있는 바는 아닌데 만약 잘 팔린다면 제 추측이 틀린 것이겠지요.

본래 본업과 관련된 것은 입지 않고 먹지도 않고 어떻게든 구매를 합니다. 녹림의 강도[3)]가 돈 아까워하지 않고 어떻게든 모제르 권총을 사는 걸 보면 알 수 있지요. 하지만 문예계 사람들은 이런 기풍이 오히려 없기 때문에 책을 내는 것이 아주 어렵답니다.

『하프』와 『하루의 일』은 보내신 편지에서 말씀하신 것처럼 한 권으로 합칠 수 있습니다.[4)] 새 책의 서명은 아주 좋네요. 서문도 합쳐서 한편으로 해도 괜찮습니다.

징화가 단편 두 편을 번역했는데 하나는 「담배쌈지」이고 또 하나는 「마흔한번째」입니다. 전자는 금지된 것 같고 후자는 아닌 것 같은데, 제 생각에 「담배쌈지」를 이름을 바꿔 두 편을 한 권에 넣으면 싶은데 량유가 출판을 해줄까요? 만약 그렇게 되면 병이 나은 뒤에 제가 대신 협의를 하고 편집을 할까 합니다.

이만 줄이며, 건필하시길 기원합니다.

7월 7일, 루쉰

주)

1) 이 편지는 루쉰이 구술하고 쉬광핑이 대필했으며 서명은 루쉰이 했다.
2) 『소련판화집』을 말한다.
3) 전한이 멸망한 뒤 왕광(王匡), 왕봉(王鳳) 등이 폭동을 일으키고 녹림산(綠林山; 지금의 후베이)에 들어가 녹림군이라 칭했다. 이후 후세에 반란을 일으키고 산에 들어간 사람들과 강도를 녹림이라고 말한다.
4) 1936년 7월 상하이 량유(良友)도서인쇄공사에서 출판된 『소련 작가 20인집』(蘇聯作家二十人集)을 말한다.

360707② 차오바이에게[1]

차오바이 선생,

량유공사의 『소련판화집』은 저우 선생의 글 한 편을 옮겨 실어 서문으로 삼고자 하니 약간의 책들을 보냅니다. 저우 선생은 선생에게 한 권을 보내라 하십니다. 이 책은 예전 서점에 맡겨 두고 교환권을 동봉하오니 편하실 때 가지고 가셔서 받아 가시길 바랍니다.

이만 줄이며, 평안하시길 기원합니다.

7월 7일, 징쑹 올림

주)

1) 이 편지는 루쉰이 구술하고 징쑹이 대필하고 부쳤다.

360711① 우랑시에게

랑시 선생,

『판화집』은 대부분 정리를 마쳤습니다. 우선 급히 장정을 하여 발행할 생각이온데, 이 일은 그 전에 만나서 부탁드리고자 하오니 편하실 때 저희 집에 들리시어 논의할 것을 부탁드립니다.

이만 줄이며, 여름 무탈하시길 기원합니다.

7월 11일, 루쉰 올림

360711② 왕예추에게

예추 형,

정말 공교롭게도 선생의 『서발집』 원고가 도착했을 때는 문장을 읽을 기력도 없었고 글자는 더욱이 쓸 수가 없었답니다. 징靜 형이 샤먼厦에서 출발하여 상하이에 들렀을 때 전달을 부탁했었는데 언급했었는지요?

그 사이 거의 죽는가 싶었으나 결국은 호전되기 시작했습니다. 이후 아마 위험하지는 않을 겁니다.

의사는 전지요양을 하라고 합니다. 선생의 6월 19일자 편지를 일찍이 받았습니다. 칭다오는 본래 좋은 곳이지만 장소가 협소하여 쉽게 얼굴을 알아볼 터라 적당하지 않습니다. 옌타이는 매일 기후 변화가 심하니 이곳도 별로이군요. 지금은 일본에 갈까 생각 중입니다만 상륙할 수 있을까 그 여부도 모르니 결국 말하자면 아직 정해지지 않았다는 것이지요.

지금 좀 조심하지 않아 열이 나서 아직 의사로부터 떨어질 수가 없습니다. 그래서 이번 달 말이나 되어야 여행할 수 있는데 9월 말이나 10월 중에 상하이로 되돌아올 것 같습니다. 제 생각에 장소로는 나가사키가 가장 좋을 듯해요. 아무래도 외국이고 저를 아는 사람도 적기에 안정을 취할 수 있지요. 도쿄에 가까우면 좋지 않습니다. 남아 있는 문제는 상륙할 수 있을까 어떨까 입니다. 그때 다시 보도록 합시다.

지금은 아직 외출할 수가 없습니다. 선생의 원고는 가을 말을 기다려 다시 이야기하는 게 좋겠습니다.

이만 줄이며, 부디 평안하시길 기원합니다.

7월 11일, 수 올림

360715① 자오자비에게[1)]

자비 선생,

혜서를 받았습니다. 이른바 옛 글을 모아 출판하는 일[2)]은 당초에는 그저 수백 혹은 수천 부를 조금씩 모아 출판하여 기념으로 할까 하는 것이었지요. 완전히 바꾸는 것이 아닙니다. 지금 이 수백 혹은 수천 부가 인쇄될 수 있는지 또한 알 수 없기 때문에 어디서부터 말해야 될지 모르겠답니다. 제가 문학상금의 심사원[3)]이 되는 것은 어찌되었든 간에 할 수 없습니다.

이만 줄이며, 부디 건필하시길 기원합니다.

7월 15일, 루쉰

주)______

1) 이 편지는 루쉰이 구술하고 쉬광핑이 대필하였다.
2) 루쉰이 출판하고자 했던『삼십년집』을 말한다.
3) 당시 량유도서인쇄공사가 만든 '량유문학상금'을 말한다.

360715② 차오바이에게[1]

차오바이 선생,

7월 8일자 편지를 받았습니다.

주사는 20일에 끝났는데 의사 말에 따르면 결과가 꽤 좋다 합니다.

하지만 만약 조금이라도 피로하면 예전처럼 열이 납니다. 병으로 쇠약하고 제 자신이 정양을 잘 하지 못하기 때문인데 점점 호전되겠지요.

이만 줄이며, 부디 평안하시길 기원합니다.

7월 15일, 루쉰

주)______

1) 이 편지는 루쉰이 구술하고 쉬광핑이 대필했다. 서명은 루쉰이 했다.

360717① 쉬서우창에게[1)]

지푸 형,

3일자 혜서를 받았습니다. 이 동생의 병은 호전되고 있는 듯합니다만 열이 아직 오르내리고 있는지라 당분간은 여행을 할 수가 없습니다. 지금 여전히 주사를 맞고 있는데 8일, 15일까지 계속될 것 같아 지금까지는 어찌할지 정해지지 않았습니다. 그런고로 언제 갈지 어디로 갈지는 목하 아직 고려 밖이랍니다.

아까 차오 군[2)]의 편지를 받았는데 형이 남쪽으로 여행하여 아직 리李공[3)]을 만나지 못한 까닭에 하반기에 수업이 있는지 여부를 전혀 몰라 저에게 물어보고 있답니다. 괜찮으시다면 부디 편지를 하셔서 불안을 면하도록 해주시길 부탁드립니다.

일전에 판화집[4)] 한 권을 보냈답니다. 내용이 괜찮은데 도착했으리라 사료됩니다.

이만 줄이며, 부디 평안하시길 기원합니다.

7월 17일, 아우 수 돈수

주)

1) 이 편지는 쉬서우창의 가족이 보낸 필사를 수록한 것이다.
2) 차오징화를 말한다.
3) 리샤오구(李孝谷)를 말한다.
4) 『소련판화집』을 말한다.

360717② 양즈화에게[1)]

인尹 형,

6월 16일자 편지를 받았습니다. 이전의 편지들도 잘 받았답니다. 허나 잡다한 일이 많았고 게다가 당한 일들이 모두 뒤엉켜 있었는데, 이른바 소영웅들[2)]이 사실 시시콜콜 말이 많은 데다가 사람을 아주 기분 나쁘게 만들어 편지를 쓸 용기조차도 없게 만들었기 때문이랍니다.

올해 두 차례 병을 크게 앓았답니다. 첫번째는 반 달 만에 치료되었고 두번째는 지금까지 두 달 정도를 앓고 있답니다. 아직 열이 나고 있는데 의사 말로는 이번 달 말이면 열이 내릴 것이라 합니다. 그 사이에 한 차례 거의 죽을 뻔했지만 결국 죽지 않았으니 아주 애석한 일이지요. 발병했을 때, 새로운 영웅들은 위대한 깃발, 저를 죽이는 제기祭旗를 내걸었지요.[3)] 그러나 저는 타협하지 않으면서 점점 더 많은 사람들의 본모습을 꿰뚫어 보게 되었답니다. 이번 달 말 혹은 다음 달 초에 상하이를 두세 달 정도 떠나 전지요양을 할 참입니다. 이곳은 정말 사람을 핍박하여 죽게 합니다.

다들 잘 지냅니다. 마오 선생[4)]은 아주 바쁘지요. 하이잉은 아주 꾀가 들기 시작해서 동전으로 물건을 살 수 있다는 걸 알아 거리에서 군것질도 합니다. 이건 유치원에 들어간 이후의 성적이랍니다.

두 주 전 저더러 여관에 가서 물건을 가지고 가라는 쪽지가 있었지요.[5)] 서점 직원에게 부탁하여 가지고 왔는데 목판화 책 두 권, 석기石器 두 가지로 다른 것은 없었습니다. 이 사람은 아마 그 미국인이겠지요. 이 물건은 모두 제가 먹어 버릴 수 없는 것이네요, 감사합니다! 하지만 M목판화 책의 정가가 비쌉니다.

추秋[6)]의 유고는 다시 논의를 거쳐 먼저 인쇄·번역하기로 결정했습니다. 제가 편집을 한 제1권의 논문은 대략 삼십만여 자로 조판이 끝나 인쇄에 넘겼으니 곧 나올 겁니다. 제2권은 희곡, 소설 등인데 약 이십오만 자로 식자공이 시간을 끌어 반년 동안 아직 절반도 못 끝냈네요. 그 가운데 고리키 작품이 많습니다. 번역자는 벌써 사망했고 편집자도 거의 죽을 지경이며 작가도 이미 사망했는데 저 책은 중국에서는 반년 동안 출판되지 않아 사람을 원망하게 만듭니다(하지만 오히려 논자는 분명 제가 화를 낸다고 할 겁니다). 하지만 어쨌든 간에 이 두 권은 금년 내로 분명히 출판되어 나옵니다.

한 주 전에 편지 한 통을 대신 보냈는데 안에 사진 세 장(?)이 들어 있지요, 도착했는지 모르겠습니다. 독일 잡지와 소설은 괜찮습니다. 볼 기력이 없기 때문이지요. 이번 병을 앓은 뒤로 정력이 아마 이전 같지가 않은 듯합니다. 글을 많이 쓰면 열이 나는 터라 여기에서 맺도록 하겠습니다.

이후 다시 이야기 나누길 기다리며.

7월 17일, 쉰 올림

미스 루陸[7]는 직장을 잃은 듯한데 자세한 것은 모르겠습니다. 셰 군[8]의 서점은 파산했지요.

마오 선생의 집과 라오싼[9]의 집 모두 괜찮습니다. 미스 쉬도 잘 지내지만, 제가 병이 나서 좀 바쁩니다.

주)______

1) 양즈화(楊之華, 1901~1973). 필명은 원인(文尹), 저장 샤오산(蕭山) 사람이다. 취추바이의 부인이다. 1935년 8월 소련에서 열린 코민테른 제7차 대표회의에 파견되었으며, 회의 이후 소련에 남아서 모프르(Mopr; 국제적색구원회, 중국어 원문 '國制紅色救濟會')의 상임위원을 지냈다. 글에서 '인 형'은 양즈화를 말한다.

2) 국방문학 제창자들이며 그 가운데에는 본래는 젊은 '좌련' 성원이었던 사람들도 적지 않았다.
3) 국방문학 제창자들이 루쉰이 "기본 정책을 이해하지 못하고" "통일전선과 문예가협회를 파괴한다"고 비판했다.
4) 마오둔을 말한다.
5) 1936년 7월 2일, 루쉰이 우치야마서점의 직원에게 부탁하여 양즈화가 보낸 선물을 가지고 왔다. 석조 재떨이 두 개, 소련 알렉세예프(Н. В. Алексеев, 1894~1934)와 미트로힌(Д. И. Митрохин)의 판화집이다.
6) 취추바이를 말한다.
7) 루주이윈(陸綴雯)을 말하며, 왕이페이(王一飛) 열사의 부인이다. 1928년 1월 왕이페이가 희생된 이후 그녀는 상하이 은행에서 일을 했다.
8) 셰단루(謝澹如, 1904~1962). 저장 쑹장(松江) 사람이다. 취추바이 부부가 상하이에서 피난할 수 있도록 도왔다. 서점은 궁다오(公道)서점이다.
9) 라오싼(老三)은 저우젠런을 말한다.

360719 선시링에게[1]

시링 선생,

혜서를 삼가 받았습니다. 올해 저는 계속 병이 나서 혼자 앉아 글을 쓸 수 있게 된 것이 최근의 일입니다.

좌련 성립 초기, 훙선洪深 선생이 일찍이 「아Q정전」을 영화화하고자 했었습니다만, 그로부터 수년이 지나 약속은 당연히 무효가 되었지요. 지금 저의 의견은 ××××××[2]은 천하제일의 바보로 그들의 ××를 거치면 작품은 분명 재앙을 만나게 되니 멀리 도망가는 것이 상책입니다. 하물며 「아Q정전」의 본의는 제가 여러 평론을 유심히 보건대 이해하는 사람이 많지가 않은 것 같으니, 은막에서 상연되면 아마도 이해되지 못하고 사람들에게 웃음을 선사할 겁니다. 또한 아주 무료해지니 만들지 않는 게 좋겠습니다.

이만 줄이며, 여름 무탈하시길 기원합니다.

7월 19일, 루쉰

주)

1) 선시링(沈西苓, 1904~1940). 선쉐청(沈學誠), 필명은 선예천(沈葉沉)·선시링이다. 저장 더칭(德淸) 사람으로 연극·영화인이다. 일찍이 큰누이인 선츠주(沈慈九)를 따라 일본에 유학했으며, 귀국 후 시대미술사(時代美術社)의 조직에 참여했다. 좌익작가연맹에 가입했으며, 상하이에서 영화사업에 종사하여 밍싱영화공사(明星影片公司)의 감독을 지냈다.

2) 『영화희극』의 편집자에 의해 삭제되었다.

360722 쿵링징에게

뤄쥔若君 선생,

지예로부터 편지가 왔습니다. 편지 봉투에 "베이핑 시원촨西溫泉 요양원"이라고 쓰여 있었는데, 이에 따라 쓰면 편지를 부칠 수 있을까요? 또 징눙靜農의 우후蕪湖 주소를 선생이 혹 아신다면 아울러 알려 주시기 바랍니다.

이만 줄이며, 여름 무탈하시길 기원합니다.

7월 22일, 쉰 올림

360802① 선옌빙에게

밍푸 선생,

어제 쿵 선생[1)]이 와서 편지와 목판화를 보여 주었고, 목판화를 골라서 가지고 돌아갔답니다. 작가는 늘 보는 몇 명인데 이외에는 발표할 수 없거나 아니면 아주 별로여서(아직 '그림'이 되지 못함) 그저 '단념'해야만 하지요.

베이핑 고궁박물관의 콜로타이프 인쇄는 기계도 약품도 좋습니다만, 일은 그렇게 진지한 것 같지 않습니다. 이번 인쇄는 동일한 그림이 있고 백 매 가운데 농담이 고르지 않은 것이 있는데 보기에도 신경 쓰지 않은 것 같습니다. 하지만 상하이의 출판에 비교하면 오히려 낫네요. 이 책[2)]은 서점에서 한 주 동안 염가로 판매하고 있습니다만(2위안 5자오, 7월 말까지), 대체로 10권이 팔리면 중국인이 사는 것은 3권뿐이라 합니다. 동포는 종종 보기만 할 뿐 사지 않습니다.

주사는 일주일 전에 일단락했고 폐병의 진행은 이미 멈춘 것 같습니다. 다만 때때로 열이 나는 것은 늑막 때문인데 심려치 마십시오. 의사가 언제라도 상하이를 떠나도 좋다고 허락했습니다. 하지만 갈 곳을 아직 정하지 못했지요. 처음에는 일본에 가려고 했으나 어제 갑자기 이런 생각을 하게 되었지요. 혼자 가면 모두가 걱정할 것이고 만약 가족을 데리고 가면 그 나라에 도착하자마자 저는 통역을 해야 하니 상하이에 있을 때보다 바빠질 것인데 무슨 휴양이 되겠습니까? 그래서 일본에 가려 한 뜻이 또다시 동요하고 있습니다. 다만 일본어가 되는 사람을 찾아 함께 가면 제가 잡다한 일로부터 초연할 수 있겠지요. 결국 어떻게 해야 할까 아직 고려 중이랍니다.

이만 줄이며, 여름 무탈하시길 기원합니다.

8월 2일, 수 돈수

주)

1) 쿵링징(孔另境)으로 당시 선옌빙의 부탁을 받아 선옌빙이 편집한 『중국의 하루』의 목판화 삽화의 선정을 루쉰에게 의뢰했다.
2) 『케테 콜비츠 판화 선집』을 말한다.

360802② 차오바이에게

차오바이 선생,

7월 27일자 편지를 받았습니다. 제 병은 일단락을 지었고 의사는 언제라도 상하이를 떠나도 좋다고 말했답니다. 일주일 내로 떠날까 싶지만 갈 곳을 아직 정하지 못했습니다.

표지[1]를 만들어 주어 고맙습니다. 구도가 좋은데 결점이 하나 있다면 단도의 자루가 너무 짧은 것이네요. 한자는 제 생각에도 목판화와 서로 어울릴 수 있지만, 단지 아주 많은 훈련이 필요하답니다.

하오郝 선생의 목판화 세 장[2] 가운데 저는 「나뭇잎을 따다」가 아주 좋습니다. 저도 그가 『중국의 하루』[3]에 기고한 것을 보았는데 곧 출판됩니다. 「세 명의……」은 처음 볼 때는 좋았는데 어려운 것은 피하고 쉬운 것만 골라 한 것이 있어 세 사람의 얼굴이 모두 분명하지 않습니다.

저는 결코 선생에게 특별히 "증정"한 것이 아닙니다. 무릇 중국 대중을 위해 일하는 사람에게는 제 힘이 미치는 한 조금이라도 도움이 되길 희망합니다(개인을 위한 것이 아닙니다). 이는 제가 종종 자비 출판을 하는 이유이기도 합니다. 출판사가 출판을 하게 되면 대강대강 일을 해서 배울 만한 본보기가 될 수가 없답니다. 가장 싫은 것은 『서련庶聯의 판화』[4]인데 그 책은 제 글을 제목을 바꾸어 서문으로 삼고 있고 게다가 내용과 인쇄가 조악합니다. 이는 그저 "우리는 여기서 어떤 사람이 소련의 예술을 망쳐서 이 정도로 한다"는 걸 표시하는 것입니다.

병이 나기 이전에 『콜비츠 판화 선집』 인쇄를 시작하여 지난달 중순에야 제본이 끝났습니다. 가족이 종이를 넣기도 하고 빠진 페이지를 조사하기도 하며 힘을 적지 않게 들였답니다. 하지만 중국에서는 아무래도 살 사람이 많지 않습니다. 사려는 사람은 돈이 없고 돈 있는 사람은 사지 않지요. 선생에게 한 권 보내고자 하여 교환권을 동봉하오니 이를 가지고 서점에 가서 받으시길 바랍니다(속에 『시멘트 그림』 한 권이 있는데 상하이 전쟁 전에 출판했던 것으로 지금은 절판되었습니다). 인쇄도 좋아서 칼 다루는 기법도 보고 잘 알 수 있습니다만, 이렇게 인쇄하려면 원가가 너무 높아 애호가들이 구매할 수가 없으니 정말 두 가지가 완전할 수는 없지요. 하지만 구매하는 사람이 수천이라면 다른 인쇄 방법을 사용할 수 있어 가격이 내려갑니다.

아무튼 곧 가니 10월에 다시 이야기합시다. 이만, 항상 평안하시길 기원합니다.

8월 2일, 쉰 올림

주)______

1) 차오바이가 『꽃테문학』을 위해 만든 목판화 표지이다. 단도 한 자루, 가시나무, 거기에 라틴화 신문자(중국어의 로마자 표기의 일종)로 된 서명, 작자명이 있다. 이후 채용되지는 않았다.
2) 하오리췬(郝力群)의 「나뭇잎을 따다」(采葉), 「세 가지 수난의 청년」(三個受難的青年), 「무장한 밀수업자」(武裝走私).
3) 마오둔 편으로 1936년 5월 21일 하루에 전국에서 발생했던 사건들 가운데 사회적 의미가 있는 것, 혹은 인생의 한 부분을 표현한 문장 500편을 골랐고, 목판화, 만화, 사진 등 삽도를 많이 아울렀다. 1936년 9월 생활서점 출판.
4) 웨이타이바이(偉太白) 편으로 소련의 판화 104점을 수록하였다. 1936년 5월 상하이 둬양사(多樣社) 출판. 권두에 루쉰의 「소련판화전람회를 기록하며」 한 부분을 서문으로 하고 「루쉰: 서련판화전람회를 기록하다」라고 제목을 달았다. 소련은 보통 '蘇聯'으로 기록하는데 '庶聯'으로 하고 있다.

360806 스다이에게

스다이 선생,

5일자 편지를 받았습니다. 최근 3개월 동안 확실히 병이 가볍지 않아 거의 죽을 뻔했답니다. 이후 호전의 조짐이 있어 조금씩 나아지기 시작했고 3주 전에야 비로소 글을 쓸 수 있었지요. 하지만 많이 쓸 수 없고 지금도 여전히 열이 나고 있답니다. 이전 편지를 제가 보았는지 기억이 나지 않는데 아마 병중이라 제게 편지를 주지 않았나 봅니다. 아마 그때 매우 쇠약해져서 보았어도 잊어버렸을지도 모릅니다.

「문예공작자선언」[1]은 의견을 발표했으나 조직도 단체도 없습니다. 선언을 싣고 일이 끝나면 이후는 각자의 실천입니다. 찬성자가 있다면 물론 다행입니다만 그저 연락 수단을 사용하지도 않고 무슨 세력을 확대하려는 야심을 가지고 있습니다. 반대자도 당연히 그들의 자유이겠지만 어찌된 일인가를 묻지 않습니다.

『작가』에 원고가 실리는데 유명인의 소개가 필요한 것인지 저는 모르겠습니다. 『작가』에서 저는 그저 일개 투고자일 뿐이라 관계가 틀어졌는지 아닌지 더욱 상관이 없답니다.

곧 복약을 중지할 것이지만 동시에 책을 보거나 집필하는 것을 줄여야 하네요. 그래서 창작의 문제는 답을 드릴 수가 없습니다.

끝으로 제가 직언하는 걸 용서하세요. 제 생각에 선생이 친구와 신문에서 얻은 것의 상당수는 대체로 관계가 없는 무료한 것들이라 봅니다. 이것은 타락한 문인이 시비를 조장한 것들이라 그저 인간을 자잘하게 만들 뿐입니다. 상하이에서 사오 년을 살면서 머릿속에 그저 이런 신문만을 가득 채우게 된다면 바로 그들과 마찬가지 인간밖에 될 수 없는데 정말 가치 없는 일이랍니다. 그래서 전 선생이 그렇게 숨어서 못된 짓만 꾸미는 문단 소식에 관여하지 말고 이론과 작품을 많이 보고 번역하길 희망한답니다.

이만 줄이며, 평안하시길.

8월 6일, 루쉰

주)

1) 「중국문예공작자선언」을 말하며 『작가』 제1권 제3호(1936. 6.)에 게재되었다.

360807① 차오바이에게

차오바이 선생,

3일자 편지를 받았습니다. 저는 아직 출발하지 못했고 장소와 날짜도 여전히 미정입니다. 정해져도 사람들에게 알리지는 않습니다. 모든 사람에게는 적어도 좋은 친구가 한 명이라도 있는데 뭐라도 말하게 되면 그가 알게 되고 수일이 지나면 몇십 명이 알게 되니 저의 현 상황에서는 아주 불편한 일이 되기 때문이지요.

편지도 전송받지 않습니다. 첫째는 그때는 복약을 중지하기 때문에 읽고 쓰는 것을 더욱 줄여야만 합니다. 둘째, 체류지가 번화한 곳이 아니기에 우편물이 많아지면 사람들의 이목을 쉽게 끌게 됩니다.

목판화 개회[1]는 아쉽지만 저는 참관할 수가 없습니다. 전 현재 중국의 목판화계의 현황에 대해 대단히 낙관할 수가 없습니다. 리화李樺 여러 군들은 판각은 하지만 자신들이 일종의 유형을 만들어서 거기에 빠져 있습니다. 뤄칭전羅淸楨은 섬세하고 아주 자신감도 있습니다만 제가 보기에 그의 구도는 때때로 너무 모아놓아서 인물의 생동감이 떨어집니다. 하오郝 군이 저에게 조각상[2] 하나를 보내왔네요. 감사합니다. 그에게는 이런 단점이 없습니다만, 그가 전람회의 작품으로부터 영향을 받지 않는 것이 가장 좋으리라 생각합니다.

8월 7일, 쉰 올림

판화 일을 말하기 시작하면 길어집니다. 가장 긴요한 것은 작품을 소개하는 것이지요. 케테 콜비츠를 보면 큰 기백이 있습니다. 이런 작품의 전람회를 여는 것이 본국 작품 전람회를 여는 것보다 긴요하다 생각합니다.

주)

1) 광저우에서 현대창작판화연구회가 주최·준비한 전국목판화 제2회 이동전람회를 말한다. 1936년 8월에 시작하여, 광저우, 항저우, 상하이 등지에도 전람회를 개최했다.
2) 하오리췬(郝力群)이 만든 '루쉰상'으로 이후 『작가』 제2권 제1기(1936. 10.)에 실렸다.

360807② 자오자비에게

자비 선생,

5일자 편지를 받았습니다. 징화가 번역한 소설 두 편[1]은 지금 도착했네요. 량유가 출판한다면 참고할 만한 의견이 있답니다.

『소련 작가 7인집』[2]으로 하면 좋겠습니다.

상권은 『담배쌈지』煙斗라 하고(원래는 『담배쌈지』煙袋인데 이미 금지되었지요. 이것은 북방말로 남방에서는 이렇게 말하지 않습니다. 지금 제목과 글 속의 명사를 바꾸었습니다) 마지막 「마리아」[3]을 빼서(이것은 역자의 뜻으로 다른 한 편을 바꿔 넣으려 했으나 오늘 찾아봐도 찾을 수가 없어 그만두었습니다) 작가는 6인입니다. 사진은 합쳐서 2페이지로 하는데 매 페이지에 3명씩 '品'자 형태로 합니다.

하권은 『마흔한번째』입니다. 사진은 한 장이고요.

대략 이렇게 처리하면 역자가 어떤 반대도 하지 않을 겁니다.

제 병은 호전되고 있고 의사가 여름 동안 상하이를 떠나는 것이 좋다고 합니다. 그래서 곧 떠날 것인데 아직 정해지지는 않았습니다.

『20인집』[4] 10권은 이미 받았답니다. 감사드립니다!

이만 줄이며, 부디 건필하시길 기원합니다.

8월 7일, 루쉰

주)

1) 「담배쌈지」, 「마흔한번째」를 말한다.
2) 『소련 작가 7인집』은 340224① 편지의 주석을 참고하시오.
3) 네베로프(Александр Сергеевич Неверов)의 단편 「여성 볼셰비키—마리아」를 말한다.
4) 『소련 작가 20인집』을 말한다.

360813 선옌빙에게

밍푸 선생,

12일 아침 편지를 받았답니다. 기념 문장[1]은 쓰지 못했습니다. 첫째는 병이 나서이고 둘째는 준비가 안 되어 그렇지만, 저는 허쿠何苦[2]의 번역을 교정하면서 비로소 수준 높은 작품을 읽게 되었답니다.

'문학'의 글자는 저먼[3]의 철자법에 따르면 이렇게 해도 좋습니다.

제 몸을 말하자면 정말 골치가 아픕니다. 폐부는 일단락되었습니다만 늑막염 잔당이 아직 나쁜 짓을 하고 있어서 다시 주사를 일주일 정도 맞아야 합니다. 대체로 이곳 환경이 병에 좋지 않지요. 게다가 완전히 보지도 듣지도 않고 무관심할 수 없는 것도 병을 복잡하게 만들고 있답니다. 제가 보기에 상하이에 사는 것은 좋지 않은 것 같습니다.

『술림』 하권의 교정본은 7일에 한 번, 10일에 한 번인데 지금 따져보면 조판되지 않은 것도 백오십 페이지 전후에 지나지 않을 것 같아요. 일전에 쉐춘雪村에게 편지를 해서 20일까지 조판을 마무리해 달라 재촉을 부탁했지요. 불가하다는 답신도 지금까지 오지 않았으니 대략 가능할 겁니다. 그렇다면 하권도 제가 상하이를 떠나기 전에 보내 인쇄에 넘길 수 있을 겁니다.

이만 줄이며, 여름 무탈하시길 기원합니다.

8월 13일, 수 돈수

주)______

1) 고리키 추도의 글을 말한다.
2) 취추바이를 말한다.
3) 원문은 '茄門'이며 German의 음역이다.

360816 선옌빙에게

밍푸 선생,

14일 밤 편지를 이제 막 받았습니다. 늑막염은 아마 걱정할 정도는 아닙니다만, 폐는 13, 14일 이틀 수십 차례 각혈을 하는 상태입니다. 폐병에 각혈은 본래 빈번한 것이지만 미스 쉬 등은 익숙하지 않은지 결국 다른 것보다 큰 문제라고 생각하는 듯합니다. 각혈은 어제 완전히 멈추었지요. 의사 말에 따르면 병소病巢가 활동하는 것이 아니라 이전의 세포가 파괴되어 공동화된 곳에 작은 혈관이 고립되어(병균은 혈관에 해를 끼치는 것이 아니라서 마치 혈관처럼 공동화된 곳에 혈관만이 남아 있는 것이지요) 그것이 지금 모종의 원인으로(큰소리를 지른다거나 갑자기 움직인다거나) 끊어져서 출혈이 있는 것이라 합니다. 현재 말하는 것이 5일 금지되어 있고 19일에 해제됩니다.

전지요양은 실제 필요합니다. 최소한 공기를 바꾸는 것도 좋지요. 하지만 근래 늑막과 각혈 등이 방해를 해서 생각하지 못하고 있답니다. 양 군[1] 부부가 수화로 모든 걸 관철했던 것은 두 사람이 일본어를 자유롭게 하지 못하기 때문이지요. 제 경우는 수화를 잘하지 못하면 결국 입을 열게 됩니다. 지금 가을이 되려 하고 있어서 혹 저 혼자 여행을 할지도 모르겠습니다. 하지만 성과가 아마 좋지는 않겠지요. 아무 생각도 걱정도 없는 수양법을 전 모른답니다.

만약 중국이라면 적당한 곳을 생각해 내는 것이 정말 어렵습니다. 모간산莫干山[2]은 가깝고 편리하지만 답답해서 확 트인 해안만 못합니다.

이만 줄이며, 여름 무탈하시길 바랍니다.

8월 16일, 수 올림

주)

1) 양 군은 양셴장(楊賢江, 1895~1931)을 말한다. 자는 잉푸(英甫), 필명은 리하오우(李浩吾)이다. 저장 위야오(余姚) 사람으로 근대 교육사상가이다. 선옌빙의 편지에 따르면 "…… 이전에 양셴장 부부가 일본에서 하녀를 고용했는데 양은 일본어가 잘 안 되고 양 부인은 완전히 못했지만 하녀가 현명해서 수화로 능히 할 수 있었답니다"라고 했다.
2) 저장성 북부 더칭현 서북쪽에 있는 피서·요양지이다.

360818① 왕정쉬에게[1]

정쉬 선생 귀하,

8월 24일자 혜서를 삼가 받았습니다. 잘 알겠습니다. 탁본 한 보따리는 모두 67매로 같은 날 착오 없이 받았습니다. 다리[2] 기반의 석각도 물이 빠지면 탁본을 떠 주시기 바랍니다. 늦어도 괜찮습니다.

염려하시는 것을 잘 알고 있사옵니다. 이만 줄이며, 항상 평안하시기 바랍니다.

8월 18일, 저우위차이周玉材 돈수

주)______

1) 왕정숴(王正朔, 1907?~1939). 허난(河南) 네이샹(內鄕) 사람. 당시 난양(南洋) 일대에서 공산당의 지하 임무를 수행하고 있었는데 루쉰의 부탁으로 한대(漢代) 탁본을 수집하고 있었다.
2) 난양시 베이관(北關) 웨이궁교(魏公橋)를 가리킨다.

360818② 차이페이쥔에게

페이쥔 선생,

혜서를 받았습니다. 제 연령과 생계의 측면에서 말하면 사실 다른 사람을 위해 창작을 읽거나 번역을 교정할 힘이 없답니다. 더군다나 올해는 두 차례 큰 병을 앓아 죽지 않은 것이 다행이었지요. 지금 천여 자 정도 쓰지만 몸이 지탱할 수 없을 듯합니다. 그래서 보내 주신 옥고[1]는 아무래도 방법이 없습니다. 저희 집에 두었으나 잃어버리지 않을까 마음이 쓰입니다. 오늘 모아서 한 권으로 하여, 서점에 등기로 부쳐 달라 부탁하였으니 살펴서 받으시길 바랍니다. 이후 전송하는 수고를 덜기 위해 직접 편집자나 출판자에게 보내기를 희망합니다. 집에 사람이 적고 각각 겨를이 없어 매번 우편물을 수령하고 발송하러 우체국을 분주히 다니는 것이 좀 힘들답니다. 부득이하여 알려 드리오니 삼가 혜량으로 살펴주시길 바랍니다.

이만 줄이며, 여름 무탈하시길 기원합니다.

8월 18일, 루쉰

주)

1) 차이페이쥔의 회고에 의하면 이것은 그가 지은 장시 『진행곡』 속편 및 그가 번역한 러시아 작가 이반 곤차로프(Иван Александрович Гончаров, 1812~1891)의 장편소설 『오블로모프』(Обломов)의 앞 5장과 독일 울프(Friedrich Wolf, 1888~1953)의 극본 『마로크 교수』(*Professor Mamlock*)를 말한다.

360820① 탕타오에게

타오 선생,

18일자 편지를 받았습니다. 이전 편지 두 통도 받았답니다. 『케테 콜비츠 화집』은 인쇄부수가 많지 않아서 집에 있던 기증분도 벌써 없어져 하명에 답해 드릴 수가 없네요. 죄송합니다. 다른 날을 기약할 수밖에 없음을 용서하십시오.

제 호는 저우위차이周豫材를 사용할 수 있습니다. 많은 사람들이 이 서법을 사용하고 있는데, 우체국도 알고 있고 루쉰에 비해 눈에 덜 띌 따름입니다. 다른 필명은 아마 서점에서 자세히 알고 있지 않기 때문에 편지를 쉽게 잃어버려 적당하지 않은 듯합니다.

이만 줄이며, 여름날 무탈하시길 기원합니다.

8월 20일, 루쉰 올림

360820② 자오자비에게

자비 선생,

18일자 편지를 받았습니다. 차오가 번역한 소설에 대한 두 가지는 모두 문제가 되지 않는다 생각합니다. 현재 제가 책임을 지고 다음과 같이 결정합니다. 첫째, 「담배쌈지」를 뺀다. 둘째 새로운 서명으로 한다.

왜냐하면 그가 여행 중이고 그의 주소를 모르는데 금방 찾을 방도가 없고, 편지를 보내 전송을 거쳐 그가 답신을 할 때까지 기다릴 수밖에 없는데 제가 또 상하이에 없기 때문이랍니다. 이렇게 하면 반년이 걸리지요. 그래서 제가 결정하는 편이 낫습니다. 제 생각에 그가 이것 때문에 언짢아할 것 같지는 않습니다.

하지만 새로운 서명은 좀 괜찮은 것을 사용하는 게 좋습니다. 「두 친구」, 「범인」[1] 같은 것은 너무 평범하네요.

이번 달 말에 가서 시월 초에 돌아올 듯합니다.

이만 줄이며, 건필하시길 기원합니다.

8월 20일, 쉰 올림

주)______

1) 모두 『담배쌈지』 속의 편명이다.

360825① 어머니께

어머님 슬하, 삼가 아룁니다. 편지를 받아 보았습니다. 라오싼의 아이에게 보낸 편지도 전해 주었답니다.

제 병은 이전보다도 많이 좋아졌습니다만 아직은 때때로 미열이 있어 금방 의사의 손을 떠날 수는 없답니다. 그래서 한두 달 전지요양을 가려 했지만 현재 아직도 출발할 수가 없네요. 다음 달 초 아마 갈 수 있을 듯합니다.

하이잉은 건강합니다. 삐죽이 자랐고 부스럼이 좀 났습니다. 다루大陸 소학 1학년에 들어가 개학을 했지요. 학교는 그다지 좋지 않지만 가깝고 편리해서 가두고 있을 뿐입니다. 사진은 가을에 서늘해지기를 기다려 다 되면 보내 드리겠습니다.

허 양[1]은 제가 보기에 사진이 좋다고는 할 수 없는데, 연습 중이라 잘 찍지 못하고 현상을 해도 선명하지 않습니다.

마리[2]는 상하이에 벌써 도착했는데, 라오싼의 집에는 다른 사람이 동거하고 있어서(상하이 주민 가운데 한 집을 가족이 다 빌릴 수 있는 사람은 많지 않지요) 그다지 편하지 않아 저희 집에 며칠 묵고 지금은 그녀의 친구 집으로 옮겼답니다(성은 타오陶이고 아마 선생인 듯합니다). 오륙 일 머물지도 모르겠습니다. 하지만 이건 바다오완八道灣에 알리시면 안 되는데 그렇지 않으면 크게 비난받게 됩니다.

하이마는 지난달 위병이 났는데 의사가 한 차례 검진하고 나흘 약을 먹고 좋아졌습니다.

이만 줄이며, 삼가 평안하시길 기원합니다.

8월 25일, 아들 수 삼가 절을 올리며

광핑, 하이잉도 삼가 절을 올립니다

주)______

1) 허자오룽(何昭容)을 말한다. 340831① 편지를 참고하시오.
2) 마리(馬理)는 저우쥐쯔(周鞠子, 1917~1976)로 저우젠런의 딸이다.

360825② 어우양산에게

산 형,

편지를 받았으나 좀 바빴던 탓에 답신이 늦었습니다. 『화집』[1]은 후 형[2]이 가지고 가도록 부탁했는데 아마 도착했을 겁니다.

'안전주'安全周[3]는 많은 사람들이 믿을 수 없다 말하지만 저는 일찍이 실패한 적이 없습니다. 그래서 의문을 좀 가지고 있는데 지금 보니 그야말로 믿을 수가 없네요. 임신을 하면 폐병은 열이 날 수 있지요. 몸이 좋지 않고 입맛이 없어도 열이 날 수 있는데 추측할 방법이 없습니다. Hili[4]는 제가 모르고 또 찾아보지도 않았습니다. Infection은 '전염', '전염병' 혹은 '유행병'인데 폐병은 아닙니다. 다만 의심을 남겨 놓을 수 없으니 다시 의사를 찾아 다른 방법, 예를 들어 소변 분석과 같은 방법으로 검사를 하는 것이 낫겠다는 생각을 합니다. 만약 폐가 안 좋으면 태아를 꺼내고 설령 위가 약할 뿐이라도 치료를 해야 하는 것이지요.

저를 진료하는 의사[5]는 대체로 첫 진료비가 2위안 혹은 3위안이고, 이후 1년 동안은 필요 없습니다. 약값은 매일 5자오 정도입니다. 양의 가운데 진료비가 싼 편이며 설명도 해줍니다(통역이 있지요). 백인 의사처럼 한 마디 한 뒤 입을 열지 않는 것과는 다릅니다. 소개장을 써서 동봉했습니다. 가 보실 때 도움이 될 겁니다.

소설좌담회[6]는 참 좋네요. 저도 광고를 보았답니다. 참가하지 않는 사람이 있다 해도 당연히 그 자유에 맡겨야 하지만, "오해를 일으킬까 두렵다"는 건 이해할 수가 없어요. 누가 "오해"를 한다는 것입니까? 이런 행동은 정말이지 가련합니다.

하지만 저도 쉬마오융이 어째서 이렇게 아둔한 것인지 정말 이해할 수가 없어요. 갑자기 문단의 황제라 자처하고 제가 병상에 있어 읽을 수도 쓸 수도 없다는 걸 알면서도 문 앞까지 와서는 욕을 합니다.[7] 가산을 몰수하겠다는 뜻이지요. 이번 저의 편지는 화살을 시위에 올려놓아 쏘지 않을 수 없는 것인데, 일단 발표하면 쉬 일파가 소보小报에서 시끄럽게 난리를 칠 것이고 정말이지 볼만할 겁니다.[8] 자료를 수집해서 반년이나 일 년을 기다려 다시 글을 쓰면 이 무리의 낯짝이 더욱 분명하고 흥미로운 것이 될 겁니다.

저는 이전에 비해 좋아졌습니다만 열이 아직 불안정해서 지금까지 언제 여행 가는지를 말하지 못하고 있습니다.

이만 줄이며, 항상 평안하시길 기원합니다.

8월 25일, 쉰 올림

추신. 차오밍草明 부인께도 안부를 여쭙니다. 광이 또 안부를 여쭙네요. 미러로密勒路는 1호선 전차를 타고 원로文路(상하이은행 지점)에서 하차하여서 원로를 향해 쭉 걸어 훙커우 시장에서 한번 물어보세요. 멀지 않습니다.

주)

1) 『케테 콜비츠 판화 선집』을 말한다.
2) 후평을 말한다.
3) 피임이 되는 기간.
4) 독일 해부학 명사로 어떤 종의 기관에서 동맥, 정맥, 림프관, 신경 등이 통합되어 출입하는 부위를 말한다.
5) 스도 이오조(須藤五百三, 1876~1959)를 말한다. 일본의 군의관으로 1911년 조선에서 도립의원 원장을 역임했다. 1917년 퇴역 이후 중국에 와서 상하이에 스도의원(須藤醫院)을 열었다.
6) 소설가좌담회이다. 당시 어우양산 주편의 문예잡지 『소설가』는 소설 창작을 논의하기 위해 소설가의 좌담을 조직했는데 매 호에 '소설가좌담회'란을 만들어 좌담 내용을 실었다.
7) 쉬마오융이 1936년 8월 1일 루쉰에게 편지를 보냈고, 루쉰은 이에 답하여 「쉬마오융에게 답함, 아울러 항일 통일전선 문제에 관하여」를 지었다. 이후 『차개정잡문 말편』에 실렸다.
8) 『사회일보』를 말한다. 1936년 8월 20일, 22일, 24일, 25일 연속으로 다음과 같은 문장이 발표되었다. 「루쉰 영감의 펜끝은 오천 인을 소탕했다. 다만 아쉽게도 자기합리화이다」, 「루쉰 선생의 통일 전선의 문제에 대해 읽고. 쉬마오융 선생을 위한 변호의 말」, 「루쉰 필하의 양복을 입은 두 명 남자는 화한(華漢), 린보슈(林伯修)」, 「루쉰이 한스헝에게 돌격했던 것은 고육책인가」 등이 있다.

360826 탕샤오싱에게[1]

샤오싱 선생,

보내 주신 편지를 받았습니다.

『케테 콜비츠 판화 선집』의 출판부수는 많지 않아서 출판된 후 예약자 및 당지의 인사가 구매해 간 터라 현재 여분이 없습니다. 그리고 재판하지 않습니다. 그래서 보내신 편지에서 찾고 있는 서적을 드릴 수가 없네요. 죄송한 마음 어찌할지 모르겠습니다.

이만 줄이며, 평안하시길 삼가 기원합니다.

8월 26일, 수 올림

주)______

1) 이 편지는 루쉰이 구술하고 쉬광핑이 대필했다. 탕샤오싱(唐小行)은 미상.

360827 차오징화에게

루전 형,

21일자 편지를 어제 받았습니다. 작은 꾸러미도 어제 오후에 받았지요. 목이버섯은 아직 오지 않았는데 아마 교통이 불편해서 산 속 아니면 길에 있을 겁니다. 붉은 대추는 아주 고운 것이 남방에서는 손에 넣을 수 없는 것이네요. 곰보버섯[1]도 탕으로 만들어 먹었는데 아주 신선했습니다. 노루궁둥이버섯은 들어 본 적도 없는 진귀한 물품이라 손님이 오시길 기다려 먹을까 합니다. 하지만 식물학자, 농학자가 연구하면 아마 배양할 방법이 있을 것 같네요.

여원女院[2] 일은 결정을 했는데 꽤 괜찮습니다. 하지만 이처럼 여러 차례 과목을 바꾸면 사람들이 곤란해지지요. 분명 원인이 있지 않을까 싶어요. 여름에 쉬許 군을 두 차례 만났지만 그것에 대해 한 마디도 말하지 않았답니다. 리李가 훼방을 놓는 것이 아닌지요?

황위안의 편지를 전송했습니다. 출판 일은 모르겠어요. 아마 제가 병이 난 탓에 알리지 않은 것 같습니다. 어젯밤에 물어보니 사실 아직 아무런 방법도 없다는 것을 알게 되었지요. 혹 출판을 한다면 형의 번역은 그들이 출판하도록 합시다. 『양식』은 여기에 한 권 있습니다. 만약 출판이 결정되면 알려 드리겠습니다.

천陳 군[3]의 돈은 받았답니다.

출판계는 확실히 좀 느슨해졌습니다만 아마도 오래지 않아 또 죄어오겠지요. 게다가 완화는 다른 원인이 있는데 그걸 말하면 마음이 좀 아프고 불편합니다. 『작가』 8월호에 제 글[4]이 있으니 수일 내로 보내 드리겠습니다. 거기에 아주 작은 문계文界의 암흑면이 보일 겁니다. 문계의 부패 현상은 꼭 소탕되어야 하지만, 소탕의 효과가 있으면 탄압도 그에 따라 올 것입니다.

량유공사는 『20인집』처럼 형의 단편소설 두 권을 합쳐 출판하고 싶다고 희망하고 있어요. 그러나 새로운 서명을 붙이고 「담배쌈지」는 빼자고 합니다. 제 생각에 받아들이는 것이 이리저리 떠도는 것보다 낫다고 생각해서 제가 그냥 승낙하고 조판을 시작했습니다. 이 일은 한 편을 희생해서라도 다른 다수에게 널리 읽힐 수 있다면 작은 걸 손해 보지만 이익이 많은 것이고 형은 그 독단을 책임질 필요가 없다고 봅니다. 서명은 『7인집』으로 하고 싶은데 그들이 찬성하지 않아서 아직 미정이지요. 인세는 15퍼센트이고 출판 이후 연 2회 지불합니다.

타 형의 책 상권이 제본 중이고 곧 나옵니다. 견본을 보았는데 아주 괜찮아요. 그가 살아 있다면 이걸 보고 기뻐하겠지만 지금 흙으로 돌아갔으니 애석합니다. 제2권은 말만 해도 화가 날 지경입니다. 원래 인쇄소와 6월 말까지 조판 완성을 약속했었지요. 제가 아팠지만 미스 쉬가 교정을 봐 영향을 주지 않았는데도 그들이 지금까지 끌고 있고 아직 백여 페이지가 남았답니다. 재촉을 해도 거들떠보지도 않고 있어요. 말만 하고 책임지지 않는 것은 중국인의 큰 병폐입니다. 모든 계획이 전부 뒤엉켜 예측할 수가 없어요.

『도시와 세월』은 아직 인쇄에 넘기지 못했습니다. 제 병도 좋았다 나빴다 하고요. 열흘 전 각혈을 수십 차례 해서 다음 날 주사를 맞아 멈췄습니다. 의사는 폐에는 해가 없다고 하고 실제로 확실히 자각이 없습니다. 이후 일주일 열이 내렸는데 주사로 열이 내리고 각혈도 동시에 멈추었어요. 하지만 열이 다시 나서 어제 검사를 했는데 이 열은 늑막에서 생기는 것(제 늑막 사이에 물이 차서 세 차례 뺐지만 아직 남아 있습니다)이라 합니다. 그렇게 중한 것은 아니나 상당히 귀찮습니다. 각혈은 작은 혈관이 끊어진 것에 불과하고 폐병이 진행된 징후는 아닙니다. 중증인데도 각혈이 없는 경우도 종종 있답니다.

그러나 이 때문에 의사를 떠날 수가 없네요. 전지요양을 가서 공기를 바꾼다는 것이 사람을 우울하게 합니다. 수일 내로 의사와 다시 상담하여 어떻게 하면 좋을지 논의해 보려 합니다.

이만 줄이며, 여름 무탈하시길 기원합니다.

8월 27일, 아우 위 돈수

주)

1) 원문은 '羊肚'. 허난 시루스(西盧氏)현 일대의 특산품인 버섯인데 양위(羊肚) 모양이다.
2) 베이핑대학 여자문리학원(北平大學女子文理學院)을 말한다.
3) 천투이를 말한다.
4) 「쉬마오융에게 답함, 아울러 항일 통일전선 문제에 관하여」를 말한다.

360828① 리례원에게

례원 선생,

어제 「훗날 증거로 삼기 위하여」[1]에 쓴 필명은 아무래도 익숙하지 않아 좀 불만스러우니 늦지 않았다면 '샤오자오'曉角로 바꿔 주시길 바랍니다.

이만 줄이며, 건필하시길 기원합니다.

8월 28일 아침, 쉰 돈수

주)

1) 「훗날 증거로 삼기 위하여」(1)(2) 모두 이후 『차개정잡문 말편』에 수록되었다.

360828② 양지원에게

지원 선생,

24일자 편지를 받았습니다. 이번에 발병한 것은 확실히 폐병이지요, 그것도 세상이 두려워하는 폐결핵입니다. 우리가 사귄 지는 적어도 20여 년이 되고 그 동안 네다섯 차례 발병했지만, 제가 병을 떠들어 대는 걸 좋아하지 않는 데다가 또 생명을 등한시하며 담담하게 있었기 때문에 아는 사람이 거의 없었답니다. 이번에는 나이 때문에 이전처럼 그렇게 쉽게 병이 떨어지고 회복되지 않네요. 게다가 늑막염이 더해져 결국 세 달 정도를 시달렸고 아직도 복약 중이랍니다. 하지만 곧 약을 중지하겠지요.

그렇습니다. 문학 활동은 이 병과 가장 상극입니다. 올해 저 자신도 몸이 약해졌다는 것을 느껴서 글을 좀 적게 쓰고 모든 것에서 벗어나서 휴식을 좀 취하려고 했지요. 오로지 번역으로 풀칠을 하면서 말입니다. 생각지도 못하게 병이 났는데 게다가 협회[1]에 가입하지 않았다는 이유로 여러 선인仙人들은 크게 포위진을 쳤고 쉬마오융은 제가 얼마 전에 병을 앓아 죽을 뻔했음을 알면서도 기세등등하게 앞서서 문 앞으로 쳐들어 왔습니다.

그의 변화는 이상할 게 없습니다. 일전에 그 자신이 큰 난관에 부딪혔을 때는 제 "인격이 좋다"고 느꼈지만, 지금은 오히려 문예가협회 이사에 『문학계』[2] 편집자로 "실제 해결할"[3] 힘이 있습니다. 자신의 손에 못을 쥐고 있을 뿐만 아니라 아마 다른 사람의 관에 못을 박았을 겁니다. 환경은 기상을 바꾸고 의식주는 몸을 바꾼다[4]고 이제는 제가 "옳지 않고" "가소로우며" "악랄한 경향을 조장하면서" "마치 우상인 것처럼 군다"고 하는 것은 하등 이상할 것이 없습니다.

사실 이 편지를 쓴 것은 그 한 사람이지만 어느 한 무리를 대표하고 있다는 것은 자세히 읽어 보고 그 말투를 살펴보면 분명해집니다. 그래서 더욱 공개적으로 답신할 필요가 있다고 생각합니다. 만약 우리들 개인 사이의 일이고 대국과 관계가 없다면 잡지에서 옥신각신 할 필요가 있을까요. 선생은 이 일이 "정력을 낭비한다"고 염려하고 계시지만 사실은 그렇지가 않습니다. 빛을 비추면 큰 깃발 아래 엎드려 숨어 있는 마귀 무리의 낯짝이 드러날 것입니다. 최근 상하이의 소보小报 같은 것을 보면 아주 확연합니다. 그들은 결국 모두의 눈앞에 정체를 드러낼 겁니다.

『판화집』[5]은 병중에 찍은 것인데 꼼꼼하게 살펴보지 못했고 인쇄 부수도 적어서 얼마 안 가 다 없어졌답니다. 서점에도 한 권도 남지 않았다

하여 부쳐 드리지 못하니 정말 죄송합니다.

이만 줄이며, 여름 무탈하시길 기원합니다.

8월 28일, 루쉰

추신: 의사가 손님을 만나거나 말을 많이 하지 말라고 합니다. 좀 나으면 몇 주간 전지요양을 가려고 하오니 10월 이전에는 아마 만나지 못할 듯합니다. 유감스러운 일입니다.

주)

1) 중국문예가협회를 말한다.
2) 『문학계』는 월간으로 쉬저우위안(署周淵) 편집이다. 1936년 6월에 창간, 같은 해 9월에 제4기를 내고 정간했다. 상하이 톈마서점(天馬書店) 발행이다.
3) 이 문구들은 모두 쉬마오융이 1936년 8월 1일 루쉰에게 보낸 편지에 있는 말이다.
4) 원문은 "居移氣, 養移體". 『맹자』「진심」편에 보인다.
5) 『케테 콜비츠 판화 선집』을 말한다.

360831 선옌빙에게

밍푸 선생,

제 폐에 큰 환부는 이미 없지만 늑막이 아직 골칫거리라 아직 약을 중단할 수가 없답니다. 날씨는 벌써 가을이 되어 서늘해져 산과 바다는 오히려 감기 걸리기 쉬우니 올해의 '전지요양'轉地療養은 아마 '바꾸는 것'轉이 소용없을 듯합니다.

그래서 『술림』을 생각하게 되었습니다. 이 제2권은 교정할 때 6월 말에 조판 완성을 약속했었지요. 제가 아픈 동안에도 미스 쉬가 교정을 보아 조금도 늦지 않았는데, 그런데 지금 벌써 8월 말인데도 아직 100여 페이지가 남았습니다. 일전에 장 선생[1]에게 편지로 8월 20일까지 조판을 끝내 달라 인쇄소에 재촉해 달라고 부탁하였는데 가능한지 여부의 회신도 없고 교정쇄에 박차를 가하는지 알 수가 없습니다. 일주에 한 번 혹은 열흘에 한 번 때때로 새로운 원고가 있지만 재교, 삼교가 많거나 혹은 교정 뒤 깨끗이 찍어 낼 뿐입니다. 이렇게는 장사가 될 수 있을 것 같지 않네요. 그래서 선생께 부탁드리오니, 괜찮으실 때 특별히 서한을 보내셔서 방법을 결정할 수 있는 사람(장章? 쉬徐?[2])에게 조속히 끝을 맺도록 재촉을 부탁드립니다. 저도 이 일이 마무리되면 비교적 가벼워질 것 같습니다.

이 제1권의 장정의 견본을 보내왔는데 중방지重磅紙에 가죽 표지로 아주 '고전적'입니다. 평장은 벨벳으로 매우 아름답답니다. 이만 줄이며, 건필하시길 바랍니다.

8월 31일, 수 올림

주)

1) 장시천(章錫琛)을 말한다.

2) 쉬댜오푸(徐調孚, 1901~1981)로 자는 댜오푸, 이름은 지(驥)이다. 저장 핑후(平湖) 사람으로 문학연구회 회원이다. 당시에는 카이밍서점의 편집인이었다.

360903① 어머니께

어머님 슬하, 삼가 아룁니다. 8월 30일자 편지를 받았습니다. 분명 각혈을 수십 차례 했지만 가래 속에 섞인 피에 불과합니다. 의사가 약을 써 하루도 안 되어 멈추었답니다. 제 병에 대해 신문에서는 신경쇠약이라 하지만 사실 그렇지 않고 폐병이며 20~30년 전에 걸린 것이라 합니다. 바다오완에서 나간 이후[1] 한 차례, 장스자오章士釗와 다툰 이후[2] 한 차례 앓아누웠는데 이 모두가 그 병이었지요. 하지만 그때는 혈기가 왕성했던 터라 오래지 않아 나았답니다. 제가 병에 대해 말을 많이 하는 것도, 사람들에게 걱정 끼치는 것도 싫어해서 아는 사람은 극히 적습니다. 상하이에 처음 왔을 때도 한 차례 발병했었는데 이번이 네 번째입니다. 아마 나이가 많이 든 탓인지 석 달 동안 줄곧 치료를 했는데도 여전히 약을 끊을 수가 없네요. 그래서 의사를 떠날 수가 없고, 올해 다른 곳으로 휴양을 갈 수도 없답니다.

폐병은 뿌리를 뽑을 수 없는 병인지라 완전히 낫는 것은 불가능합니다. 그러나 마흔 이상의 사람에게는 오히려 생명의 위험이 없답니다. 게다가 발병 후 바로 치료를 하여 별문제가 없으니 안심하셔도 됩니다.

마리는 시험을 봤는데 합격 여부는 아직 모릅니다. 마리는 아직 아이 같아서 상하이를 신선하게 보고 있지요. 하지만 제가 보기에 그 아이의 선생(베이핑에게 가르쳤던)과 친구들 모두가 교활하여 그 애를 도와주지 않고 급할 때 모두 핑계를 대고 슬그머니 피해 버릴 것 같습니다.

하이마의 위는 잘 치료되었답니다. 하이잉도 건강하며 여전히 대륙

소학을 다닙니다.

이만 줄이며, 부디 건강하시길 기원합니다.

9월 3일 밤, 아들 수 삼가 절을 올리며

광핑, 하이잉도 함께 절을 올립니다

주)

1) 1923년 8월 저우쭤런과 결별한 뒤 루쉰은 바다오완에서 좐타후퉁(磚塔胡同)으로 이사하였다.
2) 1925년 베이징여자사범대학의 학생소요 이후 장스자오가 학생들을 탄압하며 여자사범대학을 해산시켰다. 루쉰은 이를 반대하였는데, 8월 12일 장스자오는 루쉰의 교육부 첨사 직을 해임시켰다. 22일 루쉰은 평정원에 장스자오를 소송, 그 결과 승소하여 1926년 1월 17일 복직했다.

360903② 선옌빙에게

밍푸 선생,

어제 1일자 편지를 받고서 인쇄소가 소걸음 같았던 이유를 비로소 알게 되었습니다. 지금 속도를 내도록 채찍질을 하여 이후 태도를 살펴봐야겠네요. 전둬는 뜻대로 되기만을 바라며 주판을 튕기는데 결과는 거의 그렇지 않은 게 많은 듯합니다. 하지만 이번 주판을 튕긴 결과는 십분의 팔,구까지 인쇄가 되었으니 성적이 나쁘지는 않습니다. 제 생각에는 9월 말이면 어쨌든 끝날 것 같아요. 가장 실패했던 것은 쉬친원이지요.[1] 타오

위안칭기념관의 기부금 모집을 했었으나 이후 모인 돈이 매우 적어서 자신이 빚을 냈지요. 그러나 항저우의 변호사와 기자들은 그가 부자라고 여겨 살인사건 재판으로까지 번지게 해서 거의 인생을 감옥에서 보내게 되었습니다. 현재는 석방되었지만 이자를 갚기 위해 오로지 일만 하고 있답니다.

메이청[2]의 활자는 사실 좋지가 않지요. 신5호가 없을 뿐만 아니라 5호조차도 크기가 일정하지 않습니다. 첫 교정쇄를 보내왔을 때 오히려 꽤 깨끗했고 오식자도 많지 않았답니다. 하지만 우리들이 원고를 대조해 보면 인쇄소의 직원이 놀랍게도 그가 틀렸다고 생각하는 부분을 원고와 대조해 보지도 않고 매끄럽게 뜻을 바꾸어 버리고 있음을 발견합니다. 때때로 그건 그야말로 천지 차이가 날 정도이지요. 모든 직원이 이렇기 때문에 중요한 책은 정말 사람을 오싹하게 만듭니다. 『술림』은 반 정도가 원고가 없어서 방법이 없습니다. 이만 줄이며, 건필하시길 기원합니다.

9월 3일, 수 올림

주)

1) 쉬친원(許欽文). 250929 편지를 참조하시오. 1929년 타오위안칭(陶元慶)이 죽은 뒤 타오가 생전에 교제했던 사람들에게 기부금을 걷어 항저우 시후에 묘를 만들려고 했다. 타오위안칭기념관은 쉬친원이 독자적으로 돈을 내 건립했다.

2) 메이청(美成)인쇄소를 말한다.

360905 자오자비에게

자비 선생,

금방 징화의 편지를 받았습니다. 그의 번역의 출판에 대해 저와 선생이 결정한 방법에 동의했답니다. 또 네 편[1]의 번역(모두 만 자가 되지 않습니다)을 보내서 넣기를 희망하고 있네요. 원고는 네베로프 세 편, 조시첸코 한 편인데 『담배쌈지』에 원래 이들 작품이 있었으니 순서대로 보태 넣기만 하면 좋을 것 같습니다. 하지만 인쇄에 넘기지는 않았는지 시간이 되는지 모르겠어요. 답장을 해서 처리해 주시길 바랍니다.

그의 편지에는 제가 쓴 작은 서문[2]이 필요하다고 합니다. 출판자가 반대하지 않는다면 좀 써 보겠습니다. 이 건도 답신 부탁드립니다. 다만 쓴다면 전체 조판이 끝난 뒤가 됩니다.

이만 줄이며, 건필하시길 기원합니다.

9월 5일, 루쉰

주)______

1) 차오징화가 번역한 소련 네베로프의 「평범한 일—어느 농부의 이야기」, 「깃털 달린 모자」, 「위원회」와 조시첸코의 「목욕탕」을 말한다.
2) 「차오징화 역 『소련 작가 7인집』 서문」으로 『차개정잡문 말편』에 수록되었다.

360907 차오징화에게

루전 형,

8월 30일자 편지를 받았습니다. 소설 네 편도 다음 날 도착했어요. 바로 출판사에 편지를 써서 증보를 상담했습니다만 아직 회신이 없습니다. 시간에 맞출 수 있을지 모르겠어요. 『안드룬』[1]은 설령 시간에 맞출 수 있더라도 독자가 구매하기 쉽도록 당분간은 단행본으로 하는 게 좋을 것 같습니다. 큰 출판사는 이 책을 두려워해서 처음 출판되었을 때 서점의 유리창 안에 진열하지 않았지요. 그들이 두려워했던 것은 그림과 "바른 길을 걷지 못한"다는 글자입니다.

중병설[2]은 각혈했던 것 때문에 생긴 게 분명한데 베이핑의 신문은 정말이지 제 잡다한 일들을 실어 주네요. 상하이의 큰 신문은 제 이름은 싣지 않고 그저 린위탕, 후스 부류만 실었답니다. 병의 증상은 거의 없습니다만 약을 완전히 중지할 수 없어서 의사를 떠나지 못하고 있지요. 게다가 벌써 가을이 되어 서늘하니 산과 바다는 오히려 감기 걸리기 쉬운 터라 올해는 전지요양을 할 수 없습니다.

노루궁둥이버섯은 한 번 먹어 보았는데 확실히 맛이 좋네요. 다만 일반 버섯류와는 아주 다릅니다. 남방 사람은 이것의 이름조차도 모른답니다. 진귀한 먹거리로 '제비집', '상어지느러미'를 말하는데 사실 이 두 가지는 자체가 맛이 없고 닭 육수, 죽순, 얼음설탕과 같은 배합 재료에 전부 의존한 것이지요.

타 형의 번역집 하권은 현재 조판 중으로, 이번 달 말에 꼭 완성해서 인쇄에 넘긴다면 올해 안으로 전부 출판될 수 있을 겁니다. 휙 일 년이 지나가네요. 중국인이 일을 하면 무얼 해도 늦어서 설령 백 살까지 산다 해도 완성하지 못할 일이 좀 있습니다.

'차파예프'에 대한 몇 편의 문장의 서명[3]은 편집자가 쓴 것인데 그가 왜 이런 필명을 썼는지는 모릅니다. 지난달 그들은 두 차례로 나누어 원고료를 보냈는데 모두 15위안입니다. 환으로 보내 드리오니 편하실 때 수령해 가세요. 이 잡지는 정간되었습니다. 잡지가 몇 호에 걸쳐 정간되는 것은 상하이에서는 항상 있는 일이지요. 그 원인은 압박 이외에도 출판사가 탐욕스럽거나 편집자들이 시끄럽기 때문입니다. 이곳의 문단은 그다지 좋지 않습니다. 일전에 『작가』 한 권을 보냈는데 제 글 하나[4]가 실려 있습니다. 대략을 적어 두었는데요, 지금 그들은 정면으로 필전을 벌이지 않고 소보에서 잔재주를 부리고 있답니다 — 낡은 수단이지요.

E에게 보내는 편지가 있으니 부디 형이 번역해 주시길 부탁드립니다. 중국어 원고를 보내 드리오니 편하실 때 번역해 주십시오. 중요한 것은 아니며 급하게 하실 필요는 없습니다.

이만 줄이며, 부디 여름 무탈하시길 기원합니다.

9월 7일, 아우 위 올림

주)

1) 『바른 길을 걷지 못한 안드룬』(不走正路的安得倫)이다.
2) 1936년 8월 30일 『베이핑신보』에 쩡(曾)이라는 서명으로 「루쉰 선생 중병설」이 실렸다.
3) '차파예프'에 대한 몇 편의 문장은 『나이팅게일』 제1권 제4기(1936년 6월) '차파예프 특집'에 실린 것을 말한다. 「차파예프에 대하여」, 「차파예프의 죽음」, 「푸르마노프와 차파예프」. 앞의 두 편은 우밍(吳明), 밍즈(明之)의 번역이며, 뒤의 것은 밍즈로 필명이 되어 있다.
4) 「쉬마오융에게 답함, 아울러 항일 통일전선 문제에 관하여」.

360908 예쯔에게

즈芷 형,

7일자 편지를 받았습니다. 이전에 보내신 몇 통의 편지도 모두 받아 보았습니다. 회신을 못 드린 이유는 제가 병이 중해서도 아니고 "다른 원인"이 있어서도 아닙니다. 장황하게 늘어놓는 것일지도 모르나 제 병이 좋았다가 나빴다가 하기 때문인데요, 좋을 때에도 글 쓰는 것이 제한되어 생계와 관련되거나 긴급한 것밖에 쓸 수가 없었습니다. 미스 쉬 자신도 병이 있는데 아이도 병이 났고 최근에는 손님이 집에 머물렀던 탓에 긴급하지 않은 회신은 쓰지를 못했답니다.

저는 몸이 약하고 번잡한 일이 많은 탓에 줄곧 매일 평균 서너 통 답장을 쓰지만 곳곳에 꼼꼼히 할 수가 없었지요. 병이 난 뒤에는 더욱 살피지를 못했고 그리하여 또 회신하지 못한 이유를 알려드려야 하니 제 자신도 정말 고통스럽답니다. 여기서 특별히 말씀드립니다. 제 병은 분명히 병이 난 척하는 것이 아닙니다. 그래서 저더러 밖으로 나오라거나 결산을 하라거나 해도 처리할 수가 없고 급하지 않은 회신도 쓰지를 못합니다. 이 점을 헤량하시길 삼가 바라옵니다.

이만 줄이며, 항상 평안하시길 기원합니다.

9월 8일, 루쉰

360909 자오자비에게

자비 선생,

7일자 편지를 받았고 제게 주신 『신전통』[1] 한 권도 또한 받았답니다, 감사드립니다!

번역 원고 네 편은 오늘 보냅니다. 최종 교정은 제가 대신 보는 게 좋다고 생각합니다. 학교가 벌써 개강을 했고 그가 가르치는 것이 새로운 과목인 터라 분명 준비하는 데 바쁠 것 같아요.

서명은 저희에게는 안이 없습니다. 편명 속에 비교적 훌륭한 것이 있을까요. 선생이 생각해 보시고 알려 주십시오.

보급본 목판화[2]도 받았답니다. 편하게 구경해 보는 것도 좋지만 중국의 목판화가가 이것을 모델로 삼는다면 함정에 빠질 겁니다.

이만 줄이며, 건필하시길 기원합니다.

9월 9일, 루쉰

주)

1) 『신전통』(新傳統). 문예논문집으로 자오자비 저술이다. 1936년 8월 량유도서인쇄공사 출판.
2) 마세렐(F. Masereel, 1889~1972)의 작품 『어느 한 사람의 수난』을 말한다.

360914① 우랑시에게

랑시 선생,

이전 부탁한 조판과 인쇄에 대한 설명[1]을 잘 정리한 원고를 오늘 보냅니다. 괜찮으실 때 인쇄소에 넘겨주시기 바랍니다. 교정이 끝나면 지판을 뜨는 것 말고도 좀 두꺼운 백지(광택이 있는 도림지道林紙)에 깨끗하게 대여섯 장 인쇄하여 주시길 부탁드립니다. 이만 줄이며, 부디 평안하시길 기원합니다.

9월 14일 밤, 쉰 올림

주)

1) 당시 『케테 콜비츠 판화 선집』의 개정판 인쇄 시 매 그림 아래에 제목을 붙이는 것을 말한다(초판에는 제목이 없었다).

360914② 선옌빙에게

밍푸 선생,

일전에 돤무훙량端木蕻良[1]이라 칭하는 사람이 제게 원고 한 편을 보내왔습니다만,[2] 그 주소를 잃어버려 답신을 할 방법이 없네요. 오늘 『문학』 8월호를 보니 「쯔루후의 우울」[3]이 실려 있던데 작자가 동명입니다. 그래서 문학사 안에 혹 그의 연락처가 있을까 싶은데 선생이 편하실 때 알아봐 주시면 어떨지요. 알려 주시길 부탁드립니다.

샤오산의 연락처도 있다면 알려 주시길 부탁드립니다. 주소나 사서함 모두 괜찮습니다.

이만 줄이며, 건필하시길 기원합니다.

9월 14일, 수 돈수

주)

1) 이 책 '부록1'의 아홉번째 편지를 참조하시오. 돤무훙량(端木蕻良, 1912~1996)은 본명이 차오핑(曺坪), 랴오닝 창투(昌圖) 사람이며 작가이다.
2) 단편소설 「할아버지는 왜 수수죽을 드시지 않았을까」로 『작가』 제2권 제1호(1936. 10.)에 실렸다.
3) 「쯔루후의 우울」(鷟鸞湖的憂鬱)은 단편소설로 『문학』 제7권 제2호(1936. 8.)에 실렸다.

360915 왕예추에게

예추 형,

8월 26일자 편지를 받았습니다. 그리고 아름다운 그림도 받았답니다. 매우 감사드립니다.

두 달 전으로 기억합니다만 아주 간단히 몇 자 써서 보냈는데 지금 편지를 보니 받지 못하신 것 같네요.

저는 아직까지 상하이를 떠나지 못하고 있습니다. 다른 이유가 아니라 병의 상태가 좋았다 나빴다 해서 의사를 떠날 수가 없어서입니다. 지금도 종종 열이 나고 있어 언제 좋아질지 아니면 결딴이 날지 알 수가 없습니다. 북방은 제가 살기 좋아하는 곳이나 겨울 날씨가 건조하고 차서 폐에 좋지 않지요. 그래서 갈 수가 없습니다. 이외에 좋은 곳은 생각나지도 않습니다. 출국도 여러 가지 곤란이 있고 국내는 곳곳이 가시덤불이랍니다.

상하이는 날씨가 좋지 않을 뿐만 아니라 문기文氣도 흉합니다. 저의 그 글[1] 속에서 언급했던 것은 극히 작은 것에 불과하답니다. 이곳의 어느 문학가는 사실은 소위 텐진의 조폭으로 그들은 오로지 소요와 위협을 조종 수단으로 하는 그물을 쳐서 진상을 모르는 문학청년을 끌어모아 자기 친분을 만듭니다. 작품은 하나도 없지요. 오로지 웽웽거리는 걸 능사로 합니다. 예를 들어 쉬마오융은 이유를 잊을 정도로 횡포를 부려 결국 "실제 해결"로 저를 위협하니 다른 청년에 대해서는 어떠할지 아마 상상이 될 겁니다. 그들은 무리를 만들어 서로 결탁하여 나쁜 짓을 일삼고 있고, 문학계를 독점하여 엉망으로 만들어 버렸습니다. 제 병이 좀 나으면 폭로할 생각이고, 그렇게 하면 중국 문예의 앞날이 조금이라도 구제가 되겠지요. 현재 그들은 '소보'를 이용해서 저를 타격하고 있는데 아주 하찮습니다.

콜비츠 화집은 백 부만 인쇄를 했고 병중에 제본이 되고 얼마 지나지 않아 다 팔려 버려 지금 보내 드릴 방도가 없습니다. 가까운 시일 내에 문화생활출판사가 동판으로 복제할 계획이 있고 연내에 출판되면[2] 그때 보내 드리지요.

징눙은 여름에 상하이에 들러 고향에 갔는데 그 이후로는 무소식입니다. 형이 근황을 아시는지요?

이만 줄이며, 평안하시길 기원합니다.

9월 15일, 수 올림

주)

1) 「쉬마오융에게 답함, 아울러 항일 통일전선 문제에 관하여」를 말한다.

2) 『케테 콜비츠 판화 선집』의 개정판 재판은 1936년 10월 출판되었고 '신예술총간'의 하나이기도 하다.

360918 쉬제에게[1]

쉬제 선생,

편지를 받았습니다. 징싼徑三 형의 기념문[2]은 당연히 써야 하지요. 우리들은 결코 얕은 관계가 아니었답니다. 다만 오랫동안 병을 앓고 있어서 아무것도 쓰지 못할까 두려운데, 어쨌든 꼭 쓰도록 하고 10월 말 전에 보내 드리겠습니다.

일본으로 휴양을 갈 준비는 없답니다. 하지만 일본 신문에는 갑자기 제가 간다고 하고 있는데 무슨 뜻인지를 모르겠습니다. 중국 신문에 보도된다면 그건 분명 일본 신문에서 베낀 것이겠지요.

이만 줄이며, 건필하시길 기원합니다.

9.18, 루쉰

주)

1) 쉬제(許杰). 저장 톈타이(天台) 사람, 작가이다. 문학연구회 회원. 당시 상하이 지난대학 문학원 중문과에서 가르쳤다.
2) 징싼은 장징싼(蔣徑三, 1899~1936). 저장 옌하이 사람이다. 중산대학도서관 관원 및 문과역사어언연구소 연구보조원을 지냈다. 루쉰이 『당송전기집』(唐宋傳奇集)을 편찬할 때 자료 찾는 것을 도와주었다. 1936년 7월 항저우에서 낙마로 죽은 뒤 생전 고인과 친교가 있던 사람들이 항저우 『신광』(晨光) 주간에 「장징싼 선생 기념 특집호」를 실었고 루쉰의 기념 문장은 쓰여지지 못했다.

360921① 탕허에게

탕허唐訶 선생,

9월 16일자 편지를 받았습니다. 또한 제게 주신 서문[1)]도 받았답니다, 대단히 감사드립니다. 그러나 전람회의 결말이 이러하였다니 정말 낙담이 큽니다.

몇몇 식물명은 첫번째는 분명 (Kōzo)의 오기인데 중국명은 '추'楮로 종이의 원료이기도 합니다. 세번째는 '雁皮'로 중국명은 모르겠고 아마 없는 듯합니다. 다만 D'miko는 모르겠고 일본어 같지도 않습니다. 다만 일본에서 종이의 원료가 되는 식물은 보통 세 종류인데 그중 하나가 '미쓰마타'三椏(Mitsumata)입니다. 제 생각에는 아마 독일어 표기의 오기인 것 같네요.

K씨의 화집[2)]은 벌써 나누어 다 팔렸답니다. 듣자 하니 동판으로 다시 복제할 계획이 있다 하는데 아직 나오지 않았습니다. 저는 여전히 때때로 열이 나고 있지만, 이 나이에 폐병은 그렇게 치명적이지는 않습니다. 그렇다 해도 좋지는 않네요. 이 일은 이미 잘 알고 계시니 제가 말씀드릴 필요는 없을 듯합니다.

이만 줄이며, 가을 편안하시길 기원합니다.

9월 21일, 간干 돈수

주)

1) 『「전국목판화 연합전람회 전집」 서』의 육필을 목판으로 찍은 원고이다. 원래의 원고와 『전집』(傳輯)의 작품은 진자오예(金肇野)가 국민당 당국에 체포되어 전부 없어졌다.
2) 『케테 콜비츠 판화 선집』.

360921② 리례원에게

례원 선생, 어제 말씀하신 편은 정서精書를 끝내고 오늘 보냈습니다. 오전에 또 「훗날 증거로 삼기 위하여」立此存照를 써서 함께 보내오니 제3기에 게재되길 바랍니다. 다만 너무 기니 동시에 "대조해 보시면서"存照 그 장단을 고려하고 혹은 보충하거나 혹은 하지 않는 것이 어떠할지요?

이만 줄이며, 건필하시길 기원합니다.

9월 21일, 쉰 돈수

360922① 어머니께

어머님 슬하, 삼가 아룁니다. 9월 8일자 편지를 잘 받았습니다. 저는 근래 이전보다도 좋아지고 있고 안색도 병이 나기 전 상태로 회복하고 있습니다. 하지만 때때로 미열이 나기 때문에 여전히 주사를 맞고 있답니다. 대략 1주 정도 지나면 그만둘 것으로 보입니다. 하이잉은 다니던 학교에서 공부하고 있고 여름에는 머리에 몇 개의 부스럼이 생겼지만 지금은 괜찮습니다. 그저께는 유리창에 손을 다쳐서 피가 났는데 오늘은 나았답니다. 마리와는 아주 사이가 좋습니다. 녀석이 손님을 좋아하고 시끌벅적한 걸 좋아해서 평소에도 자기 혼자만 낳아 형제자매도 없다고 쓸쓸하다고 원망의 말을 종종했답니다. 마리를 보고는 너무 좋아하지요. 하지만 녀석이 엉겨 붙으면 저는 정말 몹시 밉살스럽답니다.

베이징이 올해 이렇게 더운 것은 정말 예상치 못했습니다. 상하이는 맹렬한 더위는 없고 현재는 시원해졌습니다. 하지만 태양이 내리쬘 때면 홑옷만 입는답니다. 하이마는 잘 지내니 염려하지 마십시오.

이만 줄이며, 평안하시길 기원합니다.

9월 22일, 아들 수 삼가 절을 올리며

광핑, 하이잉도 함께 절을 올립니다

360922② 페이선샹에게

선샹 형,

새로 찍는 『꽃테문학』 한 권 깨끗하게 인쇄한 것이 있었으면 하오니 편하실 때 가지고 와 주시길 바랍니다. 제가 조금이라도 힘이 있을 때 이번 인쇄에 넘길 『잡문초집』雜文初集[1]의 주석을 보고 형식을 살펴보고 싶기 때문입니다.

그 광화서국 사람[2]이 『철의 흐름』의 지판紙板을 50위안에 팔아 버렸습니다.

이만 줄이며, 평안하시길 기원합니다.

22일, 쉰 올림

주)

1) 『차개정잡문』을 말한다.

2) 천싱쑨(陳杏蓀)이다. 저장 닝보 사람. 당시 상하이 태평양인쇄소 경리였다.

360925 쉬서우창에게

지푸 형,

『새싹』을 받아 형이 쓴 글을 보았습니다.[1] 아주 좋다고 생각합니다. 다만 감히 찬성하지 않는 부분이 있사온데 불법佛法으로 중국을 구하고자 하는 부분만이 그렇습니다.

옥고 가운데 타이옌 선생의 옥중시[2]를 읽을 수 있었는데 30년 전의 일이 눈앞에 있는 것 같습니다. 왕징안이 죽은 뒤 그의 육필을 어떤 이가 출판했었는데, 지금 타이옌 선생의 여러 시와 "速死"[3] 등은 실로 귀중한 문헌이지요. 소장자가 베이핑에 많이 있으니 수집을 하고 서책을 인쇄하여 천하에 알려서 장래에 남겨야만 합니다. 고궁박물관인쇄국은 콜로타이프판으로 1척의 큰 폭으로 인쇄하는데 백 장에 5위안입니다. 그러하니 오십 폭을 1권으로 해서 백 권을 인쇄하는 가격이 250위안밖에 안 됩니다. 게다가 종이 가격이 500위안을 넘지 않을 겁니다. 이런저런 관계자들에게 기부를 부탁하면 쉽게 모을 수 있을 겁니다. 이 일을 형이 발기해서 하시면 어떠할지요?

혁명 역사과 관계있는 글이 많지 않으면 서간, 문고, 책자 또한 수록할 수 있습니다. 일찍이 형을 위해 쓴 『한교사가』漢郊祀歌[4] 전서篆書가 있는 걸로 기억하는데 절묘하다고 생각합니다. 만약 진행된다면 제가 제의했다고 하지 마십시오. 옛 동학들은 대다수 지위가 높지만 저는 떠도는지라 소식이 오래전에 끊겨 이로 인해 여러 공의 뜻을 더럽히고 싶지 않아서 그렇습니다.

제 병은 때때로 좋았다 나빴다 하여 어떻게 될지 예측할 수가 없어 그냥 두고 있습니다.

이만 줄이며, 부디 평안하시길 기원합니다.

9월 25일, 아우 페이 돈수

주)

1) 『새싹』(新苗). 종합성 반월간. 제5기 이후 월간으로 바꾸었다. 1936년 5월 창간, 1937년 6월 정간했다. 베이핑대학 여자문리학원 출판위원회 편집 출판이다. 여기서 말하는 "형이 쓴 글"은 제8기(1936. 9.)에 실린 「선사 장타이옌 선생을 기념하며」이다.
2) 1903년 6월 장타이옌과 쩌우룽이 청 정부에 의해 상하이에서 체포되었는데, 장타이옌은 옥중에서 「옥중에서 쩌우룽에게 보내는 시」, 「옥중에서 선위시(沈禹希)가 살해되었다는 것을 듣고」, 「옥중에서 샹(湘) 사람 양두가 체포되었다는 소식을 듣고」 등의 시를 지었다.
3) 1915년 장타이옌은 위안스카이에 의해 베이징에 연금되었는데, 위안스카이가 음모를 꾸며 황제를 자칭하는 것에 분노하여 7척 크기의 종이에 전서체로 "速死"라고 써서 벽에 걸어 놓았다. "速死"는 춘추시대 범문자(范文子; 즉 사섭士燮)의 이야기이다. 범문자는 진(晉)의 대부로 진의 려공(厲公)이 횡포하여 자신에게 좋지 않을 일이 덮쳐 가족에게 해가 될까 두려워하여 신궁을 불러 "빨리 죽을 것"(速死)을 기도했다. 이후 범문자는 곧 죽었다. 장타이옌은 여기서 "速死" 두 글자를 취해 전서로 썼고 발(跋)의 말미에 "자신은 내성의 힘이 있으므로 사섭처럼 타인의 기도를 빌리지 않고서도 된다"고 했다.
4) 한대 악부가사로 모두 19장이다. 장타이옌의 전서에 대해서는 미상이다.

360926① 우랑시에게

랑시 선생,

15일에 편지 한 통을 보냈습니다. 안에 조판에 넘길 원고가 있는데 받으셨는지요? 이미 인쇄소에 넘기셨다면 재촉을 부탁드립니다. 급하기 때문입니다. 게다가 조판된 양식을 각 조條마다 본 이후 다시 각각에 한 행을 더할 필요가 있는데 좀 곡절이 있을 듯합니다.

이만 줄이며, 가을 편안하시길 기원합니다.

9월 26일, 쉰 올림

360926② 선옌빙에게

밍푸 선생,

25일 편지가 26일 도착했습니다. 메이청이 "조판을 완성"했다는 이야기는 매우 적절하지만 교정은 서문과 목차가 남아 있습니다. 이전 교정은 그들은 상上권과는 다른 방법이며 재교는 꼭 깨끗하게 인쇄해서 삼교의 필요가 없다는 뜻을 보이고 있습니다. 저 또한 뜻을 따릅니다만, 한 페이지만 삼교를 요구했는데 지금까지 오지 않고 있습니다.

『중국의 하루』는 지금까지 오지 않았습니다. 때때로 아주 늦는 일은 이전에도 있었지만 생활서점에게서는 드문 일이었지요. 이 서점은 외관이 성대하나 일처리를 하다 중도에 그만두어 꽤 산만하거나 혹은 너무 현명함이 지나쳐, 사실은 매우 불건전합니다.

『술림』은 처음 출자에 따라 분배하려고 했지만 삼분의 일을 C.T.[1]가 가지고 가면 우치야마 사장이 위탁 판매하는 분은 겨우 삼백여 권뿐입니다. 어려운 일은 그에게 시키고 좋은 점은 가로채는 것에 가까우니 C.T.에게 보내는 것은 증정본일 수밖에 없습니다.

이만 줄이며, 가을 평안하시길 기원합니다.

9월 26일 여름, 수 돈수

주)

1) 정전둬(鄭振鐸)를 말한다.

360928① 우보에게[1]

우보吳渤 선생,

편지를 받았습니다.

올해 9월에는 제가 6개월 정도 큰 병을 앓고 지금까지도 매일 열이 나고 있어서 거동하거나 일을 하는 것도 힘이 듭니다. 그래서 목판화 전람회[2]의 사정에 대해서 어떤 말씀도 드릴 수 없네요. 대단히 죄송합니다.

이만 줄이며, 항상 평안하시길 기원합니다.

9월 28일, 루쉰

주)

1) 이 편지는 루쉰이 구술하고 쉬광핑이 대필하였다.
2) 360807① 편지를 참조하시오. 1936년 10월 6일~8일, 상하이 바셴교(八仙橋) 청년회에서 전시되었다. 루쉰은 병중이었는데 8일에 참관했다.

360928② 리례원에게

례원 선생,

최근 꽤 바빴습니다. 저는 아직 열이 나지만 신문은 보지 않을 수가 없어 보는데, 보게 되면 헛소리가 너무 많아 머리털이 치솟습니다. 예를 들어 이번 『아동주간』[1]에 실린 어떤 글은 중국인은 일본인을 죽일 때는 두 배의 죄를 물어 처리하여야 한다고 주장합니다. 이러한 것은 비록 일본인이라 해도 일찍이 이런 주장을 하지 않았는데 이 작자는 정말 축생입니다. 「훗날 증거로 삼기 위하여」[2]를 써서 보내오니 쓸 수 있다면 다행입니다.

이만 줄이며, 건필하길 기원합니다.

9월 28일, 쉰 돈수

주)

1) 『신보』 부간의 하나. 매주 월요일에 나왔다. 1936년 9월 27일 멍쑤(夢蘇)가 「소학생이 가져야 할 인식」을 게재했다.
2) 「훗날 증거로 삼기 위하여」(5)이며, 『차개정잡문 말편』에 수록될 때 「훗날 증거로 삼기 위하여」(7)로 바꾸었다.

360929① 정전둬에게

시디 선생,

28일자 편지를 받았습니다. 『술림』은 이미 세관에서 검사를 기다리고 있는데 관의 일처리가 점잖으면 아마 일주일이면 통과될 것입니다. 인쇄한 것이 겨우 오백 부라서 기부한 사람에게 일률적으로 두 부씩 하면 모금하지 않았던 편이 낫습니다. 아마 약간이라 해도 한 부뿐인데 하지만 그래도 실비를 회수할 뿐입니다. 제가 있는 곳에는 배달할 사람이 없으니 몇몇 분의 것도 저희 집으로 보내 주십시오. 편할 때 나누겠습니다.

『박고엽자』博古頁子는 잘 받았습니다. 처음 책이 나왔다 생각했는데 오늘 견본이라는 걸 알아서 쓸 것이 없으니 서문은 집필하지 않겠습니다. 『십죽재전보』(2)는 요즘 어떠한지요? 이 책은 하루라도 빨리 나온다면 다행입니다.

최근 J. Průšek[1]의 편지를 받았습니다. 선생을 안다고 하며 만나면 좋겠다는 등 이야기를 합니다. 특별히 전달해 드립니다.

이만 줄이며, 평안하시길 기원합니다.

9월 29일, 루쉰

주)

1) 360723(체코) 편지를 참조하시오. 야로슬라프 프루셰크(Jaroslav Průšek, 1906~1980)는 체코의 동양어 전문가이자 한학자. 1932년 중국 역사자료를 수집하기 위해 중국에 왔고 이후 문학잡지사를 통해 루쉰과 알게 되었다. 저서로 『중국, 나의 자매』(*My sister China*), 『중국의 역사와 문학』(*Chinese history and literature: collection of studies*) 등이 있다.

360929② 황위안에게

허칭 선생,

멍스환 선생에게 건네고 싶은 원고 몇 편이 있고 하고 싶은 말도 있습니다. 선생께서 저희 집까지 내방하셔서 이야기를 나누고 다시 전달해 주신다면 다행이겠습니다.

이만 줄이며, 건필하시길 기원합니다.

9월 29일, 쉰 올림

360929③ 차오바이에게

차오바이 선생,

27일 밤 편지와 원고 두 편[1)]을 모두 받았답니다. 저는 줄곧 상하이를 떠나지 못합니다. 의사를 떠날 수가 없어서이지요. 지금은 매일 열이 나고 있어요. 의사는 산보해도 좋다고 확실히 말하고 있지만 아쉽게도 산보할 장소가 없답니다. 도처가 비참하여 차마 눈 뜨고 볼 수 없으니 걸으면 저는 유쾌하지가 않습니다.

논문은 오류가 없으니 발표해도 괜찮습니다. 저는 그저 몇 개의 오자만 고쳤을 뿐입니다. 「한밤의 담화」는 좋지 않네요. 서술은 잡다하며 문필도 아름답지 않습니다(비록 군데군데 경구가 있습니다만). 소재도 평이하고 구더기를 먹는 막돼먹은 방법은 중국에서는 적지 않고 기이한 것도 아니지요. 하물며 이런 악랄한 인물은 쓰기 어려워서 마치 콧물이나 개똥이 아름다운 목판화가 될 수 없는 것과 마찬가지입니다.

그러나 원고에는 때때로 중요한 오자가 있는데 이것은 선생이 신경이 피로한 탓이라 생각합니다. 예를 들어 논문의 5페이지 후반, 「한밤의 담화」의 4페이지 끝은 제가 보기에 크게 틀려서 그곳에 물음표를 해놨습니다.

두 편 모두 서점에 두었고 교환권을 동봉하오니 편하실 때 가지고 가시길 바랍니다. 이만 줄이며, 가을날 편안하시길 기원합니다.

9월 29일, 쉰 올림

주)

1) 차오바이의 논문 「현재 중국회화를 논하다」와 수필 「한밤의 담화」이다. 논문은 『중류』(中流) 제1권 제8기(1936. 11.)에 게재되었고, 수필은 발표되지 않았다.

361002① 정전둬에게

시디 선생,

오늘 『해상술림』 상권을 보냅니다.

C.T.　가죽 표지 5권, 벨벳 표지 5권

경耿[1]　가죽 표지 1권, 벨벳 표지 1권

푸傅　가죽 표지 1권

우吳　가죽 표지 1권

모두 14권입니다. 푸·우 두 분에게 책을 전해 주시기 바랍니다. 제가 부탁할 사람이 없어 한 사람씩 나눠 보낼 수가 없답니다. 이만 줄이며, 건필하시길 기원합니다.

[10월 2일] 쉰 돈수

주)______

1) 겅지즈(耿濟之)이며, 아래의 푸(傅)는 푸둥화이다. 우(吳)는 우원치(吳文祺, 1901~1991)로 지난대학 중문과 교수이다.

361002② 장시천에게

쉐춘 선생,

오늘 『해상술림』 상권을 도합 7권 보냅니다. 나눠 주시기 바랍니다.

장, 예, 쉬, 쑹, 샤

이상 다섯 분[1]은 가죽 표지 장정 각 1권,

왕, 딩

이상 두 분[2]은 벨벳 표지 장정 각 1권.

하권은 인쇄에 넘겼으니 나오는 대로 드리겠습니다. 이만 줄이며, 가을 편안하시길 기원합니다.

[10월 2일] 수런 돈수

주)______

1) 장은 장시천, 예는 예성타오(葉聖陶), 쉬는 쉬댜오푸(徐調孚), 쑹은 쑹윈빈(宋雲彬, 1897~1979)으로 당시 카이밍서점 편집인이다. 샤는 샤몐쭌(夏丏尊)이다.
2) 왕보샹(王伯祥, 1890~1975)은 이름이 중치(中麒), 호는 보샹, 장쑤 우셴(吳縣) 사람이다. 카이밍서점 편집인이다. 딩은 딩샤오셴(丁孝先)으로 카이밍서점 편집인이다.

361005 선옌빙에게

밍푸 선생,

4일자 편지를 받았습니다.

'고문'顧問[1]의 예는 저는 가입을 원하지 않습니다. 일전에 이러한 역할 때문에 적지 않은 고초를 겪었고 게다가 이로 인해 사달이 났기 때문이니 현재 피하고자 합니다.

14일 전 원고 한 편을 투고했습니다. 제목은 아직 확정하지 않았지만 말입니다.

샤오훙이 간 뒤 아직 편지도 없고 주소도 알리지 않았습니다. 최근 상하이로 돌아왔다고 들었는데 자세한 것은 모르겠네요. 그래서 찾아오신 이유[2]를 전달할 수가 없답니다.

어제 「얼음과 혹한의 땅」[3]을 보았는데 꽤 좋네요. 이만 줄이며, 건필하시길 기원합니다.

10월 5일, 수 올림

주)

1) 『문학』 월간이 1936년 7월에 왕퉁자오로 편집인이 바뀐 뒤 루쉰에게 고문을 부탁하려 했다.
2) 『문학』의 편집자가 샤오훙에게 원고를 부탁했는데, 당시 샤오훙은 일본에서 요양하고 있었다.
3) 「얼음과 혹한의 땅」(冰天雪地). 소련 영화로 소련 청년이 북극으로 진군했던 일을 묘사했다.

361006① 탕융란에게[1]

융란 선생,

편지를 받았습니다.

폐병은 또 감기가 더해져 정말 좋지 않습니다. 허나 감기는 오래지 않아 곧 치료될 것이라 희망하고 있습니다.

50위안을 서점에 맡겨 두었습니다. 오늘 교환권을 동봉하오니 이것을 가지고 가셔서 바꾸시길 바랍니다.

이만 줄이며, 항상 평안하시길 기원합니다.

10월 6일, 위 올림

주)______

1) 탕융란(湯詠蘭)은 후난 이양(益陽) 사람으로 예쯔(葉紫)의 부인이다.

361006② 차오바이에게

차오바이 선생,

1일자 편지는 일찍이 받았답니다.

글을 쓰는 데 정서淨書가 필요한 것은 일상적으로 집필하지 않기 때문인데 손이 낯선 것입니다. 저도 이러하지요. 번역을 며칠 하고 난 뒤 평론을 쓰면 바로 매끄럽지 못합니다. 몇 편을 쓴 뒤에 다시 번역을 하면 또 순조롭지가 않지요. 결국 잡다하게 하는 것은 사실 좋은 게 아닙니다. 다만 현재의 환경 속에서는 다른 좋은 방법이 없네요.

이런저런 소동에 저는 익숙해졌답니다. 1·28 때 최전선에 있었지요. 이사는 일찍부터 생각하고 있었는데 사실 이곳에서 살기 싫어서 그렇습니다. 하지만 조건이 어려운데 첫째, 조계일 것 둘째, 저렴할 것, 셋째, 깨끗할 것. 이와 같은 천국은 아마 쉽게 찾을 수 없고 게다가 제가 또 힘이 없어 움직일 수가 없어서 대략 생각만 하고 있을 따름입니다.

제가 책 한 권을 보내 드리려 합니다(이것은 제 망우를 기념하는 것이지요). 평소처럼 교환권을 동봉하오니 서점에 가서 가져가시기 바랍니다. 상권이지만 하권(모두 희곡과 소설)이 곧 인쇄될 것이고 연내로 아마 출판될 것 같습니다. 권두의 「사실주의 문학론」[1]은 학설로서는 오래되었지만 모두 중요한 문건이며 참고할 만합니다. 아쉽게도 삽화의 설명에 오식이 있는데 하권에 정오표를 붙이려 합니다.

『현실』과 『고리키 논문집』은 모두 서점[2](그때는 '제3종인'의 손에 있었습니다)에 몇 년 구류되어 있어서 올해야 비로소 살 수 있는 방법을 강구했답니다. 보세요, 상하이의 악인은 이렇게 무섭답니다.

이만 줄이며, 평안하시길 기원합니다.

10월 6일, 위 돈수

주)

1) 『해상술림』 상권 『현실』의 제1편 「맑스·엥겔스와 문학에서의 현실주의」를 말한다.
2) 현대서국(現代書局)을 말한다.

361009① 페이밍쥔에게[1]

밍쥔 선생,

『케테 콜비츠 판화 선집』은 일찍이 남은 것이 없습니다.……[2] 대단히 죄송합니다. 그러나 최근 문화생활출판사에서 축쇄본을 낸다 합니다. …… 나쁘지 않을 것이고 연내로 출판될 것입니다. 선생이 저와 연락이 되어 다행입니다. 해당 출판사의 주소는 푸저우로 436호입니다. 이만 줄이며, 가을 편안하시길 바랍니다.

10월 9일, 루쉰

주)

1) 페이밍쥔(費明君, 1912~1975). 저장 닝보(寧波) 사람으로 한커우의 『핑바오』(平報), 난징의 『신경일보』(新京日報)의 문예부간 편집인으로 당시 일본에서 유학 중이었다.
2) 이곳 및 아래의 …… 부분은 『루쉰선생어록』(레이바이원雷白文 편, 1937. 10. 자비 출판)에 실릴 때 같이 실린 루쉰 사진에 의해 덮여진 부분이다.

361009② 황위안에게

허칭 선생,

광고의 초고[1]를 보내 드립니다. 이번 달 『역문』에 실을 수 있을까요? 『작가』에는 다음 달이라도 괜찮습니다.

이만 줄이며, 건필하시길 기원합니다.

10월 9일, 쉰 올림

주)______

1) 「『해상술림』 상권 소개」로 『집외집습유』에 수록되어 있다.

361010① 리례원에게

례원 선생,

어제 편승하는 광고[1] 하나를 보냈습니다. 아마 도착했을 것입니다. 또 하나가 있는데 편승할 수 있기를 희망하오며, 세번째는 잠시 없기를 희망합니다.

오후 상하이대희원大戲院에서 「복수하고 사랑에 빠지다」(*Dubrovsky* by Pushkin)[2]를 보았는데 아주 아름다우니 꼭 봐야 합니다.

특별히 알려 드리며, 부디 건필하시길 기원합니다.

10월 10일 밤, 쉰 올림

주)______

1) 「『해상술림』 상권 소개」. 그 다음의 '또 하나'는 루쉰 등 9인이 저작·번역한 책에 대한 롄화서국의 광고이다. 모두 『중류』 반월간 제1권 제4기(1936. 10. 20)에 실렸다.
2) 소련 영화로 푸시킨의 소설 「두브로프스키」를 각색한 것이다.

361010② 황위안에게

허칭 선생,

광고 하나[1]를 이어 보내오니 부디 틈을 타 게재해 주신다면 감사하겠습니다. 오늘 상하이대희원에 가서 푸시킨의 Dubrovsky(중국명으로 「복수하고 사랑에 빠지다」인데, 듣자 하니 검열관이 바꾼 것이라 합니다)를 관람했는데 아주 좋습니다. 어서 가서 한번 보세요.

이만 줄이며, 부디 건필하시길 기원합니다.

10일 밤, 쉰 올림

주)

1) 루쉰 등 9종의 저서와 번역에 관련된 롄화서국의 광고로 『역문』 신2권 제2기(1936. 10.)에 실렸다.

361012① 쑹린에게

쯔페이 형,

전후 혜서를 잘 받아 보았습니다. 『농서』[1]는 친구에게 부탁하여 구매해 두었습니다만, 저도 베이핑에 한 부 가지고 있습니다. 현재 입수가 어렵다면 소장자가 드리도록 하지요. 하지만 어디에 소장해 두었는데 정말 기억이 나지 않습니다. 그러니 편하실 때 저희 집에 가셔서 찾아봐 주시길 부탁드립니다. 응접실에 큰 유리의 서가가 둘 있는데 윗부분 3층 그 아래

2층이 모두 중국책입니다. 『농서』가 혹 그 안에 있을지도 모르겠습니다. 이 책의 외관은 얇은 8책(대본大本)인가 10책이 모서리가 연두색 비단으로 싸여 있고 종이는 백지인데, 보면 대략을 판단할 수 있고 긴가민가 한 걸 뽑아 읽어 보시면 발견할 수 있을 겁니다. 만약 있다면 표지가 오래되었으니 다른 사람에게 시켜서 좀 좋은 표지로 바꿔 주시고 천으로 책갑을 만들어 보내 주십시오. 없으면 책방에서 구해 주기를 기다리면 됩니다.

상하이 집 근처에서는 수일 전 이사가 있었고 곧 전쟁이 난다는 유언비어가 있었어요. 이곳에는 군대가 없는데 중국은 누구와 전쟁을 한다는 것일까요. 그래서 지금은 조용해졌습니다. 저희 집은 움직이지 않았고 모두 평안합니다. 다만 작은 갈등이 있어서 좀 귀찮아 프랑스 조계로 이사하여 조용한 곳에서 치료를 할까 싶지만 집을 아직 구하지 못하고 있습니다. 저는 점점 나아지고 있으니 염려치 마십시오.

보내 주신 서적[2]은 잘 받았습니다. 다만 이렇게 비싼 책을 받아 마음이 불편합니다.

이만 줄이며, 평안하시길 기원합니다.

10월 12일, 수런 돈수

주)

1) 원대 왕정(王禎)의 책으로 루쉰이 소장한 것은 22권 10책. 농상통쾌(農桑通快), 농기도보(農器圖譜), 곡보(谷譜) 세 가지로 나뉘어 있다.
2) 『구도문물략』(舊都文物略). 베이핑시정부비서처 편, 1935년 베이핑시정부 간행이다.

361012② 자오자비에게

자비 선생,

징화가 번역한 소설은 선생의 이전 편지에서 여름 중으로 조판이 완성된다 한 것으로 기억합니다만, 지금 가을이 지나고 있는데도 교정원고도 보이지 않습니다. 출판공사가 인쇄를 하고 있는 것인지 아닌지, 아니면 출판할 생각이 있는 것인지 어떤지 모르겠습니다. 편하실 때 알려 주시기 바랍니다.

이만 줄이며, 건필하시길 기원합니다.

10월 12일, 쉰 올림

361015① 차오바이에게

차오바이 선생,

저는 선생이 천박하고 학식이 없다고 생각하지 않습니다. 이는 지위와 연령을 봐야 하지요. 청년도 아니면서, 혹은 청년이지만 지도자를 자처하면서 오히려 아는 바는 극히 적은 사람들, 이들이야말로 천박하거나 학식이 없다고 말할 수 있답니다. 아직 배우는 도중의 청년이라면 가혹한 평가를 받는 것이 부당하지요. 제가 솔직히 몇 마디 하겠습니다. 저는 편한 대로 말하는 청년을 만날 때는 실망하는 게 적습니다. 그러나 구호와 이론을 시끄럽게 늘어놓는 작가는 오히려 멍청한 놈이라는 생각이 듭니다.

『현실』에 실린 논문은 어떤 것은 이미 낡았고 어떤 것은 코뮤니즘학원[1]의 사람이 쓴 것도 있어서 학자의 틀이 없을 수는 없답니다. 본래 "이해하기 어려운" 부류에 속하는 것이지요. 하지만 이런 종류의 글을 번역하는 데 스테얼史鐵兒[2]만큼 확실하게 번역하는 사람은 중국에 둘도 없습니다. 단지 이것만으로도 그의 죽음이 애석하다고 느낍니다. 선생은 10분의 6밖에 이해하지 못한다고 했는데, 제 생각에는 익숙하지 않은 것도 큰 원인이라 봅니다. 하지만 이것은 입문서가 아니라 본래 문헌이기 때문에 본 다음에 파악이 잘 안 된다고 느끼는 것이 결코 이상하지 않습니다.

『술림』은 기념의 의미가 많기 때문에 원상태를 보존하도록 애를 썼습니다. 번역명사도 통일하지 않았고 원문도 주를 달지 않았지요. 일부 잘못된 부분도 바꾸지 않았습니다──장래 중국의 코뮤니즘학원이 하도록 합시다. 상권 삽화의 잘못된 점을 고치면 보기가 좋지 않지요, 하권에 정오표가 있습니다.[3]

좋아하는 책을 돈이 없어 사지 못한다는 것은 아주 불쾌하지요. 저는 어릴 적 이런 고통이 종종 있었는데, 그 시기 책은 한 부에 4~500원文밖에 되지 않았는데도 그랬답니다. 선생의 친구[4]가 이 책을 좋아한다고 하니 『술림』의 지기라 할 수 있을 것입니다. 그에게 책을 보냅시다. 쪽지를 한 장 동봉하니 편할 때 가서 찾기를 바랍니다.

병은 좀처럼 저를 떠나려 하지 않는 탓에 이 정도 쓰고 끝을 맺는 게 좋겠습니다.

이만 줄이며, 무탈하시길 기원합니다.

10월 15일 밤, 쉰 올림

주)

1) 원문은 '公謨學院'. 코뮤니즘 학원(Коммунистическая Академиа)으로 1918년 성립했다. 처음에는 사회주의사회과학원이라 했고 1924년 공산주의과학원으로 바꾸었다. 1936년 소련과학원에 통합되었다.

2) 취추바이를 말한다.

3) 「『해상술림』 상권 삽화 정오표」를 말하며 『집외집습유보편』에 수록되어 있다.

4) 루리(陸離)를 말하며 장쑤 타이창(太倉) 사람이며 무링목각사(木鈴木刻社) 성원이다. 당시 난징에서 중학교 교원으로 있었다.

361015② 타이징눙에게

보젠 형, 9월 30일자 편지를 받았습니다. 피곤하기도 하고 바쁘기도 하여 결국 답장이 늦어졌습니다. 본래 여름에 피서를 계획했습니다만 병이 완전히 낫지를 않아 의사를 떠날 수가 없었고 결국 상하이를 떠나지 못하고 세월만 덧없이 흘러 만추晩秋가 되었습니다. 약을 끊으면 갑자기 열이 납니다. 만약 위가 강하면 폐병은 낫는데 지금 위도 약한 탓에 성가시게 되었습니다. 하지만 성가실 뿐 생명에는 지장이 없습니다. 최근에도 의사를 만났지만 요약하자면 여름에 비해 차도가 있다고 합니다. 세상사에 비추어 보니 본래 쓸데없는 참견을 하지 않고 오로지 번역에 집중하여 그것으로 입에 풀칠을 할 요량으로 올해는 글을 많이 쓰지 않았습니다. 큰 병을 앓아 누운 지 수개월이 되니 이전에는 화가 두려워 숨어 있던 하찮은 소인들이 풍조를 틈타 결국 모습을 드러내고 저의 위험을 틈타 크게 공격을 해댔지요. 그래서 베개에 기대에 채찍[1]으로 보답을 했습니다. 이 무리는 비열하고 인심에 정말 해가 됩니다. 형은 상하이의 문풍을 보지 못하였겠지만, 근 수년 동안 사람다움을 잃어버렸습니다. 올해 몇몇 사람이 자금을 모아 망우의 유고를 출판했는데(기념으로서),[2] 상권이 이미 나와 수일 내로 서점에 부탁하여 보내오니 부디 살펴보시길 바랍니다. 하권은 교정이 이미 끝났고 올해 안으로 장정이 될 것 같습니다. 이만 줄이며, 부디 무고하시길 기원합니다.

10월 15일, 수 돈수

주)

1) 루쉰이 지은 「현재 우리의 문학운동을 논함」, 「쉬마오융에게 답함, 아울러 항일 통일전선 문제에 관하여」, 「반하 소집」 등의 글로 이후 『차개정잡문 말편』에 실렸다.
2) 루쉰, 정전둬, 천왕다오, 후위즈, 예성타오 등이다. 『해상술림』(海上述林)은 이들이 자금을 모아 인쇄를 했다.

361017 차오징화에게

루전 형,

10월 12일자 편지를 받고 매우 기뻤답니다. E군에게 보낸 편지의 번역과 목이버섯도 벌써 받았는데도 아직 알려 드리지 못했으니 건망증이라 할 수 있지요. 최근 기억력이 예전만 못하고 글쓰기도 건조하고 매끄럽지 못해 사람들을 화나게 하곤 합니다.

타 형의 번역은 하권이 이미 교정이 끝나 인쇄에 넘길 준비를 하고 있습니다. 이번 권은 모두 이전에 발표했던 작품들인데 시, 희곡, 소설 등입니다. 올해 꼭 출판을 해서 끝을 맺을 계획입니다. 이번 출판은 기념본이고 절반이 판매된 뒤에는 지판紙版을 다른 서점에 넘겨 신문용지를 사용하여 보급본을 인쇄할 생각인데, 상권이라는 글자는 삭제합니다. 하권 속에는 약간의 원고료를 받았던 것이 있어서 보급본으로 출판할 수가 없습니다. 이렇게 하면 혹자는 상권을 『술림』의 전부라고 생각할지도 모릅니다. 하지만 사실 상권이 비교적 중요하고 하권은 비교적 '잡'다합니다.

능農이 칭다오로 가서 전 비교적 좋다고 생각합니다만 생각지도 못하게 또 인기가 있습니다. 중국은 크지만 정말 몸을 둘 장소가 없네요.

자베이는 긴박해진 듯해서 피난 가는 사람이 이삼만입니다만 저는 영향을 받지 않고 있습니다. 사실 상황은 풍문과 신문보도가 난리하는 것만 못하기에 집에서는 모든 것이 평소 그대로입니다. 본래 병든 몸에 유익하고 공기가 좋은 곳으로 이사하려 했는데, 최근 자베이에서 먼 곳은 집값이 모두 크게 올라 결국 중지할 수밖에 없습니다. 하지만 제가 보기에 이런 긴장 상태는 이후 종종 있을 것이고 안정을 위해서는 이사하는 편이 나으니, 풍문이 좀 사그라들면 다시 집을 찾아볼까 합니다.

제 병은 오래 치료하고 있고 주사와 복약을 병행하고 있습니다. 열흘 전에 모두 중지하고 결과를 보고 있는데 의외로 또 열이 났습니다. 대개 폐첨肺尖에 결핵이 아직 활동하고 있답니다. 수일 내로 또 치료를 시작합니다. 이 병은 성가시지만 제 나이에서는 위험하지 않고 결국 전부 나을 날이 있을 터이니 심려치 마십시오.

형의 소설집[1]은 조판 중이며 20일까지는 교정할 수 있습니다. 다만 서명은 아직 적당한 것을 얻지 못했네요.

이곳 문단은 여전히 엉망진창이지만 이번 풍조를 틈타 이름을 날리고 출세한 자가 많은 터라 청소하는 것이 아주 어렵습니다. 『문학』은 왕퉁자오로 편집이 바뀐 뒤 발행이 감소했고 근래는 오천 부까지 떨어졌습니다. 이후 어떻게 될지 예측할 수 없지요. 『작가』는 대략 팔천 부, 『역문』은 육천 부, 최근 『중류』가 창간되었는데(이미 3권을 보냈습니다) 배경이 없이도 육천 부입니다. 『광명』[2]은 스스로 '국방문학'자라 하는 사람이 하는데 팔천 부라고 말하지만 확실하지 않습니다. 『문학계』 또한 그들 무리로 삼천에 못 미칩니다.

이후 다시 이야기합시다. 이만 줄이며, 평안하시길 기원합니다.

10월 17일, 아우 위 올림

주)

1) 『소련 작가 7인집』이다.
2) 『광명』(光明)은 문학반월간으로 훙선(洪深), 선치위(沈起予) 편집, 1936년 6월 창간, 1937년 8월 제3권 제5호로 정간되었다. 생활서점 출판이다.

외국인사에게 보낸 서신

201214(일) 아오키 마사루에게[1]

배계拜啓. 편지를 받아 보았습니다. 『시나가쿠』支那學[2]도 도착했네요, 대단히 감사드립니다.

일전에 후스胡適 군이 있는 곳에서 『시나가쿠』에 님이 쓰신 중국 문학혁명에 대한 논문을 읽어 보았습니다. 동정과 희망, 그러면서도 공평한 평론에 마음 깊이 감사를 드립니다.

제가 썼던 소설은 유치하기 그지없는 것입니다. 다만 우리나라에는 마치 겨울인 양 노래도 꽃도 없는 것이 슬퍼 적막을 깨고자 썼던 것인데, 일본의 독서계에서는 생명과 가치를 지니지 않은 것으로 보이지 않았을까 싶습니다. 이후에도 쓰는 것은 또 쓰게 되겠지만 앞날이 암담하며, 이러한 환경인지라 더욱 풍자와 저주에 빠지지 않을까 싶습니다.

중국의 문학과 예술계는 사실 적막한 느낌을 견디기 어렵습니다. 창작의 맹아가 조금 트고 있는 모양이지만 생장하는지 어쩌는지는 전혀 알 수 없습니다. 『신청년』新青年도 근래 사회문제에 상당히 골몰하고 있어 문학 방면의 것은 줄고 있습니다.

중국의 백화白話를 연구하는 것은 지금으로서는 사실 곤란한 일이라고 봅니다. 이제 막 제창한 것이기에 일정한 규칙이 없이 문구와 언사를 각각의 편의대로 쓰고 있습니다. 첸쉬안퉁 군 등이 일찍이 자전을 편찬하는 것을 제창하였지만 아직 착수하지 못하고 있는데 그것이 나온다면 충분히 편리하게 될 것이라 생각합니다.

이렇게 서툰 일본어로 편지를 쓰게 된 것을 부디 양해해 주시기 바랍니다.[3]

아오키 마사루 선생께, 11(12)월 14일, 저우수런

주)______

1) 아오키 마사루(青木正兒, 1887~1964). 일본의 중국문학연구자. 당시 일본 도지샤(同志社)대학 문학부 교수로 『시나가쿠』(支那學) 잡지를 편집했다. 저서로 『지나 근세 희곡사』(支那近世戱曲史), 『지나 문학 사상사』(支那文學思想史) 등이 있다.
2) 『시나가쿠』 1호~3호(1920년 9월에서 11월)에 아오키 마사루의 「후스를 중심으로 한 문학혁명」이라는 글이 있다. 210825 편지의 주석 참조.
3) 루쉰이 일본인에게 보낸 편지는 일본 편지형식을 그대로 살려 번역하였다. 편지 첫 부분의 배계(拜啓), 편지 끝 부분의 초초 돈수(草草 頓首), 받는 사람을 편지 말미에 표기하는 편지 형식을 살려 번역하였다.

261231(일) 가라시마 다케시에게[1]

배계. 일전에 『시분』斯文[2] 3권과 삼국지연의三國志演義 발췌[3]를 받았습니다. 감사합니다.

샤먼에 온 이후 편지 2통을 보내 드렸습니다만 중국의 우편이 자못 혼란한 탓에 도착했는지 어떤지 의심스럽습니다.

이곳 학교는 재미가 없기 때문에 따분해졌습니다. 어제 마침내 사직을 하였고 1주 내로 광저우에 갑니다.

샤먼은 죽음의 섬과 같은 곳으로 은사隱士에게 적당한 곳이라 생각됩니다.

광저우에 가면 먼저 중산대학中山大學에 가서 강의를 하겠지만, 오래 머무르게 될지 여부는 지금은 모르겠습니다. 학교 주소는 '원밍로'文明路입니다.

먼저 행선을 알려 드리며. 초초草草

12월 31일, 루쉰

가라시마 형께

주)______

1) 가라시마 다케시(辛島驍, 1903~1967). 일본의 중국문학 연구자로 도쿄제국대학 문학부 지나문학과를 졸업했다. 경성제국대학 지나문학과 교수로 부임하여 활동했다. 1926년 여름 중국에 갔고 시오노야 온(鹽谷溫)의 소개로 루쉰을 만났다.
2) 『시분』(斯文). 한학 학술월간으로 일본 사쿠미 사오(佐久節) 편집으로 1919년 1월에 창간하였고, 1943년 정간되었다. 도쿄 시분카이(斯文會)에서 출판했다. 여기 3권은 가라시마 다케시가 모은 『만한 대련 도서관 대곡본 소설희곡류 목록』(滿漢大連圖書館大谷本小說戲曲類目錄)이 해당 잡지 제9편 3호에서 5호까지 실려 있는 것을 말한다.
3) 『고본삼국지통속연의』(古本三國志通俗演義) 별쇄본을 말한다. 1926년 일본 다나카 게이타로(田中慶太郎)가 중국에 있으면서 명 만력 연간의 주왈(周曰) 교간본(校刊本)을 영인한 것으로 모두 12페이지이다.

310303(일) 야마가미 마사요시에게[1)]

번역문을 삼가 읽어 보았습니다. 오역이라 생각되는 곳, 참고가 될 만한 곳을 다른 종이에 적어 두었습니다. 또 양쪽 번호를 붙여서 지금, 번역문과 함께 보내 드립니다.

서문은 양해를 구합니다. 선생님이 써 주셨으면 합니다. 다만 서문 속에 설명해 주셨으면 하는 것은 이 단편은 1921년 12월에 썼다는 것, 신문의 '유머란'을 위해 썼다는 것, 그 뒤에 생각지도 않게 대표작이 되어 각국 언어로 번역되었다는 것, 그리고 본국에서 작가는 그 때문에 도련님파, 아Q파 등에게 크게 미움을 받았다는 점 등등입니다.

초초 돈수頓首

31년 3월 3일, Lusin

1. 열전이라고 한 이상 아주 위대한 인물과 함께 정사에 넣지 않으면

안 된다.

2. (옛날 도사는 신선의 일을 쓸 때는「내전」內傳이라는 제목을 사용한다.)

3. (린친난林琴南 씨는 일찍이 코난 도일의 소설을 번역할 때『박도열전』博徒列傳이라 하였는데 여기서 이것을 풍자한 것이다. 디킨스라 한 것은 작가의 오기.)

4. (이 일은 린친난 씨가 백화를 공격했던 때의 문장 속에 있는 말.)「引車賣漿」즉 수레를 끌고 두부장을 판다는 것으로 차이위안페이 씨의 아버지를 가리키는 말이다. 그때 차이씨는 베이징 대학의 교장이었는데 백화를 주장했던 한 사람이었기에, 그리하여 역시 공격의 화살을 받았다.

5. 항변하는 것도 하지 않았다.

6. 스스로 매를 부르는(자신이 나쁘기 때문에 얻어맞다) 바보.

7. 하물며 그 생일 시문을 모으는 광고를 하지 않았겠는가(중국의 이른바 유명한 사람이 잘 하는 것으로 사실은 금전(축의금)을 모으는 방법이다).

8. 茂才는 즉 수재手才.

9. 로마자의 사용을 주장했던 것은 첸쉬안퉁이고, 여기서 천두슈라고 한 것은 무재공의 오류.

10. 莊, 즉 촌村.

11. 한림翰林의 일등은 장원.

12. "阿Q眞能做"는 즉 "정말 기를 쓰고 일을 하다"는 뜻.

13. "게으른 듯" 아래에는 분명 "말라빠진" 한 구를 넣는 편이 좋음.

14. 이 두 사람은 모두 문동文童의 친부…….

15. (12 참조)

16. 나두창은 옴으로 대머리가 된 곳의 흔적.

17. (16 참조)

18. (위와 같음)

19. (위와 같음)

20. (영양이 부족하기 때문에 두발의 색조차도 다갈색이 됨.)

21. 하지만 결국 그것은 오히려 거의 실패로 끝나 버렸던 일이었다.(직역의 경우)

22. 노름판의 큰손이 잘 하던 것으로 만약 마을 사람이 이기면 그 한 패가 와서 싸움을 걸든가 혹은 관리를 사칭하여 노름을 잡는다며 마을 사람을 구타하고 딴 돈을 빼앗는다.

23.

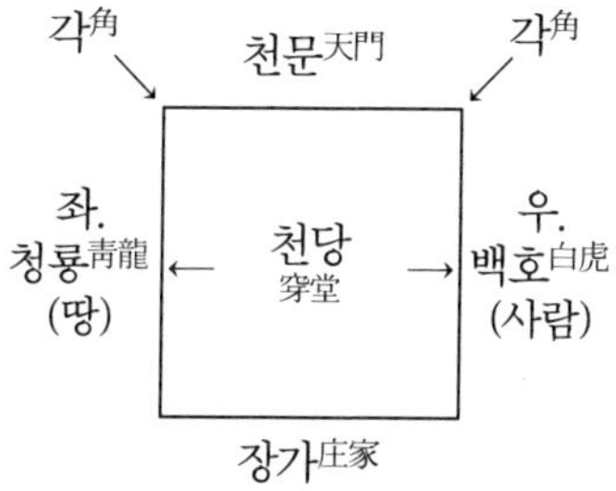

도박에 건 돈을 각角과 천당穿堂에 둔 사람은 양측의 승부와 같은 것이 된다. 만약 양측이 한 번 이기고 한 번 지면 각과 천당은 무승부.

24. 언제라도……

25. (「小孤孀上墳」은 연극의 이름, 「젊은 과부의 성묘」라 번역하면 어떤가요?)

26. 역시 사람보다는……

27. '희생'犧牲을 '소'로 바꾸는 편이 좋음. 공자에게 소를 바치지만 선유先儒에 대해서는 소가 없다.

28. 대머리.

29. 위와 같음

30. 완전히 체면을 잃어버린 것(대단하지 않은 일)

31. 게다가 이런 말은 한 번도 생각해 보지 않은 듯

32. "그의 곁에 가면……"은 오역. 그의 적(원수)이다.

33. "腿也直了"는 서양인의 걸음 방식을 배우는 것이다. 풍채 당당한 것과는 조금 다르다.

34. "老婆"는 마누라. 할머니가 아니다.

35. 36. 위와 같음

37. 과연 딱 하는 소리가 나고 확실히 자기 머리에 때린 것 같았다.

38. 운이 나쁘다.(미신, 비구니를 만나면 하루의 운이 나쁘다고 한다.)

39. 비구니의 빰을 꼬집다.

40. 비구니의 빰을 꼬집고 비틀었다.

41. 불행을 느끼다.

42. ……의 얼굴에 문질러 매끌매끌하게 되었던 것인가?

43. 여인의 허벅지를 꼬집었던 일이 있었다.

44. 하지만 이번의 비구니는 그런 거리가 없었다.

45. 이것은 완전히 모반 아닌가! …… 너 때문에 내가 잠도 못 잤다. (사건은 밤에 일어났기 때문)

46. 어제와 같이 알몸으로 추위를 참을 수 없을 정도는 아니지만……

47. 덤벼들 수밖에 없었다.

48. 혹은 이십 분일지도 모르겠다.

49. 구경꾼이 만족했는가 어떤지는 모른다. 아무도 아무 말도 하지 않았다. 하지만 아Q를 고용하는 사람은 여전히 없었다.

50. "一注錢", 즉 아주 많은 돈

51. 위와 같음

52. 우선 예를 갖추면서 말을 걸었다.

53. "新聞"은 그냥 "뉴스"이다.

54. 왕털보는 며칠 동안 멍해져 있었다.

55. 자오 집안의 불을 켜고 있었던 것은 유채 씨앗으로 만든 기름을 사용하는 등잔.

56. 위와 같음

57. 그것은 내가 금지했던 것 아닌가……(뒤는 '이번은 이 내가 가서 그를 불렀으니 오지 않을까 하는 걱정은 없다'는 뜻)

58. 아Q 쪽을 보았다. 아Q가 감동했는지 어떤지를.

59. 명대 숭정崇正(사실은 禎) 황제를 위해 상복을 입고 있다('명을 위하고 청조에 복수한다'는 뜻)

60. 모반인 이상 이것은 즉 그도 반대하는 것으로

61. "후회해서는 안 된다, 술김에 잘못 쳤네 정가네 아우"는 희곡「용호투」龍虎鬪 속의 문구이다. 송의 태조 조광윤趙匡胤이 적에게 대패했을 때 불렀다. 잘못하여 성이 정인 의형제를 죽여 자신의 편을 줄였던 일을 후회했다. "내 손으로 쇠 채찍을 움켜쥐고 너를 치겠다"는 그 적이 부르는 문구이다.

62. "우리 같은 가난뱅이들은 걱정 없겠지만……"

63. 닝보식의 침상(사치스런 큰 침상), 난징의 침상은 아니다.

64. "혁명 혁명, 혁명 또 혁명……"

65. "…… 그들이 이미 와서 혁명을 했어."

66. 만주 정부와 동일한 것.

67. 용패龍牌. 목판으로 만든 것으로 네 곳에 용의 장식을 새겼으며 불상 앞에 두는 것, 높이는 1척 5촌 정도.

68. "혁명을 허하지 않는다"고 번역하는 쪽이 좋을지도 모르겠다.

69. 전체 모습이 변하여 사람 같지 않았다.

70. 公, 즉 선생. 여기서는 경멸의 의미를 포함하고 있다.

71. 頂子, 청조의 관직 등급의 표시로 모자에 붙어 있는 것. 여기서는 "관직 등급의 표시"로 번역하는 쪽이 좋을 듯.

72. 유해선劉海仙, 즉 섬여선인蟾蜍仙人.

73. 따라서 자신은 이런 작은 현성縣城에 사업을 하려고 생각할 리가 없다.

자신조차도 이것을 경멸한다고 생각했다.

74. 침상. 62를 참조.

75. 위와 같음

76. 승객을 싣고 마을과 향촌을 오가는 배를 '항선'航船이라 한다. 칠근은 인명. 꼭 일본이 옛날 직인을 모 가게 누구라 했던 것과 같다.

77. 제9장은 모든 것의 끝, 혹은 "대단원"이라는 쪽이 좋다.

78. "저는…… 저…… 꼭(가입 신청한 것) 신청하려 생각했는데……" (이것 때문에 장관은 자백하러 온 것으로 오해)

79. 수박 종류의 형태.

80. 내 손자라면 둥근 원을 그릴 수 있을 것이다.

81. …… 생각에 지나지 않을 것이다.

82. 하녀 일을 하고

83. 25 참조.

84. 점차 전前 왕조의 유신과 같은 기미(옛날을 그리워하는 기분)가 생겼다.

85. 흰 천의 옷 위에 검은 글자로 아Q의 성명과 죄를 쓰고 있었다.

주)______

1) 야마가미 마사요시(山上正義, 1896~1938). 중국명 린서우런(林守仁), 일본의 작가이자 신문기자. 1926년 10월 일본 '동맹통신사'(同盟通信社)의 특파원 신분으로 광저우에 왔으며 1927년 초 루쉰을 알게 되었다. 후에 「아Q정전」을 일본어로 번역하였으며, 루쉰에게 이 번역의 교감을 부탁했다.

320105(일) 마스다 와타루에게[1]

배계. 작년의 편지는 일찍 받아 보았습니다. 그림 일[2]은 확실히 실패했습니다. 놓을 장소도 없습니다. 보는 것까지 관리가 생트집을 잡는 것은 천하에 분분히 일어나는 쓸데없는 일입니다만, 한편으로 보면 역시 한가한 사람이 아무래도 많은 까닭에 여유로운 일이라 하겠습니다.

1월의 『가이조』改造에는 모군의 전기가 나왔습니다.[3] 어찌 문장이 죄가 있겠습니까? 모군이 첨단의 인물이 아니기 때문이지요. 간디가 알몸으로도 활동사진에 나온 것이 그 증거입니다. 사토 씨가 「고향」의 번역 후기에서도 열심히 소개했습니다만 어쩌겠습니까.[4]

폐국弊國 즉 중국은 올해에도 혼전混戰의 새로운 국면을 전개하고 있습니다. 그러나 상하이는 안전할 것입니다. 재미없는 연극은 좀처럼 끝나지 않습니다. 정부는 언론 등의 자유를 허락한다고 말하고 있는 모양입니다만 새로운 올가미도 한층 정신을 차리지 않으면 안 됩니다.

이별한 이후 적막합니다. 어떤 일도 없고 결국 지금은 실업 상태이지요. 지난달 온 가족이 인플루엔자에 걸렸지만 어쨌든 결국 나아졌습니다.

오늘 『철의 흐름』鐵流과 소보小報를 부쳤는데, 이 편지와 함께 도착하리라 봅니다. 『북두』北斗 제4기도 근일 내에 보내겠습니다. 상경할 때를 알려 주시길 바랍니다. 그러면 도쿄의 숙소로 보내 드리겠습니다.

초초 돈수

1월 5일 밤, 쉰 드림

마스다 형께

주)

1) 마스다 와타루(增田涉, 1903~1977). 일본 중국문학 연구자이다. 도쿄제국대학 중국문학과를 졸업했다. 아쿠타가와 류노스케(芥川龍之介)와 사토 하루오(佐藤春夫)의 영향을 받았으며, 1931년 상하이에 와서 루쉰과 만났고 『중국소설사략』 등의 강의를 받았다. 이후 사토 하루오와 함께 『루쉰선집』(魯迅選集)을 간행하고, 1935년 루쉰의 『중국소설사략』을 번역 출간하는 등 본격적으로 루쉰의 저작과 중국문학을 번역 소개했다.
2) 마스다 와타루가 상하이에서 중국회화를 가지고 일본으로 돌아가는 길에 나가사키에서 일본 경찰에게 그림을 몰수당한 일을 말한다.
3) 『가이조』(改造)는 일본의 종합월간지로 1919년 4월 창간, 1955년 폐간되었다. 아나키스트 사토 하루오, 기독교 사회주의자 가가와 도요히코(賀川豊彦), 맑스주의자 가와카미 하지메(河上肇) 등 사회주의적인 평론이 많이 실렸다. 또한 다니자키 준이치로(谷崎潤一郎)와 아쿠타가와 류노스케 등의 문학 논쟁도 전개되었다.
   모군의 전기는 마스다 와타루가 쓴 『루쉰전』(魯迅傳)을 말하며 이후 1932년 4월호에 실렸다.
4) 사토 하루오(佐藤春夫, 1892~1964). 일본의 시인이자 작가이다. 시와 소설 외에도 문예평론, 수필, 동화, 희곡, 평전 등 메이지 말기에서 쇼와까지 왕성하게 활동했다. 중국문학에 관심을 가지고 마스다 와타루와 『루쉰선집』을 간행하고, 그외 중국 고전소설과 시를 번역하는 등 중국문학 번역 활동도 왕성했다. 다케우치 요시미(竹内好) 등에 영향을 주기도 했다. 여기서 사토 하루오의 이야기는 그가 『주오코론』(中央公論; 1932년 1월호)에 발표한 「「고향」의 번역 후기」 가운데 루쉰의 「고향」이 두보의 시정(詩情)을 가졌다고 평가한 것을 말한다.

320116(일) 마스다 와타루에게

배계. 1월 10일 서신은 받아 보았습니다.

『십자가두』十字街頭는 좌련 사람들이 가명으로 쓴 것으로 최근 금지되었을 것으로 생각됩니다. 『철의 흐름』을 논했던 작자의 정체는 알 수 없지만, 러시아어를 알고 있다는 점으로 추측해 보면 그 나라에 유학했던 경험이 있는 코뮤니스트일 테지요.[1] 저의 필명은 타인它音, 아얼阿二, 페이웨이佩韋, 바이화白話, 샤관遐觀 등이 있습니다.

『역외소설집』의 발행은 1907년인가 8년인가 저와 저우쭤런이 일본 도쿄에 있을 때였습니다.[2] 그때 중국에는 린친난(린수) 씨가 고문古文으로 번역한 외국소설이 유행하고 있었는데, 문장은 좋았지만 오역이 상당히 많았기 때문에 우리들은 이 점에 불만을 느껴 바꿔 보고 싶다는 생각에 출판했던 것입니다. 그러나 크게 실패했었지요. 제1집(1,000책冊을 인쇄했습니다)을 냈지만 반년 동안 20여 책 팔렸습니다. 제2집을 인쇄할 때에는 최소 500책인가 인쇄했지만, 이것도 결국 20책밖에 팔리지 않았습니다. 그래서 결국, 어쨌든 그해(1907년 혹은 1908년) 시작해서 그해에 끝났기 때문에 얇은 2집뿐이었습니다만, 남은 책(거의 전부인 남은 책)이 상하이에서 서점과 함께 소실되어 버렸고, 그렇기 때문에 지금 있는 것은 희귀본입니다. 아무도 귀하게 여기지 않아도 말입니다. 내용을 말하자면, 모두 단편으로 미국의 앨런 포, 러시아의 가르신, 안드레예프, 폴란드의 시엔키에비치, 프랑스의 모파상, 영국의 와일드 등의 작품이며 번역문은 매우 어렵습니다.

저도 당신이 도쿄에 가서 쓰는 편이 좋다고 생각합니다. 아무렇게나 써도 좋기 때문입니다. 아무렇게나 쓰지 않으면 훌륭하게 되지 않습니다.

훌륭하게 된 뒤 그 아무렇게나 쓴 것을 수정하면 그것으로 좋습니다. 일본의 학자와 문학자는 대체로 고정관념을 가지고 중국에 옵니다. 중국에 오면 그 고정관념과 충돌한다는 사실과 만난다는 것을 두려워합니다. 그리고 회피합니다. 따라서 와도 오지 않은 것과 같습니다.

이 점에서 평생 엉터리로 끝나게 됩니다.

제 사촌의 그림에 대해서는 예의 차릴 필요 없습니다.[3] 그는 시골에서 오랫동안 살고 있었기 때문에 그림을 조금씩 그려도 크게 힘들지 않습니다. 게다가 또 만족하고 있을 것입니다. 가슴속에 비밀스럽게 자신의 전기를 품고 "나의 그림이 일본으로 건너갔다"고 쓰고 있을 것이기 때문입니다.

미스 쉬에게는 어떤 것도 보내지 마시길 바랍니다. 당신이 도쿄에 가도 말입니다. 문자로 "안녕하신지요"라고 하는 편이 의미가 있을 것 같습니다. 제가 말을 전하면 "그렇습니까, 감사합니다!" 하는데 마치 전화로 예의를 차리면서 열심히 절을 하는 것 같습니다. 일전에 아버님께서 엽서를 보내 주셨습니다. 저는 음력과 양력이 혼용되는 나라에 살고 있기 때문에 연하장 한 장조차도 보내지 못했습니다. 저 대신에 '안녕하신지' 문안 여쭤 주시길 부탁드립니다. 그리고 어머님께도, 부인께도, 고노미 양[4]에게도 말입니다.

1월 16일 밤, 루쉰 돈수

마스다 형께

주)______

1) 『철의 흐름』의 논평자는 취추바이(瞿秋白)이다. 취추바이는 『십자가두』(十字街頭) 제2기(1931년 12월)에 「파리에서의 『철의 흐름』」을 발표했다. 서명은 Smakin.

2) 1909년이다.
3) 리리천(酈荔臣, 1881~1942)으로, 저장 사오싱 사람이며 루쉰의 사촌이다.
4) 원문은 '木實'. 마스다 와타루의 장녀인 마스다 고노미(增田木實).

320413(일) 우치야마 간조에게[1]

배계. 4월 2일 서신을 잘 받아 보았습니다. 일본에 가서 잠깐 동안이나마 생활하는 것은 예전부터 충분히 꿈꾸고 있었던 것이지만, 지금은 좋지 않은 듯해서 그만두는 편이 좋다고 결정했습니다. 첫째, 지금 중국을 떠나면 어떤 것도 이해할 수 없게 되어 결국에는 쓸 수 없게 되어 버립니다. 둘째는 생활하기 위해서 쓰는 탓에 필히 '저널리스트'와 같은 모양이 되어 버려서 어느 방면으로도 도움이 되지 않습니다. 거기에 사토 선생도 마스다 군도 저의 원고를 위해 상당히 분주하게 될 것이기 때문에, 그처럼 폐를 끼치는 몸이 도쿄에 숨어들어 가면 사실 좋지 않습니다. 제가 보기에는 일본도 진정으로 말할 수 있는 곳이 아니기 때문에, 조금이라도 조심하지 않으면 모두에게 누를 끼칠지도 모릅니다. 그러나 혹시 생활이 될 수 있게 독자가 읽고 싶은 것을 쓸 수 있다면, 그것은 결국 진정한 '저널리스트'가 되는 것이지요.

모두의 호의에 진심으로 감사드립니다. 마스다 군의 '주소'를 모르니 대신 전해 주십시오. 특히 사토 선생께 말입니다. 저는 사실 뭐라 말해야 감사의 뜻을 전할 수 있을지 모를 정도로 정말 감사하고 있습니다. 저는 3주 전에 본래의 주소로 돌아왔습니다. 주위는 매우 적막하지만 크게 불편한 것도 없습니다. 불경기는 물론 간접적으로 저에게도 미치지만 우선 참아 보고 있습니다. 또 포탄이 날아와 또 도망가야 할 때까지 말입니다.

서점에도 매일 가고 있지만 만담 등은 없습니다.[2] 확실히 적막합니다. 선생은 언제 상하이에 오십니까? 어서 돌아오시길 간절히 바랍니다.

초초 돈수

루쉰 드림

미스 쉬와 함께

우치야마 형께

부인께도 부디 안부를 전해 주십시오. 가키쓰嘉吉 씨와 마쓰모松藻 씨께도요.[3]

주)

1) 우치야마 간조(內山完造, 1885~1959). 1913년 상하이에 일본 약품을 중개 판매, 1917년 상하이에 우치야마서점을 열어 30년 이상 경영했다. 1927년 루쉰과 교유하기 시작하였고, 『살아 있는 중국의 자태』(活中國的姿態) 등의 책을 썼다. 1950년 일중우호협회 이사장을 역임했다.
2) 우치야마서점은 1923년에 '문예만담회'를 만들었고 또한 『만화경』(萬花鏡)을 출판·간행했다.
3) 가키쓰(嘉吉)는 우치야마 간조의 동생이다. 마쓰모는 가타야마 마쓰모(片山松藻)로 우치야마 가키쓰의 부인이며, 원래는 우치야마 간조의 양녀이다.

320427(일) 우치야마 간조에게

삼가 문안드리며. 일전에 서신을 받고 답장을 보내 드렸는데 도착했을 것이라 생각합니다. 베이쓰촨로北四川路도 매일매일 떠들썩해지고 있습니다. 하지만 선생은 좀처럼 돌아오시지 않고 있고, 만담은 전쟁보다도 긴 모양입니다. 사실은 놀라고 있습니다.

저는 변함없이 매일 빈둥대고 있습니다. 역시 불경기의 영향을 꽤 받고 있는 것이겠지만 그렇게 큰일은 아닙니다. 그저 곤란한 일이라면 젊은 '엄마'가 전쟁 성금의 꿈을 꾸는 모양이라 제가 있는 곳에서 뛰어나가 bar로 가 버린 것이지요. 그 은덕에 저는 요즘 밥 짓는 걸 돕지 않으면 안 됩니다.

야마모토 부인과 마스다 군은 종종 만나십니까.[1] 만약 만난다면 안부를 부탁드립니다, 특히 가키쓰 님과 마쓰모 님께도요.

제가 러시아 판화가에게 일본종이和紙를 보내려 하오니 대신 좀 사다 주십시오. 이름은 다음과 같습니다.

니시노우치西の内(백색) 100매

도리노코鳥の子(백색) 100매

그리고 점포에 부탁해서 등기우편으로 직접 러시아에 보내는 편이 간단하고 편리하겠지요. 어려운 글자가 쓰여진 보낼 곳 주소를 함께 보내 드리오니 대신 부쳐 주십시오.

저는 종이를 목각 그림과 교환하고 있습니다. 그림이 올지 어떨지는 여전히 문제랍니다. 만약 온다면 가을 아니면 여름 즈음에 또 전람회를 열

수 있겠지요.

부인도 도쿄에 오셨는지요. 안부 부탁드립니다.

초초 돈수

4월 27일 밤, 루쉰 드림

우치야마 형

쉬도 잘 있고,

하이잉은 아직 아무것도 모르는데, 아주 장난꾸러기가 되었답니다.

주)

1) 야마모토(山本) 부인은 야마모토 하쓰에(山本初枝)를 말한다. 321107②(일)의 편지와 주석을 참조하시오.

320509(일) 마스다 와타루에게

배계. 5월 1일자 편지가 도착했습니다. 저도 어제 편지를 올렸습니다만 주소를 몰라 야마모토 부인께 부탁했는데 만나 보셨는지 모르겠습니다.

세쓰잔節山[1] 선생은 확실히 세쓰잔 선생답습니다. 일본인이 중국에 중독되면 저는 어떻게 해서 이렇게 되어 버렸는가 하고 생각한답니다. 그러나 만주국에도 공맹孔孟의 도는 없답니다. 푸이溥儀 집정도 왕의 인정仁政을 행하는 분이 아닙니다. 저는 일찍이 그 사람의 백화 작품을 읽어 본 적이 있습니다만 조금도 훌륭하지 않다고 느꼈습니다.

만수曼殊[2] 화상의 일본어는 대단히 훌륭해서, 진정 일본인과 다를 바 없다고 생각합니다.

『고토타마』古東多万[3] 4월호는 야마모토 부인께 받았습니다. 사토 선생은 전부를 내는 것을 사양하고 계십니다만 실은 열 폭 모두 복제해도 좋은 것이지요. 삼한三閑서옥도 결국 무너지기 때문입니다.

한편 가마타鎌田 씨[4] 말씀에 따르면 선장 야마모토 씨[5]는 일본으로 돌아갈 듯합니다. 그러면 부인도 상하이에 올 수 없을 터이지요. 이것도 적막한 일입니다.

이데우에出上 씨는 『분센』文戰에 글을 쓰고 계십니다.[6] 5월호 『프로문학』을 보면 중국의 좌련으로부터 온 편지가 있는데 심하게 얻어맞고 있습니다.[7]

저희는 모두 괜찮습니다. 베이징행은 그만두었지요. 저는 변함없이 소소하게 시간을 팔고 있다 해도 좋을 정도로 별 성과가 없습니다. 지금부터 소설이나 중국문학사를 쓸까 생각 중입니다.

상하이 출판물(북두, 문예신문, 차이나포럼)[8]은 오늘 우치야마서점에 갖고 가서 보내도록 부탁했습니다만 그다지 좋은 재료는 없습니다.

초초 돈수

5월 9일, 쉰 드림

마스다 형 궤하机下

주)

1) 시오노야 온(鹽谷溫, 1878~1962)이다. 호가 세쓰잔이며 일본의 중국문학 연구자이다. 도쿄대학 명예교수이자 마스다 와타루의 스승이다. 저서에 『중국문학개론』 등이 있다.
2) 본래 이름은 쑤쉬안잉(蘇玄瑛)으로 자는 쯔구(子谷), 법호는 만수(曼殊)이다. 광둥 중산 사람이다. 『쑤만수 전집』이 있다.

3) 『고토타마』(古東多万)는 '古東多卍'라고도 하며 일본 문예월간으로 사토 하루오가 편집했다. 1931년 9월 창간, 도쿄 일본서방에서 출판했다. 1932년 4월호에 루쉰이 삼한서옥 명의로 자비 출판한 『메페르트의 목각 「시멘트」 그림』 속의 「공장」, 「작은 붉은 깃발」, 「소조」 등 세 폭의 목각을 실었다.
4) 우치야마서점의 당시 직원이다.
5) 당시 일청기선회사의 선장으로 야마모토 하쓰에(山本初枝)의 남편이다.
6) 이데우에 씨는 이데우에 만이치로(出上万一郎). 상하이 마이니치신문의 기자로 『분센』(文戰) 제9권 2호(1932년 2월)에 「중국문단의 좌련 문예운동」이란 글을 썼다. 『분센』은 원명이 『분게이센센』(文藝戰線)으로 일본의 좌익문학잡지이다. 1924년 6월 창간, 도쿄 분게이센센(東京文藝戰線)사가 출판했다.
7) 『프로문학』은 일본 좌익문학월간으로 에구치 간(江口渙)이 편집했다. 1932년 1월 창간, 도쿄프롤레타리아작가동맹에서 출판했다. 1932년 5월호에 「중국 좌익작가가 『분센』에 보내는 편지」가 발표되었다.
8) *China Forum*(『中國論壇』)은 종합 영문 주간으로 미국 국적의 유태인 아이작스(Harold R. Isaacs)가 편집 출판했다. 1932년 1월 13일 상하이에서 창간되었고 24기에 휴간되었다. 1933년 2월 11일 중문·영문 부정기 출판의 형식으로 복간되었다가 1934년 1월에 정간된다.

320513(일) 마스다 와타루에게

마스다 형,

5월 7일자 편지가 도착했습니다. 저도 5, 6일에 편지 한 통과 출판물을 보냈는데 도착했는지 모르겠네요. 요즘 상하이에서는 (비교적) 좋은 출판물이 조금도 없습니다. 이번 사건[1]에서 전쟁의 승패는 우리 같은 평범한 사람은 알 수 없지만 그러나 출판물은 졌습니다. 일본에는 뭔가 실전기實戰記 등이 상당수 출판되었지만, 중국에는 매우 적은 데다가 또 보잘것없습니다.

당신이 『세계 유머 전집』[2] 속에 중국 부분을 담당하는 것은 아주 좋습니다. 다만 그것은 또 대단히 어려운 문제입니다. 대체 중국에 '유머'라고 말할 것이 있습니까? 없는 듯합니다. 보잘것없고 저속한 것이 많은 것 같습니다. 하지만 역시 하는 것 말고는 방법이 없겠지요. 필요하신 책을 이번 달 말까지 제가 보내 드리겠습니다. 『수호전』 등도 상하이에서 보내겠습니다. 일본에서 사는 것은 터무니없이 비싸서 가격이 중국의 배가 되지요. 제 작품 두 편을 넣는 것은 문제가 되지 않고 당연히 동의합니다.

중국에는 유머 작가는 없고 풍자 작가가 있습니다. 그리고 사람을 웃길 요량의 작품은 한대漢代 이후 약간 있습니다만, 이번 전집 속에 넣습니까? 조금 넣는다면 좀 모아 보내지요. 번역은 조금 어렵습니다.

지금까지 일본에 소개된 중국의 문장은 대체로 가볍고 이해하기 어려운 것들입니다. 견실하지만 반면에 재미있는 것, 예를 들면 도잠陶潛의 「한정부」閑情賦와 같은 것은 조금도 번역되지 않았습니다. 그런 걸 읽는 한학자는 스스로가 어려운 한문을 쓰고 있는데 중국인에게 읽히려고 하는 것인지 일본인을 놀라게 하려고 하는 것인지? 제 생각으로는 이처럼 이전에는 전혀 주의하지 않았던 것을 하는 것은 출판하는 사람들에게 어려운 일이 아닐까 싶습니다.

이번 상하이의 포탄은 상우인서관 편집원의 그릇까지도 약 2천 개나 파괴해 버렸습니다. 그래서 제 동생도 내일 밥을 구하기 위해 다른 곳으로 가려고 합니다.

이데우에 씨는 『분센』에 글을 쓰고 있지요. 5월 『프로문학』을 보니 심하게 얻어맞고 있네요.

저는 베이징에 갈 생각이었습니다만 그만두었습니다. 변함없이 이 낡은 테이블 앞에 앉아 있습니다. 우치야마 사장은 아직 돌아오지 않고 있습니다.

초초 돈수

5월 13일, 수이뤄원隋洛文

주)

1) 상하이 1·28사변을 말한다. 1932년 1월 28일 상하이의 공동조계 주변에서 일어났던 중화민국과 일본의 군사적 충돌로, 1937년 중일전쟁의 전초전 성격을 가진다.
2) 『世界ユーモア全集』으로 사토 하루오 주편, 일본 가이조샤(改造社)에서 1932년에 출판되었다. 이 전집의 12집이 중국편인데, 여기에 루쉰의 「아Q정전」과 「행복한 가정」이 수록되었다.

320522(일) 마스다 와타루에게

마스다 형,

5월 10일자 편지를 받아 보았습니다. 제가 일전 편지에 썼던 한漢 이후 '유머' 운운의 이야기는 취소합니다.

오늘 우치야마서점에 부탁해서 소설 8종을 보내 드렸습니다. 위다푸郁達夫와 장톈이張天翼 두 사람의 것은 제가 특별히 넣은 것입니다. 근대 작품에서 제 것만 있다면 좀 외롭지 않은가 싶습니다. 이 두 책 속에서 뽑을 만한 것이 있으면 번역을 좀 하면 어떨까 합니다.

어제 우치야마 사장과 만났습니다. 변함없이 건강했는데 책장에 뭔가를 급히 넣어 정리하고 있었지요. 당신이 보낸 물품도 있었는데, 상당히 좋은 물건인지라 너무 황송하네요, 깊이 감사드립니다. '장남감'은 '미스' 쉬에게 몰수되었고, '담배' 도구는 제 손에 쥐어졌지만 그걸 놓아 둘 만한

'테이블'이 없어서 어쩌나 하고 있습니다.

그리고 소설의 대금은 보낼 필요 없습니다. 정말이지 대단치 않은 것이거든요. 베이신서국에 부탁하여 샀던 것이라서 저도 현금을 지불하지 않았습니다. 현금은 가능하면 자기 손에 쥐고 있을 수 있어야 하는 것으로, 이는 50년 연구 끝에 발견한 사실이니 당신도 실행해 보십시오. 초초돈수

5월 22일, 뤄원洛文

『수호지』水湖志 4본

제3회 「노지심, 우타이산에서 소동을 피우다」魯智深大鬧五台山는 '유머'라고 말할 수 있을까요.

『경화연』鏡花緣 4본

제22, 23 및 33회는 중국에서는 웃기지만, 일본에서는 습관이 다르기 때문에 어떨지요.

『유림외사』儒林外史 2본

번역이 어렵습니다. 12회의 「협객 때문에 인두회를 열다」俠客虛設人頭會(이야기가 13회 처음까지 이어집니다), 혹은 13회에 있는 것도 취할 만하다 생각합니다.

『하전』何典 1본

골계의 책으로 근래 명성이 자자합니다만 사실은 '강남명사'식 골계로 자못 천박합니다. 거의 전부 방언과 속어구로 구성되어 있기 때문에 중국 북방 사람도 이해하기 어렵습니다. 이번에는 그저 중국에 이런 책이 있구나 하고 봐주시길 바랍니다.

『위다푸 전집』 제6권 1본

「두 시인」 속에는 욕하는 게 좀 많지만 '유머'도 적지 않다고 생각합니다. '모델'은 왕두칭王獨淸과 마馬모某입니다.

『금고기관』今古奇觀 2본

여기에는 '유머'라 할 만한 것이 생각나지 않습니다.

『라오찬 여행기』老殘遊記 1본

제4회에서 5회까지 '유머'라고 볼 수 있지 않을까 합니다만 중국에서는 이것이 사실입니다.

『어린 피터』小彼得 1본

작자는 최근 출현했고 골계가 있는 작풍이 있다고 말합니다. 예를 들면 「가죽 허리띠」, 「웃긴 연애 이야기」가 그러합니다.

320531(일) 마스다 와타루에게

배계. 5월 21일 편지를 받아 보았습니다. 보아 하니 제가 부친 소설이 당신이 산 것들과 상당히 중복되고 있네요. 그걸 또 중국으로 보낼 필요는 없으니 그냥 그 책들은 처분에 맡깁니다. 예를 들어 동호인들에게 보내는 건 어떤지요.

한대의 '유머'는 그만둡시다. 뭐랄까 어렵고 게다가 '유머'다운 것이 없어서 집어넣게 되면 어울리지 않게 됩니다.

고노미 군의 사진도 보았습니다. 고노미가 당신을 닮았군요. 물론 '테러리즘'은 별도로 합니다. 하지만 인형을 두 개까지 가지고 있는 것을 보면 얌전한 편이네요. 하이잉은 항상 온전한 장난감을 가지고 있지 않습니다. 이 장난감에 대한 학설은 '보면 바로 고장 낸다'라고 말할 수 있지요.

하이잉 이 녀석은 피난 중에 홍역에 걸렸는데 용케 혼자 나았습니다. 이번에는 '아메바성 이질'에 걸렸는데 벌써 7번 주사를 맞아 '아메바' 녀석은 멸망한 것 같지만 설사만은 아직 낫지 않았습니다. 하지만 조만간에 낫지 않을까 싶습니다.

동생은 안후이安徽대학 교수가 되었습니다. 그러나 근래 중국에서는 그렇게 쉽게 밥을 먹을 수 있는 곳이 없기 때문에, 그를 부르러 왔던 것은 거기에 분명 뭔가 위험한 것이 있기 때문이지요. 지금 간다고 갔지만 돌아올 여비를 준비해서 간 것이니 오래지 않아 또 상하이로 돌아올 것입니다.

저희들은 덕분에 변함없습니다.

오늘 우치야마 사장에게 부탁해서 『북두』北斗 등을 보냈습니다. 역시 덕분에 변함없습니다만 좋은 작품도 없는 모양입니다. 초초 돈수

5월 31일 밤, 루쉰

마스다 형께

320602(일) 고라 도미코에게

고라 선생께[1)]

지난달, 우치야마 군이 상하이에 도착하여 선생이 보내 주신 『당송원명화대관』唐宋元名畵大觀[2)] 한 부를 부쳐 왔습니다. 이러한 극진한 선물을 보내 주시니 실로 황송하기 그지없습니다. 하지만 먼 곳에서 보낸 것을 다시

돌려보내는 것도 실례가 되니 삼가 감사히 받겠습니다. 살펴보니 여러 가지로 유익합니다. 편지로 감사의 뜻을 전합니다.

삼가 안부를 여쭈며

6월 2일, 루쉰 드림

주)

1) 이 편지의 원문은 중국어로 되어 있으며 편지에 구두점이 없다.
고라 도미코(高良富子). 일본인으로 도쿄여자대학 교수이다. 기독교 신자로 일본의 기독교 부인평화운동에 종사했다. 1932년 초 인도에 가기 위해 상하이를 경유할 때 우치야마 간조의 소개로 루쉰을 알게 되었다.

2) 1932년 5월 고라 도미코가 루쉰에게 증정한 것으로 도쿄미술학교 문고 내 당송원명 명화전람회(唐宋元明 名畵展覽會) 편찬으로 왕룽바오(汪榮寶)의 서문이 있고 1929년 오쓰카 미노루(大塚稔)가 인쇄 및 발행했다.

320628(일) 마스다 와타루에게

배계. 6월 21일자 편지를 받았습니다. 곁줄을 쳐놓은 곳은 대체로 주석을 달았습니다. 바로 보내 드리지요. 하지만 '不□癩兒'만은 이해가 되지 않습니다.[1] '□癩兒'는 서양어의 음역인 듯한데 원어도 생각나지 않는군요. '不□癩兒의 반쪽 세계'라 말하는 것은 잠시 '상이한 반쪽 세계' 정도로 번역하면 어떨까요.

이 집안은 모두들 건강합니다. 하이잉이 아메바성 이질에 걸려 14차례 주사를 맞았지만 지금은 나아서 장난을 치고 있습니다. 저도 이 아이 때문에 다소 바빴지요. 부모에게 이렇게 했더라면 이십오효 속에 들어갔을 겁니다.

동생은 안후이대학에 가서 교수가 되었습니다만, 어제 돌아왔습니다. 급여를 받을 희망도 없고 군인이 반, 거주민이 반이라 싫었던 것 같습니다. 상우인서관에 또 들어갈 듯합니다만 아직 정해지지는 않았습니다. 초초 돈수

6월 28일, 쉰 드림

마스다 형 족하足下

'稀鬆の恋愛故事'의 '稀鬆'은 '가벼운'이라는 의미로 즉 '웃긴'이란 뜻입니다.

주)

1) 장톈이의 단편소설 「웃긴 연애 이야기」 속의 말이다. 이후 마스다 와타루가 장톈이에게 알아본 결과 □는 '得'자였고 '不得癩兒'는 프랑스 시인 보들레르의 음역이다.

320718(일) 마스다 와타루에게

배계. 7월 10일자 편지를 받아 보았습니다.

『두 시인』의 작자는 아마도 기이한 말을 사용하기 때문에 자못 이해하기 어려운 점이 있습니다만 원작자에게 편지로 물어봤으니 이번 해석은 문제가 없을 것입니다.

그러나 읽을 때 상당히 애를 쓸 것이라 생각합니다. 이런 작품이 좀더

읽기 어려운 것인데, 백화 문법이 아직 정해지지 않은 터라 한층 더 어렵습니다.

새로운 작품은 아직 발견하지 못했습니다. 지금 중국은 웃음을 잃고 있답니다.

야마모토 부인은 귀국하셨습니다. 상하이에 계실 때는 네다섯 번 만났고 그리고 중국 요리집에 한번 간 적이 있습니다만 의론하는 건 많이 듣지 못했답니다. 때문에 진보인지 퇴보인지의 문제는 결정이 어렵습니다. 어쨌든 도쿄 생활을 상당히 싫어하는 모양입니다.

상하이는 이번 일주일 동안 대단히 더워서 실내에서도 93~4도였답니다.[1] 밤이 되면 모기가 나와 성대하게 연회를 거행하지요. 그래서 저는 요즘 온 몸이 땀으로 뒤범벅되는 것 외에는 어떤 성적도 없답니다.

다행히 처와 아이는 모두 평안합니다. 우치야마서점에는 만담회가 많지 않습니다. 상대도 없는 것 같고 뭐랄까 만담이라는 것도 불경기가 된 모양입니다. 대포에 격파되어 버렸나 봅니다.[2]

초초 돈수

7월 18일, 쉰 드림

마스다 형 족하

주)

1) 화씨 온도이며, 섭씨로는 33℃ 정도이다.
2) 상하이 1·28사변을 말한다.

320809(일) 마스다 와타루에게

배계. 오늘 4일자 편지를 받아 보았습니다. 할머님이 돌아가셨다니 애통합니다만, 여든여덟이었다 하니 사실 상당히 고령인지라 사셨더라도 생활하기 불편하시지 않았을까 생각합니다.

상하이의 여름은 일주일 동안 95, 6도였고 요즘은 87, 8도인데 때때로 조금 높습니다. 저도 땀이 들어갔다 나왔다 하고 있지요. 뭐랄까 역시 생존하기 어려운 느낌입니다만, 아직 '턱의 운'顎運 단계에 가지 않았으니 죽지는 않지 않을까 생각합니다.[1] 가족들은 모두 평안합니다.

저는 올해 놀고 있고 아무것도 하지 않고 있습니다.

장톈이의 소설은 아무래도 너무 익살맞아서 독자의 반감을 불러일으키지 않을까 싶습니다. 하지만 일단 번역하면 원문의 불쾌감이 줄어들지도 모릅니다.

8월 9일 밤, 쉰 드림

마스다 형께

주)

1) '턱의 운'(顎運)은 마스다 와타루의 견해에 따르면, 턱뼈가 어떤 형태인가에 따라 그 사람의 죽을 때를 추측하는 것을 말한다. 골상학과 관련되어 있다. 한편 본서 부록2 '『세계 유머 전집—중국편』에 관하여'의 '4. 가죽벨트' 부분에 있는 루쉰의 다음과 같은 말을 참고해 볼 수 있다. "관상법에 의하면 사람의 운명과 얼굴상은 관계가 있습니다. 연령에 따라 얼굴의 위에서 아래로 이동합니다. 예를 들어 스무 살이라면 '이마의 운'이 해당되고(즉 그때 이마가 높으면 운도 좋고 낮으면 운도 나쁘다), 삼·사십은 '코의 운'이 해당되고, 오·육십은 '입의 운'이 해당되고, 칠·팔십은 '턱의 운'이 해당되고……" 이에 따르면 '턱의 운' 단계는 칠·팔십을 말한다.

321002(일) 마스다 와타루에게

마스다 형께:

9월 27일자 편지를 받아 보았습니다. 그림과 함께요. 예의상으로는 칭찬하지 않으면 안 되겠지요. 하지만 사실을 말하자면 그 그림은 별로 좋지 않습니다.

중국의 '유머'라고 하는 것은 어려운 문제입니다. '유머'는 본래 중국의 것이 아니기 때문이지요. 서양말로 세상 모든 것을 포괄하자는 생각에 중독되었기 때문에 서점이 그런 것을 낼 모양이지요. 그렇다면 잘 가감해서 번역하는 것 말고는 방법이 없습니다.

저의 소설 전부를 이노우에 고바이井上紅梅 씨가 번역하여[1] 10월 중에 가이조샤에서 출판한다고 합니다. 그러나 그 소설과 '유머'를 읽는 것은 종류가 다르기 때문에 상관이 없습니다.

저희 셋은 9월 중순까지 한 달 내내 앓았습니다. 가볍게 앓은 것이지만 의사에게 갔고 지금은 모두 나았답니다.

2, 3일 전 『삼한집』을 보냈습니다만 보잘것없습니다. 잡지 종류는 대단히 압박받고 있답니다. 초초 돈수

10월 2일, 루쉰

주)

1) 이노우에 고바이(井上紅梅, 1881~1949). 본명은 이노우에 스스무(井上進), 일본의 중국문학, 중국풍속 연구자이다. 루쉰의 「아Q정전」, 「고향」 등을 번역하여 1932년 11월 도쿄 가이조샤에서 출판했다. 잡지 『지나풍속』(支那風俗), 『중화만화경』(中華萬華鏡) 등을 간행했다. 1932년에 『외침』(吶喊), 『방황』(彷徨)을 일본어로 번역하여 『루쉰전집』(魯迅全集)이란 이름으로 출판했다. 1933년 6월에 상하이에 오기도 했다.

321107①(일) 마스다 와타루에게

배계. 10월 21일자 편지를 일전에 받았었는데 지금 11월 3일 편지가 도착했습니다. 이번에는 주석 단 것을 보내 드립니다.

최근 그림을 그리지 않고 번역을 하고 있는 것은 대단히 좋다고 저는 생각합니다. 그림을 받을 때는 칭찬을 아끼지 않겠지만, 유심히 들여다보는 경우 결국에는 공격의 방침을 취하게 됩니다. 실로 미안한 일이지만 그래도 어쩔 수 없는 일이지요.

이노우에 고바이 씨가 제 작품을 번역한 일은 저도 의외였습니다. 그분은 저와 길이 다릅니다. 하지만 번역한다고 말하니 방법이 없어요. 일전에 그분의 『술, 아편, 마작』이라는 책을 보고는 한층 더 개탄했었습니다. 하지만 이미 번역했다 하니 어쩔 도리가 없습니다. 오늘 『가이조』에 나온 광고도 봤습니다만 작자가 대단히 훌륭하다고 쓰여 있었지요. 이것도 개탄해야만 하는 일입니다. 결국 당신이 썼던 『아무개의 전』은 광고의 역할을 하게 되었으니 세상사는 정말 묘한 일이지요.

저의 『소설사략』도 위험하다고 생각합니다.

제 병은 나았습니다만 아이는 여전히 앓고 있습니다. 지금 사는 곳이 북향인 터라 아이에게는 좋지 않은 게 아닌가 싶습니다. 베이신서국은 정부에 의해 봉쇄될지 모르겠습니다. 그렇게 되면 저의 생활에 영향을 미쳐, 먹고사는 일을 위해서 다른 곳으로 가지 않으면 안 될 것입니다. 하지만 이것도 환경 좋은 곳으로 전지요양轉地療養 하는 게 되지요. 그러나 그건 내년 봄 끝날 무렵의 일이니 당분간은 변함없이 이 유리창 앞 테이블에 앉아 있을 것입니다. 초초

11월 7일 밤, 쉰 드림

마스다 형 궤하机下

321107②(일) 야마모토 하쓰에에게[1)]

부인, 오랫동안 적조했습니다. 특별히 바쁘다고 할 수는 없습니다만 멍하니 빈둥빈둥 하고 있는 터에 이런 결과가 되어 버렸습니다. 애석하게도 아귀가 '사탕'을 받고서는 다 먹어 버렸고 또 상자 속에 들어 있던 다른 것도 또 다 먹어 버렸네요. 이런 것이 벌써 네다섯 차례나 되었습니다. 그런데 제가 지금에야 감사를 드립니다. 사실은 게으른 것이지요, 죄송합니다. 최근 뭔가를 쓸까 하고 생각하고 있습니다만 아무것도 쓸 수 없었습니다. 정부와 그 개들이 봉쇄해 버려서 사회와의 접촉이 거의 없었습니다. 게다가 아이가 병이 났지요. 사는 곳이 북향인 터라 아이에게 적당하지 않은 게 아닌가 싶습니다. 그러나 이사를 할 수도 없지요. 내년 봄쯤에 또 표류할까 하는 생각도 하고 있습니다. 아이는 애물단지입니다. 있으면 이것저것 귀찮게 됩니다. 어떻게 생각하시나요? 저는 요즘 거의 연중 아이를 위해 분주합니다. 하지만 낳은 이상 역시 키우지 않으면 안 됩니다. 결국 업보인 탓에 분개도 없습니다. 상하이는 변함없이 적막합니다. 우치야마서점에서의 만담은 그렇지 않습니다. 경기는 제가 보기에 다른 서점보다도 좋은 것 같고 사장님도 바쁩니다. 저의 소설은 이노우에 고바이 씨가 번역해서 가이조샤에서 출판하게 되었습니다. 마스다 군이 의외로 상당히 타격을 받았지만 저도 상당히 의외였습니다. 하지만 번역을 하겠다 하는데 저도 안 된다고 말할 수가 없었습니다. 이렇게 된 것이지요. 부인도 2엔元을 짜내게 되었습니다만[2)] 저의 죄라 생각해 주십시오. 마스다 군이 일찍 했다면 좋았을 텐데요. 중국에서 상하이는 춥지 않지만 베이징에서는 벌써 눈이 내렸다고 합니다. 도쿄는 어떤지요? 저는 도쿄의 날씨를 거의 잊어버렸습니다. 부군은 아직 아이를 돌보고 있습니까? 언제 활동하시는지요.

저도 아이를 돌보고 있습니다. 피차가 이렇다면 서로 만날 일이 생기지 않습니다. 양쪽이 모두 표류하게 되면 아마 어딘가에서는 만나겠지요. 초초

11월 7일 밤 1시, 루쉰

주)

1) 이 편지는 1937년 6월 일본 가이조샤에서 출판한 『대루쉰전집』(大魯迅全集) 제7권에 수록되어 있다.
야마모토 하쓰에(山本初枝, 1898~1966). 필명은 유란(幽蘭), 일본의 가인(歌人)이다. 중국문학 애호자로 1931년 루쉰과 만났다. 일본 군국주의에 대한 불만과 루쉰의 짧은 시에 대한 생각을 쓴 적이 있다.
2) 당시 이오우에 고바이의 번역본 『루쉰전집』(魯迅全集)의 정가는 일본 돈으로 2엔.

321113(일) 우치야마 간조에게

배계. 11월 11일 아침 상하이를 출발하여 무사히 도착했습니다. 열차가 톈진 부근에서 2시간가량 정차했지만 어쨌든 13일 오후 2시경 베이징에 도착했습니다. 집에 돌아오니 2시 반이더군요.

어머님은 벌써 이전보다 좋아지셨습니다. 하지만 연세가 있기 때문에 혈액이 적어졌고 게다가 위가 안 좋아져서 쇠약해졌습니다. 퉁런同仁의원에 시오자와鹽澤 박사가 오셨기 때문에 내일 진찰을 받고 치료 방법을 여쭈면 이것으로 저의 역할은 끝나겠지요.

주신 이불을 어머님께 드렸습니다. 매우 기뻐하시며 깊이 감사드린

다는 말씀을 삼가 전해드립니다.

저는 기차 속에서 잘 먹고 잘 자고 있어 대단히 건강해졌습니다. 초초 돈수

11월 13일 밤, 루쉰

우치야마 선생 궤하

부인께도 안부드립니다

321215(일) 야마모토 하쓰에에게[1)]

배계. 지난달 10일경 베이징에 한 번 갔습니다. 모친이 병이 깊다는 전보를 받았기 때문이지요. 가서 의사에게 물어보니 위염이 있지만 괜찮다고 했고, 거기에서 대여섯 차례 통역을 하고는 상하이로 돌아왔습니다. 상하이에 돌아오니 또 본래대로 번잡합니다. 물론 모친은 좀 나아지셔서 지금은 일어나 계십니다. 베이징은 4년 전과 같이 아무런 변화도 없고 추위도 그렇게 심하지는 않지만 뭐랄까 사람에게는 혹독한 느낌을 줍니다. 편지를 쓸 때 사용하는 전지箋紙를 사서 두 상자는 우치야마 사장에게 부탁해 보냈습니다. 시가詩歌를 쓰는 데 좋을 것 같다고 생각합니다만 도착했는지 어떤지 모르겠네요. 마사미치正路 군[2)]에게 보낼 만한 장난감을 유심히 살펴보고 있습니다만 적당한 것을 찾지 못했습니다. 좋은 기회를 노려봐야겠습니다. 상하이에 돌아와서 편지를 받았답니다, 감사합니다. 이노우에 고바이로부터 그가 번역한 저의 책을 받았습니다. 상하이는 아직 그렇게 춥지 않습니다. 저는 베이징에 16일 있으면서 5회 정도 강연을 했는데 교

수들에게 미움을 받았네요. 하지만 건강은 괜찮습니다. 댁내의 평안을 기원합니다. 초초

12월 15일 밤, 루쉰

야마모토 하쓰에 부인 궤하

주)

1) 이 편지는 『대루쉰전집』 제7권에 수록되어 있다.
2) 야마모토 하쓰에의 아들이다.

321219(일) 마스다 와타루에게

배계. 10일 편지는 오늘 받아 보았습니다. 질문은 지금 보내 드립니다.

『유머』[1]의 부수는 실은 그다지 적지 않습니다. 때가 불경기인지라 사람들은 더욱 '유머' 등을 읽을 여유가 없을 것이라고 생각합니다.

저는 모친의 병환 때문에 지난달 한 차례 베이징에 갔습니다. 2주 정도 머물렀고 병환이 나아지셔서 상하이로 돌아왔습니다. 스팀이 벌써 켜졌습니다만 날씨는 아직 그렇게 춥지 않습니다. 가을부터 아이가 종종 병이 나서 곤란했었지요. 지금도 항상 약을 먹고 있습니다만 장염이 만성이 된 듯합니다. 지금 사는 곳은 공기가 그렇게 나쁘지 않지만 태양이 들어오지 않아 그다지 좋지 않습니다. 내년 조금 따뜻해지면 이사를 해도 좋지 않을까 생각하고 있지요.

이노우에 씨가 번역한 『루쉰전집』이 출판되어 상하이에 도착했습니

다.[2] 역자로부터 저도 한 책을 받았습니다만 잠깐 열어 보니 오역이 많아 놀랐습니다. 당신과 사토 선생이 번역했던 것을 대조하지 않은 것 같은데, 사실 너무했다는 생각입니다.

댁내 모두 행복하시길 기원합니다.

초초 돈수

12월 19일 밤, 루쉰 드림

마스다 형께

親是交門, 五百年決非錯配 = 이 혼사는 서로 친척이 되는 것으로 오백년 전에 정해진 것으로 결코 착오가 없는 결혼이다. (속어로 '부부가 되는 것은 오백 년 전 인연으로 된 것이다'라고 하기 때문에 판결문이 이렇게 말하는 것입니다.)

以愛及愛, 伊父母自作冰人 = 사랑하는 아들(혹은 딸)의 결혼에서 사랑하는 딸(혹은 아들)의 결혼이 되니 그들의 양친 스스로가 중매쟁이가 된 것이다.

非親是親, 我官府權為月老 = 본래는 친척이 될 수 없으나 친척이 된 것이니 나 관원이 우선 중매쟁이를 하지요.[3]

주)______

1) 『세계 유머 전집』(世界ユーモ全集)을 가리킨다.
2) 『루쉰전집』(魯迅全集) 전 1권으로 『외침』과 『방황』을 수록했다. 가이조샤에서 1932년 11월 출판했고, 이후 가이조샤의 『대루쉰전집』(大魯迅全集, 전 7권)이 1937년 2월 출판될 때 다시 수록되었다.
3) 첨부된 것은 마스다 와타루가 『금고기관』(今古奇觀) 「교태수난점원앙보」(喬太守亂點鴛鴦譜)의 교태수(喬太守) 판결문에 관해 물었던 것의 답이다(이 책 부록 2. '『세계 유머 전집—중국편』에 관하여', 8번 부분).

330301①(일) 야마모토 하쓰에에게[1)]

배계. 오랫동안 격조했네요, 죄송합니다. 어찌된 일인지 근래 꽤 바빠서 겨를이 없었습니다. 아이는 위장병이 나아졌습니다만 빽질거리며 일을 방해하고 있습니다. 어디 방 하나를 빌려서 매일 서너 시간 거기서 작업을 할까 생각하고 있지요. 정월에는 도둑이 들었다고 들었습니다. 정말 안타까운 일입니다. 저의 편지 따위는 하등의 가치도 없기 때문에 어찌 돼도 좋지만, 훔쳐가서 보면 분명 크게 화가 나겠지요. 이것도 정말 안타까운 일입니다. 마스다 군에게 편지가 왔는데 벌써 도쿄에 도착했다 합니다. 하지만『세계 유머 전집』번역은 실패한 것 같습니다. 일전에 가이조샤가 특파해서 온 기무라 기木村毅[2)] 씨와 만나서 책이 팔리는 부수를 들었더니 이천 부 정도에 역자의 수입은 대략 200엔 정도라고 했습니다. 즉 원고지 한 장이 1엔도 되지 않는 것이지요. 지난달 말에는 Shaw[3)]가 상하이에 와서 한바탕 소동이 있었답니다. 저도 만나서 서로 한 마디씩 했습니다. 사진도 찍어서 일주일 뒤에 부쳐 드렸지요. 지금은 벌써 도쿄에서 분명 환영회 같은 것을 하고 있을 것입니다. 당신도 가서 보셨는지요? 저는 사실 풍채 좋은 노인이라 생각합니다. 상하이는 변함없이 적막하고 온갖 풍문이 떠돕니다. 작년 말 저는 올해 2월까지 중편소설 하나를 써야겠다고 생각하고 있었습니다만 3월이 되어서도 아직 한 자도 쓰지 못했습니다. 매일 빈둥빈둥 거리고 있고 게다가 귀찮은 잡무도 많아서 결국 아무런 성적도 내지 못했습니다. 그러나 이름을 바꿔서 사회에 대한 비평을 충분히 쓰고는 있지요. 저라는 사실이 사람들에게 발견되어 지금은 공격받고 있는 중이지만 그것은 어찌되든 좋습니다. 벚꽃이 피는 계절이 올 모양이네요, 도쿄에서는 긴장하고 있겠지요. 이 세상은 좀처럼 평안하기 어려운 듯합니다. 하지만 잘 돌보시길 기원합니다.

초초

3월 1일 밤, 루쉰

야마모토 하쓰에 부인 궤하

주)

1) 이 편지는 『대루쉰전집』 제7권에 근거하여 수록했다.
2) 기무라 기(木村毅, 1894~1979). 당시 일본 가이조사의 기자이다. 버나드 쇼가 상하이에 왔을 때 특파원 기자로서 인터뷰를 했고 루쉰에게 『가이조』 잡지에 버나드 쇼에 관해 글을 쓰기를 요청했다.
3) 버나드 쇼를 말한다.

330301②(일) 마스다 와타루에게

2월 17일 편지는 벌써 도착했습니다만 세상은 뭐랄까 평온하지 않고 저도 바쁘고 안전하지 않았습니다. 게다가 아이가 시끄러워서 결국 답장을 지금까지 끌고 있었습니다. 정말 미안합니다.

사토 선생께는 정말 감사하고 있습니다. 만나 뵙게 되면 작지만 저의 감사의 뜻을 전해 주십시오. 저도 무언가 창작을 쓰고 싶지만 중국의 지금과 같은 상황에서는 아무래도 안 될 것 같습니다. 최근 사회의 요구에 응해 단평을 쓰고 있습니다만 이것 때문에 상당히 자유롭지 않습니다. 하지만 시세가 그렇게 하지 않으면 안 되는 터라 어찌할 수가 없습니다. 작년에는 베이징에 가서 잠시 쉬려고 했지만 지금의 상황을 보면 그것도 안 되었을 겁니다.

가오밍高明 군[1]은 사실 이름 그대로가 아닙니다. 한때는 적지 않은 글을 썼습니다만 최근에는 거의 잊혀지고 있습니다. 만약 사토 선생의 작품이 이 사람을 통해 번역된다면 그 불행은 제가 이노우에 고바이를 만난 일 그 이상일 것이라 생각합니다.

『문화월보』文化月報[2]가 출판되면 바로 보내 드리지만 제2호는 금지될지도 모르겠습니다.

Shaw가 상하이에 와서 한바탕 소동이 일어났지요. 가이조샤는 기무라 기 씨를 상하이까지 특파하여 보냈으니 많은 문장을 썼을 것입니다. 가이조샤가 특간을 낼 모양입니다. 하지만 저와 기무라 씨가 가기 전에 S[3]가 쑹칭링宋慶齡 여사(쑨원의 부인)와 대화를 충분히 했었던 터라 그 기록[4]은 3월분 『논어』論語(상하이의 유머 잡지이지만 좀처럼 유머가 없지요)에 나옵니다. 출판되면 바로 보내 드릴 터이니 가이조샤에 문의해서 마스다 형이 직접 번역해 특간에 실으면 어떨까요.

상하이는 점점 따뜻해지고 있고, 저희는 변함없이 평안합니다. 다른 곳에 갈 계획은 없답니다. 하지만 형이 상하이에 오신다면 뵈어야지요.

지질학자 시미즈清水 선생[5]과는 벌써 활동사진관活動寫眞屋[6]에서 한 차례 만났습니다.

초초

3월 1일 밤, 루쉰

마스다 와타루 형께

주)

1) 가오밍(高明, 1908~?). 장쑤 우진(武進) 사람으로 번역가이다. 일찍이 일본에서 유학을 했다.
2) 종합 잡지로 중국 좌익문화총동맹(左翼文化總同盟) 기관지로 천러푸(陳樂夫)가 주편. 1932년 11월 제1기 이후 금지되었다.
3) 버나드 쇼를 말한다.
4) 「버나드 쇼의 상하이 인터뷰」(蕭伯納過滬談話記)로 징한(鏡涵)이 썼고, 『논어』(論語) 제12기(1933년 3월)에 실렸다.
5) 시미즈 사부로(清水三郎). 일본의 지질학자이며 당시 상하이 자연과학연구소 연구원이었다.
6) 영화관을 말한다. 활동사진은 일본 메이지·다이쇼 시기 영화의 호칭으로 motion picture를 직역한 것이다. 처음에는 환등기 영상을 말했으나 이후 영화를 지칭하게 되었다.

330401(일) 야마모토 하쓰에에게[1]

배계. 서한을 잘 받았습니다. 장난감 두 개는 벌써 도착했습니다. 마사미치 군에게 감사하네요. 저 귀여운 하모니카(?)를 아이에게 주니 지금까지도 항상 불고 있습니다만 요요는 몰수해 버렸습니다. 그건 아직 하이잉 혼자 가지고 놀 능력이 없어 저보고 해보라고 할까 봐서입니다. 사진에 대해서는 보신 그대로입니다. 버나드 쇼와 찍은 사진 한 장은 사실 제 키가 작은 터에 화가 나지만 방법이 없습니다. 『가이조』도 읽었는데 아라키荒木 선생의 문장[2]의 상반 부분은 괜찮습니다. 노구치 선생의 문장[3] 중간에 쇼가 가여운 사람이라고 말하는 것도 일리가 있네요. 이 세계를 만유漫遊하는 모습을 보면 만유는커녕 완전히 고통 속에 있는 듯합니다. 하지만 그에 대한 비평은 일본 쪽이 낫습니다. 중국에는 욕쟁이가 많은 탓에 상당히 투

떨대고 있습니다. 저도 함께 사진을 찍었던 탓에 욕을 먹고 있습니다. 그러나 그건 어찌되어도 괜찮답니다. 익숙한 일이기 때문이지요. 저도 종종 일본에 가 보고 싶다 생각합니다만 초대받는 것은 싫답니다. 어쨌든 피곤한 일도 싫고 그냥 두세 명 지인과 같이 걷고 싶습니다. 시골에서 자란 터라 뭐랄까 역시 서양식 초대회나 환영회 같은 것이 싫습니다. 그것은 화가가 야외로 그리러 나갔는데 구경꾼에 둘러싸여 버린 것과 같습니다. 지금 살고 있는 아파트가 북향인 탓일까요. 식구들이 아무래도 병이 많습니다. 이번에는 특별히 남향집을 빌려 일주일 내로 이사합니다. 첸아이리千愛里 뒤쪽, 다루신춘大陸新村이라 불리는 곳이지요. 거기는 우치야마서점과도 멀지 않습니다. 지난달, 가이조샤의 기무라 선생을 만나 『지나 유머 전집』支那ユーモア全集 원고료에 대해 들었는데 200엔 정도라고 했습니다. 그렇다면 마스다 군도 헛수고를 했구나 싶습니다. 쇼에 관한 자료를 보냈더니 이노우에 고바이가 벌써 번역해 가이조샤에 보낸 모양입니다.[4] 저도 좀 예민하게 하지 않으면 안 되겠다 싶습니다.

초초

4월 1일, 루쉰 드림

야마모토 부인 궤하

주)

1) 이 편지는 『대루쉰전집』 제7권에 근거하여 수록했다.
2) 아라키 사다오(荒木貞夫, 1877~1966). 당시 일본 육군대신으로 버나드 쇼가 일본에 왔을 때 쇼를 회견했다. 그의 문장 「결코 풍자가가 아닌 버나드 쇼」는 『가이조』 1933년 4월호에 있다.
3) 노구치 요네지로(野口米次郞, 1875~1947). 일본의 시인. 그의 문장 「위인과 삶(爲人而生)—버나드 쇼를 만나며」는 『가이조』 1933년 4월호에 있다.
4) 『논어』에 실린 「버나드 쇼의 상하이 인터뷰」를 말한다. 이노우에 고바이가 일본어로 「버나드 쇼와 쑨원 부인의 상하이 회담」으로 번역하여 『가이조』(1933년 4월)에 실었다.

330402(일) 마스다 와타루에게

배계. 3월 13일 편지는 벌써 도착했습니다. 이노우에 선생의 기민함에 정말 놀랐습니다만 매우 유감스럽습니다. 이 선생은 이제 아편이나 마작 소개를 그만두고 다른 것을 하시는 것 같네요. 곤란한 일입니다.

상하이 신문사에서 일을 찾는 것은 아무래도 안 될 것 같습니다. 도쿄 출판소와 특약 원고 약속이 없었다면 생활을 유지하는 것이 어려웠을 것이라 생각됩니다.

북향집에 있어서일까 아무래도 아이는 병치레가 많고 힘듭니다. 이번에는 남향집으로 이사했는데 우치야마서점과도 멀지 않아요. 베이징에 돌아갈까도 생각했습니다만 당분간은 안 되겠지요.

두 가지 일을 형께 부탁드립니다.

첫째, 3첸錢 우표 10매를 보내 주세요.

둘째, 독일어 번역 P. Gauguin의 『*Noa Noa*』 한 권을 부탁합니다.[1)]오래된 것도 좋습니다(오히려 오래된 것이 낫겠네요).

저는 변함없이 빈둥거리고 있지요. 이제부터 열심히 하자 하고 종종 말합니다만 그렇게 안 될 것 같습니다.

초초

4월 2일, 루쉰 드림

마스다 형 족하

주)

1) 폴 고갱의 『노아 노아』. 폴 고갱(P. Gauguin, 1848~1903)은 프랑스 후기 인상파 화가이다. 『노아 노아』(*Noa Noa*)는 그가 쓴 타히티 체류기로 루쉰은 일찍이 번역할 생각이 있었다. 『집외집습유보편』「문예연총」을 참고.

330419(일) 우치야마 가키쓰에게[1]

배계. 오랫동안 적조했습니다. 일전에 서신과 세이조가쿠엔成城學園 학생의 목각을 받았습니다,[2] 감사드립니다. 오늘 다른 봉투에 중국 편지지 십여 장을 보냈답니다. 좋은 것은 아니지만 받으시면 그 목각 작가에게 주십시오.

중국에서는 목판을 조금 실용적으로 사용하고 있습니다만 창작 목판이라 말할 만한 것은 아직 알지 못합니다. 작년 학생들은 절반은 어딘가로 가 버렸고 절반은 감옥에 있기 때문에 발전이 없었습니다.

저희는 집이 북향이라 아이에게 좋지 않아 일주일 전에 이사를 했습니다. 스코트 로드[3]이고 우치야마서점 근방입니다. 연중 아이 때문에 바빴는데 생각해 보니 선생님 댁도 올해 분명 꽤 바쁘셨으리라 생각합니다.

초초 돈수

4월 19일, 루쉰

우치야마 가키쓰 형 궤하

부인도 잘 지내시는지요, 아울러 아기의 행복도 기원합니다.

주)

1) 우치야마 가키쓰(內山嘉吉, 1900~1984). 우치야마 간조의 동생으로 당시 도쿄 세이조가쿠엔의 미술교사였다. 1931년 8월 상하이에 와서 루쉰의 요청으로 8월 17일~22일 여름 목각 강습반에서 목각 기법을 가르쳤다.
2) 하야시 신타로(林信太). 당시 세이조가쿠엔 5학년 학생이다.
3) 원문 スコット路는 Scott Road이며 중국어로 施高塔路라고 표기한다. 지금의 상하이 훙커우구의 거리명 산인로(山陰路)이다.

330519(조선) 신언준에게[1]

언준 선생

보내 주신 편지는 잘 받았습니다. 월요일(22일) 오후 2시, 우치야마서점에서 만나 뵙고자 하니 왕림해 주시기 바랍니다. 문장에 대해서는 아직 조선 문단의 정황에 익숙하지 않고 한편 우려가 많아 쓸 수 없을 것 같습니다만 이 일은 후일에 다시 이야기하도록 하지요. 이에 회답하며,

삼가 평안하시길 기원합니다.

(5월 19일) 루쉰 배상

주)

1) 조선의 잡지 『신동아』 제4권 제4호(1934년 4월) 신언준의 「루쉰방문기」에 이 편지의 원문이 수록되어 있다. 1981년 런민문학출판사본과 이에 근거한 일본어판 루쉰전집에는 없다. 2005년 중국어판에 수록되었으나 서지사항에 오류가 있어 본서에서 정정하였다. 신언준(申彦俊, 1904~1938). 평안남도 평원 출신으로 정주 오산학교 졸업 뒤 1923년 중국으로 건너가 항저우영문전수학교(杭州英文專修學校) 및 우쑹국립정치대학(吳淞國立政治大學), 둥우대학(東吳大學) 법률과를 졸업했다. 1929년 『동아일보』 상하이·난징 지역 특파원으로 임명되어 7년간 상하이 임시정부와 중국의 독립운동 상황을 국내에 보도했다. 차이위안페이의 소개로 1933년 5월 22일 상하이 우치야마서점에서 루쉰과 만났다. 「루쉰방문기」를 잡지 『신동아』 제4권 제4호에 실었다.

330520(일) 마스다 와타루에게

『태평천국야사』[1]를 오늘 우치야마 사장께 부탁해서 보냈습니다. 이사를 한 뒤 남향인 덕에 아이는 조금씩 좋아지고 있지요. 어른들도 변함없이 건

강합니다만 자잘한 일이 많고 바쁜 탓에 괴롭기는 합니다.

저는 당분간 상하이에 있습니다. 하지만 소설사략 출판이 어렵다면 그만두는 게 어떨지요. 이 책도 벌써 오래되어, 일본에서도 지금은 그런 책이 필요하지 않을 겁니다. 초초 돈수

5월 20일, 쉰 드림

마스다 형 족하

주)

1) 링산칭(凌善淸)의 『태평천국야사』(太平天國野史)는 1924년 상하이 원밍서국(文明書局)에서 출판되었다.

330625①(일) 야마모토 하쓰에에게[1]

배계. 사진을 잘 받았습니다, 감사드립니다. 『내일』明日[2] 제4호도 도착했지요. 작가들이 변함없이 건강합니다. 상하이는 벌써 더워져서 모기가 많이 나타나 종종 저를 빨아먹고 있지요. 지금도 먹고 있답니다. 그리고 옆에는 우치야마 부인께 받았던 철쭉이 꽃을 피우고 있습니다. 고통 속의 즐거움이란 이런 일이겠지요. 하지만 최근 중국식 파쇼가 유행하기 시작했습니다. 지인 가운데 한 사람은 실종되고 한 사람은 암살당했습니다.[3] 또 암살될 수 있는 사람이 많겠지만 어쨌든 저는 지금까지 살아 있습니다. 그리고 살아 있는 동안에는 펜으로 그 피스톨에 답해야겠지요. 다만 자유롭게 우치야마서점에 가서 만담하는 일이 불가능하기 때문에 흥이 깨지고

있습니다. 가기는 가는데 격일에 한 번입니다. 나중에는 밤이 아니면 안 될지도 모르겠습니다. 그러나 이런 백색 테러는 소용이 없습니다. 언젠가는 또 멈추겠지요. 이사를 한 덕인지 아이는 상당히 좋은 것 같습니다. 활발해지고 안색도 어둡지 않습니다. 이노우에 고바이 선생이 상하이에 왔네요. 벌써 거하게 술을 마신 모양입니다. 초초 돈수

6월 25일 밤, 루쉰 올림

야마모토 부인 궤하

주)

1) 『대루쉰전집』 제7권에 근거하여 수록했다.
2) 『내일』(明日). 일본 문학 격월간 잡지로 1932년 12월 도쿄 아시타카이(明日會)에서 출판했다. 이와쿠라 도모사타(巖倉具正), 오기하라 후미히코(荻原文彦) 등이 참가했다.
3) 딩링(丁玲)이 비밀리에 체포되고 양취안(楊銓)이 암살되었다.

330625②(일) 마스다 와타루에게

엽서를 벌써 받았답니다.

요즘 상하이에는 중국식 백색 테러가 유행하기 시작했습니다. 딩링 여사는 실종되고(혹은 벌써 암살되었다고도 합니다), 양취안 씨(민권동맹 간사)는 암살되었습니다. '화이트리스트'[1] 속에는 저도 들어가는 영광을 획득하고 있는 듯합니다만 어쨌든 편지를 쓰고 있지요.

하지만 살아 있다는 것이 자못 성가시다 생각해요.

이노우에 고바이 군은 상하이에 와 있지요. 이런 테러를 조사해서 뭔

가를 쓰겠지요. 그러나 그것은 진상을 알 수 있는 것이 아니지요.

초초 돈수

6월 25일 밤, 뤄원

마스다 형 궤하

1. 殘叢 : 『신론』新論은 각종 간행본이 있어 총잔叢殘을 뒤집어 있는 것도 있겠지요. 『소설사략』은 유서類書에서 인용한 것이기 때문에 그대로 하는 것이 좋음.

잔殘 = 완전하지 않다 = 단편 ; 총叢 = 자질구레한 것 = 또는 뒤죽박죽된 것

합合 = 취합하다 또는 모으다

2. 此恒遣六部使者 : 육부사자라는 것은 저승幽界사자입니다. 글에서 '此'는 저승을 가리킵니다. 불교와 도교의 혼혈아인 불경에서는 소승경전에 출전이 있을지도 모르지만 읽어 본 적이 없는 탓에 확실히 말할 수 없습니다.

회국행각迴國行脚의 승려는 중국에서는 육부라고 하지 않습니다.

3. 劉向所序六十七篇中, 已有『世說』: "유향의 서(편집의 순서에 따라) 육십칠 편에 이미 『세설』이 있다"라고 번역할 수 있겠죠.

4. 松下勁風 : 그때 사용했던 『세설신어』는 수중에 없기 때문에 명료하게 말할 수 없지만 그대로 남겨 주세요. 일본 대자전大字典은 『사원』辭源에서 취하고 있을지 모르지만 『사원』에 기댈 수는 없습니다.

이 밖에 雜燴 : 여러 가지를 섞어서 볶은 것, 냄비 그대로 나가지 않는다. 그러나 삶는 것煮과는 다릅니다. 볶는 것은 냄비에 소량의 라유[고추기름]를 넣고 끓으면 재료를 넣고 로 2, 30번 빠르게 섞어 접시에 놓습니다.

A. 린촨인臨川人 탕현조湯顯祖는 전기傳奇 4종을 지었는데 모두 꿈에 관한 것을 재료로 한다. 따라서 일반적으로 『옥명당사몽』玉茗堂四夢이라 불린다. 『한단몽』邯鄲夢도 사실은 본래 『한단기』邯鄲記라 했던 것으로 후인이 그것을 『…… 몽』이라 했습니다.

B. '등태상제'登太常第는 즉 '진사급제'입니다. 직역하면 "태상禮部 시험을 치러 급제하다"입니다. 특히 '태상'이라 쓰는 것은 당나라에서 처음에는 예부 시험이 없었기 때문입니다. 아니면 진사급제라고 번역하는 편이 알기 쉬울지도 모릅니다.

C. '國忠奉氂纓盤水……' 이것은 문장에 오류가 있습니다. 진홍군의 원래 오류인지 아니면 후대 사람이 베낄 때 생긴 오류인지 모르겠지만요. 사실 '國忠氂纓奉盤水加劍……'이라 해야 합니다. 대신大臣이 죄인이 되었기 때문에 소의 꼬리(牛毛)로 만든 갓끈纓(纓)으로 비단으로 만든 갓끈을 대체하고, 쟁반(盤) 속에 물(水)을 넣고 쟁반에 검을 넣어 그것을 받들어(捧) 황제가 계신 곳으로 가서 '죽여 주십시오'라고 말하는 것. 검은 자신을 죽일 무기이고 쟁반 속의 물은 황제가 자신을 죽인 뒤 손을 씻는 데 사용합니다. 참 주도면밀한 예절입니다. 그것은 한나라 예제禮制라고 하는데 정말 실행하지는 않았겠죠. 출전은 『한서』「조조전」鼂錯傳의 주에 있습니다.[2)]

주)

1) 블랙리스트를 풍자한 것이다.

2) 이상은 마스다 와타루가 『중국소설사략』 제7편 「『세설신어』와 그 전후」, 제8편 「당의 전기문(상)」에 대해 질문했던 것에 대한 답변이다. 답변 가운데 2. '此恒遣六部使者'는 6편 「육조의 귀신 지괴서(하)」에 있다.

330711①(일) 야마모토 하쓰에에게[1)]

배계. 편지를 잘 받았습니다. 상하이는 더워서 실내에서도 온도계가 90도 이상으로 올라갔지만 그래도 저희는 건강하고 아이도 건강한 데다 야단법석이랍니다. 마사미치 군도 여름방학이라 상당히 장난을 치고 있겠군요. 일본은 경치가 아름다워 항상 때때로 생각이 납니다만 좀처럼 갈 수가 없는 듯합니다. 제가 간다면 상륙할 수가 없을지도 모릅니다. 게다가 저는 지금 중국을 떠날 수가 없습니다. 암살로 사람을 놀라게 하는 일이 생기면 점점 암살자가 늘어납니다. 그들은 또 제가 칭다오로 도망가 피해 버렸다는 유언비어를 만들고 있습니다.[2)] 하지만 저는 상하이에 있지 않으면 안 되는데 그러고는 험담을 쓴답니다. 그리고 인쇄를 하지요. 마지막으로는 결국 어디가 멸망할까를 시험해 봅니다. 그러나 조심은 하고 있습니다. 우치야마서점에도 무턱대고 가지 않게 되었습니다. 암살자는 집으로는 기어들어오지 않으니 안심하십시오. 최근 마스다 군에게서 편지를 받았습니다. 직접 그린 정원과 서재, 아이의 그림과 함께 말입니다. 만담은 하지 않고 있지만 만독漫讀을 하고 있다고 말하고 있으니 자못 태평하게 지내고 있는 모양입니다. 그 그림을 보면 마스다 군 고향의 경치도 대단히 아름답다고 생각됩니다. 지금은 필요한 책이 아직 없습니다만 있으면 부탁드리겠습니다. 이번 집은 상당히 좋답니다. 앞에 공터가 있어서 비가 오면 개구리가 울어 대는데 꼭 시골에 있는 것 같고 개도 짖고 있습니다. 벌써 밤 2시네요. 초초 돈수

7월 11일, 루쉰 드림

야마모토 부인 궤하

주)______

1) 이 편지는 『대루쉰전집』 제7권에 근거하여 수록했다.
2) 루쉰이 칭다오로 도망갔다는 유언비어는 『사회신문』(社會新聞) 제4권 제1기(1933년 7월 3일)에 실린 「좌익작가가 분분히 상하이를 떠나다」라는 글에 보인다.

330711②(일) 마스다 와타루에게

7월 4일자 편지를 받았습니다. 상하이의 온도계는 실내 70도, 실외 77, 8도랍니다. 대작의 그림은 전에 주었던 남화南畵(?)보다 상당히 좋습니다.[1] 댁이 정말 훌륭한 풍경 속에 있는데 어째서 그렇게 상하이에 오고 싶어 하시는지.

고노미 군의 화상畵像을 보면 작년에 준 사진보다 훨씬 수려해졌네요.

그러나 그 '중국 형'인 하이잉 녀석은 장난기가 많고, 울지는 않지만 시끄럽답니다. 다행히 집에 그렇게 있지 않은 것이 고마운 일입니다. 사진을 우치야마 사장에게 부탁해 부쳤는데, 작년 9월에 찍은 것으로 만 세 살 때 것이지요. 하지만 가장 새로운 사진이랍니다. 그 후로는 아직 찍지 못했지요. 그 사진과 함께 책 두 권을 보냅니다. 보잘것없는 것으로 돈을 벌 요량으로 출판했던 것입니다. 또 『중국논단』 1책에는 딩링의 일이 써 있답니다.

딩슈런丁修人, 딩슈런丁休人도 틀렸는데, 실은 잉슈런應修人이라 하는 것입니다.[2] 이 사람은 10년 전 항저우의 호반시사[3]라 불리는 문학단체의 일원이었고, 시인으로 일찍이 '딩주'丁九라는 필명을 썼는데 '딩주'라 불렀던 것은 쓰기 쉬웠기 때문이었답니다.

저희는 모두 건강합니다. 다만 우치야마서점에는 아무래도 가지 않고 있지요. 만담을 할 수 없는 것이 애석합니다만, '피스톨' 알이 머리에 박히면 더욱 애석하기 때문이랍니다. 저는 그저 집에 있으면서 험담을 쓰고 있답니다. 초초 돈수.

7월 11일, 쉰 드림

마스다 형 테이블에

부모님, 부인, 따님께도 안부를 전합니다.

주)______

1) 남화(南畵). 중국 산수화의 남종화파로 당대 왕유(王維)가 시작하여 18세기 일본에 유행했다.
2) 잉슈런(應修人, 1900~1933). 필명은 딩주(丁九), 딩슈런(丁修人). 저장 츠시(慈溪) 사람으로 시인이다. '좌련'의 성원이며 일찍이 중공 장쑤성 선전부장을 맡았다. 1933년 5월 14일 상하이에서 그를 체포하려는 국민당 특무와 격투를 벌이다 희생되었다.
3) 호반시사(湖畔詩社). 1922년 봄 항저우에서 세워졌고 성원은 잉슈런, 펑쉐펑(馮雪峰), 판모화(潘漠華), 왕징즈(汪靜之) 등이 있다. 시집 『호반』(湖畔), 『봄의 노래집』(春的歌集) 등이 있다.

330924(일) 마스다 와타루에게

배계. 9월 16일의 편지를 받았습니다. 세상은 아직 좀처럼 평온하지 않군요. 때때로 외출을 하지만 이제 2, 3년 전처럼 자주는 아니랍니다. 하지만 제 몸은 여전히 건강하고 조금 살이 쪘다는 평판도 있습니다. 집사람과 아이도 건강하지요. 2, 3일 전에 하이잉 녀석의 사진을 보냈는데 지금쯤 도착했겠네요.

우치야마서점의 영업은 그렇게 다를 바 없습니다만 만담 친구들이 아주 줄어들 것 같더군요. 즉 제 입장에서 말하자면 적막한 것이지요.

질문하신 것은 다른 편지에 답해 보냈습니다만, 지금 『중국소설사략』을 출판하는 일은 시대에 뒤처진 것이 아닐지요?

세상은 점점 더 어려워지겠지요. '우울한' 것은 아무래도 좋지 않다고 생각합니다. 쾌활해진다면 어떨까요?

9월 24일, 루쉰 드림

마스다 형 족하

330929(일) 야마모토 하쓰에에게[1)]

배계. 실로 오랫동안 적조했습니다. 일전에 아이에게 주신 여러 가지 선물도 감사한데, 오늘은 또 『내일』明日 제5호를 받았습니다. 거기에 보면 마스다 군이 크게 의론을 벌이고 있는데,[2)] 저에 대해 아무래도 칭찬이 지나치지 않은가 합니다. 잘 알고 있기 때문이겠지요. 상하이는 흐리고 큰 비에 강풍이다가 어제부터 겨우 개었습니다. 정세는 여전히 테러인데, 하지만 목적이 없기 때문에 완전히 테러를 위한 테러입니다. 우치야마서점에는 때때로 갑니다만 매일은 아니랍니다. 만담 인재도 새벽별이 드문드문 있는 것처럼 왠지 모르게 쓸쓸한 느낌입니다. 저는 여전히 논적에게 공격받고 있습니다. 작년까지는 러시아에서 루블을 받고 있다고 하더니만 이번에는 비밀을 우치야마 사장의 손을 거쳐 일본에 팔고 돈을 아주 많이 받고 있다고 혹자가 써서 잡지에 냈답니다.[3] 저는 바로잡지 않았습니다. 일 년이 지나면 또 자연스럽게 사라져 버립니다. 그러나 중국에 소위 논적 중에 그렇게 비열한 자들이 있기 때문에 사실 어이가 없어 말문이 막히기도 합니다. 저희들은 모두 좋습니다. 저는 한층 더 무사태평이기 때문에 어쩌면 작년보다도 살이 쪘을지도 모르겠습니다. 아이는 아직 더러 감기에 걸리기도 합니다만 몇 년 전보다 아주 사내가 되었습니다. 집에 있으면 아무래도 시끄러워 유치원에 다닙니다만 3, 4일 지나면 선생님이 무섭다며 가지 않으려 합니다. 요즘은 매일 밭에 가고 있습니다. 그 선생은 제가 보기에도 별로이고 분을 아주 많이 발라 보기 흉합니다. 어쨌든 상하이는 적막합니다. 베이징에 가고 싶지만 올해부터 베이징도 테러라, 요 2, 3개월 동안 체포된 사람이 300명 정도입니다. 그래서 당분간 또 상하이에 있을 것 같습니다. 초초 돈수

9월 29일 밤, 루쉰

야마모토 부인 궤하

주)

1) 이 편지는 『대루쉰전집』에 근거하여 수록했다.
2) 마스다 와타루가 『내일』 제5기(1933년 9월)에 「중국의 작가」를 발표한 것을 말한다. 이 글은 루쉰, 궈모뤄, 위다푸, 장즈핑과 후예핀 등 작가와 작품을 소개하였다.
3) 장쯔핑(張資平, 1893~1959) 등이 바이위샤(白羽遐)라는 필명으로 발표한 「우치야마서점에 잠시 들른 기록」(『문예좌담』文藝座談 제1기, 1933년 7월 1일)과 신환(新皖)이라는 필명으로 발표한 「우치야마서점과 '좌련'」(『사회신문』社會新聞 제4권 제2기, 1933년 6월) 등을 가리킨다. 『거짓자유서』(루쉰전집 7권) 「후기」 참조.

331007(일) 마스다 와타루에게

편지 두 통을 보았습니다. 질문은 다른 편지에 동봉하여 보냅니다.

중국에서도 공자의 도로 나라를 다스린다고 말하고 있습니다. 이로부터 주 왕조가 되겠지요. 그리하여 제가 송구스럽게도 황실의 대열에 들어가니 이는 꿈에도 생각하지 않았던 행운입니다.

에토모 마을惠曇村[1]과 사진관이 그렇게 먼가요? 정말 도화원의 느낌이 듭니다. 상하이에서는 다섯 걸음이면 카페, 열 걸음이면 사진관이니 정말 지긋지긋한 곳입니다.

하이잉은 장난이 심합니다. 가정혁명의 두려움이 있습니다만 고노미 군이 순한 것이겠지요.

초초 돈수

10월 7일, 쑤이뤄원隋洛文

마스다 형 궤하

(1) 114쪽『元無有』

桑綆. 확실히 말할 수 없다. 뽕나무 껍질로 만든 새끼줄이라 번역하는 것 외에는 방법이 없다.

(2) 113쪽 以賢良方正對策第一

지방의 장관이 지혜롭고 방정한 사람이라 인정하는 사람을 경도京都로 보내는데, 시험을 치를 때 책문에 답하여 제일인자로 급제한다. (현량방정으로 천거되어도 낙제하는 일이 있다)

(3) 115쪽 分仙術感應二門

선술仙術과 감응 둘로 나눈다.

(4) 116쪽 淸『四庫提要』子部小說類

청『사고전서제요』 속 자부 소설류이다. 이 『제요』에는 경, 사, 자, 집의 사부(소위 '사고'四庫)로 나누어 매 부에 또 각 부류가 있다.

(5) 117쪽 邵公

주 무왕 때 사람, 주공의 동생이다.

(6) a. 季札

계찰. 춘추 때 오吳나라의 태자, 도덕이 높은 것으로 알려졌다.

b. 三官書

도사의 마구잡이 언행인지라 명확하게 말할 수 없다. 삼관에서 나온 서(명령)일 것이다.

c. 구궁九宮도 천계의 궁전 이름, 그 속에 작은 궁전이 아홉 있다.

(7) 118쪽

a. 五印 = 당나라 때 인도가 다섯 부로 나눠 있어 오인이라 한다.

"嘗至中天寺 …… 輒膜拜焉"까지 금강삼매金剛三昧의 말이다.

b. 寺中多畵 ……는 짚신, 숟가락, 젓가락. 현장의 상이 아니다.

c. 대개 서역에 없는 짚신, 숟가락, 젓가락이다.

d. 재일齋日은 인도 승려의 재일(절에서 매월 모일을 재일로 정하는데 그날은 모든 승려에게 음식을 제공한다. 하지만 언제인지는 모른다).[2]

주)

1) 일본 시마네현(島根縣) 야쓰카군(八束郡)(지금은 에토모초惠曇町)으로 마스다 와타루의 고향이다.

2) 이상은 마스다 와타루가 『중국소설사략』 제10편의 몇몇 단어에 대해 질문한 것에 대답한 것이다. 페이지는 1931년 상하이 베이신서국에서 펴낸 수정본의 페이지이다.

331030(일) 야마모토 하쓰에에게[1]

배계. 날이 사뭇 추워져 정말 가을 끝자락 같습니다. 상하이는 더욱 적막합니다. 제가 찾는 책은 프랑스 사람 폴 고갱(Paul Gauguin)의 『노아 노아』로 타히티(Tahiti) 섬의 기행인데 이와나미문고에도 일본어 번역이 있지요, 상당히 재미있습니다. 하지만 제가 읽고 싶은 것은 독일어 번역인데 마스다 군이 마루젠丸善에서 고서점까지 찾아봐 주었는데도 결국 발견하지 못했답니다. 그래서 프랑스어로 한 권을 보내 주었는데 이번에는 제가 읽지를 못하네요. 지금도 도쿄에는 없을 것 같습니다. 그렇게 필요한 것은 아니니 벗들에게 부탁할 필요도 없습니다. 이번 주부터는 중국에서 전국 출판물에 대한 압박이 시작됩니다.[2] 이것도 필연적이므로 별달리 놀랍지는 않습니다만, 아마 저희의 경제에 영향을 미치고 생활에도 영향을 미칠 터이지요. 하지만 이것도 별로 놀랍지 않습니다. 초초 돈수

10월 30일, 루쉰 드림

야마모토 하쓰에 부인 궤하

주)

1) 『대루쉰전집』 제7권에 근거하여 실은 편지이다.
2) 331031 편지를 참조하시오.

331113(일) 마스다 와타루에게

배계. 10월 24일의 편지를 받았습니다만 『수서』隋書가 수중에 없어 '분초지변'焚草之變의 일을 확실히 말할 수가 없었지요. 책을 빌려 와 조사해 보았는데 오늘에서야 비로소 편지를 썼습니다. 혹 이 편지와 함께 도착할지도 모르겠습니다.

아들을 보신 기쁨, 크게 축하드립니다. 고노미 군보다 세 살 어리겠군요. 보기에는 인재를 생산하는 전문가는 아닌 것 같았는데 말이지요. 저는 하이잉 녀석의 시끄러운 등쌀에 지긋지긋해서 파업 중인데요, 그래서 이제 출품하지 않을 계획입니다.

게다가 최근 저의 모든 작품은 오래된 것과 새로운 것을 불문하고 모두 비밀리에 금지되어 우편국에서 몰수되고 있습니다. 저희 일가족을 아사시키려는 계획인 듯합니다. 인구가 번식하면 한층 더 위험하죠.

그러나 저희들은 모두 건강합니다. 굶주리게 되면 다른 뭔가 방법이 있겠지요. 어쨌든 지금은 조금도 걱정하지 마십시오.

유란幽蘭 여사[1]가 당신에게 로만선생魯漫先生이라는 아호를 주고 싶다고 하십니다.

11월 13일 밤, 뤄원洛文 드림

마스다 형 궤하

가족 모두 평안하시길

우문화급宇文化及의 병란의 계획이 성공했을 때 성 밖에 병사를 놓고 성 안에도 병졸 수만 명을 모아 횃불을 올려 성 밖의 사람들에게 알렸다(입성시키기 위해서). 양제는 그 소리를 듣고 무슨 일인가를 물었다. 사마

건통司馬虔通(우문화급의 패거리)이 거짓으로 말하길 "초방(목초를 쌓아 둔 창고)에 불이 나서 바깥의 사람들(궁외의 사람=관, 병, 민)이 불을 끄느라 소란스러울 따름입니다"라고 했다. 양제는 그것을 믿고 준비하지 않아 결국 피살되었다.(『수서』의 「우문화급전」에 보인다)

관노를 해방시켜 내외(=上下)의 번番(=直)에 분배한다.(즉 노예를 문지기로 한다는 것)

어거녀御車女로 생각하여 바쳤다는 원보아袁寶兒. 사실은 신하의 겸손으로 즐길 요량으로 말했던 것.[2)]

주)

1) 야마모토 하쓰에를 말한다.
2) 첨부된 글은 마스다 와타루가 『중국소설사략』 제11편 「송대의 지괴와 전기문」 가운데 '분초지변'(焚草之變)과 '관노분직상하'(官奴分直上下), '어거녀'(御車女)에 대해 질문한 것에 대한 답이다. 어거녀에 관한 것은 이 책 '부록2'의 『중국소설사략』 제3절 주 2)에 관련된 내용이 있다.

331114(일) 야마모토 하쓰에에게[1)]

배계. 일전에 편지와 사진을 삼가 받았습니다. 마사미치 님은 정말 많이 자랐고 님도 풍만해지고 야마모토 선생도 젊어지셨습니다. 이리 보니 도쿄도 참 좋은 곳이라는 생각이 듭니다. 상하이는 여전히 적막하고 곳곳이 불경기라 제가 처음 왔을 때와 완전히 다릅니다. 문단과 출판계에 가해지는 압박도 점점 심해지고 있고 뭐든지 발행 금지됩니다. 아미치스의 『사랑의 교육』,[2] 구니키다 돗포國木田獨步의 소설선집[3]도 몰수되어, 그야말로 웃는 게 나은지 화내는 게 나은지 모를 정도입니다. 제 작품 전부는 오래된 것 새로운 것 불문하고 모두 금지시켜 굶겨 죽이려는 인정을 베풀고 있는 작정인 것 같습니다. 그러나 좀처럼 죽지 않을 것 같네요. 삽도본 『미요코』[4]도 오늘 받았습니다. 정말 좋은 책이네요, 감사합니다. 중국에는 호사가가 거의 없기 때문에 이런 책은 좀처럼 나오지 않습니다. 요즘 저와 친구 하나가 『베이징시전보』北京詩箋譜를 준비하고 있는데 내년 1월 출판될 예정이고 나오면 한번 보시길 바랍니다. '전계'田鷄는 개구리입니다. 제비꽃은 식용이 아닙니다. 책에 따르면 '민들레'를 먹는 일이 있지만 그러나 기근 때에 그렇습니다. 글자는 가까운 시일 내에 써서 보내 드리지요.[5] 난을 기르는 일은 자못 성가신 일인데 저의 증조부는 상당히 많이 길러 특히 방 세 칸 정도를 쓰셨지요. 하지만 그 방은 제가 팔아 버렸으니 이는 실로 난의 불행입니다. 저희들은 덕분에 모두 평안합니다. 초초 돈수

11월 14일 밤, 루쉰

야마모토 부인 궤하

주)

1) 『대루쉰전집』 제7권에 근거하여 수록되었다.

2) 에드몬도 데 아미치스(Edmondo De Amicis, 1846~1908)는 이탈리아 작가. 『사랑의 교육』(愛的教育)은 『엄마 찾아 삼만 리』로 알려진 그의 소설 『쿠오레』(*Cuore*; 한국어본은 주로 『사랑의 학교』로 번역)의 중국어 번역본이다. 1926년 3월 카이밍서점에서 샤멘쭌(夏丏尊)의 번역으로 출판되었다.

3) 구니키다 돗포(國木田獨步, 1871~1908). 일본 작가. 그의 소설 선집은 『구니키다 돗포

집』을 말한다. 중국의 샤멘쭌이 번역했고 1927년 6월 카이밍서점에서 출판되었다.

4) 삽도본 『みよ子』. 일본 아동문학 작품으로 사토 하루오(佐藤春夫) 글, 하자마 이노스케(硲伊之助) 그림이다. 1933년 도쿄 세이카도(青果堂)에서 출판되었다.

5) 야마모토 하쓰에는 저명한 단카 작가였는데, 그의 스승인 쓰치야 분메이(土屋文明)가 야마모토를 통해 루쉰에게 글을 부탁한 일을 가리킨다. "맑은 가지 하나 따서 상수이신께 기도하니"(一枝清采採妥湘靈)로 시작하는 시로, 제목은 「무제」, 『집외집습유』(루쉰전집 9권)에 수록되어 있다.

331202(일) 마스다 와타루에게

어째서 '유란'幽蘭은 별로이고 '유혜'幽蕙가 좋은 것인지 그 이유를 모르겠지만, 그러나 '산만'散漫거사[1]라는 것도 나쁘지 않은 듯합니다. 인재가 많아지면 아마도 점점 산만해지겠지요.

『오사카 아사히신문』[2]에 게재된 사진은 확실히 형용고고形容枯槁[3]하나, 그러나 실물이 그렇게 마르지는枯槁 않았지요. 보면 사진도 때때로 실제를 찍지 못할 때가 있습니다. 아무래도 그 카메라 자체가 고고枯槁한 게 아닐지.

동남쪽은 약간 시끄럽습니다.[4] 뼈를 다투기 때문이지요. 뼈의 입장에서 말하면 갑의 개에게 먹히나 을의 개에게 먹히나 어디든 같은 일입니다. 따라서 상하이에서는 무사하고 행복하다고 할 수 있겠네요.

파쇼는 크게 활동하고 있습니다. 저희는 무사하고 …… 이것도 행복이라 해야겠지요.

12월 2일, 뤄원 드림

마스다 형 궤하

주)______

1) 루쉰이 마스다 와타루를 부르는 호칭.
2) 오사카의 『아사히신문』(朝日新聞)으로 1879년 1월 창간되었다.
3) 마스다 와타루가 이렇게 평했었다.
4) 푸젠사변(福建事變)을 가리킨다. 1932년 '1·28'사변 때 상하이에서 침범해 오는 일본군을 물리치고 있던 '19로군'을 장제스(蔣介石)는 공산당을 반대하는 내전을 하도록 푸젠으로 이동시켰다. 이 군의 많은 장병들은 중국공산당의 항일주장에 영향을 받아 장제스의 일본 투항 정책을 반대했으며 홍군과 싸우기를 거부하였다. 1933년 11월 19로군 장병들은 국민당 내부에서 장제스를 반대하는 일부 세력들과 연합하여 푸젠에 '중화공화국인민혁명정부'를 수립했으며, 홍군과 항일반장(抗日反蔣)협정을 맺었다.

331227(일) 마스다 와타루에게

변함없이 건강합니다.

『오사카 아사히신문』의 예고 가운데 나온 사진은 너무 젊어서 제 사진이 아닐지도 모릅니다. 그러나 다른 사람의 것이 아니라고 말하기도 합니다. 뭔지 모르겠네요.

최근 노안 안경을 썼습니다. 책을 읽으면 글자가 대단히 크게 보이는데 벗고 보면 아주 작아집니다. 그러면 글자의 본래 크기가 어떤 것인가 의심이 되지요. 자신의 모습에 대해서도 마찬가지.

12월 27일 밤, 쉰 드림

마스다 형 궤하

3312○○(일) 우치야마 간조에게[1)]

1.

(一)의 판의 크기는 콜로타이프 300매 인쇄한다면 한 매당 제판 및 인쇄비용이 얼마일까요?

2.

(二)의 AB의 종이를 콜로타이프를 사용하면 원판의 여백은 어떻게 됩니까?

이상 고요샤洪洋社에 여쭤봐 주십시오.

우치야마鄔其山 선생

L 돈수

주)

1) 이 편지는 『인옥집』의 인쇄 일을 기록하고 있어 1933년 12월경에 쓰여진 것이라 할 수 있다.

340108(일) 마스다 와타루에게

33년 12월 29일 편지와 아드님 사진을 잘 받았습니다. 아드님 사진은 부친보다 훨씬 낫습니다. 이렇게 말하면 좀 좋지 않을지 모르지만 사진이 말보다 확실한 증거이군요. 어쨌든 인류는 진보하고 있다는 것을 증명하고 있습니다. 세계도 낙관해야만 하지요.

고노미 군도 자기주장이 아주 강해 보이는데, 이 또한 낙관적인 것이지요.

중국은 음력도 존중하고 양력도 존중하기 때문에 어떤 것이 좋은지 해결되지 않았습니다. 저는 어떤 것을 할까 하고 있답니다. 하지만 신년이라고 해서 닭을 고아 먹었지요. 맛있었답니다.

질문에 대한 해답을 덧붙여 보내 드립니다. 또 수정하고 싶은 곳이 있어 함께 보냅니다.

상하이는 어젯밤에 첫 눈이 왔는데 춥지 않았습니다. 제가 썼던 것은 봉쇄되어 발표하기 어렵지만 그러나 괜찮습니다. 저희 집은 모두 괜찮으니 안심하세요. 초초 돈수

1월 8일 밤, 쉰 드림

마스다 와타루 형 궤하

부모님, 부인, 따님, 아드님 모두 평안하시길.

중국소설사략

324쪽 3번째 줄, '實爲常州人陳森書'의 아래에 (괄호를 첨가하여) 다음과 같은 4구를 넣는다.

(작자 원고의 『梅花夢傳奇』에는 「毘陵陳森」이라는 자서自署가 있기 때문에 이 '書'자는 쓸데없는 글자일지도 모르겠다)

또 38쪽 4번째 줄, '一爲陵'은 '一爲陔'로 바꾼다.

또 같은 페이지 6번째 줄, '子安名未詳'에서 9번째 줄 '然其故似不盡此'까지를 다음과 같이 바꾼다.

자안子安의 이름이 수인秀仁이고, 푸젠 허우관侯官 사람이다. 어려서부

터 시문으로 이름을 날렸으나 20세기 되어 비로소 학교에 들어가고 곧이어 병오년(1846) 향시(향시에 급제하면 거인이 된다)에 급제하였으며, 여러 차례에 걸쳐 진사 시험에 응하였으나 급제하지 못했다. 이에 산시山西, 산시陝西, 쓰촨 등지를 돌아다니다, 마침내 청두成都의 부용서원芙蓉書院의 원장이 되었다. 난리로 인해 고향으로 돌아와 세상을 마쳤으니 그의 나이 56세(1819~1874)였다. 저작이 집에 가득하였으나 오직 『화월흔』花月痕(『賭棋山莊文集』 五)이 전해질 따름이다. 수인이 산시山西에 살았을 때 타이위안太原 지부知府 보면금保眠琴의 자식을 가르쳤다. 들어오는 것도 많았고 여가도 많았는데, 무료함을 이기지 못하고 소설을 지어 자신을 위치주韋痴珠에 견주었다. 보씨가 우연히 이것을 보고는 크게 기뻐하여 그것을 완성할 것을 힘써 장려하여 마침내 장편이 이루어졌다고 한다(謝章鋌 『課余續錄』 一). 그러나 기탁한 것은 이에 그치지 않는 듯하다.

또 14쪽 목록 7번째 줄 '魏子安花月痕'을 '魏秀仁花月痕'으로 고친다.

340111(일) 야마모토 하쓰에에게[1]

배계. 감사히 편지를 잘 받았습니다. 저희들은 변함없이 평안하고, 상하이도 변함없이 적막하고 그리고 추워지고 있습니다. 일본에는 언제나 가고 싶다 가고 싶다 하지만, 그러나 지금 가면 아마 상륙하지 못하겠지요. 설령 상륙한다고 해도 사복형사가 붙을지도 모르지요. 형사가 붙은 채 꽃구경 하는 것은 아주 기이한 웃음거리가 되기 때문에 잠깐 맞선을 보는 편이 나은 것 같네요. 일전에 님이 주신 편지에 타히티 섬에 가고 싶다고 했던 것이 생각나지만, 그러나 실물은 책, 그림, 사진으로 보이는 것이 아름다운 것이 아닐까 싶습니다. 저는 당나라 때 소설을 쓰기 위해 5, 6년 전에 창안에 가 보았지요.[2] 가서 보면 의외의 것, 하늘까지도 당나라 때의 하늘 같지 않고 애써 환상으로 그렸던 계획은 완전히 부숴져 버려 지금까지 한 글자도 쓰지 못했습니다. 책으로 생각했던 편이 좋았던 것이지요. 저는 따로 필요한 것이 없습니다만, 조금 성가실 만한 일을 부탁드리고 싶습니다. 작년부터 『백과 흑』白與黑[3]이라 하는 판화잡지를 보고 있는데 한정판이고 주문이 늦어져서 1호에서 11호까지, 또 20호, 32호, 모두 13책을 손에 넣지 못했답니다. 만약 친구분 가운데 종종 고서점에 가시는 분이 있다면 구매해 주시길 부탁드립니다. '시로토쿠로샤'白與黑社의 주소는 요도바시구淀橋區 니시오치아이西落合 1-37번인데, 32호 외에 본사에도 남은 책이 없답니다. 하지만 이것도 필요한 것이 아니니 없으면 공들여 찾을 필요가 없습니다. 중국은 아마 좀처럼 안정되지 않겠지요. 상하이의 백색 테러는 나날이 심해지고 청년은 연이어 행방불명 되고 있습니다. 저는 변함없이 집에 있지만 단서가 없어서인지 아니면 나이를 먹어서 필요 없는 것인지 모르겠지만 어쨌든 무사합니다. 무사하면 우선 또 살아가겠죠. 마스다 2세의 사진은 저도 가지고 있습니다. 부친보다도 잘생겼다고 답장을 보냈습니다만, 1세에게 좀 실례 아닌가 생각합니다. 하지만 그것도 사실이니까요.

1월 11일, 루쉰 드림

야마모토 하쓰에 부인 궤하

주)

1) 『대루쉰전집』 제7권에 근거하여 수록했다.

2) 1924년 7월 루쉰이 시안(西安; 곧 창안長安)에 가서 강연을 할 때 자료를 수집하여 장편 소설 『양귀비』를 쓸 준비를 하고 있었다. 여기서 5, 6년 전이라 함은 오기이다.
3) 『백과 흑』(白と黑). 판화 월간지. 료지 구마타(料治熊太) 엮음. 도쿄의 시로토쿠로샤(白と黑社)에서 간행되었다. 1930년에 창간되었으며, 1935년에 정간되었다.

340127(일) 야마모토 하쓰에에게[1]

배계. 삼가 편지를 받았습니다. 관심에 감사드립니다. 상하이도 춥고 광둥과 푸젠의 경계 지대에는 사십 년 만에 눈이 내렸다고 하니 올해는 어디라도 추운 모양입니다. Tahiti 섬이 도대체 어떠한지 저도 의심하고 있습니다. 후미코芙美子[2] 님의 호의에 감사드립니다. 만나신다면 말씀 부탁드립니다. 일전에 『모습』面影[3]을 읽고 방을 보고 싶었지만, 그러나 지금 일본에 가면 아마 성가시겠지요. 사복형사가 들러붙어 꽃구경하는 것은 별다른 취미이겠지만 역시 불편한 일이지요. 그래서 일전에 일본으로 여행할 결심을 하지 못했지요. 일본의 우키요에시浮世繪師에 대해서는 제가 젊었을 때에는 호쿠사이北齊[4]가 좋았지만 지금은 히로시게廣重[5], 그 다음에는 우타마로歌麿[6]입니다. 샤라쿠寫樂[7]는 독일 사람이 크게 상찬하여 제가 두세 권을 읽고 그를 이해하려고 했지만, 결국 아무래도 이해하지 못하고 말았습니다. 하지만 중국의 일반의 눈에 적당한 사람은 제 생각에 역시 호쿠사이인데, 예전부터 수많은 삽화를 넣어 소개하려고 생각하고 있었지만 지금의 독서계 상황으로 볼 때 아마도 안되겠어요. 그러나 친구분이 가지고 있는 우키요에를 저에게 보내지 마십시오. 저도 복제품을 수십 매 소유하고 있지만, 나이를 먹어 가는 데 바빠져서 지금은 그것을 꺼내 볼 기회조차도 거의 없답니다. 게다가 중국에는 우키요에를 감상할 사람이 아직 없고, 제가 가진 것도 장래 누구에게 건네야 좋을까 고민하고 있습니다. 마스다 1세는 여전히 『소설사략』을 꾸준히 번역하고 있습니다. 때때로 해석되지 않는 곳을 물어 오지만 만약 출판할 곳이 없다면 정말 딱한 일이지요. 출판에 유익하다면 저는 서문을 써도 좋다고 생각합니다.

초초 돈수

1월 27일, 루쉰

주)

1) 『대루쉰전집』 7권에 근거하여 수록했다.
2) 하야시 후미코(林芙美子, 1903~1951). 일본의 여성 작가. 1930년 9월 상하이에서 우치야마 간조의 소개로 루쉰을 알게 되었다. 첫 작품 『방랑기』(放浪記, 1930)를 시작으로 전후의 황폐한 양상을 반영한 『도심지』(ダウンタウン, 1948), 『뜬구름』(浮雲, 1949) 등의 작품이 있다.
3) 『모습』(面影). 소설 『모습, 나의 스케치』(面影, 私のスケッチ)를 말한다. 1933년 도쿄문학잡지사에서 출판.
4) 가쓰시카 호쿠사이(葛飾北齊, 1760~1849). 일본 판화가. 우키요에 '3대가(大家)'의 한 사람. 인물과 풍경이 뛰어났다. 대표작으로 『후지산 36경』(富嶽三十六景) 등이 있다.
5) 우타가와 히로시게(歌川広重, 1797~1858). 일본 판화가. 우키요에 3대가의 한 사람. 풍경과 명승고적을 주로 그렸고 『도카이도 53차』(東海道五十三次) 등이 있다.
6) 기타가와 우타마로(喜多川歌麿, 1753~1806). 일본 판화가. 우키요에 3대가의 한 사람. 민간의 부녀생활을 잘 그렸다.
7) 도슈사이 샤라쿠(東洲斎写楽, 1762?~1835?). 일본 우키요에 판화가.

340212①(일) 마스다 와타루에게

고노미 군의 사진을 잘 보았습니다. 이전 사진과 비교하면 아주 크고 멋지네요. 세월이 빠르다는 느낌이 아주 강해서 재빨리 무언가를 쓰고 싶다는 생각이 드네요. 이사 이후 하이잉은 아주 건강해졌지만, 그 대신에 아주 장난꾸러기가 되었고 집에 있으면 종종 폭동의 두려움이 있어 아주 곤란하답니다.

2월 12일 밤, 쉰 드림

마스다 형 족하

340212②(일) 야마모토 하쓰에에게[1)]

배계. 일전 『판화』 네 첩을 받았습니다. 이 목판은 삼사 년 전 이미 모았던 것이지만, 그러나 1호 및 2호는 당시 출판사도 품절이었기 때문에 결국 손에 넣지 못했었지요. 이번에 처음으로 덕분에 모으게 되어 대단히 감사드립니다. 상하이는 벌써 따뜻해져 확실히 봄이 온 듯하지만, 문학계의 기압은 점점 무거워지기만 합니다. 그러나 저희는 모두 잘 지내니 안심하세요. 초초

2월 12일 밤, 루쉰 드림

야마모토 부인 궤하

주)______

1) 『대루쉰전집』 7권에 근거하여 수록했다.

340227(일) 마스다 와타루에게

내일 우치야마 사장의 지인이 일본으로 돌아가기 때문에 소포를 하나 부탁했습니다. 아마 오사카에 도착하면 보낼 겁니다.

소포에는 『베이핑전보』北平箋譜 한 상자가 들어 있습니다. 그것은 제가 제의했던 것이지만 정전둬鄭振鐸 군이 꽤 애를 써 시작되었던 것입니다. 원판은 지물포紙店가 가지고 있기 때문에 종이를 사서 인쇄하고 모아 한 부의 책으로 하면 나쁘지는 않을 것 같습니다. 백 부만 만들어서 출판하기 전에 모두 예약되어 버렸답니다. 하지만 출판사 삼한서옥三閑屋에 아직 있으니 감상하시도록 드리겠습니다.

또 그 소포 안, 책 끝에 또 작은 소포가 하나 있는데 그건 두渡군[1]에게 줄 것인데, 사실은 어른 장난감이라 하는 게 적당할지 모르겠습니다. 54년 전 제가 태어났을 때는 외출할 때 그런 것을 달았습니다. 일본식으로 하면 '악마막이'인데 중국에는 '악마'라는 생각이 없었기 때문에 '액막이'라 하면 되겠네요. 설명이 없으면 조금 알기 어려워서 왼쪽과 같이 그림으로 설명하겠습니다.

저 둥근 것은 쌀을 찧은 뒤 정백미와 겨로 나누는 것인데, 대나무로 만들었고 중국에서는 체라고 불리는 것인데 일본어로는 모르겠네요. 1은

말할 것도 없이 태극, 2는 주판算盤, 3은 벼루, 4는 붓과 필가筆架, 5는 아마도 책, 6은 그림 두루마리, 7은 역서曆書입니다. 8은 가위, 9는 자, 10은 바둑판, 11은 저도 잘 모르겠는데 그 형태가 전갈 비슷하지만 사실 분명 저울입니다.

어쨌든 이것들은 모두 똑똑히 밝히기 위한 것이지요. 가만 보면 중국의 부정한 것은 아주 명확한 것을 무서워하고 눈속임을 좋아합니다. 일본의 부정한 것은 어떤 성질일까 모르겠지만 어쨌든 일종의 중국 것으로 해 둡시다.

문단에 가해지는 압박은 나날이 심해져 옵니다. 하지만 저희들은 여전히 평안하게 살고 있습니다.

2월 27일, 쉰 드림

마스다 형 궤하

주)

1) 마스다 와타루의 아들. 두(渡)는 오기이다. 마스다 와타루가 유(游)로 정정하고 있다.

340317①(일) 모리 미치요에게[1]

배계. 어제 주신 『동방의 시』[2]를 삼가 받았습니다. 덕분에 앉아서 여러 곳을 여행하는 것이 가능해졌습니다. 깊이 감사드립니다.

난 이야기의 경우 요리집에 모인 모습도 똑똑히 눈앞에 떠오릅니다. 하지만 지금의 상하이는 그때와는 크게 변해서 정말 적막해 참을 수가 없답니다.

3월 17일, 루쉰 드림

모리 미치요 여사 궤하

주)

1) 모리 미치요(森三千代, 1905~1977). 일본의 여류 시인. 가네코 미쓰하루(金子光晴)의 부인. 루쉰의 1934년 3월 12일 일기에 "오후에 『동방의 시』(東方の詩) 한 권을 얻음. 저자 모리여사 기증"이라고 되어 있다.
2) 쇼와 9년(1934) 도쿄도서연구사(東京圖書研究社) 출판으로 작가가 중국, 일본, 싱가포르, 말레이시아, 인도네시아 등을 여행하면서 지은 시 29수와 판화 6폭이 수록되어 있다.

340317②(일) 야마모토 하쓰에에게[1]

배계. 오늘 오후 우치야마서점에서의 만담 도중, 마루바야시丸林 씨의 부인이 오셔서 선물을 주셨답니다. 편지도 같이 주셨지요. 감사드립니다. 『베이핑전보』는 그 목판이 모두 지물포紙屋에 있기 때문에 편집을 하여 한 장씩 사서 그 점포에 부탁해 인쇄하면 쉽게 책을 만들지만, 습속도 점점 변해 가기 때문에 이런 시전詩箋도 가까운 시일 내에 사라지지 않을까 싶습니다. 그 때문에 마음을 먹고 하나 해봐서 옛날의 성적을 남겨 두고자 했습니다. 만약 그 가운데 조금이라도 볼 만한 것이 있다면 다행이지요. 마스다 1세에게도 한 상자 보냈습니다. 상하이는 기후가 나빠 각종 병이 유행하고 있습니다. 아이도 인플루엔자에 걸려 스도須藤 선생께 진료받고 오늘부터 나아지기 시작했습니다. 마침 화가 나 있는 바로 그때, 보내 주신 장난감을 주었더니 아주 기뻐했답니다. 그리고 자전거를 주셨던 것도 아직 기억하고 있네요. 초초 돈수

3월 17일, 루쉰 드림

야마모토 부인 궤하

야마모토 님과 마사히로 군에게도 안부를 전합니다.

주)

1) 『대루쉰전집』 7권에 근거하여 수록했다.

340318(일) 마스다 와타루에게

배계. 에토모 마을에서 온 편지는 아주 잘 보았습니다. 지금쯤은 벌써 도쿄에 도착했을 것이라 생각해서 몇 자 씁니다.

『베이핑전보』에 대한 두 가지 의견은 당연한데, 첫번째는 인쇄 전에도 지물포와 몇 번 담판을 했었답니다. 하지만 한 번 진하게 하면 안료가 판에 붙어서 다음 실용전實用箋을 인쇄하는 데 영향이 있다고 해 결국은 승낙하지 않았지요. 두번째는 제가 일부러 그렇게 했습니다. 사실 말하자면 천헝커陳衡恪, 치황齊璜(바이스白石) 이후 전화箋畵는 이미 쇠퇴했기 때문에 이십 인 합작의 매화전梅花箋은 결국 힘이 없고 원숭이 모양 등에 이르면 아주 속화해 버렸습니다. 이후 사라져 버리겠지요. 구식의 문사도 점점 줄고 있기 때문입니다. 그래서 저는 용두사미 격을 드러내고 말류의 전화가箋畵家를 표창했던 것입니다.

각공彫工, 인쇄공도 지금은 이제 서너 명 남아 있는데, 대부분 비참한 생활 상태에 빠져 있습니다. 이 사람들이 죽으면 이 기술도 끝납니다.

올해부터 저와 정군 두 사람이 매월 조금씩 돈을 내어 명明의 『십죽재전보』十竹齋箋譜를 복각하고 있는데 일 년 정도면 나오겠지요. 그 책은 정신이 아주 섬세하고 작은 것이지만 어쨌든 명明의 것이기 때문에 회생시켜 놓는 것입니다.

저의 1924년 이후 번역은 모두 금지되었습니다(그러나 『먼 곳에서 온 편지』와 전보箋譜는 제외). 톈진의 신문에는 제가 뇌막염을 앓고 있다고 기재하고 있습니다. 하지만 사실 두뇌는 냉정하고 변함없이 건강하네요. 다만 하이잉 녀석이 '인플루엔자'에 걸려 2주간 화나 있었는데 지금은 벌써 좋아졌답니다.

3월 18일, 쉰 드림

마스다 형 궤하

340405(일) 우치야마 간조에게

배계

이 편지를 가진 사람에게 소생의 사진을 주시기 바랍니다. 여러모로 수고스럽게 해 드린 데 대해 깊이 감사드리며, 언제 뵙고 깊이 감사드리겠습니다. 초초 돈수

4월 5일, 루쉰

우치산런鄔其山仁 형 궤하

부인 전하殿下 안부를 전해 드립니다.

340411(일) 마스다 와타루에게

배계. 4월 6일 편지는 보았습니다.

사토 선생에게는 3월 27일 이미 『베이핑전보』 한 상자를 소포로 보냈습니다만 4월 5일까지 받지 못하였으니 상당히 늦네요. 그러나 지금쯤 아마 도착했겠지요. 기회가 될 때 한 번 여쭤봐 주시겠습니까? 만약 결국 도착하지 않았다 하면 다시 보내겠습니다.

『아침 꽃 저녁에 줍다』朝花夕拾는 만약 출판할 곳이 있다면 번역해도 좋지만, 하지만 거기에는 중국의 풍속 및 잡다한 일에 관한 것이 아무래도 많기 때문에 주석을 많이 넣지 않으면 알기가 어려울 것입니다. 주석이 많으면 읽을 때 재미가 없을 것입니다.

'문예연감사'文藝年鑑社라는 것은 사실은 없고 현대서국現代書局의 이름을 바꾼 것이지요. 그 「조감」鳥瞰[1]을 썼던 것은 두헝杜衡 즉 일명 쑤원蘇汶은 현대서국에서 출판한 『현대』現代(월간문예잡지)의 편집자(다른 한 사람은 스저춘施蟄存)이자 스스로는 초당파超黨派라 말하고 있지만 실은 우파랍니다. 올해, 압박이 강해지고 나서는 자못 어용문인처럼 되었습니다.

그래서 저 「조감」은 현대서국의 출판물과 관계가 있는 사람은 좋게 쓰고 있지만, 밖의 다른 사람은 상당수 암살되고 있답니다. 게다가 다른 사람이 쓴 문장투로 자신을 칭찬하고 있습니다. 일본에서는 그런 비밀을 알기가 어렵기 때문에 금과옥조로 받드는 일도 면하기 어려울 것입니다.

그리고 일전 편지의 충고는 대단히 감사드립니다. 저는 편집자에게 고쳐 달라 강하게 요구했었지만, 너무 심한 곳만 수정하고 그냥 그대로 출판하였으니 정말 곤란한 일입니다.

또한 일본의 채색목판인쇄가 중국에 뒤떨어진다 말하는 사람도 있지만, 제 생각에는 종이의 질과 크게 관계가 있는 것 같습니다. 중국의 종이는 '번지는' 성질이 있기 때문에 인쇄할 때에 그 성질을 이용하지요. 일본 종이는 번지지 않기 때문에 색채도 굳어 버리고 맙니다.

초초

4월 11일, 뤄원

마스다 형 궤하

주)

1) 「조감」(鳥瞰)은 '1932년 중국문단조감'을 가리킨다. 중국문예연감사 편집, 현대서국 출판의 1932년 『중국문예연감』(中國文藝年鑑)에 수록되어 있다.

340425(일) 야마모토 하쓰에에게[1)]

배계. 삼가 편지를 받아 보았습니다. 일전 아이에게 옷을 주셨지요, 감사드립니다. 마사히로 군이 그림을 그리기 시작했습니까? 흥미로운 일입니다. 하지만 물론 부모도 배우지 않으면 안 되겠지요. 그렇지 않으면 물어볼 때 곤란하답니다. 저희 아이는 그림은 그리지 않으나 그림책 설명을 시키는데 역시 매우 곤란했던 임무이지요. 마스다 1세는 정말 척척 써내면 좋다고 생각합니다. 지금 소위 중국통이 쓴 것을 보면 실수투성인데도 편안하게 출판하는데 그는 왜 그렇게 겸손한 것일까요? 지금부터 하기 시작하면 꼭 성공할 거라 생각합니다. '메메차우'慢慢交[2)]라는 중국류의 격언까지 쓰면 틀립니다. 상하이 일대는 올해 특히 춥기 때문에 무엇이든지 늦어지고 있습니다. 하지만 복숭아꽃은 벌써 피었네요. 저는 위병으로 일주일 정도 스도須藤 선생을 괴롭히고 지금은 이미 나았습니다. 아내는 건강한데, 아이는 감기에 걸렸지요. 또 저 자신은 정말 어딘가로 가까워지고 있습니다. 그것은 상하이에서는 타인의 생명을 매매하고 있는 곳이 많이 있어서 때때로 위험한 계획을 세웁니다. 하지만 저도 상당히 경계하고 있기 때문에 괜찮답니다.

4월 25일, 루쉰

야마모토 부인 궤하

주)

1) 이 편지는 『대루쉰전집』 7권에 근거하여 수록했다.
2) 慢慢交. 상하이 속어로 '천천히 하세요'라는 뜻.

340511(일) 마스다 와타루에게

『패문운부』,[1] 『변자유편』[2] 등 거대한 대작, 책을 본 적이 있지만 반복해서 읽었던 적은 지금까지 없었지요. 중국문학 전문가가 아니라면 구매하고 소장할 필요가 없을 것이라 생각합니다. 그러나 『대사전』[3] 편집을 위한 적당한 책도 모르겠습니다.

『사원』辭源과 『통속편』[4]만으로 끝낸다면 너무 부족하다고 생각해요. 이 밖에 『자사정화』,[5] 『독서기수략』[6]에서 필요하다고 생각하는 것을 골라 넣으면 어떨까요. 아니면 『변자훈찬』[7](『변자유편』보다도 간명)에서도 조금 취해 넣을 수 있지요.

『백악응연』[8]은 아직 보지 못했지만 보내지 마세요. 우치야마서점에서 분명 가지고 올 겁니다.

5월 11일, 뤄원 돈수

마스다 형 궤하

주)

1) 『패문운부』(佩文韻府). 운(韻)에 따라 분류한 사서(辭書). 청대 장옥서(張玉書)가 강희제의 칙령에 의해 편찬. 556권이다.
2) 『변자유편』(駢字類編). 분류하여 배열한 사서(辭書). 13문(門)으로 분류했고 모두 240권이다. 청대 장정옥(張廷玉) 등이 강희제의 칙령으로 편찬, 두 자로 된 숙어만 넣었다.
3) 『대사전』(大辭典). 당시 마스다 와타루 등이 편집을 기획하고 있었던 중국어대사전.
4) 『통속편』(通俗編). 청대 적호(翟灝)가 편했다. 일상의 통속적인 말을 모아서 그 원류와 변천을 설명했다. 천문, 지리, 시서(時序) 등 38류이다.
5) 『자사정화』(子史精華). 유서(類書)로 청대 강희제 때 편집. 자사(子史) 속 명언을 모아 분류하였다. 30부로 나누었고 모두 160권이다.
6) 『독서기수략』(讀書記數略). 유서(類書)로 청대 궁몽인(宮夢仁)이 편집, 고서 속의 전고를 모아 분류하고 사항을 배열했다. 모두 54권.
7) 『변자훈찬』(駢字訓纂). 청대 위무림(魏茂林)이 지은 『변아』(駢雅)의 주석본. 『변아』는 훈고서이다. 명대 주모의(朱謀瑋)의 책으로 고서 속의 쌍음 단어를 모아 『이아』의 체례에 따라서 분류하고 설명을 붙였다.
8) 『백악응연』(白嶽凝煙). 산수화집으로 청대 왕차후(汪次侯)의 작품이다. 강희 53년(1714) 간행되었고 1934년 도쿄 분큐도(文求堂)에서 영인 출판했다.

340519(일) 마스다 와타루에게

번역문의 종료[1]에 대해서는 대단히 기쁘지만, 이런 보잘것없는 원본에 애를 쓴 것에 대해 정말 부끄러움을 감당하지 못하고 있습니다. 출판 희망이 있을까요?

졸저 『남강북조집』은 큰 화를 입었습니다. 두세 출판물('파쇼'의?)에서는 그것이 일본에서 일만 위안을 받아 정보처에 보냈다고 써서 저에게 '일본첩자'[2]라는 존호를 주고 있지요. 그러나 그런 억울한 공격도 곧 사라져 버릴 것입니다.

5월 19일, 뤄쉰 드림

마스다 형 궤하

주)______

1) 마스다 와타루가 번역한 『중국소설사략』을 말한다.
2) 상하이 『사회신문』(社會新聞) 제7권 제12호(1934년 5월 6일)에서 루쉰을 민족반역자라고 중상한 일을 가리킨다. 340516② 편지의 주석을 참조하시오.

340530(미) 아이작스에게[1]

아이작스 선생. 어제 편지를 받고 바로 M.D.[2]에게 보내 보여 주었지요. 우리 모두 매우 기뻐했는데 왜냐하면 바로 항상 생각하고 있던 것이었기 때문이지요. 분량이 너무 많으면 선생이 한 번 보시고 적당하지 않은 것은 빼도 좋다고 저희는 생각합니다.

「물」水[3]의 끝부분 삭제는 저희도 모두 동의합니다.

「천팔백 담」一千八百擔[4]은 번역하지 않아도 좋은데, 그의 다른 작품이 있어서 좀 짧은 편으로 바꾸고자 합니다. 또 그의 자전에 "천팔……년생"이라 하는 것은 잘못된 것으로 "천구……년생"으로 수정해 주세요. 그렇지 않으면 그는 백 살이 넘고 너무 오래 산 게 됩니다.

이 작가吳君[5]는 칭화학교에 있는데, 선생께서 그를 만나고자 하면 질문할 게 있으면 훨씬 수월합니다. 아니면 편지로 하시면 됩니다. 만약 만나시려면 편지로 장소를 알려 주시면 저희가 그에게 편지를 보내 방문하도록 청하겠습니다.

각별히 이 답장을 올리며,
삼가 안부를 여쭙고,
부인께도 안부를 여쭙니다.

5월 30일, L 드림

주)

1) 아이작스(伊羅生, H.R. Issaccs, 1910~1986). 미국인으로 일찍이 상하이 『다메이완바오』(大美晩報) 기자이며 『중국논단』(中國論壇, *China Forum*)을 창간, 주편을 맡았다. 1934년 중국현대작품 번역을 위해 루쉰과 마오둔(茅盾)에게 단편소설집 『짚신』(草鞋脚) 편집을 의뢰했다.
2) M.D.는 마오둔을 말한다.
3) 「물」(水). 딩링(丁玲)의 작품으로 『북두』(北斗) 제1권 제1기에서 제3기(1931년 9월-11월)에 실렸다.
4) 우쭈샹(吳組緗, 1908~1994)의 작품으로 『문학계간』(文學季刊) 창간호(1934년 1월)에 실렸다.
5) 우 군은 우쭈샹으로 안후이 징현(涇縣) 사람이다. 당시 칭화대학 중문과 학생이었다.

340531(일) 마스다 와타루에게

마스다 형.

『소설사략』 297~298쪽의 글자를 아래와 같이 고쳐주세요.

297쪽

6행, '一字芹圃, 鑲藍旗漢軍'을 '字芹溪, 一字芹圃, 正白旗漢軍'으로 고친다.

12행, '乾隆二十九年'을 '乾隆二十七年'으로 고친다.

또 '數月而卒'을 '至除夕, 卒'로.

298쪽

1행, '一七六四'를 '一七六三'으로.

또 '其『石頭記』未成, 止八十回'를 '其『石頭記』尙未就, 今所傳者, 止八十回'로 고친다.

또 '次年遂有傳寫本'을 삭제.

또 '(詳見胡適……『努力週報』一)'을 '(詳見『胡適文選』)'으로 정정.

또 299쪽 제2행, '以上, 作者生平……'에서 300쪽 제10행 '……才有了百二十回的『紅樓夢』'까지 모두 21행을 전부 삭제.

5월 31일 밤, 뤄원 드림

340607①(일) 야마모토 하쓰에에게[1]

배계. 5월 20일 편지를 벌써 받았습니다만, 여러 가지 잡다한 일 때문에 결국 답장이 늦어졌습니다. 정말 죄송합니다. 『문학』이라는 잡지는 저와는 아무런 관계도 없습니다. 저를 그 편집자로 해버린 예는 바로 이노우에 고바이 님입니다. 그가 가이조샤의 『문예』[2]에 그렇게 썼기 때문에 『니치니치신문』日日新聞[3]은 또 그의 문장을 믿어 버렸던 것이겠지요. 편집도 괜찮아서 나쁘다고 생각하지는 않지만, 그러나 그렇지 않기 때문에 좀 곤란합니다. 군자도 한거閑居하면 불선不善이라 합니다. 공자님은 한평생을 만유漫遊하시고 게다가 제자들이 많았기 때문에 두서너 의심스런 점을 빼면 대체로 괜찮지만, 만약 한거하면 이번에는 어떻게 될까요? 저는 보증할 수가 없습니다. 특히 남성이라는 것은 대저 안심할 수 없으니 설령 육지에 오래 머무른다고 해도 육지의 여자를 신기하게 여깁니다. 싫증이 날지 아닐지는 문제지만, 제 경우는 역시 떠들어 대지 않는 쪽이 좋다고 봅니다. 상하이는 더워지고 있습니다. 저희 집 앞에 새 집을 짓고 있어서 시끄러워 힘드네요. 하지만 이사할 생각도 없답니다.

6월 7일, 루쉰 올림

야마모토 부인 궤하

주)

1) 이 편지는 『대루쉰전집』 7권에 근거하여 수록했다.
2) 『문예』(文藝). 월간으로 야마모토 산세이(山本三生) 편집으로 1933년 11월 창간했다. 도쿄 가이조샤(改造社) 출판. 이노우에 고바이가 1934년 5월호에 「루쉰과 새로운 잡지 『문학』」을 발표했었다.
3) 『니치니치신문』(日日新聞). 일보로 1872년 2월 도쿄에서 창간했다.

340607②(일) 마스다 와타루에게

편지와 사진을 받았습니다. 사진은 아주 무서운 얼굴을 하고 있는 게 아닌 것 같습니다. 어쩌면 그 비교는 가정 시대의 사진과 하숙 시대의 사진과 해야만 하는 것인데, 하지만 상하이에 오셨을 때에는 벌써 고뇌 시대에 접어들어 있어서 제 눈에는 그렇게 다를 것이 없는 것 같습니다.

『소설사략』 교정을 두 차례 보냈는데 도착했는지 모르겠군요. 요즘 새로 발견한 것도 많고 교정해야 할 곳도 많지만, 계속 연구할 생각도 없으니 그대로 둡시다.

상하이 경기景氣와 만담은 양쪽 모두 불경기입니다. 집에 박혀 있을 때가 많지요. 테러도 심하지만 테러 규칙이 없기 때문에 의외의 재난을 생각하게 되지만 오히려 무섭지 않게 되었습니다. 여름쯤 아이를 데리고 나가사키에 가서 해수욕도 해볼까 하고 생각했던 적도 있지만 또 그만두었지요. 그러면 변함없이 상하이입니다.

저희는 모두 건강합니다만, 다만 그 '하이잉씨'는 아주 장난이 심해져 시종 저의 일을 방해하고 있습니다. 지난달부터 이미 적으로 취급하고 있답니다.

『인옥집』引玉集의 인쇄소는 도쿄의 고요샤洪洋社입니다.

6월 7일 밤, 뤄원 드림

마스다 형 궤하

340627(일) 마스다 와타루에게

6월 21일 편지와 사진을 잘 받았습니다. 이번 사진은 전의 것보다도 훨씬 가라앉아 있다 생각합니다. '전지요양'轉地保養의 때가 가까이 왔기 때문이겠죠.

소설사의 교정은 두 차례뿐입니다.

제 사진도 한 장 드립니다. 새로운 것이 없어서 작년 것을 보내 드릴 수밖에 없네요. 거기에 일 년 정도 늙음을 덧붙여 보면 제 모습에 가까워집니다. 이런 방법이 어렵겠지만요.

상하이에서는 요 이삼 일 실내가 93, 4도에 거리는 백 도 이상이었지요. 이런 날씨에 대해 답하자면 저는 땀을 흘리고 밖으로 땀띠가 나고 있답니다.

6월 27일, 뤄원 드림

마스다 학형 궤하

340714(미) 아이작스에게[1)]

아이작스 선생,

편지를 삼가 받았습니다. 소설집[2)]의 소설 선별 문제에 대해 저희의 의견은 다음과 같습니다.

I. 장광츠蔣光慈의 『반바지당』短褲黨[3)]은 그다지 잘 쓰지 못했습니다. 그는 당시의 혁명 인물을 왜곡했지요. 저희는 만약 그의 작품을 선택한다면

그의 단편소설이 비교적 좋으니 그것을 선택하는 것이 낫다고 봅니다. 어떤 단편을 선택하는가에 대해서는 선생님이 살펴 정하시길 바랍니다.

II. 궁빙루龔氷廬의 「광부」炭鑛夫[4]도 저희는 별로라고 봅니다. 오히려 스이適夷의 「염전」鹽場[5]이 낫습니다. 이 소설은 저희가 이미 소개해 드렸지요.

III. 1930년에서 지금까지의 좌익문학작품은 저희 생각에도 신진 작가를 많이 소개해야 한다고 봅니다. 허구톈何谷天의 「설지」雪地[6]와 사팅沙汀, 차오밍 여사草明女士, 어우양산歐陽山, 장톈이張天翼 등[7]의 작품은 저희는 그대로 두길 희망합니다.

그리고 마오둔은 그의 작품이 이미 적지 않은 편폭을 차지하고 있다고 생각하기 때문에, 그의 「추수」를 빼고 「봄누에」와 「희극」[8]만 남기기를 건의하고 있습니다.

이것을 빼고는 저희는 편지의 의견에 대해 모두 찬성합니다.

야오 여사[9]와 선생님의 평안을 여쭈며!

7월 14일, 마오둔, 루쉰

추신 : 루쉰의 논문은 좌련의 개회 때 연설로 사용되어 『이심집』二心集에 실렸습니다.[10]

주)

1) 이 편지는 마오둔이 집필, 루쉰이 서명한 것이다.

2) 『짚신』(草鞋脚)을 말한다.

3) 장광츠(蔣光慈, 1901~1931). 안후이(安徽) 류안(六安) 출신의 작가이며, 일명 광츠(光赤)이다. 태양사(太陽社)와 좌익작가연맹의 성원으로 활동했다. 『반바지당』(短褲黨)은 중편소설로 1927년 11월 상하이 타이둥서국(泰東書局) 출판이다.

4) 궁빙루(龔氷廬, 1908~1955). 필명은 잉잉(櫻影), 장쑤 충밍(崇明; 지금의 상하이) 사람이며 좌련의 성원이다. 「광부」(炭鑛夫)는 단편소설로 『창조월간』(創造月刊) 제2권 제2기,

제3기(1928년 9월, 10월)에 실렸다.

5) 스이(適夷). 즉 러우스이(樓適夷, 1905~2001). 저장(浙江) 위야오(余姚) 출신의 작가이며, 원명은 시춘(錫椿), 일명 젠난(建南) 등이다. 태양사와 좌익작가연맹의 성원으로 활동했다. 「염전」(鹽場)은 단편소설로 340921 편지 참조.

6) 허구톈(何谷天). 즉 저우원(周文, 1907~1952). 쓰촨(四川) 잉징(滎經) 출신의 작가이며, 원명은 허카이룽(何開榮), 별명은 허구톈, 자는 다오위(稻玉), 필명은 저우원이다. 1933년 10월에 『문예』(文藝) 월간을 편집하고, 1934년에는 좌익작가연맹 조직부장을 지냈다. 「설지」(雪地)는 단편소설로 『문학』 제1권 제3호(1933년 9월)에 실렸다.

7) 사팅(沙汀, 1904~1992). 쓰촨 안현(安縣) 출신의 작가이며, 원명은 양자오시(楊朝熙), 개명은 양쯔칭(楊子青), 필명은 사팅이다. 좌익작가연맹 상임위원회 비서를 지냈다. 1931년에 단편소설 제재문제를 둘러싸고 아이우(艾蕪)와 연명으로 루쉰에게 편지를 보냈으며, 1932년 1월에 「등유」(煤油)를 루쉰에게 부쳐 심사해 주기를 요청했다.
차오밍, 어우양산은 360318 편지 주석 참조. 장톈이는 330201 편지 주석 참조.
장톈이(張天翼, 1906~1985). 후난(湖南) 샹샹(湘鄉) 출신의 작가이며, 좌익작가연맹의 성원으로 활동했다. 처녀작 「사흘 반의 꿈」(三天半的夢)을 『분류』(奔流) 월간에 발표했다. 1933년 이후 루쉰은 외국의 벗들에게 그의 작품을 소개했다.

8) 마오둔. 즉 선옌빙(沈雁冰, 1896~1981). 저장 퉁샹(桐鄉) 출신의 문학가. 필명은 마오둔(茅盾), 팡비(方璧), 쉬안주(玄珠), 선위(沈余) 등이다. 문학연구회 발기자 가운데 한 사람이며, 『소설월보』(小說月報)를 편집했다. 1921년 4월부터 원고 등의 일로 루쉰과 자주 편지를 주고받았다. 1928년 10월에 일본으로 건너갔다가 1930년 봄에 귀국한 후 좌익작가연맹에 참여했다. 「추수」는 단편소설로 『선바오월간』(申報月刊) 제2권 제5기(1933년 5월)에 실렸다. 「봄누에」(春蠶)는 단편소설로 『현대』(現代) 제2권 제1기(1932년 11월)에 실렸다. 「희극」(喜劇)은 『북두』 제1권 제2기(1931년 10월)에 서명을 허뎬(何典)으로 하여 실었다.

9) 야오 여사(姚女士). 아이작스 부인(V. R. Isaacs)을 가리킨다. 중국명은 '姚白森'(로빈슨).

10) 원문에서 이 부분은 루쉰의 필적이다.

340723①(일) 우치야마 가키쓰에게[1)]

배계. 어제 광학원光學園 학생들의 목각을 받았는데, 그 가운데 특히 정물 작품에 저는 흥미를 느꼈습니다.

오늘 다른 편지에 편지용지 약간을 보냈답니다. 그것은 명말, 즉 300년 전의 목판 복제품인데 크게 쓸데는 없지만 그저 장난감 삼아 어린 예술가들에게 나누어 주십시오. 초초 돈수

7월 23일, 루쉰 드림

우치야마 가키쓰 형 궤하

부인께도 안부를 여쭙니다.

주)______

1) 『대루쉰전집』 제7권에 근거하여 수록했다.

340723②(일) 야마모토 하쓰에에게[1]

배계. 태풍의 꼬리 덕택에 이삼 일 전부터 상하이는 아주 시원해졌습니다. 저희들은 모두 무사하지요. 땀띠도 행방불명입니다. 『진영 속의 하프』[2]는 주문했는데 일주일 전에 도착했습니다. 대단한 책이지만 제가 노래를 잘 안다면 한층 더 재미있었을 텐데 하고 있습니다. 이런 군의관은 지금은 일본에도 이미 소수겠지요? 지난달에는 일본의 나가사키 등에 아주 가고 싶었지만 결국 여러 가지 일로 관두었습니다. 상하이가 더웠기 때문에 서양인들이 상당수 일본에 갔던 모양이어서 일본 여행도 돌연 '모던'한 것이 되었지요. 내년에 가겠습니다. 남자 아이는 뭐랄까 대체로 엄마를 괴롭힙니다. 저희 아이도 그러한데 어머니 말이라면 듣지 않고 거기에 때때로 반

항합니다. 제가 함께 있어서 야단을 치면 이번에는 "왜 아빠는 그렇게 엄마편이죠"라면서 의심합니다. 마스다 1세의 소식은 잠시 들을 수 없네요. 우치야마 사장은 여전히 바쁘고 열심히 만담을 쓰고 그리고 발송하고 있답니다.

7월 23일 밤, 루쉰 삼가 드림

야마모토 부인 궤하

주)______

1) 『대루쉰전집』 제7권에 근거하여 수록했다.
2) 『진영 속의 하프』(陣中竪琴). 시가 산문집으로 사토 하루오의 작품이다. 1934년 도쿄쇼와쇼보(東京昭和書房) 출판이다.

340730(일) 야마모토 하쓰에에게[1]

이삼 일 시원했는데 최근 또 더워졌습니다. 또다시 땀띠가 나와 방법이 없네요. 양메이楊梅는 벌써 끝났답니다. 마스다 1세의 태평함은 아주 잘 느끼고 있습니다. 이번에는 언제 도쿄에 올지 모르시겠지요. 시골은 조용하고 기분이 좋을지 모르겠지만, 자극이 적기 때문에 일도 아무래도 잘 되지 않습니다. 그래도 이 선생은 '도련님' 출신이라 방법이 없네요. 저우쭤런周作人은 복스러운 교수님이고 저우젠런周建人의 형이지요. 같은 사람은 아닙니다. 마스다 1세에게 보낸 사진은 찍을 때 피곤했을지도 모르겠습니다. 경제 때문이 아니라 외부 환경 때문이지요. 저는 태어나서 지금과 같은 암

흑을 본 적이 없습니다. 망은 촘촘하고 개는 많지요. 악인이 되라고 장려하고 있기 때문에 견딜 수가 없습니다. 반항하지 않으면 안 됩니다. 그러나 제가 벌써 오십을 넘겼기 때문에 유감입니다. 저희의 아이도 아주 장난이 심하지요. 먹고 싶으면 왔다가 목적을 이루면 놀러 나갑니다. 그리고 동생이 없기 때문에 외롭다고 불평을 하고 있지요. 아주 위대한 불평가입니다. 이삼 일 전에 사진을 찍었답니다. 나오면 한 장 보내 드리지요, 제 것도 말입니다. 도쿄에서 다른 필요한 것은 없습니다만, 다만 간다구神田區 진보초神保町 2-13에 '나우카샤'ナウカ社라는 서점이 있습니다. 그 광고를 보면 러시아 판화와 엽서를 팔고 있다는데 시간 나실 때 한번 봐 주시지 않겠습니까. 만약 『인옥집』 속의 그런 판화라면 약간 구매해 주시면 좋겠습니다. 엽서도 회화의 복제라면 약간 구매해 주시면 좋고요. 하지만 풍경, 건축 등의 사진이라면 괜찮습니다. 초초

7월 30일, 루쉰 드림

야마모토 부인 궤하

주)

1) 이 편지는 『대루쉰전집』 제7권에 근거하여 수록했다.

340731(미) 아이작스에게[1]

아이작스 선생.

선생님의 7월 24일자 편지를 받았습니다. 마지막 의견에 대해 저희

들도 찬성합니다.

장톈이의 소설은 「최후의 열차」最後列車[2]와 「스물하나」二十一個[3](「스물하나」는 짧음) 모두 괜찮습니다.

날씨가 너무 더워 많이 쓸 수 없네요.

귀하와 야오 여사의 건강을 기원합니다.

7월 31일, 루쉰, 마오둔

주)

1) 이 편지는 마오둔이 집필했다.
2) 단편소설로 『문학월보』 제1권 제2호(1932년 7월)에 실렸다.
3) 단편소설로 『문학생활』 제1권 제1호(1931년 3월)에 실렸다.

340807(일) 마스다 와타루에게

일본은 낮이 화씨 80도 안팎이라니 정말 부럽네요. 상하이는 또 90도 이상이라 소생은 땀띠를 광영의 반항의 간판으로 삼아 분투하고 있답니다.

『십죽재전보』十竹齋箋譜는 오십여 폭을 이미 완성했습니다. 그 가운데 4폭의 견본을 보여 드립니다. 전부 280매 정도이기 때문에 언제 완성할지 모르겠지만, 반 정도 되면 전기 예약으로 발매할 생각입니다. 이곳은 생명이 매우 위험합니다. 사인私人의 개가 되지 않으면 자신의 취미를 가진 사람도, 비교적 일반 문화에 관심을 가지는 것도, 좌도 우도 반동이라 하여 괴롭힙니다. 일주일 전에 같은 취미를 가진 베이핑의 친구 두 명이 체포되었어요.[1] 얼마 지나지 않아 옛 그림을 판각하는 사람도 사라질 것입니다. 하지만 제가 살아 있다면 몇 장이라도 언제까지라도 해나갈 겁니다.

저도 집사람도 건강합니다. 아메바와 하이잉은 벌써 사요나라한 것 같지만, 그 대신에 하이잉 녀석은 아주 악동이 되어 이삼 일 전에는 "이런 아빠가 무슨 아빠냐!"와 같은 아주 반동적인 선언까지도 발표하였답니다. 곤란한 일이지요.

쉰 돈수

마스다 형 궤하

양친, 부인, 그리고 따님과 도련님께도 안부를 여쭙니다.

주)

1) 타이징눙(台靜農)과 리지예(李霽野)를 가리킨다. 그들의 체포에 대해서는 340805 편지의 주석을 참조.

340822①(미) 아이작스에게[1]

아이작스 선생.

8월 17일 편지는 잘 받았습니다. 번역하신 루쉰의 서문[2]과 선생님이 직접 쓰신 머리말[3]을 저희가 모두 읽어 보았는데 좋았습니다. 저희가 머리말을 고쳤으면 하셨지만, 그건 아무래도 겸손이십니다. 머리말 속의 주注 가운데 한 단락이 맞는지 여부를 물으셨는데, 사실로서는 틀림없다고 봅니다만 그 해가 1923년인지 아닌지는 저희도 조사해 보지 못했습니다. 단지 그 『*New China Youth Magazine*』[4]은 '중국소공'中國少共의 기관지라 기억합니다. 이 잡지는 당시 훈다잉惲大英이 주편이었고 그는 이미 죽었습니다. 러우스이의 생년에 대해서는 저희도 확실하지는 않고 그가 올해 서른 살 정도라고만 알고 있습니다. 장광츠는 1931년 가을(혹은 1932년 봄)에 죽었으며, 죽었을 때 대략 34, 5세였습니다. 그가 러우스이에 비해 젊지 않았다는 건 확실합니다.

이 소설집을 『짚신』草鞋脚이라 이름을 짓고자 하시는데, 저희도 매우 찬성합니다. 루쉰이 묵으로 세 글자를 써서 동봉합니다.

선생께서는 마오둔의 『희극』 가운데 그 산둥 병사와 西牢를 물어보셨는데, 이것은 마오둔이 부주의로 틀린 것입니다. 그 '西牢'를 '監牢'로 바꾸면 됩니다(『마오둔 자선집』의 페이지로 보면 108쪽 11행 속의 '西牢' 두 글자). 마오둔이 결점을 찾아주셔서 감사하다 합니다.

선생님이 이후 중국 작품을 다시 번역하려 한다고 하셨는데, 저희에게 아주 기쁜 소식이지요. 이 『짚신』과 같은 중국소설집은 서구에 지금까지 없었다고 생각됩니다. 중국의 혁명문학 청년은 당신의 이러한 의미 있는 작업에 대해 감사하고 있습니다. 저희도 마찬가지로 저희들의 취약한 작품을 고심해서 번역해 주어 감사드리고 있습니다. 혁명적 청년작가는 시시각각 탄생하고 또 진보하고 있습니다. 저희는 일 년 반년 뒤 다시 선생님이 번역할 때 더욱 새롭고 더욱 좋은 작품이 나와서 오래된 단골손님을 찾을 시간이 없고 신인을 소개해야만 하길 희망합니다. 저희는 성심성의를 다해 이를 희망하고 있고, 당신도 마찬가지이리라 생각합니다!

선생님과 야오 여사의 건강을 기원하며

8월 22일, 마오둔, 루쉰

주)

1) 이 편지는 마오둔이 썼고 루쉰이 서명했다.
2) 「『짚신』 서문」(『草鞋脚』小引)으로 『차개정잡문』에 수록되어 있다.
3) 1934년 아이작스가 영역본 『짚신』의 머리말을 썼다. 1974년 출판될 때는 사용하지 않았고 역자가 긴 서문을 달리 작성했다.
4) 『중국청년』(中國靑年). 중국사회주의 청년단 중앙위원회 기관지로 훈다잉(惲代英)이 주편을 맡았다. 1923년 10월 상하이에서 창간되었다.

340822②(미) 아이작스에게

아이작스 선생.

많은 것에 대해 이미 M.D.가 답을 했지요. 저도 모두 동의합니다. 여기에서는 몇 가지 점만 보충하려 합니다.

1. 러우스이의 생년은 이미 조사해 봤는데 1903년[1]입니다. 그는 올해 서른하나이고 고문을 당했으나 굴하지 않았으며 무기징역을 선고받았습니다. 장(장광츠)은 결국 찾지 못했네요.

2. 저의 소설은 올해 봄에 이미 스노[2] 군에게 자유롭게 번역하라고 허락해서 다른 사람에게 허락할 수 없습니다.

3. 서명書名을 썼습니다만 제 글자가 별로입니다. 크기가 맞지 않다면 판을 제작할 때 확대하거나 축소해 주세요.

답장을 드리며

건강을 기원합니다.

(8월 22일) L.S. 드림

야오 여사가 베이핑의 모래 공기에 숨쉬기 어떤지 안부를 여쭙니다.

추신 : 서문의 원고 2편은 M의 편지 한 통, 서명書名 한 장입니다.

주)

1) 러우스이의 생년은 1905년이다.

2) 에드거 스노(施樂 즉 斯諾)이다. 331021④ 편지 주석 참조. 스노는 루쉰의 「약」 등 7편의 작품을 번역하여 이후 『살아 있는 중국』(*Living China: Modern Chinese Short Stories*)에 넣었다. 1936년 London G.G. Harrap & Co., Ltd. 출판이다.

340825(미) 아이작스에게

아이작스 선생.

며칠 전 저희가 등기로 편지를 보내 드렸는데 받으셨으리라 생각됩니다.

장蔣 군의 생년은 현재 조사해 보니 1901년입니다. 사망은 분명하지 않지만 대략 1930년 혹은 31년입니다.

저는 이후 집에 있지 않습니다.[1] 아내와 아이만 남아 있답니다. 하지만 제 생각에는 다시 며칠 지나면 돌아갈 것 같습니다.

삼가 알려 드리며,

더운 여름 평안하시길 기원합니다.

8월 25일, L.S. 드림

야오 여사께도 안부를 여쭙니다.

주)______

1) 당시 우치야마서점의 중국 직원 두 명이 공산당 혐의로 체포되었는데, 루쉰은 8월 23일 우치야마 간조 집으로 피해서 9월 중순에 돌아갔다.

340912(일) 마스다 와타루에게

9월 2일 편지를 받아 보았습니다.

한학대회漢學大會[1]에서는 크게 한번 해보세요. 만수曼殊 화상의 것은 『좌전』과 『공양전』[2] 등의 연구보다도 아마 흥미로울 것이 틀림없습니다. 하지만 이번 『도호가쿠호』를 보면 일본 학자가 한문으로 논문을 쓰고 있는 분이 계셔서[3] 사실 놀랐답니다. 도대체 누구에게 보여 줄 생각이신지?

여기서의 만수열은 최근 조금씩 사그라들고 있는데, 전집[4]을 인쇄한 이후에는 습유류 등은 나오지 않고 있지요. 베이신도 침체되어 있습니다.

상하이는 조금씩 시원해집니다. 저희도 평안하구요.

모두 건강하시길.

9월 12일, 뤄원 드림

마스다 형 책상에

추신 : 우치야마 사장은 모친의 병환으로 귀국하였습니다. 20일경 상하이에 돌아올 예정입니다.

주)______

1) 1934년 10월 27일 도쿄제국대학 마스다 와타루의 모교 소속 한학회에서 제3차 한학대

회를 열었다.
2) 『좌전』은 『춘추좌씨전』(『좌씨춘추』)을 말한다. 『공양전』은 『춘추공양전』(『공양춘추』)을 말한다.
3) 『도호가쿠호』(東方學報)는 일본 사회과학 잡지로 교토동방문화연구소의 연구보고를 게재하는 학술지이다. 1931년 1월에 창간되었다. 이 잡지의 제5책(1934년 8월)에 요시카와 고지로(吉川幸次郎)가 중국어 문어로 쓴 「좌씨범례변」(左氏凡例辨)을 게재하였다.
4) 『쑤만수 전집』을 말하며, 류야쯔(柳亞子)가 편집했고 모두 5집이다. 1928년에서 1929년 베이신서국에서 출판되었다.

340923(일) 야마모토 하쓰에에게[1]

배계. 일전 『판화예술』版藝術[2]을 받았습니다. 이것은 저도 가지고 있는 것이지만 주신 것도 잘 간직해 두었답니다. 꼭 부자가 돈이 많은데도 만족하지 않는 것 같군요. 그리고 나우카샤에서 보낸 복제회화와 엽서도 도착했습니다만, 별다른 특색이 없어 그쪽 출판물을 수집하는 것은 그만둬야겠습니다. 우치야마 사장과 부인은 이삼 일 전에 상하이에 돌아왔습니다. 이번에는 아주 빨랐네요. 마스다 1세로부터 편지 한 통을 받았는데 그의 논문[3]이 『시분』斯文이라는 잡지에 실렸다 하더군요. 이 잡지는 상하이에서 팔리고 있지 않아 읽는 것이 불가능합니다.

9월 23일, 쉰 배상

야마모토 부인 궤하

주)

1) 이 편지는 『대루쉰전집』 제7권에 근거하여 수록했다.

2) 일본 목각 월간으로 료지 구마타(料治熊太) 편집, 1932년 창간하였고, 1936년 정간되었다. 도쿄 시로토쿠로사(白與黑社) 출판이다.
3) 「현대 지나문학의 '행동적' 경향」(現代支那文学の"行動的"傾向)이 『시분』 제16편 제8호(1934년 8월)에 실렸다.

341111(일) 우치야마 간조에게

어젯밤, 열이 나서 움직일 수 없었어요. 피로 때문이라 생각합니다.

스도 선생께 오늘 오후 진찰하러 오시라고 부탁해 주세요.

(11월 11일) L 드림

우치야마 선생 궤하

341114(일) 마스다 와타루에게

10일 편지를 받아 보았습니다. 따님과 아드님 사진은 이보다 전에 받았답니다. 모두 잘 자라서 마스다 2세들의 세계에서의 위치는 커져 가고 있네요.

『시분』에 실린 대작을 읽고 통쾌하다 생각했습니다. 일본의 청년도 대략 그러할까 생각합니다. 하지만 이런 문장은 다른 잡지에는 실리지 않지 않나요? 결국 『시분』이기 때문이겠지요.

『문예춘추』[1]는 우치야마서점 잡지부에서 팔고 있지만 시종 읽지 못했습니다. "두보라면 나쁘지 않지만"[2] 시도 돈도 없기 때문에 곤란합니다. 지금부터 시를 많이 지어 볼까요.

우쭈샹[3]은 베이핑 칭화대학 학생이고 수원叔文[4]은 알지 못합니다. 어쨌든 여성은 아닙니다. 중화 전국의 남자들은 그렇게 시끄럽지 않기 때문에 내부 사정을 알 수 있습니다.

이곳은 출판 전에 검열제를 행하고 있습니다. 삭제된 곳은 점도 동그라미도 하지 않는데, 그래서 때때로 누락된 문장이 되어 버립니다. 따라서 관료 말고는 누구라도 곤란해하지요. 하지만 『문학』류는 가까운 시일 내에 보내겠습니다.

저희 집은 모두 괜찮습니다만, 저만 감기로 일주일 동안 열이 나고 있습니다. 곧 낫겠지요. 열이 나면 제 몸이 커져 버린 느낌이기 때문에 재미없는 것은 아닙니다. 스페인 감기네요. 초초 돈수

11월 14일, 뤄쉰 드림

마스다 형 궤하

주)______

1) 『문예춘추』(文藝春秋). 종합성 월간으로 1922년 1월 창간, 도쿄 문예춘추사 출판이다. 1934년 11월호에 사토 하루오의 「쑤만수는 어떠한 사람인가」라는 글이 실렸는데 글의 말미에 "루쉰은 두보에 상당한다"라고 했다.
2) 마스다 와타루가 편지에서 루쉰에게 농담으로 한 말이다.
3) 우쭈샹(吳組緗)을 말한다. 340530(미) 아이작스에게 보낸 편지를 참조하시오.
4) 누구인지 알 수 없다.

341202(일) 마스다 와타루에게

11월 25일 편지가 도착했습니다. 『모씨집』[1]은 전권을 맡깁니다. 제가 보기에는 달리 넣어야만 하는 것은 하나도 없습니다. 하지만 후지노 선생만은 번역해 넣고 싶어요. 판아이눙을 쓴 것은 좋지 않으니 생략해도 괜찮습니다.

이삼 일 전에 『문학』 제2기에서 제5기까지 보냈습니다. 1기와 6기는 가까운 시일 내에 보내도록 할게요. 검열이 엄해서 장래에 발전은 어렵습니다. 하지만 『현대』 같은 이런 파시스트화한 것도 읽는 사람이 없어 자멸했답니다. 『문학신지』文學新地는 좌련의 기관지로 1호로 끝났어요.

저는 변함없이 매일 밤 조금씩 열이 나는데, 피로 때문인지 스페인 유행 감기인지 모르겠습니다.

대체로 피로 같은데 그렇다면 많이 노는 게 좋겠지요.

12월 2일 밤, 쉰 돈수

마스다 학형 궤하

주)

1) 사토 하루오, 마스다 와타루가 공역한 『루쉰선집』(魯迅選集)을 말한다. 소설 「아Q정전」 등 8편이 수록되었고, 「후지노 선생」 1편, 강연 3편이 있다. 1935년 도쿄 이와나미쇼텐에서 출판했다.

341213(일) 야마모토 하쓰에에게[1)]

배계. 편지를 삼가 받았습니다. 저는 지난달부터 3주 정도 매일 밤 열이 나서 쉬고 있습니다. 지금은 나았지만 인플루엔자 때문인지 피로 때문인지 알 수 없습니다. 집사람과 아이 모두 건강합니다. 스도 선생의 가르침에 따라 아이에게는 어간유魚肝油를 먹였더니 몸무게가 제법 나갑니다. 오래된 『고토타마』古東多萬는 제가 갖고 있지만 오늘 찾아보니 보이지 않네요. 저는 한 번도 읽지 않은 책 등을 베이징에 보냈던 적이 있는데, 그때 보내 버렸던 것 같습니다. 좌보신佐保神의 어원은 아무래도 중국에는 없는 것 같습니다. 중국에는 꽃, 눈, 바람, 달, 천둥, 번개, 비, 서리 등의 신의 이름이 있지만 봄의 신의 이름은 저는 지금까지 모릅니다. 아니면 봄의 신은 중국에는 없을지도 모릅니다. 『만요슈』萬葉集[2)]에는 중국에서 사용했던 언어가 많이 있겠지요. 그러나 그 때문에 한문을 공부하는 것은 저는 아무래도 찬성할 수 없습니다. 『만요슈』 시대의 시인은 한문을 사용해도 좋겠지만 지금 일본의 시인은 지금의 일본어를 사용해야 하죠. 그렇지 않으면 언제까지나 옛사람의 손바닥에서 벗어날 수 없어요. 저는 한문배척과 일본물건 판매의 전문가라서 이 점에 대해서 어떻게 해도 당신의 의견과 다릅니다. 최근 저희들은 한문폐지론을 제창해서 질책받고 있습니다. 상하이는 눈도 아직 내리지 않았지만 불경기는 역시 불경기입니다. 그러나 일부 인간은 변함없이 즐거운 듯합니다. 저의 앞집에는 매일 아침부터 저녁까지 목을 졸리는 것 같은 소리를 내는 축음기가 돌고 있습니다. 이런 인물과 가까이 있으면 일 년이 되면 미치광이가 될 것 같아요. 아무래도 참을 수 없지요. 최근 도쿄에 또 한정판을 내는 단체가 생겼습니다.[3)] 삼사 년 전에도 이런 일이 있어서 저도 참가했습니다만 결국 무너져서 아무런 결과도 없었지요. 그래서 이번에는 그다지 열심이지 않았던 것입니다.

12월 13일, 쉰 드림

야마모토 부인 궤하

주)

1) 이 편지는 『대루쉰전집』 제7권에 근거하여 수록했다.
2) 일본 최고의 시가집으로 4세기에서 8세기 중엽 장단 와카 4,500수를 수록했고 문자는 모두 한자로 표음했다.
3) 작자의 판권 보호 단체를 말한다.

341214(일) 마스다 와타루에게

배계. 8일 편지를 오늘 오후에 받았지요. 질문은 다른 종이에 썼습니다.

소포가 엉망인 일은 귀국의 우편검사원의 공로라 생각해요. 선생들은 때때로 이런 일을 합니다. 성실한 성적입니다.

『베이핑전보』北平箋譜의 초판은 정말 진귀한 책이 되었습니다. 재판도 다 팔려 지금은 우치야마서점에 약간 남아 있는 것 말고 벌써 어디에도 없답니다.

『십죽재전보』의 사분의 일은 가까운 시일 내에 나옵니다. 다른 사분의 삼은 내년 중에 마칠 예정인데, 폭탄 터지는 일 등의 소동이 연출되면 연기되거나 중지되지요. 출판도 4회로 나누는데 형을 위해 한 부 두겠습니다. 한 책 한 책 부치는 게 좋을지, 다 모이면 보내는 게 좋을지?

남화가南畵家 선생의 열심에 감복했습니다.

12월 14일, 뤄원 드림

마스다 학형 궤하

어떤 것을 듣고 왔는가? 어떤 것을 보고 돌아왔는가?

'들은 것을 듣고 왔다. 본 것을 보고 나서 돌아온다!'

실제는 '소문을 듣고 왔는데 실제를 보고 나서 돌아간다'는 뜻. 그 속에는 '실제는 소문과 맞을까, 맞지 않을까'라는 의미를 포함하고 있지 않다. 요령을 얻지 못한 대답이다.[1)]

주)

1) 마스다 와타루가 「위진 풍도·문장과 약·술의 관계」 속의 두 구에 대한 질문에 대한 대답이다.

341229(일) 마스다 와타루에게

12월 20일 편지를 받았습니다. 우 군吳君[1)]에게 부친 편지에는 의미를 이해하기 어려운 곳이 있군요. 조금 고쳤고, 그래서 의미가 통할 것이지만 여전히 일본식 문자. 사실 말하자면 중국의 백화문은 지금까지도 아직 일정한 형태를 가지고 있지 않아서, 외국인에게 쓰게 하면 아주 곤란합니다.

『십죽재전보』 제1책은 지금부터 인쇄하기 시작해서 내년 1, 2월 중에 나올 것입니다. 나오면 빨리 보내 드리지요. 지금은 견본 한 장을 보시길.

실물의 종이는 조금 더 크고 견본보다 보기 좋을 것입니다.

상하이는 따뜻해졌어요. 저는 때때로 잡지 등에 쓰지만 검사관이 지워서 엉망진창. 중국에는 일본과 달리 검사하고 나서 인쇄에 부칩니다. 내년부터는 이 검사관들과 일전一戰을 할까 생각하고 있어요.

12월 29일, 뤄원 드림

마스다 학형 족하

주)______

1) 우쭈샹을 말한다.

350104(일) 야마모토 하쓰에에게[1]

삼가 새해 축하드립니다. 상하이도 오늘 1월 4일이 되었지만 작년과 그렇게 다르지 않습니다. 우치야마 사장으로부터 송죽매松竹梅를 받았는데 최근 꽃을 피워 응접실을 생기 가득하게 하고 있습니다. 우치야마 사장은 휴가 때 난징을 여행한다고 했는데 결국 여행하지 않고 난징로밖에 가지 못했지요. 클레오파트라[2]를 보러 갔던 것입니다. 저도 갔었는데 광고처럼 대단한 활동사진은 없었습니다. 제 건강은 회복했고 식욕도 평소처럼 되고 있어요. 하지만 출판에 대한 압박이 정말 심한 데다 정해진 바 없이 검사관 뜻대로 하기 때문에 아주 엉망진창이라 견딜 수가 없답니다. 붓으로 중국에서 생활하는 것도 그다지 쉬운 일이 아닙니다. 올해부터는 짧은 비평 쓰기를 관두고 무언가 배우고자 하고 있습니다. 그러나 그 공부도 물론 욕을 버는 일이지요. 아이는 비교적 잘 크고 병치레도 적어졌습니다만, 그 대신에 아주 시끄러워졌습니다. 혼자이고 친구가 없어서 어른 있는 데 잘 옵니다. 공부도 방해된답니다.

1월 4일, 쉰 드림

야마모토 부인 궤하

주)

1) 이 편지는 『대루쉰전집』 제7권에 근거하여 수록했다.
2) 미국 영화로 「경국경성」(傾國傾城)이라는 제목이었다.

350117(일) 야마모토 하쓰에에게[1)]

배계. 편지가 도착했답니다. 저는 산문적인 인간인지라 중국의 어떤 시인의 시도 좋아하지 않습니다. 다만 젊을 때에는 당唐의 이하李賀 시를 비교적 좋아했지요. 다만 그것은 어렵고 대단히 이해되지 않는 것인데 이해되지 않기에 관심이 있었던 것이지요. 지금 이제 그 이군도 관심이 없습니다. 중국의 시 가운데에는 병든 기러기는 보기 어렵습니다. 병든 학이라면 많이 있지요. 『청육가시초』淸六家詩鈔[2)]에도 꼭 있을 것입니다. 학은 사람이 기르기 때문에 병이 나면 알 수 있지만, 기러기는 야생이기 때문에 병이 나도 사람이 모릅니다. 산앵두꽃은 중국에서 건너간 이름이지요. 『시경』에 이미 나오고 있습니다. 그것이 어떤 꽃인가? 의론이 분분합니다. 보통

산앵두꽃이라 하는 것은 지금은 '위화'郁花라는 것인데 일본 이름은 모르겠네요. 어쨌든 자두와 같은 것으로 개화기와 꽃의 모양도 자두처럼 꽃이 흰데 단지 비교적 작은 편입니다. 과실은 작은 앵두와 같은데 아이는 먹지만 일반적으로 과일로 치지 않습니다. 그러나 산앵두는 황매화山吹[3]라고 하는 사람도 있지요. 상하이는 추워졌습니다. 실외는 화씨 삼십 도 정도랍니다. 우치야마 사장은 여전히 만담을 열심히 쓰고 벌써 서른 편이 나오고 있답니다. 저희는 모두 안전합니다.

1월 17일 밤, 루쉰

야마모토 부인 궤하

주)

1) 이 편지는 『대루쉰전집』 7권에 근거하여 수록했다.
2) 청 유집옥(劉執玉)이 편선(編選)하였다. 청대의 송완(宋琬), 시윤장(施閏章), 왕사진(王士禛), 조집신(趙執信), 주이존(朱彝尊)과 사신행(査愼行) 여섯 시인의 작품을 수록했다.
3) 일본 꽃 이름이며 '棣棠'(야마부키)라고도 쓴다.

350125(일) 마스다 와타루에게

18일의 편지 잘 받았어요. 『십죽재전보』 제1책은 2월 말에 나올 겁니다. 예약가는 1책에 4위안元 5자오角. 뒤의 3책은 올해 안에 완료할 예정이지만 만약 시끄러운 일이 있게 되면 연기되거나 휴간하겠지요.

글자 쓰는 일은 혹 그 서투름을 문제 삼지 않는다면 크게 번거롭지는 않아요. 80세 선생[1]의 아호雅號, 종이의 크기(넓이와 길이, 가로로 쓸지 세로로 쓸지)를 알려 주면 쓰도록 하지요.

『사부총간』은 벌써 완성했고 중지하지 않았지요. 『속편』의 제1년분도 작년 12월에 완성했답니다. 『이십사사』二十四史는 조금 늦지만 매년 출판하고 있습니다. 사분의 삼까지 보냈으니 값을 전부 치른 게 틀림이 없어요. 어째서 뒤의 사분의 일을 보내지 않았는지 아무리 해도 알 수가 없네요. 주문자의 이름 및 주소를 알려 주면 그 서관에 물어보지요.

『문학』은 내가 서옥에 부탁했답니다. 혹 내가 보내면 가끔 게으름을 피워 늦어질까 봐 서점에 부탁했지요. 2월호에는 저의 「아프고 난 뒤 잡담」病後雜談이 나오는데 그것은 원문의 오분의 일이고 뒤의 오분의 사는 모두 검열관에 의해 삭제되었어요. 결국 졸작의 머리네요.

검열관 가운데에 아마 모던걸이 있나 봅니다. 그의 그녀들(이것은 메이지 시대의 쓰는 방식)[2]은 저의 문장을 이해하지 못해 손을 대기 때문에 삭제당한 것은 아주 기분이 나쁘지요. 훌륭한 용사는 한 자루의 칼로 치명적인 곳에서 적을 죽입니다. 그러나 그의 그녀들은 작은 칼을 가지고 등 뒤와 엉덩이 등의 피부를 뾰족한 것으로 찌르는데 좀처럼 쓰러지지 않지요. 쓰러지지는 않지만 어쨌든 기분이 나쁘기 때문에 곤란합니다.

고노미 군이 그렇게 아가씨 그림을 좋아하나요. 이런 아가씨는 별로인데요. 가까운 시일 내에 글자와 함께 사람 기분을 별로로 만드는 야한 그림을 함께 보내지요.

상하이는 춥지 않지만, 또 유행성 감기가 돌아요.

답문

活咳. 活該의 오기, 의미는 '당연함', 그 속에는 '자포자기', '아깝지 않다'의 뜻을 포함. 톈진어.

彆扭. 갈등, 의견이 합치하지 않음. 톈진어.

老闆. = 老板 = 상점의 주인. 그러나 호주에 대해서도 그렇게 말함. 상하이어.

癟. 번역이 어려움. 최초 의미는 '납작한' 고무풍선이 속에 공기가 사분의 삼까지 빠졌을 때를 형용할 때 이 글자를 사용. 확장해서 정신쇠약을 형용하고, 또 사람이 유쾌하지 않을 때 모습, 배고픈 배를 형용한다. 상하이어. 또 '小癟三'이라는 말이 있는데 이것은 무능해서 쇠락하여 결국 거지가 된 사람이다. 그러나 만약 걸식을 하게 되면 정식으로 거지라는 칭호를 얻고 小癟三의 부류에서 떨어져 나간다.

1월 25일 밤, 뤄원 드림

마스다 학형 고타쓰[3] 아래

주)

1) 이마무라 데쓰켄(今村鐵硏, 1859~1939). 일본 시마네현(島根縣) 사람. 마스다 와타루의 백부. 마을의 의원.
2) 원문은 '彼の女達'. 일본어로 '그녀들'이라는 뜻.
3) 고타쓰(炬燵). 숯불이나 전기 등의 열원 위에 틀을 놓고 그 위로 이불을 덮은 일본식 난방기구.

350206(일) 마스다 와타루에게

1월 30일 편지를 받았어요. 고노미木實 여사女士의 걸작은 간단히 '일소一笑할 것'이 아닙니다. 머리에서 4개의 몽둥이를 끌어내 손발의 경계로 삼은 것이 자못 사실적입니다. 얼굴을 그린 방법도 단정합니다. 당나라 미인 그림이라면 이미 구했는데 제 글자가 다 되면 함께 보내지요.

그런데 여기의 하이잉 신사男士는 좀처럼 공부하지 않고 집에서 책을 읽고 싶어 하지 않아요. 시종 군인 흉내를 내고 있답니다. 잔혹한 전쟁 활동사진을 보면 깜짝 놀라 조금은 조용히 있겠지 하는 생각에 일주일 전에 데리고 가서 보여 주었더니 한층 더 소란스러워졌어요. 말문이 막힌답니다. 히틀러의 무리가 많음도 또한 이상할 게 없어요.

백화白話 편지를 읽어 보았습니다. 곳곳에 일본식 어구가 있어도 대체로 이해됩니다. 다만 두세 구절은 이해하기 어렵죠. 사실 중국의 백화 그것은 아직 형성된 것이 아니어서 외국인은 말할 것도 없이 쓰기 어려운 것이랍니다. 우 군吳君[1]은 잘 모르지만 그러나 답장에서 나온 의론을 보면 이 사람은 말하기에 족하지 않다는 생각이 듭니다. 첫째, 저는 '유머는 도시적이다'라는 설에 찬성하지 않아요. 중국의 농민들 사이에서 유머를 사용할 때가 도시의 소시민보다 많죠. 둘째, 일본의 할복, 투신이 유머적인 것으로 보이는 것은 어째서인지? 사물을 엄숙하게 보거나 쓰는 것은 물론 아주 좋은 일이지만, 그러나 눈을 작은 범위 안에 놓아서는 안 됩니다. 셋째, 러시아 문학에 유머가 없다는 것은 사실과 반대지요. 지금까지도 유머 작가가 있습니다. 우 군은 벌써 자만하고 있는 것 같아요. 그러면 한 사람의 프티부르주아 작가로 머물고 말 것입니다. 제가 보기에 편지를 해도 그렇게 좋은 결과는 없을 듯해요.

그런데 최근 그의 고향(안후이)에 홍군이 들어갔고, 그 가족은 상하이로 도망 왔다 하네요.

『타이완문예』臺灣文藝[2]는 재미가 없네요. 궈 군郭君[3]은 뭘 말하려는 것인지? 이 선생은 자신의 광영의 옛 깃발을 보호하기 위해 전력을 다하는 호걸입니다.

어제는 입춘, 첫눈이 내렸어요. 하지만 곧 녹아 버렸답니다. 저는 입에 풀칠하려고 서점의 부탁에 응해서 다른 사람 소설을 뽑고 있어요. 3월 중순쯤 끝납니다. 작년 말 단평 1책冊을 출판했으니 따로 한 책 보냅니다. 올해는 또 2책의 재료(모두 작년에 썼던 것)를 가지고 있으니 적어도 2책을 출판하겠지요.

2월 6일 밤, 뤄원 드림

마스다 형 고타쓰 아래

주)

1) 우쭈샹을 말한다.
2) 중국어와 일본어 이중 언어를 사용한 잡지. 장싱젠(張星建)이 펴냈다. 1934년 11월 5일 창간되어 타이중의 타이완문예연맹에서 출판했다. 해당 호는 제1권 제2호(1934년 12월)부터 완톄(頑銕)의 번역으로 마스다 와타루의 『루쉰전』을 연재하였다.
3) 궈모뤄를 말한다. 그는 마스다 와타루의 『루쉰전』에 창조사를 언급한 구절에 대해서 『타이완문예』 제2권 제2호(1935년 2월)에 「『루쉰전』의 오류」라는 글을 발표했다.

350227(일) 마스다 와타루에게

편지 두 통을 앞뒤로 받았네요. 요즘 다른 사람의 소설을 고르고 있어 바쁘답니다. 이마무라今村鐵研 옹의 것을 아직 쓰지 못했는데 이후 도쿄에 보내지요. 하지만 고노미 군에게 보내는 미인도는 어제 사장에게 부탁해서 보냈습니다. 뉴 패션과 올드 패션 양쪽 모두 있지만 올드한 쪽이 괴상하고 옛날 이런 옷을 입고 있었던 것도 아닐 겁니다.

주화珠花 교정[1]은 정말 감사해요. 내가 희곡은 잘 모르지만 『모란정』

원본에 「완진」玩眞이라 하고 후인이 이것을 실제 노래할 때 어느 정도 개작해서 「규화」叫畵라 제목을 지었을지도 모릅니다.[2] 기윤의 실수일지도 몰라요.[3] 이것도 제목에서 ~~를 취소해야 하는 것이 아닌가 합니다. 그러나 고집하지는 않아요.

「아선지」雅仙紙라고 하는 이름은 들은 적이 없어요. 아마 일본 쪽을 위해 특별히 만든 것(이름)일 겁니다. 중국에는 '화심지'畵心紙 혹은 '선지'宣紙(선화부宣化府[4]에서 만들었기 때문)라는 것이 있죠. 『베이핑전보』에 사용하고 있는 것은 즉 이것입니다. 이번에도 이걸 사용하지요.

3월호의 『문학』에 또 제 글이 한 편 나왔습니다. 분명 아주 많이 삭제되었지만 2월호처럼 심하지는 않아요. 여름쯤 되면 삭제된 문구를 모두 넣어 한 책冊을 무슨 집集으로 내볼까 생각합니다.

상하이는 따뜻해지고 있고 작년부터 지금까지 눈은 한 번도 내리지 않았죠. 이상한 일이랍니다. 노구는 여전히 건강하지도 않고 하지만 죽을 것 같은 증후도 없어요.

하이잉의 장난은 아주 진보했는데 요즘 활동사진을 보고 아프리카에 간다고 해서 여행비도 20전 정도 모았답니다.

2월 27일, 뤄원 드림

마스다 학형 궤하

주)

1) 『중국소설사략』 「청대의 진당을 모방한 소설과 그 지류」에 『열미초당필기』(閱微草堂筆記) 「여시아문(3)」(如是我聞(三)) 속에 "珠花"가 있는데 마스다 와타루가 '金釧'으로 교정했다.

2) 『모란정』(牡丹亭)은 『모란정환혼기』(牡丹亭還魂記)로 명대 탕현조의 저작이다. 「완진」은 『모란정환혼기』의 제18이다.

3) 기윤(紀昀, 1724~1805). 자는 효람(曉嵐). 청나라 문학가. 『열미초당필기』「고망청지」(3)(姑妄聽之(三))의 「완진」을 「규화」라 칭했다.
4) 쉬안청현(宣城縣)이라고 해야 한다. 지금의 안후이성에 있다.

350323(일) 마스다 와타루에게

도쿄에서 편지가 도착했습니다.

오늘 제가 쓴 글자 두 건[1]을 우치야마 사장에게 부탁해서 보냈습니다. 이마무라 옹의 것은 가장 먼저 썼던 터라 오히려 좀 볼품이 없어요. 소포 속에 관휴화貫休畵의 나한상 1책[2]이 있는데 많이 축소한 것입니다. 다만 흥미가 있어 보낸 것이니 별다른 의미 없는 것이랍니다. 또 이 밖에 『문학계간』(제4기) 1책과 『망종』芒種, 『만화생활』 2책을 보냅니다. 『망종』은 린위탕을 반대하는 간행물이고 『만화생활』은 크게 압박받고 있는 잡지이지요. 상하이는 에로 만화 말고도 이런 것이 있으니 견본으로 보세요.

3월 23일, 루쉰 드림

마스다 학형 궤하

주)

1) 루쉰이 마스다 와타루, 이마무라 옹에게 각각 남송 정사초(鄭思肖), 『금전여소』(錦錢余笑) 중의 시를 한 폭씩 쓴 것을 말한다.
2) 관휴(貫休, 832~913). 세속에서의 성은 강(姜), 자는 덕은(德隱), 호는 선월대사(禪月大師). 오대전촉(五代前蜀)의 승려이며 화가이다. 그가 그린 나한상은 즉 『오대관휴화나한상』(五代貫休畵羅漢像)으로 1926년 항저우 시링인사(西泠印社)가 청 건륭 탁본에 근거하여 영인했던 것이다.

350409①(일) 야마모토 하쓰에에게[1]

배계. 4월 1일 편지를 받아 보았습니다. 일전에 여러 가지 좋은 물품을 주셔서 정말 감사드립니다. 바쁘지만 빈둥거리면서 아루헤이토有平糖[2]를 모두 먹어 버리고도 감사의 말씀을 하나도 드리지 못했습니다. 부디 양해해 주시길 바랍니다. 상하이는 싫은 곳이 되고 있습니다. 작년에는 눈이 내리지 않더니 올해는 계속 따뜻해지지가 않네요. 룽화龍話의 복숭아꽃은 벌써 피었지만, 경비사령부가 그곳을 점거하여 아주 살풍경한 곳이 되고 있는 터라 놀러 가는 사람도 적어진 듯합니다. 만약 우에노에 감옥을 지었다면 아무리 꽃구경에 열심인 사람이라도 거절하겠죠. 상경한 마스다 1세로부터 편지를 받았답니다. 『중국문학』中國文學월보 2호에 강연 예고가 나와 있는 것으로 보아 크게 활약하고 있는 것 같아요.[3] 그러나 문장이 팔리는 일은 사실 곤란하답니다. 중국에서도 마찬가지이지요. 지금은 어느 곳에서도 문장의 시대가 아닌 듯합니다. 상하이의 몇몇 소위 '문학자'는 영혼을 팔았는데도 매월 60달러밖에 받지 못하지요. 무나 정어리 정도 가격이랍니다. 저는 변함없이 쓰고 있습니다만, 인쇄되지 않는 것이 많아요. 시시한 것을 출판하도록 하는 것은 자신도 싫어지는 것이기에 올해는 그저 번역을 하고 있습니다.

4월 9일, 루쉰 드림

야마모토 부인 궤하

주)

1) 이 편지는 『대루쉰전집』 제7권에 근거하여 수록했다.
2) 아루헤이토(有平糖). 16세기 서구에서 들어온 것으로 설탕과 엿을 섞어 막대기로 만든

과자를 말한다.

3) 『중국문학』월보. 즉 『중국문학월보』(中國文學月報)를 말하며 이후 『중국문학』(中國文學)으로 바꿨다. 다케우치 요시미(竹內好)가 편집이다. 1935년 3월 창간하여 1943년 정간했다. 도쿄 중국문학연구회에서 출판했다. 이 잡지 제2호에 마스다 와타루가 도쿄 중국문학연구회 제5회 예회(例會)에서 「우쭈샹론」(吳組緗論)을 강의할 것을 예고하고 있다.

350409②(일) 마스다 와타루에게

3월 30일 편지가 도착했어요. 일전 『소품문과 만화』[1] 1책을 보냈는데, 거기에 우쭈샹 군의 단문이 있어요, 이번의 태도는 괜찮다고 생각됩니다.

『문학계간』 제4기를 에토모에 보냈던 적이 있다는 것을 잊었어요. 누군가에게 주시지요. 그 속에 정군의 논문[2]이 있는데 원대元代의 상인과 사대부의 기원妓院에서의 경쟁에 대한 기록이 흥미롭습니다.

중국, 일본, 거기에 코쟁이 학자가 『사고전서』에 대해 이렇게 진기하게 보는 것은 저는 좀 이해하기 어렵습니다. 이번 기술은 책의 아주 단편적인 부분인데 더 상세하게 연구하면 불쾌한 곳이 아주 많이 발견될 것입니다. 버리고 취하는 것도 불공평한데, 청초의 반만파反滿派의 문집이 배척되는 것은 만주 왕조이기 때문에 그렇다고 해도 명말의 공안公安과 경릉竟陵 두 파[3]의 작품도 크게 배척되고 있어요. 하지만 이 두 파의 작가는 당시 문학에 있어 상당히 영향 있는 사람들입니다.

『문학』 3월호에 졸문拙文이 나왔는데 역시 상당히 삭제되어 있어요. 즉 지금의 국민당 귀하는 만주 왕조와 별다를 바가 없는데, 아마 만주인도 그때 한인에게 이런 방법을 배웠던 것일지도 모르겠습니다. 작년 6월 이후 출판물에 대한 압박은 점점 심해지고 출판사도 크게 곤란하답니다. 새로운 청년 작가의 창작에 대한 압박이 특히 심해서 관계가 있는 곳은 모두 삭제되고 빈 채로 남아 있는 일이 종종 있는데, 이런 상황을 자세히 알지 않으면서 일본에서 '중국문학'을 연구하면 아주 문외한이 되는 것을 피하지 못합니다. 즉 우리들은 모두 족쇄를 차고 댄스를 하고 있는 것이지요.

그러나 저는 가까운 시일 내에 작년의 잡문을 모아서 삭제된 곳, 금지된 것을 모두 넣어 출판할 작정입니다.

『십죽재전보』 제1책은 곧 출판되는데 이백 부밖에 인쇄하지 않았습니다. 베이핑에서 보내오면 신속하게 보내 드리지요. 뒤 3책은 어떨지 지금은 분명하지 않습니다. 『베이핑전보』는 벌써 진귀한 책이 되었어요. 오직 우치야마 사장이 겨우 5부 가지고 있는 것 같아요.

이후 콜로타이프로 복제할 생각인 것은 천라오롄陳老蓮의 『박고패자』博古牌子(주령酒令에 쓰는)와 명대 판각한 송宋의 『경직도』耕織圖입니다.

4월 9일, 뤄원 드림

마스다 동학형 궤하

주)

1) 『소품문과 만화』(小品文和漫畫)는 『태백』 반월간 제1권 기념특집으로 1935년 3월 생활서점에서 출판했다. 그 가운데 우쭈샹의 「유머와 풍자」가 수록되어 있다.
2) 정전둬의 「원나라 사람이 쓴 상인 사대부 기녀 간의 삼각 연애극을 논하다」를 말한다.
3) 공안파는 명대 후베이성 궁안(公安)의 원광도(袁宏道), 원종도(袁宗道), 원중도(袁中道)를 중심으로 한 문학 유파이다. 경릉파는 후베이 경릉(지금의 톈먼天門) 사람 종성(鍾惺), 담원춘(譚元春)을 중심으로 한 문학 유파이다. 성령(性靈)을 쓰고 의고(擬古)를 반대하여 유심고초(幽深孤峭)한 풍격을 제창했다.

350430(일) 마스다 와타루에게

13, 26일 편지를 모두 보았습니다. 엽서와 그림엽서도 왔군요. 관휴貫休 화상의 나한羅漢은 석판 인쇄의 방법이 오히려 좋다고 생각합니다. 육필肉筆은 뭐랄까 그로테스크해서 극락에 갈 때 이런 얼굴을 하고 있는 사람들만 만나면 처음에는 신기할지 모르겠지만 곧 곤란해집니다.

석각石恪[1]의 그림은 좋습니다.

『소설사략』이 출판의 운을 만난 건 어쨌든 만족스럽습니다. 그리고 애써주신 것에 정말 감사드려요. '공역'은 재미없고 형의 이름만 하면 좋겠군요. 서문은 나중에 쓰도록 합시다.

사진은 작년 것이 최신판이랍니다. 이번에 함께 보냅니다.

내 글자가 5엔의 가치가 있다는 게 정말 익살滑稽스럽군요. 사실 난 그 글자의 소유자가 표구비를 썼다는 것도 죄송스러워 어쩔 줄 모르겠답니다. 하지만 이미 무라 옹으로부터 받았으니 그걸로 일단락하지요. 그리고 영구히 빌린 것으로 합시다. 그리고 '만약 『선집』[2]의 인세를 받았다'고 하더라도 아무것도 보내지 말아요. 그렇지 않으면 짐이 많아져서 이사하는데 대단히 곤란하답니다.

검열이 까다롭기 때문에 『문학계간』이 번역을 많이 넣는 것 외에 방법이 없고, 그리고 그 때문에 활발한 생기를 잃어버렸습니다. 최근 상하이의 출판물은 대체로 그렇답니다.

상하이의 문단에서 실패한 이른바 작가는 대다수 일본으로 가고 있어요. 여기서는 그것을 '입욕' 혹은 '도금'鍍金이라 부르죠. 최근 상하이의 신문에 아키타 우자쿠[3]와 함께 찍은 서너 명의 사진이 실렸는데 그것도 부활운동의 하나라오.

4월 30일, 뤄원 드림

마스다 형 궤하

나는 상경한 뒤에 형이 이곳저곳 동분서주하면서 책상 앞에 있지 않다고 생각했는데, 편지를 보고 나서 역시 집에 있구나 하고 이해했지요. 지금부터는 궤안 옆에 의문부호를 지우도록 합니다.

주)______

1) 석각(石恪). 자는 자전(子專), 청두(成都) 피현(郫縣; 지금의 쓰촨) 사람이다. 오대 송초(五代宋初)의 화가. 불교의 인물을 그리는 데 뛰어나며 풍격이 강건하다. 더욱이 호족, 귀족을 풍자한 이야기의 그림을 많이 그렸다.
2) 마스다 와타루, 사토 하루오가 공역한 『루쉰선집』(魯迅選集)을 말한다.
3) 아키타 우자쿠(秋田雨雀, 1883~1962)는 일본의 희곡가. 프롤레타리아 문화운동에 종사했다.

350610(일) 마스다 와타루에게

3일 편지를 배견, 『중국소설사』 서문 드림. 바쁘고 게으른 탓에 엉망진창, 상당한 첨삭을 부탁하오. 명문名文이 되고 크게 면목을 일신할 때까지 말이오. 결말 부분에 사장[1]의 이름을 넣어 주길 부탁하오.

근래 압박이 심해지고 생활이 곤란해졌기 때문인지, 아니면 나이를 먹어 체력이 감퇴한 탓인지 과거에 비해 바쁘게 느껴진다오. 재미도 없소. 사오 년 전 태평한 생활은 꿈처럼 느껴질 뿐. 이런 기분은 서문에도 나타나 있다고 생각하오.

'역자의 말'은 여러 가지 궁리하여 칭찬하고 있기 때문에 달리 교정할 필요가 없고, 다만 세 부분에 오식이 있어서 교정했소.

「공자님」[2]을 찬양해 주고, 그리고 찬성했던 문장도 있던 것을 듣고 크게 안심. 『문학월보』[3]에는 게재하지 않는 편이 좋을 것이오. 그 월보의 안정을 위해서라도. 하지만 근래 몇 기를 읽어 보면 활발하고 신랄한 기氣가 그렇게 나오지 않는 것으로 생각되오.

『중국소설사』의 사치스런 장정은 내가 태어난 이래로 저작이 대단한 옷을 입은 첫번째일 듯하오. 내가 사치스런 책을 좋아하는 건 대저 프티부르주아인 탓일지도 모르지.

정전둬 군은 중국의 교수부류 가운데 열심히 연구하고 일하는 사람이지만 올해 옌징대학에서 내쫓긴 건 원인불명이오. 순학문의 저작을 아무리 출판해도 최근에는 좋지 않은 듯하오. 출판하지 않는 교수들이 화를 내기 때문이오. 고금 중외의(문학상의) 클래식을 수집하여 '세계문고'를 내고 있는데 한 달에 1책씩이오. 가까운 시일에 일 년분을 에토모로 보낼 생각인데, 거기에 『금병매사화』(연재)가 있지만, 소위 '외설'猥褻적인 데는 삭제될 것이오. 그렇지 않으면 출판이 허락되지 않을 것이오.

상하이에서는 여자의 맨발을 금지하오. 도학선생은 여자의 맨발을 봐도 흥분하는 듯. 그 민감함은 정말 감탄할 만하오.

『십죽재』 제1책은 얼마 전에 출판했는데 그때 보내려고 했었으나, 형이 보낸 편지에 무슨 여관의 숙소 이름을 쓰고 있었기 때문에 '방황'하고 있었소. 이번에는 바로 사장에게 부탁해서 도쿄에 보내오. 뒤 3책은 내년 봄까지 완성할 예정이지만 그러나 결과가 어찌 될지.

6월 10일, 뤄원 드림

마스다 형 궤하

주)

1) 미가미 아토기치(三上於菟吉, 1891~1944). 일본의 소설가, 사이렌샤(賽棱社) 사장.
2) 「공자님」, 즉 「현대 중국의 공자」를 말하며 이후 『차개정잡문 2집』에 수록되었다.
3) 『문학월보』(文學月報)는 즉 『중국문학월보』를 말한다.

350627(일) 야마모토 하쓰에에게[1]

배계. 편지를 삼가 받았습니다. 부군의 회복을 축하드립니다. 하지만 수술을 하면 한층 더 나을 것 같네요. 마스다 1세가 번역한 선집도 2책 보내왔답니다. 아주 잘 번역되어 있습니다. 후지노 선생[2]은 삼십 년 정도 전에 센다이의학전문학교의 해부학 교수로 본명이랍니다. 그 학교는 지금은 대학이 되었는데 삼사 년 전에 친구에게 부탁해서 조사해 보았더니 이제 학교에 계시지 않더군요. 아직 살아 계실까 어떨까 문제입니다. 만약 살아 계신다면 벌써 칠십 세 정도 되실 겁니다. 둥캉董康[3] 씨가 일본에서 강연했던 일은 신문에서도 읽었습니다. 그는 십 년 전의 법부대신으로 지금은 상하이에서 변호사를 하고 있어요. 호화 서적(고본의 복각)을 만드는 일로 자못 명성이 자자합니다. 중국에서는 학자로 여기지 않지요. 사장은 모친이 위독하셔서 본국으로 귀국했었는데 또 좋아지셨다고 해서 바로 상하이로 돌아온 것 같습니다. 상하이는 장마기에 접어들었기 때문에 날씨가 나빠져 힘듭니다. 저희는 변함없이 건강한 편이지만 다만 제가 매년 마르고 있네요. 나이를 먹고 생활도 점점 긴장하고 있어서 방법이 없습니다. 친구 가운데에는 한두 해 쉬고 요양하기를 권하는 이도 상당히 있습니다만 어렵습니다. 어쨌든 죽음에는 이르지 않았으니 안심하세요. 지난번에

보내 주신 편지에서 천국에 대해 말씀하셨습니다. 사실 말하자면 저는 천국을 싫어합니다. 중국에서 착한 사람들은 제가 아주 싫어하기 때문에 만약 장래에 이런 사람들과 시종 같은 곳에 있으면 아주 견딜 수 없습니다. 마스다 1세가 번역한 저의 『중국소설사』도 조판하고 있습니다. '사이렌 샤'サイレン社에서 출판하기 때문에 아주 호화스런 책이 될 것 같아요. 제가 썼던 것 중에서 이렇게 화려하게 꾸며 세상에 나온 것은 처음입니다.

6월 27일, 루쉰 드림

야마모토 부인 궤하

주)

1) 이 편지는 『대루쉰전집』 제7권에 근거하여 수록했다.
2) 후지노 선생. 즉 후지노 겐쿠로(藤野嚴九郎, 1874~1945). 루쉰이 일본 센다이의학전문학교에서 공부할 때 해부학 교수이다.
3) 둥캉(董康, 1867~1947). 자는 완징(綬經), 장쑤 우진(武進) 사람이다. 판본학자이다. 베이양정부 때 대리원(大理院) 원장을 역임했고, 사법총장, 재정총장 등을 역임했다. 항전기에 왕징웨이 정부에서 관직을 했다.

350717(일) 마스다 와타루에게

배계.

최근 잡무가 많아서 답장을 지금까지 끌고 있었습니다.

히라쓰카 운이치[1] 씨의 일은 알고 있어요. 그의 작품도 복제품과 작은 것이라면 조금 가지고 있답니다.

『십죽재전보』의 번각飜刻은 진행되고 있는데 제2책의 이십여 폭이 완성되었어요. 초판은 벌써 남아 있지 않은 모양인데 저는 가지고 있답니다. 히라쓰카 씨 몫은 내가 드리겠습니다.

하지만 내년 전부 모은 뒤 보내고 싶어요. 조금씩 조금씩 내면 출판 경영상으로도 불편하기 때문에 공동 운영자에게 미움을 받지요. 황원공방黃元工房의 1책은 특별한 것인지라 갖추고 또 회복해서 베이핑에서 장정하여 드릴 작정입니다.

일본에서 소개하는 것은 다 모은 뒤에 했으면 합니다.

상하이는 아주 더워서 어제는 실내인데도 화씨 90도였지요. 땀을 흘리면서 『죽은 혼』을 번역하고 있지요. 땀띠로 가렵고 머리가 팽창하고 있답니다.

이번 달 『경제왕래』經濟往來[2]를 봤나요? 거기에 나가요 요시로[3] 씨의 「XX와 만난 저녁」이라는 문장이 실려 있지요. 나에 대해 아주 불만스러운데, 하지만 고풍의 인도주의자의 특색은 아주 확실히 발휘하고 있습니다. 즉 일부러 사서 읽을 필요가 없다는 생각이오.

7월 17일, 뤄원 배상

마스다 학형 궤하

주)

1) 히라쓰카 운이치(平塚運一). 일본의 판화가로 마스다 와타루와 동향이다.
2) 종합 월간지로 이후 『일본평론』으로 바뀌었다. 스즈키 도시사다(鈴木利貞) 등 편집, 1926년 창간, 1952년 정간했다. 도쿄 니혼효론샤(日本評論社) 출판.
3) 나가요 요시로(長与善郎, 1888~1961). 일본 작가. 여기서 XX는 루쉰을 말한다.

350801(일) 마스다 와타루에게

8월 22일 편지를 받아 보았습니다. 지금쯤 벌써 황원공방에 책상다리를 하고 있을 것 같아서 이걸 에토모로 보냅니다.

제게 준 『중국소설사』는 아직 도착하지 않았지만 우치야마서점에는 벌써 5책이 와 있어요. 하나를 사서 읽어 보았는데 인용문의 원문, 주석이 있고 거기에 두 종류의 자체를 쓰고 있어서 교정이 곤란했었을 것 같습니다. 고맙습니다. 하나를 지금 벌써 야마모토 부인께 보냈습니다. 그렇지 않으면 그녀가 분명 또 5엔을 들여 살 것이니 미안한 일이지요. 오늘 서점에 가서 봤더니 벌써 1책밖에 남아 있지 않았어요. 모두 저와 알고 있는 사람이 사 갔습니다. 사실 사장이 사도록 한 것인데 크게 선전하고 있는 것 같습니다.

마사무네[1] 씨의 단문을 읽었지요. 동감입니다. 그 전에 도리마루鳥丸求女[2]의 문장도 나온 것이 있는데 친구가 오려서 보내 준 것을 형에게 보냅니다. 하지만 거기에 인용된 나가요 씨가 쓴 "관에 들어가고 싶었다" 운운한 것은 사실은 내가 말한 것의 일부분이고, 그때 나는 중국에서는 아주 좋은 재료를 함부로 사용해 버리는 일이 있다는 것을 말하고 있었어요. 그 예로 "예를 들어 흑단과 음침목(일본의 매목埋木 같은 것, 센다이에 있음)으로 관을 만들어 상하이의 대로의 유리창 속에 진열하고 밀랍으로 닦아 윤을 내서 아주 아름답게 만들고 있다. 내가 한 번 보니 그런 아름다움에 놀라서 들어가고 싶어져 버린다"라고 말한 것을 말하고 있어요. 하지만 그때 나가요 씨는 타인과 말하고 있는지 아니면 다른 것을 생각하고 있는지 몰랐고, 오직 말미의 내 말만 취해서 "어둡다 어둡다"고 단정했습니다. 만약 불쑥 그런 것을 말하면 실은 얼빠진 것이라 "음흉하고 어두움"에 해당하는 이야기가 아니라오. 어쨌든 나가요 씨와의 만남은 서로 불쾌했어요.

『십죽재전보』 2책은 반 정도 완성되었어요. 경기가 나쁘고 공인工人도 휴가라서 이 책의 진행이 어느 정도 빨랐지요. 이런 진행에 비춰 보면 내년 봄쯤 전체가 나올 것입니다. 히라쓰카에게는 그때 보내 드리지요. 그리고 이 밖에 천라오롄의 『주패』酒牌[3]를 콜로타이프판으로 복제하고 있습니다. 우리들의 이 일에 대해 공격하는 일도 있는데, 즉 어째서 혁명을 하고 죽지 않고 이런 일을 하는가라고 말합니다. 하지만 우리들은 모른 척하고 콜로타이프 등을 하고 있답니다.

'세계문고'를 위해 매월 고골의 『죽은 혼』을 번역하고 있어요. 일회에 삼만 자뿐이지만 어려워서 거의 삼 주가 걸렸어요. 땀띠 범벅이고 7월 분량도 어제서야 막 보냈답니다.

『문학』(1호) 논단의 「문단의 세 부류」文壇三戶는 졸고랍니다. 또 「방망幇忙에서 차담扯談까지」[4] 한 편을 쓰고 있는데 발표 허락을 받지 못했지요. '차담'은 좀 번역하기 어렵네요. 굳이 말하자면 한담의 재능이 없는데 한담을 하는 부류랍니다.

8월 1일 밤, 뤄원 드림

마스다 형 궤하

주)

1) 마사무네 하쿠초(正宗白鳥, 1879~1962). 일본의 작가. 그의 단문은 「루쉰과 모라에스」. 『요미우리신문』 1935년 7월 20일에 게재했다.
2) 미상. 그의 문장은 「루쉰의 적막의 그림자」이다.
3) 『박고엽자』(博古葉子)는 당시 민간 유행하는 주령(酒令) 패자(牌子)의 형식을 채용한 작품으로 『주패』라고도 한다.
4) 『차개정잡문 2집』(루쉰전집 8권)에 수록된 「조력자에서 허튼소리로」(從幇忙到扯淡).

350911(일) 마스다 와타루에게

질문한 것을 대체로 해석해 놓았습니다. 다만 '하간부'河間婦[1]는 잠시 보류해 놓는데 곧 단서가 있지 않을까 싶어요.

『소설사략』은 또 재판의 희망이 있는데 정말 불가사의합니다.

이번 달 『사쿠힌』[2]에 가메이 가쓰이치로龜井勝一郎[3] 씨의 「XX단상」이 나와 있어요. 『선집』 속의 사상에 대해 쓴 것이지요.

고노미 군의 병은 어떤지요?

어제 신판 『소설사략』 1책을 보냈습니다. 또 다른 1책은 증보한 『소설구문초』小說舊聞鈔입니다.

9월 11일, 뤄원 배상

마스다 학형 궤하

주)

1) 당대 유종원(柳宗元)의 『하간전』(河間傳)에 "하간은 음부이다. 그 성(姓)을 말하고 싶지 않아 마을의 이름으로 부른다"고 했다. 하간은 지금의 허베이성에 속한다.
2) 『사쿠힌』(作品). 문학잡지로 고마자와 분이치(駒沢文一) 편집으로 1930년 5월 창간, 1940년 정간했다. 도쿄 사쿠힌샤(作品社) 출판.
3) 가메이 가쓰이치로(龜井勝一郎, 1907~1966). 일본의 문예비평가이다. 그의 글은 「루쉰 단상」(魯迅斷想)을 가리킨다. 일본의 『사쿠힌』(作品) 잡지 1935년 9월호에 실렸다. XX는 루쉰을 말한다.

351017(미) 아이작스에게[1]

중국 상하이
1935년 10월 17일

친애하는 아이작스 씨

9월 15일자 선생님의 편지에 답을 드립니다. 저의 소설 「풍파」 번역에 대해 보내 주신 사례금을 저는 받지 않고자 합니다. 이 일에 저는 시간을 전혀 들이지 않았답니다. 이 사례금을 선생님이 뜻하신 대로 처리해 주시길 희망합니다.

감사함을 담아서

Lusin

주)

1) 이 편지는 마오둔이 기초하고 루쉰이 영문 친필 서명을 했다.

351025(일) 마스다 와타루에게

배계. 10월 1일 편지는 벌써 받았습니다만, 속세가 번잡하여 결국 답장을 지금까지 끌고 있었으니 정말 미안합니다.

각설하고, 질문 두 가지에 대해 —

중국의 소위 '점수가 육십 점 이상'點數在六十點以上을 일본어로 번역하면 '병등'丙等이라 하면 가장 이해하기 좋지 않을까 싶어요. 역시 점수 문제입니다.

'미려'尾閭는 아주 애매합니다. 해부학상 '미저골'尾骶骨(꼬리뼈)의 뼈가 있는데 따라서 '미려'는 이 부근이네요.

또 삼사 일 전에 14일 편지와 돈 20엔을 받았습니다. 조속히 『중국신문학대계』를 주문했는데 책의 가격이 우편요금 포함 모두 7위안 7자오, 일본돈으로 딱 10엔입니다. 아직 2엔이 저한테 있어서 다른 필요한 것이 있으면 사서 보낼게요. 언제라도 됩니다. 이 책은 지금까지 6책이 출판되었는데 이미 도착했는지? 저는 정말 좋은 책이라 생각합니다.

『문학』 10월호의 『역문』譯文 소개비평[1]은 다른 사람이 쓴 것이고 논단의 두 편은 졸고입니다. 하지만 이번 『역문』의 휴간 때문에 편집자에게 불만이어서 11월부터는 쓰지 않으려 합니다.

댁내 모두 평안하시다 하니 기쁩니다. 고노미 군의 백일해도 나았나 봅니다. 우리도 모두 건강합니다. 아이를 지난달부터 유치원에 입학시켰는데 벌써 동전은 간식을 살 수 있는 것이라는 학식을 습득했답니다.

10월 25일, 쉰 배상

마스다 형 궤하

주)______

1) 「번역 소리 속의 역문을 저주한다」(詛咒飜譯聲中的譯文)를 말한다. 멍린(孟林)의 글로 『문학』 제5권 제4기(1935년 10월)에 실렸다.

351203①(일) 마스다 와타루에게

11월 22일 밤 편지를 받았습니다. 신문학 무슨사[1]라고 하는 책을 발견하여 오후 사장에게 보내 달라고 부탁했답니다. 1엔 정도 남아 있으니 나중에 뭔가 사도록 하지요.

'일본의 중국문학 연구자에 대한 주문注文'[2]은 생각해 본 적이 없어요. 이번에 생각해 보아도 좀 재미없는 일이라서 말할 만한 가치가 없네요. 그래서 쓰는 걸 그만두었답니다.

상하이는 추워졌습니다. 저는 노쇠해서인지 정말 일이 많아져서인지 어쨌든 바쁘게 느껴집니다.

지금은 신화 등에서 제재를 취해 단편소설을 쓰고 있는데 성적은 제로일 것 같네요.

12월 3일 밤, 쉰 배상

마스다 학형 궤하

주)

1) 왕저푸(王哲甫)의 『중국신문학운동사』(中國新文學運動史)를 말한다. 1933년 9월 베이징 대성인서국(北京戴成印書局)에서 출판했다.
2) 『중국문학월보』의 편집인 다케우치 요시미가 루쉰에게 부탁한 원고의 제목이다.

351203②(일) 야마모토 하쓰에에게[1)]

배계. 오랫동안 적조했습니다. 오늘 아이에게 보내 주신 아루헤이토를 받았습니다. 정말 감사드립니다. 상하이는 추워졌답니다. 근래 이 지역은 아주 시끄러워진 데다 또 뜬소문이 돌아서 많은 사람들이 이사해 버려 아주 적막하답니다.

우치야마 사장의 서점도 거의 휴업한 것 같습니다. 밤이 되면 특히 조용해서 시골에 있는 것 같은 느낌이지요. 이전처럼 되는 것은 또 반년 정도 걸리겠지요. 사장의 『살아 있는 중국의 자태』는 출판했지만, 아직 견본밖에 볼 수 없답니다. 마스다 1세는 도쿄에서 편지를 부쳐 오지만 지금쯤은 벌써 집으로 돌아갔겠지요. 저는 변함없이 바쁜데, 쓰지 않으면 안 되기 때문이랍니다. 하지만 써야 할 것이 없으면 곤란합니다. 쓰고 싶은 것은 발표되지 않고, 최근에는 대체로 우선 무언가를 생각하지 않고 테이블 앞에 걸터앉아 붓을 손에 쥐고 있습니다. 그렇게 하면 무언가 이유는 알 수 없지만 자연스럽게 나와 결국에는 이른바 작문이 되지만, 인간이 때때로는 기계가 되는 일도 생깁니다. 그러나 기계가 되면 아주 재미가 없으므로 할 수 없이 활동사진을 보러 갑니다. 그래도 좋은 것이 없어요. 지난달에 잭 런던의 「야성의 부름」[2)]을 봤는데 아주 놀랐습니다. 그 소설과 완전히 달랐지요. 이번은 명저에서 취한 활동사진도 뻣뻣해졌습니다. 아이는 벌써 이를 갈았습니다. 가을부터 유치원에 다니는데 동전이 소중한 것이라는 귀한 학식을 획득했답니다. 동학이 여러 가지를 사서 먹는 것을 봤기 때문이죠. 그러나 이번 뜬소문 때문에 이사하는 집이 많아서 이번에는 동학이 겨우 여섯 명밖에 남아 있지 않네요. 그 유치원도 언제까지 계속할지 모르겠습니다.

12월 3일 밤, 루쉰 배상

야마모토 부인 궤하

주)______

1) 이 편지는 『대루쉰전집』 제7권에 근거하여 수록했다.
2) 「*Call of the Wild*」(1935)로 잭 런던의 동명소설을 각색한 미국 영화이다.

351207(독일) 에팅거에게[1)]

P. E. 선생

11월 1일 편지는 이미 받았습니다. 제가 보낸 중국의 종이가 이러한 결과를 얻은 것은 정말 의외입니다. 왜냐하면 당신의 성명과 주소를 위탁 받은 사람[2)]에게 분명히 알려 주었기 때문이지요. 속에 있는 K. Meffert가 판각한 『*Zemment*』[3)] 그림도 어떻게 되었는지 모르겠습니다. 그렇다면 종이는 보낼 수가 없는데 제가 더 나은 방법을 찾을 수가 없기 때문입니다.

편지를 보면 당신은 목판화를 부치신 듯합니다. 하지만 저도 받지를 못했답니다.

이번 우편국에서 소포를 하나 부쳤는데 안에는 『*Zemment*』 한 권, 『*Die Jagd nach dem Zaren*』[4)] 한 권, 또 몇 가지 편지지가 있는데 이것은 구시대의 지식인이 사용했던 것으로 현재도 사용하는 사람이 있습니다. 이 제작법은 그림은 그리는 사람이, 판각과 인쇄는 각각 다른 사람이 합니다. 유럽 고대의 목판화 방법과 마찬가지이지요. 이번에는 받으시길 희망합니다. 지금 새로운 목판화는 올해는 발전이 보이지 않네요.

Pushkin[5]의 저작은 중국에 번역본은 있지만 삽화는 없답니다.

편지를 보면 제가 러시아어를 할 수 있는 것으로 알고 계신 것 같은데 오해입니다. 저번 편지는 친구에게 대신 써 달라 부탁한 것이고 이번도 마찬가지이지요. 저는 전혀 모릅니다. 하지만 저에게 편지를 하실 때는 러시아어도 괜찮습니다. 제가 바로 친구에게 부탁해서 보고 쓰면 됩니다. 단지 회신이 좀 늦을 따름이지요.

(12월 7일)

주)

1) 에팅거(Pavel Ettinger)는 당시 소련 모스크바에 거주하고 있었던 독일 미술가. 이 편지는 차오징화(曹靖華)에 의해 러시아어로 번역되었다. 1934년에 루쉰에게 편지를 보내 『인옥집』(引玉集)을 구해 달라고 부탁했으며, 루쉰은 즉시 이 책과 『목판화가 걸어온 길』(木刻紀程)을 보내 주었다. 1935년에 다시 목각 『시멘트 그림』(士敏土之圖) 및 『차르 사냥기』(*Die Jagd nach Zaren*, 獵俄皇記) 각각 한 권을 보내 주었다. 그는 1936년에 루쉰에게 판화 및 『폴란드미술』을 증정하였다. 351207① 편지를 참조하시오.
2) 소련 대외문화협회.
3) 독일 목판화가 메페르트의 『시멘트』를 말한다.
4) 『차르 사냥기』는 러시아의 나로드니키 여성혁명가 피그네르(Вера Николаевна Фигнер)의 회상록이다. 여기서는 메페르트가 같은 책의 독일어 번역본을 위해 제작했던 목판화 삽도를 말한다. 모두 5폭이다.
5) 푸시킨을 말한다.

360203(일) 마스다 와타루에게

배계. 1월 28일 편지를 받아 보았습니다. 우리는 모두 건강하지만 바쁜 사람도 있고 시끄러운 사람도 있고 어쨌든 엉망진창이랍니다.

『신문학대계』의 일은 작년에 들었습니다만 서점은 1책에서 9책까지 모두 보냈다고 하는데 정말인지? 답을 기다리지요. 만약 거짓말이면 또 물어보러 가고요. 10책은 아직 출판하지 않았습니다.

예葉[1]의 소설은 이른바 '신변잡기' 같은 것이 많아서 나는 별로라오.

『새로 쓴 옛날이야기』는 전설 등을 다시 쓴 것, 재미없는 것입니다. 내일 사장에게 부탁해서 보내지요.

「도의 일」[2]은 본래 미카사쇼보三笠書房에서 부탁받아 광고용으로 쓴 것인데 출판사가 또 그것을 가이조샤에 보냈습니다. 쓰기 전에 이해할 수 있도록 교정해 달라고 부탁하면 항상 그러겠다고 말하지만 원고를 가지고 가면 그대로 낸답니다. 이런 일이 한 번뿐이 아니라오. 이제부터는 쓰지 않는 편이 좋겠다 생각합니다.

명사와의 만남도 그만두는 게 좋겠소. 노구치野口 씨의 문장[3]은 내가 말했던 전체를 쓰고 있지 않고, 썼던 부분도 발표를 위해서인지 그대로 쓰고 있지 않아요. 나가요 씨의 문장[4]은 더 그렇다오. 나는 일본 작가와 중국 작가의 의견은 당분간 소통하는 일이 어렵겠다는 생각이오. 우선 처지와 생활이 모두 다릅니다.

모리야마森山 씨의 문장[5]은 읽었습니다. 하야시 선생의 문장[6]은 결국 읽지 못했고, 잡지부에 가서 찾아보았지만 다 팔리고 벌써 없었지요. 폐국의 톈한田漢 군은 이 선생과 아주 유사하다 생각합니다. 톈 군은 잡혔다가 보석되었는데 요즘은 난징정부를 위해(물론 동시에 예술을 위해) 활동하고 있습니다. 이래도 그저 정의도 진리도 항상 톈 군의 몸에 붙어 있다고 말하기 때문에 좀 어떤 것인가 생각해 봅니다.

『십죽재전보』의 진행은 아주 늦고, 2책은 아직 나오지 않았다오.

2월 3일, 쉰 배상

마스다 형 궤하

주)

1) 예성타오(葉聖陶, 1894~1988)를 말한다. 장쑤 우현(吳縣) 출신으로 이름은 사오쥔(紹鈞), 자는 성타오이다. 문학연구회(文學硏究會) 발기인의 한 사람이다. 교육사업에 종사했으며, 1923년부터 상우인서관(商務印書館)에서 편집을 맡았으며, 1930년부터는 카이밍서점(開明書店)에서 편집을 맡았다. 이 책의 '부록1'을 참고하시오.
2) 원문은 「陀的事」. 「도스토예프스키의 일」(陀思妥耶夫斯基的事)을 말한다.
3) 노구치 요네지로(野口米次郞). 그의 문장은 1935년 11월 12일 『도쿄마이니치신문』에 실렸다. 류싱(流星)에 의해 초역되었고 「어느 일본 시인의 루쉰 회담기」라는 글이 1935년 11월 23일 상하이 『천바오』(晨報) 「서보춘추」(書報春秋)에 실렸다.
4) 나가요 요시로(長與善郞). 그의 문장은 「루쉰과 회견한 저녁」(與魯迅會見的晚上)으로 『경제왕래』(經濟往來) 1935년 7월호(일본평론사 출판)에 실렸다.
5) 모리야마 게이(森山啓). 일본 작가로 일본 프롤레타리아문예연맹에 참가했다. 그의 문장은 「문예시평」으로 『문예』 1936년 2월호에 실렸다. 그 글에서 하야시 후사오가 지은 「일본문학 오늘의 문제—루쉰에게 부쳐」를 상찬했다.
6) 하야시 후사오(林房雄, 1903~1975). 일본작가. 1920년대 일본프롤레타리아문예연맹과 전일본프롤레타리아트예술연맹에 참가하고 1930년에 체포 이후 전향성명을 발표한 뒤 천황제와 군국주의를 옹호했다. 그의 문장 「일본문학 오늘의 문제—루쉰에게 부쳐」를 일본 『문학계』 1936년 1월호에 게재했다.

360320(일) 우치야마 간조에게

사장.

『사회일보』에 "분큐도의 『요재지이열전』聊齋誌異列傳[1]이 벌써 우치야마서점에 도착했다"고 써 있었소. 그게 정말인지? 사실이라면 1책을 부탁합니다.

3월 20일, L 드림

주)

1) 『요재지이외서마난곡』(聊齋誌異外書磨難曲)을 말한다. 청대 포송령의 책으로 루다황(路大荒)이 주를 달아 1935년 도쿄 분큐도(文求堂)에서 출판했다. 여기 인용된 소식은 1936년 3월 20일 『사회일보』(社會日報)에 보인다.

360328(일) 마스다 와타루에게

21일 편지를 받았습니다. 에토모에서 부친 편지를 받았지만 곧 도쿄로 출발했을 것이라 생각해 답장을 보내지 않았지요. 『새로 쓴 옛날이야기』 속의 「검을 벼린 이야기」는 확실히 비교적 진지하게 쓴 것이지만, 그러나 출처를 잊어버렸는데 어릴 때 읽었던 책에서 가져온 것이기에 그래요. 아마 『오월춘추』吳越春秋나 『월절서』越絶書에 있을 겁니다.[1] 일본의 『중국동화집』[2] 같은 것에도 있는데 나도 봤던 걸로 기억합니다.

일본에서는 뭐랄까, 요즘 '전집'이라는 말을 아주 좋아하는 모양이네요.

「검을 벼린 이야기」에는 그렇게 난해한 곳은 없지요. 하지만 주의해야 할 것은, 즉 거기에 있는 노래는 의미가 분명하게 드러나지 않는다는 점입니다. 이상한 인간과 잘린 머리가 노래를 부르는 것이라서 우리와 같은 보통사람들은 이해하기 어려울 겁니다. 세번째 노래는 확실히 대단하고 웅장한 것이지만, '堂哉皇哉兮噯噯唷'의 '噯噯唷'은 외설적인 소곡小曲을 사용한 소리이지요.

저도 5월 초나 중순경을 기쁜 마음으로 기다립니다. 상하이도 5, 6년 전의 상하이와는 아주 다르지만 그러나 '기분전환'의 약으로 사용하는 것은 아직 괜찮을지도 몰라요. 나는 특히 옛날 아파트에 살고 있지 않으니, 그건 우치야마 사장에게 들으면 이번 주소를 알려 줄 겁니다.

이번 달 초에 피로와 추위에 부주의했던 결과 갑작스레 병이 나 잠시 눕게 되었지만 최근 거의 회복했답니다. 변함없이 번역 등을 하고 있어요.

정전둬 군의 활동방면이 아주 많기 때문에 『십죽재전보』의 재촉에 힘을 쓰지 않고 있는데, 지금은 제2책이 판각되어 이제부터 인쇄를 합니다. 내년 전에 전부(4책) 나올 것이 틀림없어요.

3월 28일, 쉰 드림

마스다 형 궤하

주)

1) 『오월춘추』(吳越春秋)는 동한의 조화(趙曄)가 편찬했고 오의 태백(太白)에서 부차(夫差)까지, 월의 무여(無余)에서 구천(句踐)까지를 기술했다. 적지 않은 민간 전설이 수록되어 있다. 원서는 11권, 현재 10권이 남아 있다. 『월절서』(越絶書)는 동한 원강(袁康)이 편찬했다. 오월 두 나라의 역사, 지리 및 중요한 역사적 인물의 사적을 기술하고 전해오는 이야기, 기이한 이야기 등을 기록했다. 총 25권이나 지금은 15권이 있다. 『오월춘추』의

「합려내전」(闔閭內傳)과 『월절서』의 「월절외전기보검」(越絶外傳記寶劍)이 「검을 버린 이야기」에 들어간다.

2) 『중국동화집』(支那童話集). 일본 이케다 다이고(池田大伍)가 편역, 1924년 도쿄 후잔보(富山房) 출판이다.

360330(독일) 에팅거에게

P. Ettinger 선생

2월 11일 편지와 목판 3종을 받았답니다, 정말 감사드립니다!

이후 또 같은 달 15일 편지도 받았습니다. Kiang Kang-Hu's 『*Chinese Studies*』[1] 한 권은 Uchiyama Bookstore[2]에서 등기로 부쳤습니다. 가격이 매우 저렴하여 보내 드리오니 교환하지 마세요. 또 필요한 서적이 있으면 저에게 구매를 부탁하십시오. 비싸면 제가 귀하의 다른 것과 교환하도록 하지요.

그런데 Kiang의 책은 가격을 매겨 팔 만한 책이 아닙니다. 그는 현재 상하이에서 강의를 하고 있지요. 그의 저작은 그저 중국의 실정을 모르는 미국인이 보거나 아니면 독일의 비평가가 좋아할 만할 뿐 저희는 별로 관심을 두지 않습니다. Osvald Sirén의 『*A History of Early Chinese Painting*』[3]은 상당히 비싸지만(미화 약 40) 그러나 저는 좋은 책이라 생각합니다. Kiang의 책과는 비교할 수가 없습니다.

중국의 청년 목판화가는 진보가 없습니다. 귀하가 보신 그대로이지요. 하지만 지도할 사람이 없기 때문이기도 합니다. 2월 중 상하이에서 제1회 소련판화전람회를 개최하였는데 거기 작품을 어떤 서점이 복제하고 있습니다. 출판되면 중국의 청년들에게 유익할 것이라 생각됩니다.

(3월 30일)

주)

1) 장캉후(江亢虎, 1883~1954)의 『중국연구』이다. 장캉후는 일본에서 유학했고, 상하이 난팡(南方)대학 교장, 국민당 중앙위원 등을 역임했다.
2) 우치야마서점을 말한다.
3) Osvald Sirén의 『*A History of Early Chinese Painting*』. 오스발드 시렌의 『중국조기회화사』. 1933년 뉴욕 출판. 오스발드 시렌은 스웨덴의 미술비평가이다.

360508(일) 우치야마 간조에게

사장.

차오 선생의 책을 전달해 주시길 부탁드립니다.[1]

5월 8일, L 드림

주)

1) 차오바이(曹白)에게 증정하는 『죽은 혼 백 가지 그림』을 말한다.

360723(체코) 야로슬라프 프루셰크에게[1)]

J. Průšek

이틀 전 편지를 받았습니다. 편지에 저의 『외침』, 특히 「아Q정전」을 체코어로 번역하여 출판하고[2)] 저의 의견을 구한다 하셨지요. 이것은 저에게는 큰 영광입니다. 물론 선생님이 생각하신 대로 번역하는 것을 저는 모두 승인하며 허락합니다.

보수는 어떤 나라가 저의 작품을 번역해도 저는 받지 않고 있는데 이전부터 이렇게 해왔습니다. 하지만 체코에 대해서는 제가 약간의 희망이 있네요. 보수로 저에게 체코의 몇몇 고금의 문학가 초상의 복제품, 혹은 판화(Graphik)를 주시는 겁니다. 왜냐하면 이것이 중국에 소개되면 아마 동시에 문학가와 미술가 둘을 알게 되기 때문이지요. 만약 이런 그림을 얻기 어려우면 저에게 체코의 유명한 문학작품, 특히 삽화가 많은 것으로 주시면 제가 기념으로 삼을까 합니다. 저는 지금까지 체코어로 된 책을 보지 못했답니다.

여기에 저의 사진 한 장을 함께 부칩니다. 이건 4년 전에 찍은 것이지만 최신의 것이라 할 수 있답니다. 이 이후로 저는 한 번도 사진을 찍지 않았습니다. 또 저의 「중국문학에서의 지위」[3)] 한 편은 제 친구가 쓴 것인데 제 자신의 의사와는 결코 같지 않습니다. 선생님이 취하거나 삭제하거나 아니면 교정하셔도 됩니다. 그리고 짧은 서문 한 편[4)]은 특히 중국의 오래된 형식 ── 세로로 쓴 것입니다. 글자가 너무 크지만 제 생각에는 축소할 수 있을 것 같습니다.

작년에 『새로 쓴 옛날이야기』를 인쇄했습니다. 신화와 전설을 토대로 했는데 그리 좋은 작품은 아닙니다. 크게 웃어 보시라고 함께 보냅니다.

회신을 올리며, 평안하시길 기원합니다.

7월 23일, 루쉰

추신:

이후 만약 편지를 하신다면 아래의 주소로 보내 주십시오.

Mr. Y. Chou

C/O Uchiyama Bookstore,

11 Scott Road,

Shanghai, China.[5)]

그런데 제가 올해 크게 앓았고 최근에서야 좀 나아졌답니다. 때문에 8월 초 상하이를 떠나 두 달가량 전지요양을 하고 10월에 돌아옵니다. 이 기간 동안에는 편지를 하셔도 제가 볼 수 없답니다.

주)

1) 야로슬라프 프루셰크(Jaroslav Průšek, 1906~1980). 체코슬로바키아의 한학자. 1932년 중국역사 연구용 자료수집을 위해 중국에 왔고 이후 문학잡지사를 통해 루쉰과 알게 되었다.
2) 체코 번역본 『외침』. 「아Q정전」 등 8편이 수록되었고 프루셰크와 로버트나의 공역이다. 1937년 12월 프라하인민문화출판사에서 출판, '인민총서'의 하나이다.
3) 「루쉰의 중국문학에서의 지위 — 체코 번역에 대한 몇 가지 말」. 펑쉐펑이 집필했다.
4) 「『외침』 체코번역본 서문」으로 『차개정잡문 말편』에 수록되었다.
5) '중국, 상하이, 스코트로 11호, 우치야마서점, 저우위(周豫) 선생.'

360726(일) 우치야마 간조에게

사장.

『나쁜 아이』壞孩子[1]의 지판紙型을 페이 군[2]에게 주세요.

7월 26일, L 드림

주)

1) 『나쁜 아이와 기타 이상한 이야기』(壞孩子和別的奇聞)를 말한다.
2) 페이선샹(費愼祥)을 말한다.

360828(일) 스도 이오조에게[1]

스도 선생 궤하.

열은 상당히 내렸습니다. 어제 5도 9분 전에 편지를 쓰고 있었기에 자지는 않았어요.

배가 종종 팽만해지고 좀 아픕니다. 가스가 많아요.(아스피린을 먹기 전부터 그랬음.)

기침은 줄었고 식욕은 여전히 없으며 수면은 좋습니다. 초초 돈수

8월 28일, 루쉰

주)______

1) 스도 이오조(須藤五百三, 1876~1959). 일본 군의관 출신으로 1911년 조선에서 도립의원 원장을 역임했다. 1917년 퇴역 이후 중국에 와서 상하이에 스도의원(須藤醫院)을 열었다. 우치야마서점(內山書店)의 의약고문을 맡았고, 1933년 7월부터 쓰보이 요시하루(坪井芳治)를 뒤이어 하이잉(海嬰)을 진료했다. 1934년 11월 이후부터 루쉰이 세상을 뜨기까지 늘 루쉰을 진료했다. 귀국한 후에는 고향에서 의료를 행했다.

360906(일) 가지 와타루에게[1]

가지 선생.

졸작의 선택에 대해 당신의 주장에 동의합니다. 사실 저는 이 문제를 생각해 본 적이 없답니다.

다만 「콜비츠 판화 선집 목록」 한 편은 없어도 좋다고 생각해요. 일본에 더 상세한 소개가 있다고 기억하고 있습니다. 그러나 만약 이미 번역했다면 넣어도 좋아요. 거기에 인용하고 있는 나가타永田 씨의 원문[2]은 『신흥예술』新興藝術[3]에 있으니 해당 잡지를 함께 보냅니다.

판화의 해석도 번역하는지요? 이것도 번역하면 설명의 2 「가난」[4]의 항목 아래 "부친이 어린아이를 안고"의 '부친'을 '조모'로 바꿔 주세요. 다른 복제품을 보니 아무래도 여성 같습니다. Diel[5]의 설명에도 조모라고 하고 있어요.

다른 수필을 넣는 것이 좋다고 생각합니다. 하지만 그것은 장 군張君[6]과 상담해 주세요. 나도 장 군에게 한번 부탁한 적이 있습니다.

9월 6일, 루쉰

주)______

1) 가지 와타루(鹿地亘, 1903~1982). 일본 작가. 1935년 상하이에 와서 우치야마 간조의 소개로 루쉰을 알게 되었다. 당시 『루쉰잡감선집』을 편역하려 하고 있었다.
2) 나가타 가즈나가(永田一修, 나가타 잇슈, 1903~1988). 일본 예술평론가. 루쉰이 인용한 그의 문장은 「세계 현대 프롤레타리아 미술의 추세」로 『신흥예술』 제7, 8합간(1930년 5월)에 실려 있다.
3) 『신흥예술』(新興藝術). 일본 미술이론 월간, 다나카 후사지로(田中房次郎) 편, 1929년 창간, 도쿄 예문서원(藝文書院) 출판.
4) 「가난」(窮苦, *Not*). 『케테 콜비츠 판화 선집』의 두번째 그림. 『차개정잡문 말편』(루쉰전집 8권), 「『케테 콜비츠 판화 선집』 머리말 및 목록」 참조.
5) 딜(Louise Diel)은 독일의 미술가.
6) 후펑(胡風)을 말한다.

360907(독일) 에팅거에게

Paul Ettinger 선생.

선생의 Aug[1] 13일 편지를 이미 받았습니다. Sirén의 책[2]을 받았다는 선생님의 편지도 잘 받았습니다. 그러나 5월부터 계속 병이 나서 기력이 없는 터라 편지의 대필을 해줄 친구에게 부탁하지 못하고 있었습니다.

현재 또 『폴란드 미술』 한 권을 받았네요, 감사드립니다. 하지만 왜 도판 아래에 제목을 넣지 않았는지 모르겠어요. 『폴란드 미술사』 한 권을 가지고 있는데 그림에 제목이 없어서 볼 때 종종 답답합니다. 제 생각에 선생님이 설명 없는 중국화를 볼 때 아마도 종종 그러하실 거라 생각됩니다.

저는 당신이 중국 출판의 『*Sovietic Graphics*』[3]에 비평을 해주시기를 간절히 희망하고 있답니다. 만약 나오면 저에게도 한 부 보내 주세요. 번역할 사람을 찾아서 중국의 청년들에게 보여 주겠습니다. 다만 이 책의 재료는 전부 올해 상하이에서 개최된 '소련판화전람회'에서 가져온 것입니다. 여기서 저는 Deineka[4]의 판화를 찾았는데 결국 하나도 없었습니다. 최초에서 현재까지 소련 목판화가의 대표작을 모아 한 책으로 하여 중국에 소개하고 싶지만 그럴 역량이 없네요.

(9월 7일) Лусин[5]

주)

1) 영어로 8월을 말한다.
2) 시렌의 『중국화론』이다. 루쉰이 1936년 5월 4일 일기에 『중국화론』을 에팅거에게 보냈다고 기록하고 있다.
3) 『소련판화집』을 말한다.
4) 데이네카(Александр Александрович Дейнека, 1899~1969). 러시아 판화가이다.
5) '루쉰'의 러시아어 번역.

360915(일) 마스다 와타루에게

마스다 형.

9일 편지를 보았습니다. 『대지』[1]에 관한 것은 가까운 시일 내에 후펑에게 보여 줄게요. 후중츠[2]의 번역은 믿을 수 없을지도 모릅니다. 하지만 만약 그러하다면 작자에 대해 정말 좋지 않은 일이지요.

나는 여전히 열이 나서 스도 선생에게 주사를 청했습니다.…… 사실 병세가 어떤지 모릅니다. 그러나 몸은 저번보다 살이 찌고 있지요.

쉬마오융에 대한 문장[3](힘이 없어서 나흘 걸렸어요)은 방법이 없기 때문에 쓴 것입니다. 상하이에는 이런 무리가 있고 무언가 있다 싶으면 그것을 이용해 자기를 위한 일을 하기 때문에 좀 타격을 주는 것입니다.

9월 15일, 뤄원 배상

주)

1) 장편소설로 미국 펄 벅(Pearl Buck, 1892~1973)의 저서이다. 후중츠가 번역, 1933년 카이밍서점에서 출판했다.
2) 후중츠(胡仲持, 1900~1967). 저장 상위(上虞) 사람, 번역가이다. 상하이 상우인서관에서 편집을 역임했다.
3) 「쉬마오융에게 답함, 아울러 항일 통일전선 문제에 관하여」를 말한다.

360922(일) 마스다 와타루에게

징쑹景宋이 대신하여 답을 합니다. 그는 벌써 10년 이상 「서록」書錄[1]과 관계하지 않고 있어서 질문에 대해 뭔가를 답할 수가 없어요. 고정된 주거지를 잃고 난 뒤로 많은 책을 지니고 있는 것이 곤란했지요. 그래서 종종 흩어졌고 지금은 내 저작이나 번역도 조금밖에 없어요. 지금 말할 수 있는 것은 그저 다음과 같아요.

1. 죽은 혼(제1부)　　1935년 11월 초 출판
2. 죽은 혼 백 가지 그림 1936년 4월 출판

구미의 번역에 대해서는 지금까지 아무도 주의를 기울이지 않았지요. 대저 작자도 모르는데 그 책을 보내는 일은 더욱 그렇지요.

9월 22일, 루쉰 드림

마스다 형 궤하

주)

1) 징쑹(景宋) 즉 쉬광핑이 펴낸 「루쉰 저서 및 번역서 목록」을 말한다. 뒤에 루쉰이 수정·증보하여 『삼한집』에 수록했다.

360928(체코) 야로슬라프 프루셰크에게

J. Prušek 선생.

8월 27일 편지를 받았습니다. 저의 건강을 염려해 주셔서 감사드립니다.

제 작품을 체코어로 번역하는 것에 저는 동의합니다. 이는 저에게 아주 큰 영광이므로 보수는 받지 않으려고 합니다. 외국 작가는 받는다고 하지만 저는 그들과 똑같고 싶지 않답니다. 이전에 저의 작품이 프랑스어, 영어, 러시아어, 일본어로 번역되었으나 저는 보수를 받지 않았습니다. 지금 특별히 체코에 대해서만 받을 수 없습니다. 하물며 저에게 책과 그림을 주셨으니 제가 받은 것이 상당합니다.

중국의 구소설에 대한 선생님의 저작이 하루라도 빨리 완성되어 제가 읽게 되기를 간절히 기원합니다. 제가 Giles[1]와 Brucke[2]의 『중국문학사』를 읽었지만 소설에 대한 그들의 관심은 하나도 상세하지 않았지요. 선생님의 저작이 사실 매우 필요한 것이라 생각됩니다.

정전둬 선생은 제가 잘 아는 사람입니다. 작년에는 때때로 만났습니다만 그 뒤로 지난대학의 문학원장이 되어 아주 바빠져 만나기가 어려웠지요. 하지만 어쨌든 선생님의 뜻을 전달하겠습니다.

이전 편지에서 잠시 전지요양을 한다고 했습니다만 의사와의 연을 끊지 못해 지금까지 상하이에서 떠나지 못했습니다. 현재는 더위도 물러가고 전지요양 할 필요가 없어져 내년을 기다립니다.

회신을 드리며

평안을 기원합니다.

9월 28일, 루쉰 드림

주)

1) 자일스(Giles, 1845~1935). 영국의 중국학자. 저서로 『중국문학사』(1911)가 있다.

2) Grube로 추정된다. 그루베(W. Grube, 1855~1908)는 독일의 중국학자로 저서에 『중국문학사』(1902)가 있다.

361005(일) 마스다 와타루에게

마스다 형.

9월 30일 편지를 받았어요.

『소설구문초』 서문[1] 끝부분의 의미는 해석한 그대로입니다. 즉 (1)

나羅[2]는 원나라 사람, (2) 확실히 이 사람이 있었고 작자가 이름을 바꾼 것이 아닙니다.[3]

『중국 인도 단편소설집』[4]은 출판사에서 이미 한 책을 보내왔습니다. 초초 돈수

10월 5일, 쉬원

주)

1) 「『소설구문초』 재판 서언」을 말한다. 『고적서발집』에 수록되었다.
2) 나관중(羅貫中, 1330~1400)을 말한다. 산시(山西)성 타이위안(太原) 사람. 원말 명초의 소설가. 저작으로 『삼국지통속연의』, 『삼수평요전』(三遂平妖傳) 등이 있다.
3) 루쉰이 「『소설구문초』 재판 서언」 말미에서 언급하고 있는 마롄(馬廉).
4) 사토 하루오 편역. 1936년 도쿄 가와데쇼보(河出書房)에서 출판했다. 『세계단편걸작전집』(世界短篇傑作全集) 제6권이다.

361011(일) 마스다 와타루에게

마스다 형.

阿庚 = A. Agin, 러시아 사람, 19세기 중엽의 사람, 화가. 판각은 베르나르드스키(E. Bernardsky), 동시대 러시아 사람.

梭可羅夫 = P. Sokolov. 역시 러시아 사람, Agin과 동시대.

班台菜耶夫 = L. Panteleev.

『하프』豎琴 = Lira. 작자는 리딘(V. Lidin), 출판년은 1932년, 출판소는 량유良友도서공사. 1936년 『하루의 일』과 합쳐서 『소련 작가 20인집』蘇聯作

家二十人集이 되었다. 출판사는 마찬가지.

『나쁜 아이 및 기타』[1] 출판년도는 1936년, 출판소는 롄화서점聯華書店.

10월 11일, 뤄원 드림

주)

1) 『나쁜 아이와 기타 이상한 이야기』(壞孩子和別的奇聞)를 말한다.

361014(일) 마스다 와타루에게

『러시아 동화』는 1935년 출판입니다.

『10월』은 중편소설이며 원저자는 야코블레프(A. Yakovlev), 출판소는 신주국광사神州國光社. 출판년도는 책을 가지고 있지 않아서 분명하지 않음. 아마 1930년 정도라 생각해요.

시짜이西崽라는 명사가 있습니다.

西 = 서양인의 약칭. 崽 = 仔-아이 = 보이

따라서 시짜이西崽는 서양인에게 사용되고 있는 보이(전적으로 중국인을 가리킴).

10월 14일, 뤄원 드림

마스다 형 궤하

361018(일) 우치야마 간조에게

사장님 궤하

한밤중부터 또 기침이 시작될 줄 생각하지 못했습니다. 그래서 10시쯤 약속에 나갈 수 없네요. 정말 죄송합니다.

부탁이 있습니다. 전화로 스도 선생에게 부탁해 주세요. 빨리 와 주십사 합니다. 초초 돈수

10월 18일, L 드림

부록

부록 1

1. 예사오췬에게[1)]

적지만 책 몇 권을 내어 동기에게 보냅니다. 소위 샘물이 마르자 물고기들이 서로를 촉촉하게 적셔 주는 것이라 할까요,[2)] 대단히 서글픕니다.

주)

1) 이것은 예사오췬(葉紹鈞)이 지은 시 「루쉰 선생을 애도하며」(1936년 11월 『작가』 제2권 제2호)의 뒤의 주에 있던 것이다. 원래는 구두점이 없다.
2) 원문은 '相濡以沫'로 『장자』 「천운」(天運)에 나온다. 샘물이 마르자 물고기들이 서로 모여 침으로 서로를 촉촉하게 적셔 준다는 것으로, 함께 곤경에 처하여 미력한 힘으로나마 서로 의지하고 돕는다는 의미이다.

2. 어머니께[1)]

……상하이에서는 수일 전에 태풍이 불었습니다. 물도 확실히

……저희 집은 지세가 높은 탓에 조금도

……이후로 며칠은 계속 맑은 날인데 어제서야 비로소

……밤이 되면 겹옷에 융으로 된 조끼를 입고

……되어, 확실히 노련함이 적지 않아 알고 있는 일은

……의 책임을 저는 때때로 알지 못하지만 그는 오히려

……소란스럽고, 유치원에서 선생님은 … 하지 않는다고

……고향에 가서 놀면서 고향의 작은 …… 찾으며

……조금 안정이 되면 문장을 좀 써 볼까 합니다.

……여느 때처럼 편안하니 부디 염려하지 마세요.

……절을 올리며 9월 29일(1933년)

주)

1) 이 편지는 찢어져 불완전한 상태였다.

3. 가오즈에게[1]

대단히 죄송합니다. 제가 방문하신 분들을 만나지 않기로 한 것은 벌써 몇 년이 되었답니다. 이는 다른 게 아니라 그저 그때 오신 분들이 너무 많아 각각 만나 뵐 시간을 마련할 수 없었고 또 만났다가 안 만났다가 하는 것도 별로 좋지 않았기 때문이었지요. 그래서 숨어 있게 되었는데 지금도 여전히 이 낡은 방식을 고수하고 있사오니 부디 헤아려 주신다면 정말 다행이라 생각합니다.

주)

1) 이것은 즈춘(志淳)이 지은 「루쉰 이야기」(魯迅一事; 1948년 12월 29일 상하이 『다궁바오』 「대공원」)의 인용에 근거했다. 본래의 편지는 1933년 12월 9일자이다.
가오즈(高植, 1910~1960). 안후이 우후(芜湖) 사람으로 번역에 종사했다. 당시 난징중앙대학에서 수학 중이었으며, 1934년 졸업 이후 난징중산문화교육관 편역원을 지냈다.

4. 류셴에게[1)]

1) 허난의 문신門神과 같은 것은 이전에 저의 고향——사오싱——에도 있었고 부엌 입구 벽에도 붙어 있었는데, 지금은 완전히 변해 버렸고 대체로 석판 인쇄랍니다. 대중이 알기 쉽고 보기 좋아하는 목판화가 되려면 제 생각에는 가능한 한 그 방법을 채용해야만 한다고 봅니다. 하지만 오래된 것과 이후 새로운 작품은 다른 점이 좀 있지요. 이전의 것은 먼저 이야기를 알고 나중에 그림을 본다면, 새로운 것은 오히려 그림을 본 뒤에 이야기를 알게 되기 때문에 구조가 더욱 어렵습니다.

목판화는 제가 일일이 비평할 수는 없네요. 「황허 물난리 그림」黃河水災圖 제2폭이 가장 좋습니다. 하지만 제1폭은 아직 "울부짖음"이 드러나지 않고 있습니다. 「감찰이 없으면 어디에도 간다」沒有照會哪裏行는 아주 힘이 있어 오히려 좋습니다. 다만 하늘과 언덕에 칼 쓰는 법刀法이 좀 조잡합니다. 아Q의 초상은 제 심중으로는 불량기가 좀 적었으면 했습니다. 우리가 있는 곳에 이렇게 흉악한 얼굴을 한 사람이 있다면 아마 빈둥거리며 무위도식할 것이니 다른 사람에게 품 팔며 일하지 않겠지요. 자오 나리도 마찬가지입니다.

『외침』의 그림 첫 페이지의 첫번째 그림[2)]은 편지에서 말씀하신 대로라면 당연히 괜찮습니다. 다만 그것이 "상징"이라면 지식인은 이해하기 어려울 터인데 크기가 너무 크지 않을까요?

2) 『*The Woodcut of Today*』[3)]는 한 권 가지고 있었습니다만 제판製版을 하다 망가져 버려 다시 사려고 했으나 벌써 절판이랍니다. 다글리시(Daglish)[4)]의 작품은 영국의 『*Bookman*』[5)]의 신서소개란에서 인용했던

것을 다시 복제한 것이라 한 권으로 모아 놓은 그의 작품을 본 적은 없답니다. 메페르트(Meffert)는 『시멘트』 외에 7폭 연속화 『너의 자매』를 가지고 있는데 작년에 전시했었답니다. 그의 판각법은 콜비츠의 비평에 따르면 재기가 넘치지만 그 재기 때문에 해가 되지 않을까라고 했지요. 이 뜻은 아마도 그가 너무 마음대로 사실을 떠난다는 것인데, 제가 보기에 이 말은 맞는 것 같습니다. 하지만 기백이 대단히 크기 때문에, 이 7폭은 장래에 목판화의 집성 — 모두 60폭의 『인옥집』이라고 이름 붙인 것으로 이미 인쇄 중이지요 — 이 팔린 뒤에 영인하고자 합니다.

보내 주신 편지에서 말씀하신 일본 목판화가의 전집이 출판되었다는 이야기는 들은 적이 없습니다. 그들의 기풍은 모두 기를 쓰고 사회를 떠나 은사의 정취를 드러내니 작품상 내용은 배울 만한 것이 전혀 없고 그저 기법 정도만 취할 수 있습니다. 우치야마서점의 잡지부에서 간혹 『백과 흑』(직접 인쇄)과 『판화예술』(기계인쇄)을 팔지요. 권당 5자오이니 한번 보시면 일본 목판화계의 조류를 대략 볼 수 있을 겁니다.

3) 「쿵이지」 그림[6]은 좋습니다. 특히 수많은 얼굴 표정이 나쁘지 않게 판각되었어요. 본문과 약간의 차이가 있는 것도 별문제 되지 않습니다. 다만 이 쿵이지는 북방의 쿵이지인데요, 예를 들어 노새가 끄는 수레 같은 것은 우리 그곳에는 없답니다. 하지만 이것도 이렇게 할 수밖에 없다면, 만약 쿵이지가 북방에서 태어났다면 이러한 환경일 것이라고 우리에게 알려 주는 것이지요.

4) 유럽의 목판화는 19세기 중엽에는 본래 그리는 사람이 있고 판각하는 사람이 따로 있었습니다. 직접 그리고 직접 판각하는 것은 최근의 일

이지요. 현재 다른 사람의 그림을 판각하는 것은 당연히 안 될 것이 없습니다. 다만 어떤 목적이 있어야만 하겠죠. 그 그림을 널리 퍼뜨리기 위한 것이라든가, 혹은 원화 외에 조각도의 장점을 더하기 위한 것이라든가 하는 목적이 있어야만 합니다.

5) バルバン과 ハスマツケール[7]의 작품은 저도 『세계미술전집』에서 보았습니다. 설명에 따르면 이 두 사람이 유명한 것은 농담으로 원화의 색채를 표현할 수 있기 때문이라 합니다(그들은 대체로 다른 사람의 작품을 판각했지요). 게다가 원화에는 없는 특색, 즉 목각의 특색을 지니고 있지요. 당시는 동판술이 아직 유행하지 않은 시대라서 이러한 목각가는 유명할 수 있었습니다. 그러나 그들 모두 창작목각가는 아닙니다.

6) 『인옥집』은 편지와 함께 보내 드립니다. 한 책은 선생님께 드리는 것이고 또 하나는 M. K. 목각연구회에 전해 주시길 부탁드립니다.

7) 『해방된 DQ』 그림은 인쇄할 때 잘못이 있어 엉망진창 인쇄되어 볼 수가 없습니다.

주)

1) 이 편지의 5)까지는 류셴의 목판화 『아Q정전』(1935년 6월 무명목각사 출판) 후기의 인용에 근거하여 수록하였다. 이 편지는 대략 1934~35년간에 쓰여진 것으로 보인다. 뒤의 두 항은 류셴이 지은 「루쉰과 목판화」(1947년 10월 『문예춘추』 월간 제5권 제4기)에 인용되어 있는 것에 근거하였다.
류셴(劉峴, 1915~1990). 본명은 왕즈두이(王之兌)이나 자는 선쓰(愼思), 허난 란펑(蘭封; 지금의 란카오蘭考) 사람이다. 목판화가이다. 당시 상하이 신화예술전문학교 학생이었으며 무명목각사의 성원이었다.

2) 류센의 회상에 의하면 목판화집 『외침』을 말한다. 여기에는 「아Q정전」, 「쿵이지」, 「야단법석」, 「흰 빛」 등 소설 네 편의 목판화가 있다. 첫 페이지의 첫번째 그림은 『외침』의 각 편 소설의 주요 인물이다.
3) *The Woodcut of Today at Home and Abroad*로 『오늘날 국내외의 목판화』이다. 영국의 홀름이 펴냈으며 1927년 런던사진촬영회사에서 출판했다.
4) 다글리시(Daglish, 1892~1966). 런던동물학회 회원으로 자신의 동물학 저작에 직접 제작한 목판화 삽화가 있다.
5) 『북맨』(*Bookman*)의 정식 명칭은 *The Bookman*. 영국의 서평 중심 월간지이다. 1891년 창간되어 1934년까지 나왔다.
6) 류센의 목판연환화 「쿵이지」를 말한다. 『독서생활』 제2권 제3기에서 제12기(1935년 6월~10월)까지 연재되었다.
7) バルバン과 ハスマツケール. '巴蓬'과 '哈斯馬格耳'. 류센의 기억에 의하면 프랑스의 판화 복제 제작자이다.

5. 첸싱춘에게[1]

1) 이 책[2]의 원본은 좀 큰데 제본 때 도련하지 않은 가장자리는 이미 옛 주인이 작게 잘랐습니다.

2) 표지의 전서체篆字는 사실 장타이옌 선생의 필치가 아니라 천스쩡陳師曾이 쓴 것입니다. 그의 이름은 헝커衡恪, 이닝義寧 사람이며 천싼리陳三立 선생의 아들로 이후 화가로 이름이 났으나 지금은 세상을 떠났습니다.

주)

1) 이것은 첸싱춘(錢杏邨)의 「루쉰 책 이야기」(魯迅書話; 1937년 10월 19일 『구망일보』救亡日報)의 인용에 근거하였다. 인용 가운데 주를 달아 밝힌 편지의 날짜는 각각 1935년 2월 12일, 1936년 4월 30일이다.
2) 여기서 언급되는 책은 『역외소설집』 제1책을 말한다.

6. 유빙치에게[1)]

일본의 국민성은 확실히 좋습니다. 하지만 하늘이 내린 가장 큰 은혜는 몽골의 침입을 받지 않았다는 것이지요. 우리들은 대륙에서 태어나 일찍부터 농업을 했으나 결국 유목민족의 피해를 겪어 역사에 혈흔이 가득했는데 오히려 견뎌 내며 오늘날에 이르렀으니 실로 위대합니다. 그러나 우리는 여전히 자신의 결점을 드러내야만 합니다. 그 뜻은 부흥에 있고 개선에 있습니다. …… 우치야마 씨의 책은 다른 목적이 있답니다. 그가 열거하고 있는 여러 가지는 아직 드러나기 전이고, 우리들 자신은 자각하지 않은 것이기에 흥미롭답니다. 하지만 만약 이것으로 자기만족 한다면 오히려 해롭습니다.

주)______

1) 이것은 1936년 8월 카이밍서점에서 출판된 유빙치 번역의 『어느 일본인의 중국관』 역자부기의 인용에 근거하여 수록했다. 『어느 일본인의 중국관』은 즉 우치야마 간조의 『살아 있는 중국의 자태』를 말한다. 루쉰 일기에 따르면 이 편지는 1936년 3월 4일이다. 유빙치(尤炳圻, 1912~1984). 장쑤 우시 사람이다. 일본에 유학하여 도쿄제국대학연구원에서 영국문학과 일본문학을 연구했다.

7. 류웨이어에게[1)]

목판화는 결국 새긴 그림입니다. 따라서 기초는 여전히 소묘와 원근, 명암법이지요. 이 기초가 안정되지 않으면 목판화도 성공할 수 없습니다.

주)______

1) 이 편지는 탕허(唐訶)의 『루쉰선생과 중국 신흥 목판화 운동』(1936년 베이핑 중국대학 『문예동태』文藝動態 창간호)에 근거하여 수록했다. 루쉰 일기에 의하면 이 편지는 1934년 3월 22일에 쓰여졌다.
류웨이어(劉韡鄂, 1913~1938). 류웨이(劉暐)이며 자는 웨이어(韡鄂)이다. 허난 신양(信陽) 사람이다. 당시 상하이 미술전과학교 학생이었다.

8. 차오쥐런에게[1]

고향에 잠시라도 있는 것은 원래 숙원이었으나, 타향은 익숙하지 않고 고향 또한 돌아갈 수 없네요. 수년 전 '루블설'이 유행한 이후로 친한 벗조차도 믿고 있는 사람이 있어, 입을 열면 돈을 빌리려 하는데 적게는 수백이고 때로는 오천입니다. 만약 잠시 귀향을 하면 그 무리는 분명 기름진 논밭을 사고 대저택을 지어 가마를 타고 영광스럽게 귀향하겠지요. 만일 납치되면 몸값이 거액이고 또 지불할 방법도 없어 분명 죽임을 당할 것이니 어찌 원통하지 않겠습니까.

주)______

1) 이것은 차오쥐런의 「루쉰선생」(1936년 10월 25일 『선바오주간』 제1권 제42기)에 근거하여 수록했다.

9. 돤무훙량에게[1]

1) 일반적으로 "유행"하는 비평가는 아마 결말이 너무 어둡다고 말할지도 모르겠습니다. 제가 보기에는 결점은 처음 고의적으로 독자를 오리무중에 빠뜨리는 데 있다고 봅니다. 작자의 해설도 너무 많고 또한 잘 쓰지 않는 용어도 너무 많습니다만, 이후 이러한 결점은 완전히 없어졌습니다.[2]

2) 그러나 폐병은 청년에게는 위험합니다. 하지만 사십 세 이상이 되면 오히려 그렇게 진행되지 않습니다. 몸의 조직이 노화해서 병균이 생활하기에도 불리하기 때문이지요. …… 오십 세 이상의 사람은 조심하기만 하면 폐병을 지니고도 십 년 사는 것도 어려운 일이 결코 아닙니다. 그때는 설령 폐병이 아니라 해도 죽게 되기 때문에 문제가 되지 않는 것이지요. ……

주)

1) 이것은 돤무훙량의 「영원한 비애」(1936년 11월 5일 『중류』 반월간 제1권 제5기)에서 인용하여 넣었다. 각각 1936년 9월 22일, 10월 14일자이다.
돤무훙량(端木蕻良, 1912~1996). 본명은 차오핑(曹坪), 랴오닝 창투(昌圖) 사람이며 작가이다.

2) 돤무훙량의 기억에 의하면 이 말은 그의 단편소설 「할아버지는 왜 수수죽을 먹지 않지」에 대한 것이다.

10. 키진스키 등에게[1)]

친애하는 키진스키, 알렉세에프, 포자르스키, 모차로프, 미트로힌 동지

여러분의 작품을 받고 정말 기뻤답니다. 대단히 감사합니다. 약간 문제가 있었지만 저희는 결국 이 작품들을 상하이에서 전시할 수 있었습니다. 참관자들 가운데에는 중국의 젊은 목판화가, 예술을 공부하는 대학생들이 있었지만 주로 상하이의 혁명 청년들이었지요. 물론 전람회는 대단히 호평을 받아 그야말로 센세이션을 일으켰답니다! 반동적인 잡지조차도 여러분의 성취에 대해 침묵을 지킬 수가 없었습니다. 이제 이 작품을 다른 소련 판화가 작품과 함께 영인할 준비를 하고 있습니다. 중국의 혁명 청년들은 당신들의 작품을 깊이 사랑하고 있고 이후 유익한 것을 배울 것입니다. 유감스럽게도 여러분에 대해 저희가 알고 있는 바가 극히 적으니, 부디 저희를 위해 각자의 약력을 써 주시고, 또한 저희를 대신해서 파보르스키와 그외 소련의 저명한 판화가의 약전을 찾아주시길 부탁드립니다. 여기서 미리 깊이 감사의 말씀을 드립니다.

이곳의 13세기 및 그 뒤에 출판된 목판화가 붙어 있는 중국의 고적 약간을 삼가 보내 드립니다. 이것은 모두 봉건시대 중국의 '화공'의 손으로부터 나온 것이랍니다. 이외에 석판으로 영인된 책 세 권이 있는데, 이 작품은 중국에서는 매우 희귀하고 그 세 권은 직접 목판 인쇄한 책으로 또한 진품에 속합니다. 제 생각에 만약 중국의 중세 예술을 연구하는 각도에서 보면 아마 이 책들이 당신들의 흥미를 불러일으킬 것이라 봅니다. 지금 이러한 예술은 멸망에 임박했고 옛 직공들이 '사라지고' 있으며 청년 학도는 거의 없습니다. 지난 세기의 90년대에는 이런 '판화가'는 찾기가 어려웠지요(편하게 말하자면 그들은 판화가라고 칭해지지만 사실은 그림을 그리

지 않고 그저 목판에 이름난 화가의 원작을 '복제'할 뿐입니다). 오늘날 전해지는 것은 그저 『전보』箋譜라는 것이고 게다가 화베이華北에만 겨우 있을 뿐입니다. 그곳의 전 왕조에 충성을 다하는 노인과 청년은 여전히 거기에 글자 쓰는 걸 좋아하고 있지요. 하지만 판화의 각도에서 보면 이런 작품이 어느 정도 사람들의 흥미를 끌 수 있습니다. 그것들은 중국 고대 판화의 최후의 작품이기 때문이지요. 현재 동호인들을 모아서 『베이핑전보』를 찍을 예정인데 약 2개월 정도면 간행되오니 그때 보내 드리겠습니다.

아쉽지만 저는 소련 미술가, 목각가협회와 직접적인 관련이 없습니다. 제가 보내 드리는 것으로 소련의 모든 판화가들이 함께 즐기실 수 있기를 바랍니다.

새로운 판화(유럽 판화)는 아직 중국에서는 아는 사람이 그다지 많지 않습니다. 작년 중국의 젊은 좌익 미술가에게 소련과 독일의 판화 작품을 소개해서 이 예술을 연구해 보려는 사람이 생기기 시작했답니다. 일본 판화가 한 분을 모셔 기술 강의를 부탁했는데, 당시 '애호가' 대부분이 '좌익' 인물로 혁명에 경도되었기 때문에 처음 제작한 작품들은 모두 노동자를 그리고 "五一" 글자의 붉은 깃발 종류였답니다. 이는 진리의 작은 불꽃 앞에서 부르르 떠는 백색정부를 결코 기쁘게 할 수가 없었지요. 얼마 지나지 않아 모든 판화 연구 단체는 봉쇄되었고 성원들은 체포되어 지금까지 옥중에 있습니다. 이는 그들이 "러시아인을 모방했다"는 것에 지나지 않습니다! 학교에서도 판화전 개최를 허락하지 않고 이런 새로운 예술을 연구하는 단체를 만들 수도 없습니다. 당연히 여러분들은 분명 아시겠지만 이러한 탄압의 조치가 어떤 결과를 낳을까요. 설마 '귀국'의 차르가 혁명의 예술을 목 졸라 죽이겠습니까. 중국의 청년은 이 방면에서 자신의 사업을 견지하고 있답니다.

최근 저희는 프랑스 『관찰』 잡지의 기자인 이다 트리트(『휴머니티』 편집장 부인)의 요청에 응해, 판화 창작을 처음 배운 청년의 작품 오십 여 장을 수집하여 파리에 보내 전시하고자 하고 있습니다. 그녀가 이것이 끝나면 소련에 보내기로 했답니다. 제 생각에 올 여름 이전이면 여러분이 바로 볼 수 있을 것 같습니다. 부디 이 유치한 작품을 비평해 주시기를 부탁드립니다. 중국의 청년 예술가는 당신들의 지도와 비평을 매우 필요로 합니다. 이 기회를 빌려 문장을 집필하고 혹은 '중국의 벗에게 보내는 편지'를 써 주실 수 있을까요? 간절히 바랍니다! 편지(러시아어나 영어로 부탁드립니다)를 쓰시면 샤오蕭 동지가 전달해 줄 것입니다(샤오 동지는 샤오싼蕭三, 모스크바 인터내셔널혁명작가연맹의 공작인이며 모스크바 적색교수학원의 학생입니다).

여러분과 항상 연락하기를 희망합니다. 그럼 이만

혁명적인 경례를 올리며!

1934년 1월 6일, 루쉰

추신 : 제 자신은 러시아어를 모르고 독일어는 조금 압니다. 이 편지는 저의 벗 H[2](차오야단曹亞丹 동지는 상하이에 없습니다)가 대신 러시아어로 번역했습니다. 여러분의 회신을 간절히 기다리고 있습니다만, 또 제가 읽을 수 없을까 걱정이 됩니다. 번역해 주는 친구와 좀처럼 만날 수 없기 때문입니다. 저희가 만날 기회는 극히 적습니다. 그래서 만약 가능하시다면 부디 독일어나 영어로 써 주시길 부탁드립니다. 번역할 사람을 찾기가 비교적 수월하기 때문이랍니다. 문장은 러시아어라도 괜찮습니다. 제가 차오 군에게 번역을 부탁하겠습니다.

이 밖에 소포에는 새로 나온 중국 잡지 몇 권이 있습니다. 동봉한 짧은 편지와 함께 모스크바의 샤오 동지에게 전송을 부탁드립니다.

주)

1) 이 편지는 코르닐로프(柯尔尼洛夫, Корнилов)의 「레닌그라드 판화가들에게 보낸 루쉰의 편지」(1959년 12월 24일 『판화』 제6기)에 보이며, 러시아어로 되어 있는 것을 중국어로 번역한 것이다. 키진스키(Леонід Семенович Хижинський, 1896~1972), 알렉세예프(Николай Васильевич Алексеев, 1894~1934), 포자르스키(Сергей Михайлович Пожарский, 1900~1970), 모차로프(Sergei Mikhailovich Mocharov, 1902~?), 미트로힌(Дмитрий Исидорович Митрохин, 1883~1973)에 대해서는 「『인옥집』 후기」(루쉰전집 9권 『집외집습유』 수록) 참조.
2) 허닝(何凝), 즉 취추바이를 말한다.

11. 곤차로프에게[1)]

존경하는 곤차로프 동지,

편지와 목각 14장을 받았습니다. 감사드립니다. 보내신 편지를 보니 일전에 보내 드린 『인옥집』을 아직 받지 못했군요, 아쉽습니다. 지금 다시 한 권을 보내오니 받으시면 알려 주시길 바랍니다. 크랍첸코 씨에게 편지를 수고스럽지만 전해 주시길 바랍니다.

편안하시길 기원합니다.

10월 25일, L.S.

주)

1) 이 편지는 차오징화가 러시아어로 쓴 것이며 중국어로 번역해서 루쉰에게 보낸 것

인데 사정으로 말미암아 보내지 못했다. 곤차로프(Андрей Дмитриевич Гончаров, 1903~1979)는 소련의 삽화가로 『파우스트』, 『열둘』 등의 작품에 삽화를 그렸다.

12. 크랍첸코에게[1)]

존경하는 크랍첸코 동지,

귀하의 편지와 목판화를 잘 받았습니다. 감사드립니다. 『인옥집』을 받지 못하셨다니 매우 아쉽습니다. 지금 다시 하나를 보내 드리며 모스크바 V[2)]로 보내 부인께서 받아 보내도록 하겠습니다. 이전에 보낸 『인옥집』은 다른 작가가 받았겠지요? 본 책에는 아쉽게도 선생의 목판화가 한 장밖에 없습니다. 저희가 유일하게 그 한 장만 받았기 때문이지요. 『인옥집』 1책 외에 『최근 1년간 중국 청년 목판화집』 1책(『목판화가 걸어온 길』木刻紀程)을 보냅니다.

건강하시길 기원합니다.

10월 25일(1934년), L. S. 드림

주)

1) 이 편지는 루쉰이 소장한 차오징화의 편지에 근거하여 수록했다. 차오징화가 루쉰의 요구에 따라 원고를 작성했고 또 러시아어로 번역하여 루쉰이 보냈다.

2) 'V'는 소련 대외문화협회를 말한다.

부록 2

마스다 와타루의 질문 편지에 대한 답신 집록

설명

이것은 1986년 일본의 규코쇼인汲古書院 출판의 『루쉰 마스다 와타루 사제 답문집』을 편집한 것이다.

1932년에서 1935년까지, 마스다 와타루는 루쉰의 『중국소설사략』과 일본어판 『세계 유머 전집 — 중국편』, 『루쉰선집』 등을 번역하는 과정에서 부딪힌 난제를 종종 루쉰에게 편지로 물어보았다. 마스다 와타루의 질문에 대해 루쉰은 회신으로 답을 하거나 혹은 별도로 답을 적은 편지를 쓰기도 했는데, 대다수 질문한 본래 문건에 직접 회답을 했다(편지와 함께 동봉하여 부치거나 별도로 보냈다). 마스다 와타루가 생전에 보낸 본래 편지의 사진에 근거해 이미 본 책에 수록한 몇 통의 편지 관련 문서 이외에 이 답문들 나머지는 모두 미발표된 것이다. 마스다 와타루가 세상을 뜬 이후 그의 학생 이토 소헤이伊藤漱平, 나카지마 도시오中島利郞 등이 답문을 정리·편집하여 영인 출판하였다.

이번에 수록할 때 발생한 약간의 문제에 대해서는 다음과 같이 처리했다.

1. 본 책의 '외국인사에게 보낸 서신'에 이미 수록된 관련 답문 편지와 문서는 원형을 바꾸지 않고 보존하고 본 건에서는 반복하지 않았다(321219, 330625, 331007, 331113, 341214 편지). 그 나머지는 일본어판의 편성을 참고하여 각각 '『중국소설사략』에 관하여', '『세계 유머 전집—중국편』에 관하여', '『루쉰선집』 및 「소품문의 위기」에 관하여' 세 부분으로 나누었다. 각각의 질문은 원작에서 나오는 선후 순서에 따른다(그 가운데 『중국소설사략』의 페이지는 1931년 상하이 베이신서국 출판의 수정본 페이지이다).

2. 검색의 편리를 위하여 여기 수록된 답문은 「『중국소설사략』에 관하여」의 경우 모두 각 편의 질문을 앞에 번호로 나누어 매겼고 편명을 주석으로 밝혔다. 나머지 작품은 작품명을 앞에 두고 번호를 매겼다.

3. 여기서 그림은 루쉰이 답하면서 그린 것도 있고 마스다 와타루가 질문할 때 그린 것도 있는데 모두 원형을 유지하였고 후자의 경우 "마스다의 그림"이라고 밝혔다.

『중국소설사략』에 관하여

1.[1]

30쪽 3번째 줄

司天之九部及帝王之囿時

문: "하늘의 아홉 구역의 경계"는 구천九天의 각 구역을 말합니까?

답: 그렇습니다.

문: "囿時" = 정원園囿, "시"時는 그대로 합니까, 아니면 "치"畤로 바꿉니까? "치"는 작은 언덕의 의미입니까?

답: 그대로 쓰고 "시"時 아래에 "'치'畤의 오기"(?)라고 주석을 달면 어떨까요? "치"는 신을 모시는 일정한 장소입니다. 그래서 이곳은 상제(즉 신)의 제사 터이기 때문에 여러 신을 즐겁게 하는 장소라고 해석할 수 있습니다.

32쪽 3, 4번째 줄

天子賜奔戎天畋馬十駟, 歸之太牢……

문: "큰 제사의 희생의 고기를 그에게 주었다"歸之太牢에서 "그"之는 "분융"奔戎을 가리키는 겁니까?

답: 그렇습니다.

문: "태뢰"太牢는 소입니까, 아니면 소, 돼지, 양입니까?

답: 소입니다. 소, 돼지, 양이 아닙니다.

문: "귀"歸는 歸附 = 증정贈品의 뜻입니까?

답: 귀순의 뜻입니다.

33쪽 마지막 줄

……羿焉彃日? 烏焉解羽?

문: "烏" = 금오金烏, 세 발 달린 까마귀. "解"는 세 발 달린 까마귀가 예의 화살을 맞은 깃털이 녹아서 떨어진다는 뜻입니까?

답: 떨어진다는 것이 아닙니다. 신화에는 비조가 와서 깃털을 떨어뜨린 산이 있습니다. 분명 까마귀도 아니고 예에게 화살을 맞은 것도 아닙니다. 그러나 여기서는 까마귀(금오 = 태양의 점)가 예에게 화살을 맞은 뒤 깃털이 떨어진 것처럼 사용하고 있습니다. 아마도 이전 구절에서 연상되었겠지요?

35쪽 밑에서 2번째 줄

又善射鉤……

문: "射鉤"는 활쏘다射箭입니까, 아니면 명을 점쳐 보는 것입니까?

답: 활쏘는 것은 아닙니다. "鉤" = 鼅(구), 제비를 말합니다. 어떤 작은 물건을 상자 안에 넣고 사람이 맞춰 보는 것을 "射鉤"라 합니다. "射"는 그 물품의 명을 직접 말하는 것이 아닙니다. 수수께끼 같은 말을 하는 것이지요. 예를 들어 어떤 사람이 "때때로 집 가운데에는 실이 가득하다"고 말하고 상자를 열었을 때, 거기에 있는 것이 거미라면 적중한 것이지요. "제비를 잘 뽑는다"는 것은 이러한 것을 잘한다는 뜻입니다.

36쪽 5번째 줄

今人正朝作兩挑人立門旁……

문: "正朝"는 무슨 뜻입니까?

답: 1월 1일, 정월 초하루입니다.

주)______

1) 본 절에서 답한 문제는『중국소설사략』제2편「신화와 전설」에 보인다.

2.[1]

106쪽

……禹授之童律, 不能制; 授之烏木由, 不能制; 授之庚辰, 能制. 鴟脾桓胡木魅水靈山祅石怪奔號聚繞, 以數千載, 庚辰以戰(一作戟)逐去, 頸……. 庚辰之後, 皆圖此形者, 免淮濤風雨之難.

문: "之"는 명의 뜻입니까?

답: "之"는 무지기無支祁를 정복한 일을 말합니다.

문: "치비, 환호, 목매, 수령, 산요, 석괴"鴟脾桓胡木魅水靈山祅石怪, 이 괴물은 우의 수하의 졸개입니까.

답: 그렇습니다.

문: "載"는 년年의 뜻입니까?"

답: 어느 판본은 "計"라고 합니다. 이 글자 아래 "一作計"라 하고 "수천" 정도로 번역하기도 합니다.

문: "庚辰之後"는 무슨 뜻입니까?

답: 경신의 일입니다. 원문은 응당 "庚辰之日"이며 "後" 글자는 작자의 의도적인 오기입니다.

이것은 위고문으로 일부러 미혹하고 있습니다.

110쪽

杜甫『少年行』有云: "黃衫年少宜來數, 不見堂前東逝波." 謂此也.

문: "東逝" 혹은 東逝波는 성어입니까? "동"은 어떤 의미의 용법입니까? "水東流"의 "동"입니까?

답: 중국은 대체로 물이 동쪽으로 흐른다는 뜻입니다. 숙어처럼 되어버렸습니다.

문: 두시의 "누런 적삼의 젊은이"黃衫年少의 구는 "謂此也"에 해당하는데, 이러한 용법은 어떤 선례가 있습니까? 아니면 선생이 만든 것입니까?

답: 송나라 사람이 이미 이 용법을 썼으며, 제가 발명한 것이 결코 아닙니다.

문: 이 시는 두보가 장방蔣防의 『곽소옥전』을 읽고 쓴 것입니까, 아니면 당시 전설을 바탕으로 쓴 것입니까?

답: 두보는 아마 당시에 이 일을 들은 것일 겁니다. 장방의 문장은 읽지 못했습니다. 이 또한 송나라 사람의 추측입니다.

주)

1) 본 절은 제9편 「당대의 전기문(하)」의 문답이다.

3.[1)]

122쪽

鉉字鼎臣……官至直學士院給事中散騎常侍, 鉉在唐時已作志怪 ……比修『廣記』, 常希收采而不敢自專 ……

문: "직학사원급사중"과 "산기상시", 둘은 병렬적인 것입니까?

답: 아닙니다. 학사원에서 "급사중"을 지내고 또 산기상시가 되는 것입니다.

문: "常"은 평상의 뜻입니까, 아니면 '일찍이'라는 뜻입니까?

답: 常=嘗=曾經, 일찍이입니다.

이전에는 둘을 통용했으나 사실은 착오입니다.

124쪽 『강회이인록』江淮異人錄 인용문

成幼文爲洪州錄事參軍 …… 傅於頭上, 捽其發摩之, 皆化爲水……

문: "皆"는 피입니까, 아니면 머리를 가리키는 겁니까?

답: 머리 전부가 물로 변화한 것이니 사실 신묘한 약입니다.

126쪽 홍매洪邁 『이견지』夷堅志 인용문

奇特之事, 本緣希有見珍, 而作者自序, "乃甚以繁夥自憙, 耄期急於成書, 或以五十日作十卷, 妄人因稍易舊說以投之, 至有盈教卷者, 亦不暇刪潤, 徑以入錄."(진진손陳振孫의 『직재서록해제』直齋書錄解題 11에 의함)

문: 위의 작자의 자서는 '이에乃…… 수록하였다錄'까지인가요? 아니면 '이에乃…… 스스로 만족을 느꼈다自憙' 그 이후는 진씨의 말인가요?

답: '늙기 전에' 그 후는 모두 진진손의 말입니다. 진기하고 특이한 일

奇特之事은 본래 드물어 진귀해지는데, 작자의 자서에 의하면 수가 많으면 만족을 느껴(진씨 책의 기록에 의하면) 늙게 되면…….

126쪽

惟所作小序三十一篇, 什九"各出新意, 不相夏重"

문: "각각 새로운 생각을 제시하여, 서로 중복되지 않았다"各出新意, 不相復重는 『송사』 본전의 말입니까?

답: 송나라 사람의 수필(조영치趙令畤, 『후청록』侯鯖錄)에 나옵니다.

127쪽 『녹주전』錄珠傳 인용문

……趙王倫亂常……秀自是謂倫族之……

문: "族"은 모든 일족을 말살한 것입니까? 일반적으로 부모, 본인, 자손입니까 혹은 조부, 형제를 포함합니까?

답: 상常 = 강상綱常. 삼족은 첫째로 부모, 백부 숙부, 둘째로 자신과 형제, 셋째로 자녀입니다. 즉 조부모의 자손(부모와 백부 숙부), 부모의 자손(자신과 형제)과 자신의 자녀로 즉 "모든 일족"입니다. "삼족"과 "구족"의 구분이 있고 진晉대에는 삼족입니다.

129쪽 『조비연별전』趙飛燕別傳 인용문

蘭湯灩灩, 昭儀坐其中, 若三尺寒泉浸明玉.

문: "삼 척의 맑고 시린 샘물"三尺寒泉 = 난초 향기 우러나는 탕물蘭湯인가요? "빛나는 옥"明玉 = 소의昭儀인가요?

답: 그렇습니다. 비유입니다.

130쪽『대업습유』大業拾遺 인용문 전

……長安貢禦車女袁寶兒……昔傳飛燕可掌上舞, 朕常謂儒生飾於文字……字畫鴉黃半未成……”[2)]

문: “常”은 ‘평상’입니까, ‘일찍이’입니까?

답: ‘일찍이’의 뜻입니다.

(마스다의 그림)

문: 아황鴉黃[3)]은 액황額黃의 뜻입니까?

답: 그렇습니다.

131쪽 같은 인용문

……帝昏湎滋深, 往往爲妖祟所惑……吳公宅雞台, …… 方倚臨春閣試東郭㕙紫毫筆, 書小砑紅綃作答江令“壁月”句…… 韓擒虎跌青驄局駒, 擁萬甲直來沖入 …… 後主問帝: “蕭妃何如此人?”

문: “오공의 집”吳公宅, “계대”鷄臺는 지명입니까?

답: [4)]

문: “작고 광택 있는 붉은 비단”小砑紅綃 가운데 “小”는 형태가 작다는 뜻입니까?

답: 그렇습니다.

문: “강령”江令은 “강” 지역의 장관의 뜻입니까?

답: 강의 강총江總이며 대고사太鼓寺 문신입니다.

문: “萬甲”은 수만 군사의 뜻입니까.

답: 그렇습니다.

문: “소비”는 수양제隋煬帝의 후궁입니까?

답: 그렇습니다.

주)______

1) 본 절은 제11편 「송대의 지괴와 전기문」의 문답이다.
2) 여기서 '어거녀'의 해답은 331113(일) 마스다 와타루에게 보낸 편지를 참고하시오.
3) '아황'은 당나라 여성들의 화장법 가운데 하나로 이마에 누런 분을 칠하는 것이라 한다.
4) 루쉰의 답이 없다.

4.[1]

134쪽 『당태종입명기』唐太宗入冥記 인용문

"……判官慄惡, 不敢道名字." 帝曰: "卿近前來." 輕道: "姓崔, 名子玉."

문: 판관이 "감히 이름을 말하지 못했"나요?

답: 판관의 이름을 감히 말하지 못했습니다.

문: 왜 "감히 이름을 말하지 못했"나요?

답: (당태종이 그 사람에게 판관의 성명을 듣자고 하니 그 사람이 말하길) "판관이 대단히 사납고 엄하여 감히 그 이름을 말하지 못한다"고 했다(말하면 판관의 노여움을 산다는 뜻). 당태종이 "너는 내게 가까이 와 말하라!" 하였다. 이에 그 사람이 작은 목소리로 말하였다. "성은 최崔요, 이름은 자옥子玉입니다."

문: "성은 최요, 이름은 자옥"姓崔, 名子玉에서 "卿"은 성명입니까?

답: 판관의 성명입니다.

135쪽 『양공구간』梁公九諫 인용문

여섯번째 간언

"則天睡至三更, 又得一夢, 夢與大羅天女對手著棋, 局中有子, 旋被打將……"

문: "局中有子"는 대국 가운데 "의외의" 것의 의미입니까?

답: 아닙니다. 바둑판에 돌이 있으나 바로 상대방에게 먹혀 버리는 것입니다. 旋은 바로, 즉시이며, 將은 패퇴의 뜻입니다.

136쪽 『몽량록』夢梁錄의 인용문

"小說"名"銀字兒", 如煙粉 · 靈怪 · 傳奇 · 公案 · 樸刀 · 杆棒 · 發跡 · 變態之事……

답: "煙粉"[2]은 창기, 기생을 뜻합니다. "樸刀", "杆棒"은 칼과 봉을 쓰는 것, 즉 무술을 말합니다.

문: "發跡 · 變態"는 발적성변태입니까?

답: 아닙니다. "發跡"은 가난한 사람이 갑자기 부자가 되는 것을 말하고, "變態"는 세태에 빌붙었다 냉담했다 일정함이 없음을 뜻할 것입니다.

140쪽 『오대사평화』五代史平話 인용문

黃巢兄弟四人過了這座高嶺, 望見那侯家莊. 好座莊舍!

문: "莊舍"는 농가입니까, 아니면 별장입니까?

답: "후가장"侯家莊은 마을의 이름이며, "莊舍"는 마을의 가옥을 말합니다.

144쪽 『서산일굴귀』西山一窟鬼 인용문

又是嗹嚈大官府第出身……

문: "嗹嚈"는 대단히 위대하다는 뜻입니까? 어떻게 이런 뜻이 있을까

요? 글자 표면상 뜻이 없는 속어인가요?

답: 속어입니다. 따라서 어원도 명확하지 않습니다.

주)

1) 본 절은 제12편 「송대의 화본」 관련 문답이다.
2) 이것은 마스다 와타루의 질문이 없다. 루쉰이 스스로 해석한 부분이다.

5.[1]

148쪽 두번째 줄

『錯斬崔寧』, 『馮玉梅團圓』兩種, 亦見『京本通俗小說』中, 本說話之一科, 傳自專家.

문: 전문가 덕분에 전해져 올 수 있었다는 뜻입니까?

답: 그렇습니다. 전문가 = 설화인입니다.

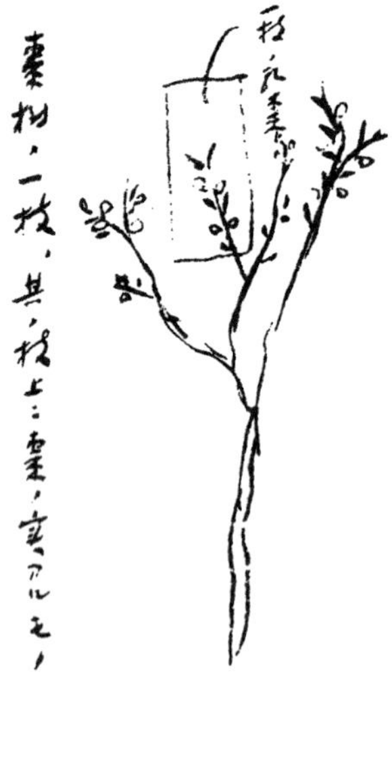

151쪽 『취경기』取經記 인용문

孩兒化成了一枝乳棗

문: 한 줄기 대추 가지인가요? 대추의 나뭇가지를 말하나요?

답: 乳棗는 대추棗입니다. 대추 나뭇가지 하나에 대추 열매가 있는 것이지요.

155쪽 『대송선화유사』大宋宣和遺事 인용문

那教坊大使袁陶曾作詞, 名做『撒金錢』

문: 교방대사教坊大使는 관명입니까? 여악사(혹은 관기?)를 단속하는 관리인입니까?

답: 관명입니다. 교방教坊은 관기가 머물던 곳이며 '교방대사'는 즉 이 교방을 관리하는 사람입니다. 사람들이 그다지 부러워하지 않는 관리이지요.

155쪽 마지막 줄

鼇山高聳翠

문: "산"은 무리의 뜻입니까? "聳翠"는 성어입니까, 아니면 그냥 '솟아오른'의 뜻입니까?

답: 鼇山高聳翠, 대나무를 뼈대로 하고 색지를 붙여 만든 등입니다. 그 형태는 마치 산과 같고, 산 아래에 전설 속 큰 자라鰲魚와 같은 것을 만드는데 그것은 바다를 상징합니다. 이 등을 이름하여 '오산'鰲山이라고 한 것입니다. 오산이 높고 푸르게 솟았다, 산은 녹색이기 때문에 "翠"라고 하였지요. 사실은 "푸른 오산이 높이 솟았다"는 뜻에 지나지 않고 수사적으로 이렇게 말한 것입니다.

주)

1) 이 절은 제13편 「송 · 원의 의화본」 관련 문답이다.

6.[1)]

157쪽

宋之說話人…… 而不聞有著作; 元代擾攘, 文化淪喪, 更無論矣.

문: "文化淪喪"을 더 논할 것이 없다는 겁니까, 아니면 "不聞有著作"을 더 논할 것이 없다는 겁니까? 제 생각에는 대체로 전자인데, 하지만 "更"을 파고들어 생각해 보면 후자도 통합니다.

답: "文化淪喪"이 아닙니다. "不聞有著作"은 '더 말할 것도 없다' 입니다.

원대가 크게 혼란하여 모든 문화가 상실되었다. '설화'의 부진은 말할 것도 없다.

158쪽 『전상삼국지평화』全相三國志平話 인용문

却說黃昏火發, 次日齋時方出

문: "재시"齋時는 齊時, 시간을 기다린다는 뜻입니까? 아니면 "아침"의 뜻입니까? 무엇 때문에 "재"齋는 아침의 뜻을 품고 있습니까?

답: "齋時"는 아침일 겁니다. 화상和尙의 식사를 재齋라고 칭합니다. 그리고 옛날 화상은 "정오가 지나면 먹지 않기" 때문에 대체로 아침에 식사를 합니다. 그래서 "재시"는 아침을 가리키며 또한 일반적으로 통하게 되었습니다. 하지만 지금은 쓰지 않습니다.

160쪽

在瓦舍, "說三分"爲說話之一專科, 與"講五代史"並列 (『東京夢華錄』)

문: "와사"瓦舍는 거리명이라고 이해해도 될까요?

답: 송대 도시는 아주 불쌍합니다. 다수가 초가집이지요. 기와를 사용한 것은 약간인데 거의 번화한 지역이었습니다. 따라서 "와사"는 "번화한 거리"의 뜻이며 또한 지명이기도 한데, 긴자銀座와 마찬가지입니다.

문: "설삼분"說三分은 "삼국지를 말하다"입니까? "삼분"은 조曹, 손孫, 유劉 삼분 천하를 말합니까?

답: 맞습니다.

문: "강오대사"講五代史는 "설오대사"라 해야 합니까? 『동경몽화록』 136쪽에서 "소설은 …… 설삼분, 설『오대사』라 한다" 하기 때문입니다.

답: "설"이라 해야 합니다. 오자입니다.

163쪽 『삼국지연의』三國志演義 제100회 인용문

……將军深明『春秋』, 豈不知庾公之斯追子濯孺子者乎?

문: "유공지사"庾公之斯와 "자탁유자"子濯孺子는 인명인가요?

답: 모두 인명입니다.

169쪽 『평요전』平妖傳 두칠성 인용문

① 揭起臥單看時, 又接不上

문: "臥單"은 천으로 만든 침구입니까? "단"單은 무슨 뜻입니까?

답: 그냥 "커다란 천"의 뜻입니다. "臥"는 이불의 크기처럼 크기를 형용하는 것입니다. "단"은 "꿰맴"이 없는 보자기입니다.

② 喝聲 "疾!" 可霎作怪

문: "可霎"은 "일순간" "홀연"입니까, 아니면 그냥 아무런 뜻이 없는 감탄사입니까?

답: "可霎"는 직역을 하면, 그러나可 죽을 정도(霎=殺=死)의 뜻입니다. 의역을 하면, "疾"(빨리)라고 소리치니 정말로 기괴한(혹은 기묘한) 일이 일어나고…… 의 뜻입니다.

주)______

1) 본 절은 제14편「원·명으로부터 전래되어 온 강사(상)」에 대한 문답이다.

7.[1)]

173쪽 홍매洪邁의 『이견을지』夷堅乙志(6) 채거후蔡居厚가 저승에서 벌 받는 이야기 중

…… 未幾, 其所親王生亡而復醒 ……

문: "所親王生"은 친척 왕생의 뜻입니까?

답: "所親"은 친밀하고, 잘 아는 사이라는 뜻, 혹은 문객門客일 겁니다.

176쪽

所削者蓋即 "燈花婆婆等事"(『水滸傳全書』發凡)

문: 『수호전전서』水滸傳全書는 『수호전서』水滸全書(『충의수호전서』)의 오식입니까?

답: "傳"은 오식이 아닙니다. "'전체' 『수호전』 = 삭제하지 않은 『수호전』"의 뜻입니다.

177쪽 『수호전』에서 임충이 눈 내리는데 위험한 집을 나오는 대목의 인용문

花槍

문: "화창"花槍은 농기구의 일종, 군 사료장에서 쓰는 것입니까? "창"이라는 농구(풀 베는 용)는 『관자』管子에서 볼 수 있습니다.

답: 무기(긴 창)입니다. 예전에 사병이 이런 것을 어깨에 지고 갔지요. 호리병을 단 것 같습니다.

178쪽 임충이 눈 속에서 술을 사러 가는 대목의 인용문

a. ……炭, 拿幾塊來生在地爐裏

문: "地爐裏" 세 글자가 하나의 명사입니까, 아니면 "地爐" 두 글자가 하나의 명사입니까?

답: "地爐" 두 글자가 하나의 명사입니다. "'地爐裏' = 땅에 파 놓은 화로 속에"입니다. 이른바 "地爐"는 땅을 파고 凹 형태로 하여 숯을 피웁니다.

b. ……把草廳門拽上, 出到大門首, 把兩扇草場門反拽上

(마스다의 그림)

문: 옆의 그림처럼 이렇게 "잡아 당기는"拽上 것이라면 "반대로 당기는"反拽上 것도 가능한가요? 아니면 안팎이 정반대인가요?

답: 정반대입니다. 중국의 대문(현관문)은 모두 안쪽으로 엽니다. 반대로 당기는 것은 주인이 밖에서 문을 잠그는 것입니다. 보통 대다수의

사람들은 안에서 잠그기 때문이지요. normal(표준적)

180쪽 "옛날 어떤 서생이 시 한 수를 지었다"古時有個書生, 做了一首詞의 인용문

문: "國家祥瑞"는 상서로운 눈은 풍년의 징조라는 뜻입니까?

답: 그렇습니다.

문: "高臥有幽人, 吟詠多詩草"는 "한가롭게 누워 있는 은사"高臥幽人를 비판하는 것입니까?

답: 그렇습니다.

문: 혹 "高臥有幽人"은 이 시의 작자 본인입니까?

답: 아닙니다.

182쪽

……田虎王慶在百回本與百十七回本名同而文迥別……

문: "百十七回本"은 150회본의 오식입니까?

답: 잘 기억이 나지 않지만 아마 그럴 겁니다.

185쪽『후수호』後水滸 출현의 원인 부분

……故至清, 則世異情遷, 遂複有以爲"雖始行不端, 而能翻然悔悟……而其功誠不可泯"者……

문: 인용부호 안은 상심거사賞心居士의 서문입니까?

답: 그렇습니다.

주)______

1) 본 절은 제15편 「원·명으로부터 전래되어 온 강사(하)」에 대한 문답이다.

8.[1]

193쪽의 첫 부분

a. 玄帝收魔以治陰, "上賜玄帝……"

문: 현제가 요괴를 항복시키도록 한 것은 앞 페이지의 원시元始인데, 원시="上"(上帝)인가요?

답: 원시는 "상"이 아닙니다. "상"은 옥제玉帝=천제天帝입니다. 명령은 원시가 내렸으나 천제가 직접 봉해야만 하는 것입니다.

b. ……初青隋煬帝時……上謁玉帝, 封蕩魔天尊, 令收天將; 於是複生……入武當山成道.

문: 이상의 현제와 성도成道의 일에 대한 서술은 성도 이후 현제가 된 것입니까?

답: 그렇습니다.

c. ……玄天助國却敵事……

문: "却"은 물리치다退입니까?

답: 그렇습니다.

d. 193쪽 중간의 如來三淸並來點化,…… 그리고 192쪽 마지막 줄 元始說法於玉淸……

문: 玉淸, 上淸, 太淸 즉 삼청三淸은 모두 신선이 사는 곳으로 저는 이렇게 이해합니다. 그러나 "如來三淸並來點化"의 삼청은 삼청 두령인가요 아니면 이런 칭호를 가진 특수한 신선(거주지)인가요?

답: 옥청 진인, 상청 진인, 태청 진인을 합하여 삼청이라 부릅니다. 이러한 삼청이 사는 곳을 옥청궁…… 등으로 부르고, 옥청…… 등의 천계라 합니다. 하지만 이 삼청은 그냥 노자老子 한 사람의 화신입니다. 이 복잡한 화학에 의하면, 이른바 "여래삼청"은 곧 "여래노자"이지요.

문: 선계의 상황은 분명하지 않으니 정말 빨리 신선이 되어 보고 싶군요.

답: 동감, 동감입니다!

196쪽 첫 줄 아래 『서유기전』西遊記傳의 인용문

忽然真君與菩薩在雲端……

문: "진군"真君은 노군老君의 오자입니까?

답: 아닙니다. 진군은 천존天尊의 원시元始일 겁니다.

196쪽

乃始兩手相合, 歸落伽山云

문: "낙가산落伽山으로 돌아갔다"(자동)인가요, 아니면 "그로 하여금 낙가산으로 돌아가게 했다"(타동)인가요?

답: 낙가산은 관음보살이 사는 곳으로 사실 관음이 데리고 그곳으로 간 겁니다.

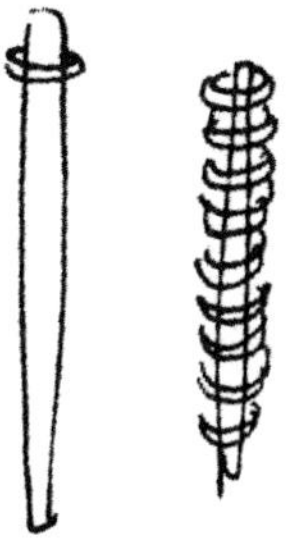

(마스다의 그림)

문: 손오공의 금고봉金箍棒은 다음(왼쪽) 그림처럼 표현할 수 있을까요?

답: 아닙니다. 손오공 씨의 금고봉은 저도 아직 볼 수 있는 행운이 없었습니다. 생각에는 대략 보통 형태의 곤봉으로 단단하게 하기 위해 양 끝에 철테를 둘렀을 겁니다. 하지만 손오공은 큰 부자라 황금으로 바꾸었지요. 이것이 소위 "금고"라 하는 것일 겁니다.

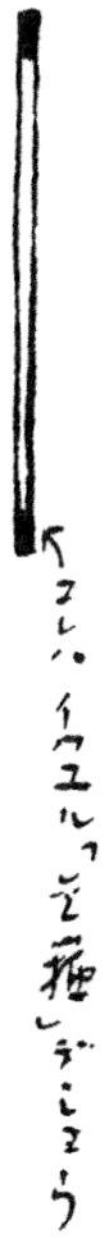

주)

1) 본 절은 제16편 「명대의 신마소설(상)」 관련 문답이다.

9.[1]

203쪽 『서유기』 가운데 「소성小聖이 위세로 대성大聖을 항복시키다」의 인용문

製出那繡花針兒, 幌一幌, 碗來粗細……

문: "幌一幌"은 일종의 동작입니까?

답: 그렇습니다.

문: "幌"은 무슨 뜻입니까?

답: "幌"은 커튼 혹은 천으로 만든 간판입니다. 그런 물건은 대체로

이리저리 움직이기 때문에 "요동" 혹은 "흔들다"의 뜻이 파생되었습니다.

204쪽 두번째 줄

……後一事則取雜劇『西遊記』及『華光傳』中之鐵扇公主以配『西遊志傳』中僅見其名之牛魔王……

문: "志"는 "記"를 잘못 쓴 것입니까?

답: 그렇습니다.

206쪽 「손행자 삼조파초선」 인용문

火焰山遙八百程, ……火煎五漏丹難熟, 火燎三關道不清.

문: "五漏"와 "三關"은 어떻게 해석합니까? 또 제 생각에는 이 두 구의 시와 삼조파초선 혹은 화염산은 거의 무관한 것 같습니다. 어찌 "시가 있는데 증거가 아니다"라 하겠는지요? 하하. 이 시("팔백 리 먼 곳에 있는 화염산"火焰山遙八百程에서 "물과 불이 서로 연결되어 자연의 본질이 스스로 평온해지도다"水火相聯性自平까지)는 번역이 어려워 학생이 책에서 전부 삭제하고자 하는데 어떻습니까?(하지만 앞에 적어 놓은 두 구가 분명해지면 다시 고려하겠습니다.)

답: 화염산과 관련이 있습니다. "화"火(인욕)가 성하여 성도成道를 방해한다는 뜻입니다. 불이 오루五漏를 태우니 "단"丹(즉 도道)을 만들기 어렵다, 불이 삼관을 불사르니 길도 분명하지 않다.

"오루"와 "삼관"은 모두 사람 몸의 어떤 부위이지만 어떤 부위인지는 저도 잘 모릅니다. "오루"는 콧구멍(두 개), 입, 항문, 음부일 겁니다. 확실히 모두 좋지 못한 곳입니다.

208쪽 두번째 줄

心生種種魔生, 心滅種種魔滅……

문: "種種"은 즉 many입니까?

답: 아닙니다.

문: "種種"은 즉 viel입니까?[2]

답: 그렇습니다.

문: 마음이 움직이면 여러 가지 마魔가 생기고, 마음이 멸하면 여러 가지 마魔가 멸한다는 뜻입니까?

답: 그렇습니다. "마음이 움직이면 마가 생긴다"는 이야기입니다. "경境은 마음이 만들어 낸 것"이라는 말과 같습니다.

주)______

1) 본 절은 제17편 「명대의 신마소설(중)」과 관련된 문답이다.
2) viel은 독일어로 '각종'의 뜻이다.

10.[1]

209쪽 3, 4번째 줄

其封神事則隱居『六韜』(『舊唐書 · 禮儀志引』), 『陰謀』(『太平禦覽引』)……

문: "引"은 책이름 표에 있는 것입니까? 아니면 "引"은 서문의 뜻입니까?

답: 오식입니다.

210쪽

然"摩羅"梵語, 周代未翻,『世俘篇』之魔字又或作磨, 當是誤字……

문: 위에 강조점 글자는 번역할 때 참고로 주를 답니다. "'『역경론』譯經論에서 말하길, 魔, 옛날에는 石을 磨로 했다. …… 양무제梁武帝가 鬼(『정자통』正字通)로 하였다.' 『정자통』은 견강부회가 많아 믿을 만하지 못하여 참고로만 해둔다."

이상의 주석이 사족이라고 생각하십니까? 서점에는 『역경론』이 있습니까?

답: 주나라 때 "磨"를 "魔"(mara)로 번역하는 것을 보지 못했습니다.

211쪽 "절교의 통천교주가 만선진을 펴자, 천교의 여러 신선들이 힘을 합해 그것을 깨뜨리는 것"截教之通天教主投方仙降, 闡教群仙合破之의 인용문

這聖母披發大戰,…… 遇看燃燈道人,…… 正中頂門. 可憐! 正是: 封神正位爲星首, 北闕香姻萬載存.

문: "爲星首"는 누구입니까? 신으로서의 위치가 정해질 때, "별들의 우두머리"星首가 되는 것은 "연등도인"燃燈道人입니까 아니면 "성모"聖母입니까? "별들의 우두머리"는 "성관星官의 우두머리"입니까? "북궐"北闕은 연등도인의 궁전입니까, 아니면 성모의 궁전입니까?

답: 『봉신전』封神傳의 시는 대체로 대부분 왜곡된 것입니다.

성모가 죽임을 당하고, 죽은 뒤 봉신방에 이름을 올려 신이 되었습니다. 따라서 신으로 봉해질 때 정위正位의 부문에 속하여 정위성관正位星官의 첫번째가 되고, 신묘(=북궐, 성모도 거기에서 제를 지냅니다)의 향 연기가 만고에 드리우는 것입니다.

214쪽 『삼보태감서양기연의』三寶太監西洋記演義

自序云: "今者東事倥傯, 何如西戎即序, 不得比西戎即序, 何可令王鄭二公見."

문: "東事"는 왜구의 일입니까?

답: 그렇습니다.

문: "卽序"에서 말하는 것은 왕경홍과 정화王鄭 두 공 때는 서융의 질서를 회복하였으나(즉 평정), 지금은 이와 달리 오히려 왜구의 평정이 어렵다는 뜻입니까?

답: 아, 대략 이런 의미입니다.

지금은 동쪽의 일로 바쁘니 서융의 즉서(즉각 질서를 회복하는 것, 즉 평정. 『서유기』에 쓰여진 일을 가리킨다)와 비교하면 어떠한가? 만약 비교할 수 없다면 사실 왕경홍과 정홍 두 공에게 보여 줄 수 없는 것이다(즉 □□에 대하여 부끄럽다).

문: 『춘재당수필』春在堂隨筆(『구문초』舊聞抄)의 "卽敍", "敍"는 서술의 의미입니까?(서융의 일을 즉각 서술하지 않으면, 두 공이 포기할 수 없다.)

답: "敍"= 序 = 질서 회복입니다.

216쪽

判官…… 只得站起采唱聲道: "唗,…… 我有私"……"鐵筆無私. 你這蜘蛛須兒扎的筆, 牙齒縫裏都是私(絲), 敢說得個不容私?"

문: "唗"는 "닥쳐라"는 뜻입니까?

답: 그렇습니다.

문: 만약 좀 빨리 말하면 저는 "講"으로 바뀐다는 뜻이었습니다.

답: 아닙니다. "唗"는 단지 발음일 뿐입니다.

문: "我有私"는 "설령 내가 사가 있다 할지라도"의 뜻입니다.

답: 그렇습니다. "나의 붓은 사가 없다"의 뜻입니다.

문: "蜘蛛須兒"는 판관 얼굴의 현생의 수염입니까?

답: 만약 쇠붓이라면 당연히 사가 없겠지만, 너의 이 거미줄(私와 동음)로 만든 붓은 이빨 사이가 모두 사絲(=私)인데 어찌 사사로움이 없다고 말하느냐?

문: "牙齒縫裏"는 판관의 입을 가리킵니까? "牙齒"는 "붓"으로 이해해도 됩니까?

답: "私"와 "絲"는 발음이 같으며 언어유희입니다. 앞서 그 붓이 거미줄로 만들었다고 가정했고, 거미의 입에서 실絲, 私이 나오므로 따라서 판관의 입에서 나오는 것도 모두 私(絲)인 것입니다.

문: "扎"은 "拔"입니까?

답: 아닙니다.

문: "扎"은 "紮"입니까?

답: 그렇습니다.

219쪽 『서유보』西遊補의 제6회 인용문

……倒是我綠珠樓上強遙丈夫

문: "強遙"는 무슨 뜻입니까?

답: "強遙"는 해석이 어렵습니다. "명의상으로" 혹은 "유명무실"의 뜻일 겁니다.

문: 녹주루에서 우미인(오공悟空)과 항우가 이별한 뒤, 다른 미인과 술자리를 한 것입니까, 아니면 항우와 함께한 것입니까? 수중에 원서가 없어 찾아볼 도리가 없으니 부디 가르침 부탁드립니다.

답: 다른 미인과 술자리를 한 것입니다. 항우와 함께한 것이 아닙니다.

219쪽 마지막 줄

把始皇消息問他, 倒是個著脚信

문: "著脚信"은 가서 들은 소식입니까, 즉 직접 들은 소식입니까?

답: 아닙니다.

문: 가장 확실한 소식입니까?

답: 그렇습니다. "著脚" = 착실한脚踏實地 = 확실한입니다.

주)

1) 본 절은 제18편 「명대의 신마소설(하)」와 관련된 문답이다.

11.[1)]

222쪽 『금병매』金甁梅의 대략적 개요 부분

武松來報仇, 尋之不獲, 誤殺李外傅,⋯⋯ 通金蓮婢春梅, 複私李甁兒⋯⋯

문: 이외부와 이병아는 형제자매 같은 것인가요, 아니면 서로 상관없는 사람입니까?

답: 이외부와 이병아는 아무 관계가 없지만, 서문경으로 오인되어 살해되었습니다.

223쪽 『금병매』 인용문

好人道: "你看他還打張雞兒哩, 瞞看我黃貓黑尾, 你幹的好繭兒. 來旺媳婦子的一只臭蹄子 …… 甚麼罕稀物件, 也不當家化化的……" 那秋菊拾著鞋兒說道: "娘送介鞋……"

문: "還打張雞兒"는 무슨 뜻입니까?

답: 還 = 尙, 打 = 做, "張雞兒"는 닭이 뭔가를 볼 때의 멍청한 눈빛 = 일부러 멍청한 척하는 것 = 골계입니다.

문: "黃貓黑尾"는 무슨 뜻입니까?

답: 같지 않다는 뜻으로 내 눈에 보이지 않는 곳에서 다른 것을 하고 있는 것입니다.

문: "好繭兒"는 무슨 뜻입니까?

답: "幹"= 做. "好繭兒"는 비밀스러운 곳에서 뭔가를 하고 있는 것입니다.

문: "來旺媳婦子"는 "來旺妻子"입니까?

답: 그렇습니다.

문: "不當家化化的"은 무슨 뜻입니까? "家"는 "家夥"입니까? "化化"는 더듬거리는 말입니까?

답: 不當家化化的은 숙어입니다. "죄업"의 뜻입니다. 무슨 보배인데, 이렇게 벌 받을 짓을 하는가요(왜냐하면 너무 중시해서). 그 음탕한 여자는 죽어서 아비지옥에 떨어졌을 거요!(왜냐하면 그녀의 물건이 너무 중시되었기 때문에)

문: 시녀가 여주인을 칭할 때 "娘"이라 합니까?

답: 그렇습니다. mŭtter[2]의 뜻입니다.

225쪽

……只見兩個唱的…… 向前插燭也似磕了四個頭.

문: "插燭"은 양초입니까?

답: 그렇습니다.

문: "磕了四個頭"는 무슨 뜻입니까? 제가 그린 이런 것인가요?

답: 양초를 꽂는다는 것은 곧게 꽂는 것입니다. 이곳에서는 그저 매우 바르게(=극도로 공경하여) 네 번 절을 한다는 뜻입니다.

(마스다의 그림)

227쪽

萬曆時又有名『玉嬌李』者……袁宏道曾聞大略, 云 "……武大後世化爲淫夫, 上烝下報……"

문: 『좌전』에서 "위 선공은 이강과 통하여"衛宣公烝於夷薑라 했는데, 이강은 위공의 서모庶母입니다. 『좌전』은 또 "문공은 정자의 아내와 통하였는데"文公報鄭子之妃라는데, 정자의 아내는 문공의 어떤 사람이라 할 수 있습니까?

답: 수중에 찾아볼 만한 책이 없습니다.

문: 여기서 제 생각에는 "上烝"이 즉 上淫, "下報"는 下淫으로 이해됩니다. 『사원』辭源에서 말하기를 "下淫上曰報"라 했습니다. "烝"과 같은 뜻이지요. 어떻게 생각하십니까?

답: 그렇지 않습니다. 손아랫사람이 윗사람과 간통하는 것을 "烝"이라고 하고, 윗사람이 아랫사람과 간통하는 것을 "報"라고 합니다. "위 선공이 이강과 간통했다"는 것은 만약 선공을 중심으로 하면 "烝"입니다. 이

강이 중심이면 "報"입니다.

229쪽

『鐵金瓶梅』主意殊單筒……一日施食, 以輪回大簿指點眾鬼……

문: "施食"은 무슨 뜻입니까?

답: [3]

문: 윤회 대부를 여러 귀신에게 보게 하는 것입니까?

답: 그렇습니다.

문: 윤회 대부를 가지고 여러 귀신을 조사합니까?

답: 아닙니다.

至潘金蓮則轉生爲……名金桂, 夫曰劉瘸子, 其前生實爲陳敬濟, 以夙業故, 體貌不全, 金佳怨憤, 因招妖蠱, 又緣受驚……

문: 누가 요사스런 방술을 불러들였습니까? 요사스런 방술이 저절로 온 것입니까?

답: 금계가 원통하고 분개하여 그 결점을 틈타 요사스런 독충이 부르지도 않았으나 왔으니, "그리하여 요사스런 독충을 불렀다"고 말하는 것입니다.

231쪽

一名『三世報』, 殆包擧將來擬續之事；或並以武大被酖, 亦爲風業, 合敎之得三世也.

문: 무대武大가 독살당하는 것과 "삼세"는 무슨 관계입니까?

답: 여기서의 "世"는 부자의 두 세대의 "세"가 아니라 한 사람의 윤회

를 말합니다. 무대의 전신(=일세)—무대(=이세)—무대의 후신(=삼세)과 같습니다.

문: 『속금병매』는 금련을 하간부河間婦라고 합니다. "하간"은 지명입니까, 인명입니까?

답: "하간"는 지명입니다. 여기서는 "남편을 모살한 여자"의 뜻입니다. 하간에서 남편을 살해한 유명한 여자가 있었기 때문에 이러한 명사가 나온 것입니다.[4]

주)______

1) 본 절은 제19편 「명대의 인정소설(상)」과 관련된 문답이다.
2) 독일어로 Mütter이며 어머니라는 뜻이다.
3) 루쉰의 답이 없다.
4) 하간부(河間婦). 당나라 유종원의 『하간전』(河間傳)에 "하간은 음부(淫婦)이다. 그 성(姓)을 말하고 싶지 않기에 읍(邑)을 칭한다"고 했다. 하간은 지금 허베이에 속한다.

12.[1]

234쪽 "弗告軒" 세 글자

卻將告字讀了去聲, 不知弗告二字, 蓋取『詩經』上"弗諼弗告"之義, 這"告"字當讀與"穀"字同音.

문: 즉 "告"는 고쿠(コク)라 읽고 발음은 고우(コウ)인가요?

답: 그렇습니다.

235쪽

"謝家玉樹"

문: "玉樹", 『사원』이 『진서』晉書 「사현전」謝玄傳을 인용하여 다음과 같이 말하였습니다. "晉謝安問諸子侄, 子弟何與人事, 正欲使其佳, 玄答曰 : "譬如芝蘭玉樹, 欲其生於庭階."

"何與人事"는 무슨 뜻입니까? "세상에서 뜻대로 한다면"인가요, 아니면 "다른 사람의 지배를 받으면"인가요? 아니면 "인사의 방면에서"의 뜻인가요? 전체 뜻을 써 주시길 부탁합니다.

답: "何與人事" = 인사와 어떤 관계가 있는가? 입니다. "人事"는 즉 '자신의 일'의 뜻입니다.

"진의 사안謝安이 자신의 자제들에게 물었다. 자제는 윗사람과 어떤 관계인가, 좋은 것을 얻고자 하는가? 현답이 말하길, '마치 지란과 옥수가 뜰에서 자라는 것과 같다'고 하였다."

"졸역"이라 할 수 있습니다.

236쪽 산대의 시山黛之詩

夕陽憑吊素心稀, 遁入梨花無是非,……瘦來只許雪添肥

문: "憑吊"는 상심하는 것입니까?

답: 그렇습니다.

문: 그저 눈으로 살이 오릅니까?

답: 그렇습니다. 흰 제비白燕이기 때문에 눈으로 거기에 더해지는 것과 같다는 것이지요. 졸렬한 시라 할 수 있습니다.

237쪽 마지막 줄

因與絳雪易裝爲青衣

문: "與"는 "함께"입니까, 아니면 "어떤 사람이 ……에게 바꾸다"입니까?

답: 두 사람이 함께입니다.

241쪽 1~2번째 줄

一夕暴風雨拔去王芙蓉, 乃絕.

문: "乃絕"은 관계가 끊어진 것입니까, 아니면 죽음으로 끊어진 것입니까?

답: '절교, 절대 오지 않는다'입니다.

책 외의 문제

문: a. "特進光祿大夫 · 柱國 · 少師 · 少傅 · 少保 · 禮部尚書"에서 "柱國"은 "少保"까지 관련됩니까?

답: 아닙니다.

문: 이 관명을 끊어 읽을 때 위의 식으로 해도 됩니까?

답: 됩니다.

문: b. 생원生員과 감생監生의 차이는? 모두 수재秀才이고 향시를 본 학생입니까? 학생으로 그들은 입학을 합니까? 저는 생원은 수재로 알고 있는데, 생원으로 입학하여 그들은 어떤 학교에 가는 것입니까?—수재 향시를 위하여 특별 학교를 세워 그런 학교에 들어가는 것입니까?

답: 생원이 시험에 급제하여 수재가 됩니다. 우수한 동자童子가 "국자

감"國子監(과거 태학太學)에 들어가 수학을 하면 감생이라 하고, 일정 연한이 되면 수재와 동등한 자격이 생깁니다.(그러나 청대에는 돈만 내면 감생이란 칭호를 살 수 있었습니다.)

문: c. "二氏之學"도 소설학이라 할 수 있습니까? 아니면 불, 도 혹은 황, 노를 가리키는 겁니까?

답: 이씨지학은 불, 도를 말하며, 황, 노는 아닙니다.

주)______

1) 본 절은 제20편「명대의 인정소설(하)」와 관련한 문답이다.

13.[1]

244쪽 끝에서 245쪽 첫 부분

猶龍名夢龍, 長洲人, 故綠天館主人稱之曰茂苑野史

문: 어째서 장저우長洲를 무원茂苑이라 부르는 겁니까?

답: 무원은 장저우의 다른 이름입니다. 일본의 교토를 "낙"洛이라고 했던 것과 같습니다.

247쪽 끝에서 두번째 줄『진다수생사부처』陳多壽生死夫妻 인용문

終不然, 看著那癩子守活孤孀不成?

문: "終不然"은 대개 "그리하여"의 뜻인지요. "終不然"을 다른 것으로

바꾼다면 어떤 것이 적합합니까? “難道”로 바꾸고 “不成”을 빼면 될까요?

답: “終”은 그저 강조하는 어투로 전체의 해석은 어렵습니다. “다른 곳으로 시집 보낼 수도 없고 또 파혼할 수도 없어요. 저 문둥이를 기다리면서(움직일 수 없다는 뜻을 포함) 홀로 살아야 하는 생과부(남편이 있는 과부)가 되는 걸 참고 있을 수 없는 것(=不成) 아닌가요?!!!”

248쪽 인용 마지막 부분

任他絮聒個不耐煩, 方才罷休……

문: “他”= 아내입니까?

답: 그렇습니다.

문: “方才罷休”는 아내 자신을 말합니까?

답: 그렇습니다. ‘아내가 혼자 지껄여대다 지쳐서 그쳐 버리게 했다’의 뜻입니다.

250쪽 『서호이집』西湖二集 인용문

却不道是大市裏賣平天冠兼挑虎刺

문: “大市裏賣平天冠”은 『통속편』通俗編에 따르면 송의 요융廖融 이야기 속에 자세히 나오기 때문에 그 뜻이 분명합니다. “虎刺”는 가시가 있는 풀입니까? 아니면 “挑虎刺”는 “시골장”이 설 때 점포 문 앞에 풀을 내거는 풍속으로 가시가 있어 누구도 가까이 할 수 없다는 뜻입니까? 자세히 가르쳐 주시길 바랍니다.

답: 호랑이가 풀숲에서 가시에 찔려 그 가시가 살 속에 파고 들어갑니다. “挑虎刺”는 호랑이를 위해서 가시를 골라내는 겁니다. 왕관을 팔고 호랑이 가시를 빼내는 장사는 아무도 관심이 없을 겁니다.

주)______

1) 본 절은 제21편 「명대의 송대 시인소설을 모방한 소설과 후대의 선본」과 관련한 문답이다.

14.[1]

257쪽 포송령蒲松齡 약전

始成歲貢生

문: "향시에서 낙제한 생원(수재)으로 내내 정부에 곡식을 바친 자, 혹은 학문과 덕행이 있으나 시험을 치르지 않았고 추천을 받아 학위를 획득한 사람을 공생貢生이라 한다. 공생은 여러 종류가 있다. 매년 일정하게 정부(태학)에 곡식을 바치고 추천을 받으면 세공생이라 한다. 그러나 이후 매년 필요한 인원수의 추천에 따른 공생을 세공생이라 하였다." "세공생"에 대하여 이와 같은 주석을 달고자 하는데, "세" 글자에 대한 설명이 추측에 불과합니다. 뒷부분을 이렇게 써도 되는지요? 고쳐 주시기 부탁드립니다.

"세공생"은 "세공"歲貢의 "생"生입니까?

아니면 "매년"歲歲의 "공생"입니까?

답: 향시에서 낙제한 생원(수재)으로, 그 덕행과 학문에 근거하여 매년(=세歲) 지방장관이 중앙에 추천(=공貢)한 사람을 "세공생"이라 합니다.

그러나 청대에는 과거시험 선발로 바로 세공생이 되어도 여전히 본래 지방에 남고 베이징에 가지 않아 헛된 명성만 있고 실질이 없었습니다.

259쪽 『요재지이』의 「황영」黃英 인용문

爲瓜蔓之令, 客值瓜色……

문: "瓜色"은 무엇입니까?

답: 청색입니다. "과만지령"瓜蔓之令은 일종의 벌주 놀이로 주사위(🎲)를 던져서 결정합니다. 한쪽 면이 홍색이고 그 나머지 다섯 면은 모두 흑색(혹은 청색)이라 "과색"瓜色이라 합니다. 홍색이 아니면 벌로 술을 마셔야 합니다. 벌주놀이는 모든 자리에서 차례로 전달하며 진행하는데 마치 덩굴줄기가 가득한 것 같습니다.

259쪽

狐娘子

문: "狐娘子" = 호부인(기혼)입니까? 아니면 호아가씨(미혼)입니까?

답: 호부인입니다.

260쪽

逾年

문: "'逾年' = 몇 년이 지나"입니까? 익翌=明년이라 할 수 있습니까? "수년이 지나"입니까 아니면 "익년"도 할 수 있습니까?

답: '1년이 지나'입니다.

260쪽 마지막 줄

約與共盡

문: 거의, 함께, 모두, 다의 뜻입니까?

답: "'그'와 함께 다 마시기로 약속했다"입니다.

268쪽 11번째 줄『난양소록』灤陽消錄 인용문

立槁

문: "立槁"는 바로 죽는다입니까? 아니면 성어입니까?

답: "바로 죽는다"와 "서서 죽는다"는 두 가지 뜻이 있습니다. 여기서는 제 생각에 "우두커니 며칠을 앉아 그렇게 죽어 버렸다"로 번역할 수 있을 것 같습니다.

문: 통속적으로 알기 쉽게 "팔고"八股가 무엇인지 가르쳐 주십시오.

"成化二十三年會試樂天者保天下文起講先提三句即講樂天四股過接四句復講保天下四股複收回句作大結.

弘治九年會試責難於君謂之恭文亦然每股中一反一正一虛一實一淺一深其兩對題兩扇立格則每扇之中各有四股次第之法亦複如之……"(『日知錄』)

머릿속에 "팔고"의 개념이 전혀 없습니다. 위의 글이 도통 이해되지 않고 멍멍합니다.

답: 「樂天者保天下」의 시제에 대합 답입니다.

먼저 쓴 세 구를 "기강"起講이라 합니다. 그런 뒤 사고四股(=節)를 "樂天"에 대해 씁니다. 다시 네 구를 쓰고 다음 글로 이어 줍니다. 이어서 "保天下"에 대해 사고四股를 씁니다. 그리고 네 구를 쓰고 끝을 맺습니다(사고에 사고를 더해 팔고가 됩니다). 즉 팔고의 구조는 기강 세 구 — 제목과 관련된 전반부의 사고(즉 一扇) — 교(=過渡) 네 구 — 제목 후반부의 사고(또 一扇) — 결미 네 구입니다. (일반적으로 반反에서 정正으로, 허虛에서 실實로, 얕음淺에서 깊음深으로 하면 모두 됩니다.)

주)______

1) 본 절은 제22편 「청대의 진당(晉唐)을 모방한 소설과 그 지류」와 관련된 문답이다.

15.[1]

275쪽 마이선생馬二先生의 “거업론”

孔子生在春秋時候, 那時用“言揚行擧”做官……

문: “言揚行擧”은 마이선생이 만든 성어입니까?

답: 일반적인 말로 독창적인 것도 아니고 성어도 아닙니다. 언어가 아름답고 품행이 출중하여 천거를 받아 관리가 된다는 뜻입니다.

277쪽 11번째 줄 『유림외사』 제14회 인용문

餃餅

문: “餃餅”= 일종의 사탕입니까?

답: 간식거리입니다. 밀가루로 껍질을 만들고 안에 소를 넣습니다. 빙餅은 대체로 원형이고 자오餃는 ᗜ모양입니다.

278쪽 8번째 줄 같은 책 제4회 인용문

吉服

문: “吉服”은 경사스러운 날 입는 의복(?)의 뜻입니까, 아니면 보통의 의복(손님 맞을 때 입는 옷)입니까?

답: “吉服”은 예복입니다. 상 때가 아니면 길복을 입고 손님을 맞습니

다. 보통의 의복이나 특별한 길상의 의복이라 말할 수는 없습니다.

책 외의 문제

扶乩

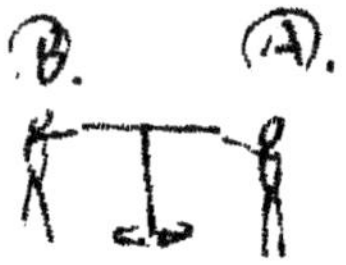

(마스다의 그림)

문: 이전에 일찍이 들은 적이 있어 대체로 이해는 하고 있습니다. 모래판 위에 기괴한 도형이 그려질 때 그것을 가지고 보통의 문자 혹은 말로 해석하고 보통 사람들에게 이해를 시킵니다. 이 해석자는 누구인지요? A, B 두 사람 말고 다른 사람(지도자?)이 있습니까? 이 밖에 A씨 혹은 B씨가 판독(?)합니까?

답: A, B 두 사람 가운데 한 사람은 사기꾼이고 나머지는 바보라 해도 됩니다.

쓰여진 것은 사기꾼의 마술이고 판독도 사기꾼 담당이지요. 그런 뒤 다른 한 사람이 사기꾼이 읽어 내는 글자로 기록합니다.

문: 『중국소설사략』은 최초 루인盧隱의 필명으로 민국 12년 6월에서 9월까지 『천바오 부전』晨報副鐫에서 출간했습니까?(이것은 전문全文인가요?) 이렇게 말하면 학교에서 수업한 것은 민국 11년입니까? 베이징의 베이신北新의 분책 출간은 상하 두 책冊입니까? (「역자의 말」을 쓰는데 이것이 필요하니 알려 주십시오.)

답: 이 필명은 제가 쓴 적이 없습니다. 『소설사략』은 『천바오 부전』에 발표한 적이 없습니다.[2]

베이징대학에서 수업한 것은 민국 9년의 일이고, 매주 2~3페이지씩 인쇄하여 수업 듣는 사람들에게 주었습니다. 민국 12년 전반부를 수정하여 베이신서국에서 출판(상책)했고, 민국 13년 하책을 출판했습니다. 재판할 때(민국 14년인가요) 합본을 했지요.

주)______

1) 본 절은 제23편 「청대의 풍자소설」과 관련된 문답이다.
2) 루인(盧隱, 1898~1934)은 일찍이 1923년 6월 1일~9월 11일 『천바오』의 부간 『문학순간』 제3호에서 11호에 그녀 자신이 쓴 『중국소설사략』을 발표하였다.

16.[1]

287쪽 9번째 줄 『홍루몽』 제57회 인용문

一年大二年小的,……又打著那起混帳行子們……

문: 뜻은 올해 크고 작년에는 작아서 일 년 일 년 큰다는 건가요?

답: 첫 해는 큰데 그 다음 해는 오히려 어려졌다. "나이가 들었으나 오히려 갈수록 아이 같다." 즉 "나이가 들었으나 오히려 점점 말을 이해하지 못한다"는 뜻입니다.

문: "那起"는 "그 녀석들"의 뜻입니까? 아니면 "起"가 "混帳行子們"을 위해서, "混帳行子們"에 의해서입니까?

답: "打"="찾아오다". "那起", 그 무리. "混帳行子", 나쁜 놈.

288쪽 10번째 줄

兩句話

문: "兩句話"는 소량의 말이라는 뜻입니까?

답: 그렇습니다.

290쪽 마지막 줄 『홍루몽』 제78회 인용문

臨散時忽然談及一事, 最是千古佳談……

문: 어떤 사람과 헤어집니까? 식객(=참모幕友)과 헤어지는 것입니까?

답: 그때 가정賈政과 식객들幕友과 (어제) 가을 경치를 보고 온 이야기를 나눌 때, "헤어질 때……"라 말하였다(어제 가을 경치를 보고 온 사람들을 가리킨다).

291쪽 4번째 줄

有一姓林行四者

문: "行四"는 항렬이 네번째인 겁니까? "항렬 제몇 번째"排行第幾는 형제자매(자녀 전부)를 함께 따집니까, 아니면 형제는 형제대로 자매는 자매대로 따집니까? 예를 들어 "林四娘"은 임씨 여식들 가운데 네번째인가요, 임씨 자녀 가운데 네번째인가요?

답: 여자의 항렬은 형제와 함께 따지기도 하고 여자 단독으로 따지기도 합니다. 보통 후자가 많습니다. "林四娘"은 "네번째 딸"로 해석합니다.

291쪽 마지막 줄

鼓擔

문: "鼓擔"=고물을 짊어지고 북을 치면서 사라고 소리치는 것입니까? 아니면 단지 책에 한하는 것입니까? 혹 고물은 책에 한정되지 않습니까?

답: 사 두는 것도 합니다. 오래된 물건, 부서진 것, 어떤 것도 사 둡니다. 그리고 겸사겸사 팔기도 합니다. 책에만 한정하지 않습니다.

293쪽 2번째 줄

云『歸大荒』

문: 「황야로 돌아갔다」歸大荒의 노래를 부르는 겁니까?

답: 그렇습니다.

293쪽 4번째 줄

休笑世人癡

문: "세상 사람의 어리석음을 비웃지 말라"는 뜻입니까?

답: 그렇습니다.

문: "세상 사람들아 그들의 어리석음(=『홍루몽』 속에 나오는 인물의 어리석음)을 비웃지 말라"의 뜻입니까?

답: 아닙니다.

296쪽 6번째 줄

以"石頭"爲指金陵

문: "石之頭"와 "金之陵"은 서로 비슷한 뜻입니까?

답: "석두"石頭는 "석"石의 뜻입니다. "금릉"=난징의 다른 이름이며 옛날 일찍이 "석두성"石頭城이라 칭하였습니다. 따라서 "석두"는 곧 난징을 말합니다.

296쪽 6번째 줄 끝에서 7번째 줄

以"賈"爲斥僞朝

문: "斥"은 비난하다, 가벼운 정도.

답: 맞습니다.

문: "斥"은 배척하다, 좀 무거운 정도.

답: 아닙니다.

賈와 "假"의 발음이 같습니다. 假 = 僞입니다.

297쪽 2번째 줄

王國維(『靜庵文集』)且詰難此美, 以光"所謂'親見親聞'者, 亦可自旁觀者之口言之, 未必躬爲劇中之人物"也.

문: "躬" = 독자 = "직접 보고 들은"親見親聞 사람입니까?

답: 아닙니다. "躬" = 『홍루몽』 작자 자신입니다.

문: 이 문장은 왕궈웨이가 말한 것에 대해 인정하는 겁니까, 아니면 긍정하는 겁니까?(왕의 주장에 찬성?)

답: 왕의 주장을 부정하는 것입니다.

297쪽

漢軍

문: "漢軍" = 한인漢人, 만주 군적에 배치된 사람. 이 한군은 설령 진짜 군인이 아니라도(즉 관리의 종류) 군적이 있기만 하면 한군으로 치는 겁니까? 청조의 한인 관리는 전부 모두 한군입니까(예를 들어 기윤 등)?

답: 이른바 한군은 한인이 일찍이 만주 조정에 귀화한 사람, 투항한 사람, 포로가 되었다가 석방된 사람, 죄인으로 유배되었다가 만주군에 들어간 사람입니다. 만주인은 중국에 들어오기 전에 모두 전사였기 때문에 한군도 군인입니다. 그러나 중국에 들어온 이후 이와 같지 않았고, 청조의 한인 관리는 한군에만 국한되지 않습니다. 기윤은 한군이 아닙니다.

299쪽『연표』쓴 부분[2)]

一七一九, 康熙五十八年(?), 曹雪芹生於南京.

문: 이것은 가설이기 때문에 "?"를 덧붙인 것입니까? 다시 말해 만약 "?"를 붙이지 않았으면 "1732, 옹정 10년 봉저가 남쪽을 순시한 일을 말할 때 보옥이 13세였다. 여기서 가정한 바에 의하면 설근도 13세이다." 이것은 어떻게 이해한 것입니까? 갑자기 여기서 "가정"을 하니 독자는 놀라게 됩니다. 처음으로 돌아가 다시 읽어 가정한 부분을 찾게 됩니다.

답: 위핑보의 연표 전부가 모두 "가정"입니다. 따라서 두번째 "俞平伯有"의 아래에 "假定之" 세 글자를 넣는 것이 좋겠죠.

300쪽 밑에서 두번째 줄

俞平伯從戚蓼生所序之八十回本

문: "所序"는 서를 쓰는 것입니까?

답: 맞습니다.

문: 질서를 잡은 것입니까?

답: 아닙니다.

주)______

1) 본 절은 제24편「청대의 인정소설」과 관련된 문답이다.
2) 이『연표』는 1935년 6월 수정본에서 삭제되었다.

17.[1)]

303쪽 두번째 줄 『야수폭언』野叟曝言 서문의 인용문

以名諸生貢於成均……

문: "成均"은 고대의 대학 이름인데 청대清朝(?) 공생을 뽑는 고시 장소가 되었습니다. 이렇게 "성균"을 해석해도 될까요? 이 밖에 "성균"은 공생을 받는 학교입니까?(이러한 학교가 있습니까?)

답: "성균"은 공생을 받는 학교입니다. 이런 학교가 있지만 실제로는 실행되지 않았습니다.

수재가 공생이 되면 성균(이전의 태학, 이후에는 국자감)에 가서 수학을 합니다. 그러나 사실 허명이고 실제가 없습니다.

304쪽 세번째 줄

以"奮武揆文, 天下無雙正士; 熔經鑄史, 人間第一奇書" 二十字編卷

문: 이상의 스무 자가 나타내는 뜻, 내용을 책으로 엮은 것입니까, 아니면 스무 자의 각 글자가 편목의 제목입니까?

답: 작자는 스무 책으로 나누어 이 책을 출판하려 했고, 이 스무 자를 숫자로 삼아서 매 책의 표지에 각 글자를 썼습니다. 예를 들어 보통 [야수폭언 一]이라 쓰지만, 그는 오히려 [야수폭언 奮]이라고 씁니다. 동시에 이 스무 자는 또 각 책의 내용을 자화자찬하고 있습니다.

309쪽 7번째 줄

是爲蠱妖之"窮神盡化"云……

문: "云"은 "說……"입니까, 아니면 "……云云"입니까?('云'은 원문의

문자입니까, 아니면 저술 과정에서 첨가한 글자입니까?)

답: "云"은 제가 덧붙인 글자입니다. "말한 것이다"(說……), "라고 한다……"의 뜻입니다.

309쪽 마지막 줄

砉然

문: "砉"의 독음을 로마자로 가르쳐 주십시오. 일본에서는 ケキ, クワク 등으로 읽습니다.

답: HUWA라 읽습니다! 목판에 풀을 말려 빠르게 뜯어낼 때 나는 소리입니다. 고기집의 주인이 기술 좋게 뼈에서 살을 발라낼 때도 이 글자로 형용합니다.

311쪽 첫번째 줄

甘鼎亦變棄官去, 言將度瘐嶺云

문: "云"은 "운운"입니까, "말하다……"입니까?

답: "운운"입니다. 이 책 속에서 ……라 운운하다. "瘐"는 "庾"로 해야 합니다.

312쪽 9번째 줄

姑勿論六朝儷語, 即較之張鷟之作, 雖無其俳諧, 而亦遜生動也.

문: "해학이 있는 것은 『연산외사』燕山外史, 생동감이 많은 것은 『유선굴』遊仙窟"의 뜻입니까?

답: 『연산외사』는 해학과 생동 두 방면에서 모두 『유선굴』에 미치지 못합니다.

육조의 변려문(그것과 비교하여)은 말하지 않더라도(당연히 미치지 못한다는 뜻을 품는다) 장작張鷟의 작품과 비교해 보아도 그러한 해학이 없고 또한 생동감도 떨어진다는 것입니다.

313쪽 6번째 줄

侍女花

문: "侍女花"는 무엇입니까? 일본의 번각한 『연산외사』에서 "侍女花"를 "蘭花"라고 주석을 달았는데 어떻게 생각하시나요?

답: "侍"는 오식입니다.

대체로 여자가 심으면 향기가 한층 좋다고 하는 전설에서 온 꽃 이름일 것입니다. 여성을 기다리는 꽃. 보기에 난도 많이 정직하지 않은 꽃이네요.

314쪽 6번째 줄

壬遁……象緯

문: "壬遁"과 "象緯"는 무슨 뜻입니까?

답: "六壬"의 점복술로 미래(및 길흉)를 알 수 있는 방법이며 이를 "임둔"壬遁이라 합니다. 별의 모습 및 『위서』緯書(한대 사람이 쓴 가짜 책) 점복술로 미래의 대사를 아는 학문을 "상위"象緯라 합니다.

319쪽 세번째 줄

雙陸馬弔

문: "弔"는 "吊"라 쓰지 않습니까?(혹은 해음이라 두 가지 법이 모두 가능합니까?)

답: "弔"는 옛 글자이고 "吊"는 나중의 글자이며 두 글자가 같은 한 글자입니다.

책 외의 문제

문: 연지는 고대 화장품으로,

A. 뺨에 칠하는 것입니까?

B. 입술에 칠하는 것입니까?

혹 A, B 모두에 칠합니까?

사모님께 여쭈어 봐 주십시오.

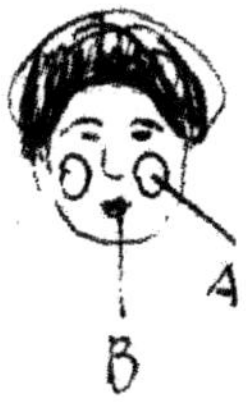

(마스다의 그림)

답: 대체로 A, B 두 곳 모두 칠할 겁니다. 옛 그림 속에서 알 수 있습니다. "사모님"의 연지학 정도가 아주 믿을 만하지 못해서 물어보지 않았습니다.

北美合眾國大統領麥堅尼, 於西曆一千九百零一年九月十四日, 被桒高士刺斃於紐育博覽會. 捕縛之後, 受裁判. 桒高士警言: "行刺之由, 乃聽無政府黨钜魁郭耳縵女傑之演說, 有所感情, 決意殺大統領者也."

문: 위의 글에서 강조점을 찍은 인명을 로마자로 가르쳐 주십시오. 만약 도서관에서 찾으면 알겠지만, 바로 선생 덕에 알면 수월할 겁니다. 번거롭다면 안 하셔도 됩니다.

답: 麥堅尼 = Willian Mickinley

桒高士 = Leon Czolgosz

郭耳縵 = Emma Goldman(?)

주)______

1) 본 절은 제25편 「청대의 재학소설」과 관련된 문답이다.

18.[1]

323쪽 첫번째 줄 『품화보감』品花寶鑑 제29회 인용문

面龐黃瘦

문: "龐"은 무슨 뜻입니까? "얼굴이 마르고 튀어나왔다"는 뜻입니까? 아니면 "面龐"은 얼굴의 뜻입니까?

답: "龐"은 방대한 = 튀어나온 광대 부분으로 뺨을 가리킵니다. 일반적으로는 "얼굴" 전체를 의미합니다. 여기서도 "얼굴"의 뜻입니다.

326쪽 네번째 줄 『화월흔』花月痕 인용문

……就書中"賈雨村言"倒之……

문: 가우촌賈雨村은 책 속의 인명입니까? 만약 인명이라면 옆에 선을 넣지 않습니까?

답: "賈雨村言"과 "假語村言"은 발음이 같아서, "가짜로 만든 이야기, 속어"의 의미가 되고 선은 넣어도 되고 안 넣어도 됩니다.

326쪽 밑에서 두번째 줄

叢桂

문: "총계"叢桂는 다른 작품에서도 자주 보이는데 "叢"은 계림의 뜻입

니까? 아니면 목서木犀를 총계라고 해서 단순히 계수나무와 구별하는 것인가요?

답: 계수나무가 많은 것, 한 그루 이상의 계수나무입니다. 하지만 계림에는 이르지 못한 정도입니다.

327쪽 밑에서 다섯번째 줄

駱馬楊技

문: "楊枝作鞭"은 어떤 스캔들입니까? (어떤 사람의 시 속에도 있던 이야기입니까?)

답: 일설에 따르면 당나라 때 귀한 도령이 백마를 타고 가면서 길가의 버드나무 가지를 꺾어 채찍으로 삼았다는 이야기랍니다. "駱馬"는 검은 갈기를 한 백마이며, "都去也"는 모두 이미 가버렸다! 입니다.

327쪽 밑에서 네번째 줄

禿頭回道……

문: "禿頭"는 별명입니까?

답: 그렇습니다.

문: 남자입니까? 여자입니까?

답: 남자 하인입니다.

334쪽 밑에서 다섯번째 줄 『해상화열전』海上花列傳 인용문

耐想拿件濕布衫拔來別人着仔, 耐末脫休哉

문: "濕布衫"을 다른 사람에게 주는 겁니까?

답: 곤란한 일을 다른 사람에게 미룬다는 것입니다. "濕布衫"은 사실

"젖은 무명 적삼"과는 조금 다르고, 뜻은 "말리기 어려운 적삼"입니다.

문: 이 문구의 뜻은 "유쾌하지 않은 일은 남에게 미루고 자기 한 몸은 편하게 한다"인데, 만약 조금 더 구체적으로 말한다면 어떤 것입니까?

답: 이것은 쑤저우 말입니다. 당신은 "젖은 적삼"을 다른 사람에게 입히고 자기는 홀가분하려 하는군요!

만약 어떤 남자가 어떤 여자를 사랑했는데 이후 그녀가 싫어졌어요, 그런데 그 여자가 어쨌든 간에 떠나려 하지 않고 마치 오월의 파리처럼 그를 괴롭힙니다. 이때 그가 다른 남자가 이 여자에게 접근하도록 해서 성공하게 되면 자신은 벗어나는 것이지요.

만약 어떤 사람이 장사를 하는데 손실이 약간 있지만 문제는 크지 않습니다. 결국 서로 상관이 없습니다. 그래서 교묘하게 어떤 바보를 속여 장사를 그에게 넘기고 빠져나오는 것이지요.

문: "仔"와 "了"는 같은 뜻입니까?

답: "着仔"는 "……로 하여금 입게 하다"의 뜻입니다.

문: 원서에서 "末"는 "末"의 오기입니까?

답: 그렇습니다. "耐末", "너 이 자식은"의 뜻입니다.

334쪽 밑에서 세번째 줄

等我說完仔了哩

문: "仔了哩" 세 글자는 연결해서 읽는 어미입니까? 아니면 "說完仔了"가 하나의 어구이고 "哩"가 한 글자로 된 어미입니까?

답: "내 말이 다 끝나기를 기다려 봐"等我說完了吧의 뜻입니다. "仔了"는 "完了"이며, "哩"는 "吧"에 해당합니다.

335쪽 밑에서 다섯번째 줄

鬥門噎住

문: 鬥門은 여기를 말합니까?

답: 여기 "연두"煙頭라고 부르는 곳에 아편을 채우고 불을 붙입니다. 아편 "파이프"煙管랍니다. 입구구멍鬥門에 채운 아편에도 작은 구멍을 냅니다. 재가 부서지면 구멍이 막혀 버립니다. "噎住"는 즉 막히는 것입니다.

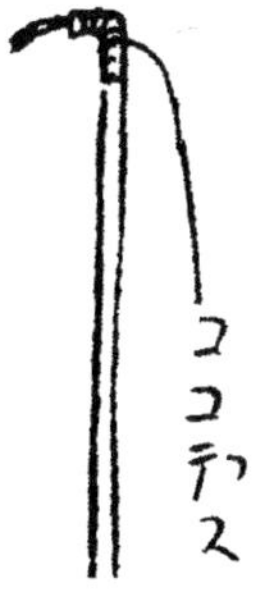

(마스다의 그림)

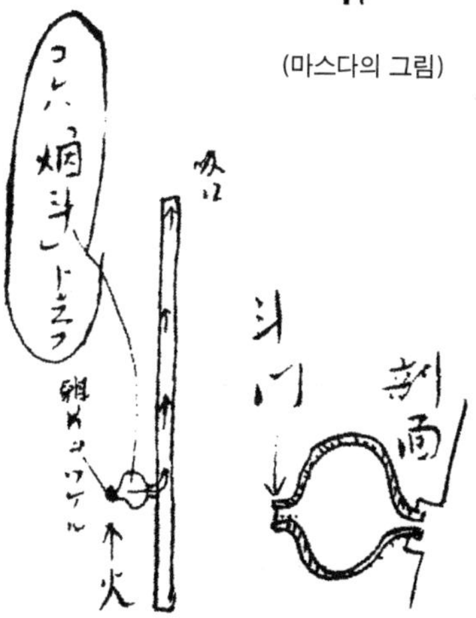

336쪽 밑에서 네번째 줄

至描寫他人之征逐,……

문: "他人"은 "그들"입니까 "다른 사람"입니까? 대체로 전자인가요?

답: "他人"은 "상하이 명사" 이외의 사람들을 말합니다.

주)

1) 본 절은 제26편 「청대의 협사소설」과 관련된 문답이다.

19.[1]

339쪽 밑에서 세번째 줄 『아녀영웅전평화』兒女英雄傳評話 소개

馬從善序雲出文康手, 蓋定稿於道光中. 文康, 費莫氏, 字鐵仙, 滿州鎮紅旗人, 大學士勒保次孫也, “以資爲理藩院郎中……”

문: 마종선의 서문은 “出文康手, 蓋定稿於道光中” 두 구입니까?

답: 아닙니다.

문: 아니면 “孫也”까지가 마씨의 말입니까?

답: 아닙니다.

문: “出文康手” 한 구만이 마종선의 서에서 말한 것이고, “蓋” 운운 한 것은 저자의 것입니까?

답: 그렇습니다.

342쪽 세번째 줄

碌碡……關眼兒

(마스다의 그림)

문: 이것은 궁글대입니까?

답: 그렇습니다. 땅을 고를 때 쓰는 물건입니다.

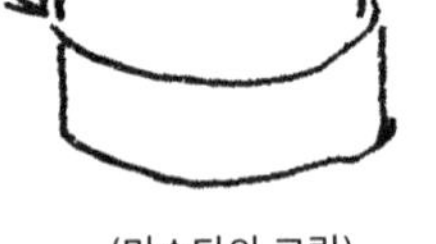

(마스다의 그림)

문: 이것은 궁글대입니까?

답: 아닙니다. 이것은 맷돌이지요.

346쪽 마지막 줄

槅扇

문: “槅扇”은 무엇입니까?

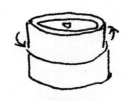

답: 문언으로는 "門" 혹은 "戶"라고 합니다. 남방의 문 또는 호(사실 문에는 두 짝의 날개가 있고, 호에는 한 짝만 있습니다. 하지만 지금 두 가지를 혼용합니다)는 두 짝의 날개가 많습니다. 목판으로 제작하며 격자가 없습니다. 형태는 대체로 형이 그린 것과 같습니다.

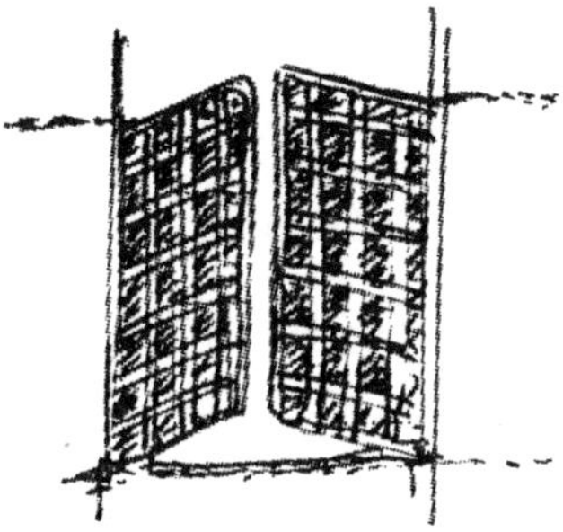
(마스다의 그림)

북방은 한 짝의 날개가 많고 격자가 있는데 다음 그림과 같습니다.

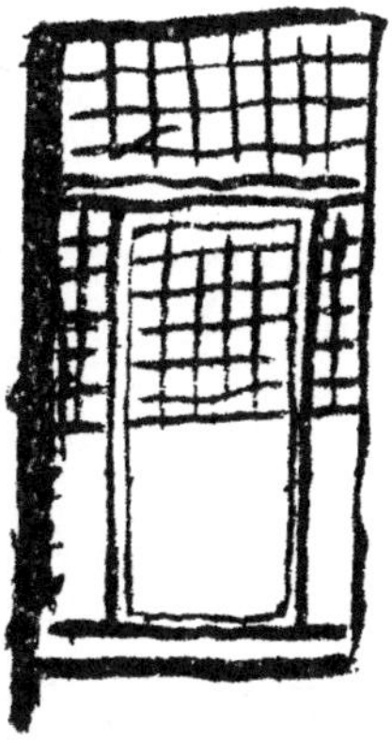

중간에 한 짝의 날개를 "槅扇"이라 하는데 윗부분은 격자이고 아래 부분은 나무판입니다. 바깥은 또 대나무 발을 걸어 둡니다(겨울에는 문가리개).

문: 槅扇 바깥은 방입니까?

답: 아닙니다. 여기는 정원 혹은 복도입니다.

문: 槅扇 안은 방입니까?

답: 그렇습니다.

문: 문의 격자 안은 비어 있습니까, 아니면 얇은 판입니까?

답: 아닙니다. 빈 공간은 종이로 발려 있습니다.

문: 이것은 일본에서 "격자호"格子戶라 부르는데 대체로 이것과 비슷합니까?

(마스다의 그림)

답: 맞습니다.

347쪽 세번째 줄

穿著簇青的夜行來衣靠

문: "衣靠" = 衣裝입니까? 아니면 조판할 때의 착오입니까?

답: 오식이 아닙니다. 하지만 衣裝의 뜻과 같습니다. 어떤 이유에서 "靠"를 사용하였는가에 대해서는 "협객"의 용어이기 때문에 저희 같은 보통사람들은 이해하기 어렵답니다.

주)______

1) 본 절은 제27편 「청대의 협의소설 및 공안」에 관련된 문답이다.

20.[1]

356쪽 첫번째 줄 이보가李寶嘉 약전

後以"鋪底"售之商人

문: "鋪底" = 점포의 기초 = 점포의 권리 = 점포의 모든 지배권, 경영권입니까?

답: "鋪底"는 사실 점포의 남은 물건입니다. 이른바 "售"는 집(일반적으로 자기의 것이 아니고 빌린 것)에서 팔고 남은 모든 것을 다른 사람에게 양도하는 것입니다. 상점의 간판은 양도하기도 하고 안 하기도 합니다. 일본의 "노포"와는 좀 다릅니다.

359쪽 마지막 줄 『관장현형기』官場現形記 인용문

最講究養心之學

문: "養心之學"은 어떤 학문입니까?

답: 어떤 일이 닥쳐도 마음이 움직이지 않는 공부, 즉 도학道學입니다.

360쪽 마지막 줄

送他一个外號, 叫他做"琉璃蛋"

문: "琉璃蛋"는 유리구슬입니까?

답: 유리구슬입니다. 반질반질하고 파악할 수 없는 것으로 요령부득에 교활한 사람을 비유합니다.

369쪽 7번째 줄 『얼해화』孽海花 인용문

戶部員外補闕一千年

문: "闕" = 缺입니까?

답: 그렇습니다.

문: "戶部"는 재정부입니까?

답: 맞습니다.

문: "員外" = 유명무실로 직무가 없는 관명입니까?

답: 맞습니다.

문: 말하자면 호부원외가 천 년 동안 빈자리(즉 관)를 메꾸는 것이 불가능한 일이라는 것이네요. 결국 관직이 없으면서 자조·자존하는 것에 대해 조롱하는 말인가요?

답: 호부원외는 천 년 동안 비어 있을 수 없지요. 결국 관등이 있으나 관직이 없어 자조·자존하는 것에 대해 조롱하는 것입니다.

호부원외는 관명입니다. 호부관의 직위는 정원이 있기 때문에 그 직이 일단 비면(사망, 승진 등) '원외'들은 순서에 따라 그 빈자리에 들어가는데 이것이 이른바 "補缺"입니다. "빈 자리를 메꾸는 데 천 년"은 즉 빈자리를 메꾸는 데 천 년이 걸린다(꼭 기다려야 한다 등)의 의미로 언제 실제 직을 얻을지 모른다는 것입니다.

369쪽 9번째 줄

秋葉式的洞門

문: "秋葉式"은 어떤 모양입니까?

답: 파초 잎 모양 비슷한 이상한 모양입니다. 이런 형태는 파초에서 나온 것이지요.

370쪽 첫번째 줄

淡墨羅巾燈畔字, 小風鈴佩夢中人

문: 비단 수건의 글자는 담묵으로 쓰는 것입니까?

답: 그렇습니다.

문: 비단 수건으로 등을 만듭니까?

답: 아닙니다.

문: 小風鈴은 작은 풍령입니까?

답: 그렇습니다.

문: 아니면 '미풍에 방울을 단' 입니까?

답: 아닙니다.

(마스다의 그림)

담묵으로 비단 수건에 쓴 것(글자)은 등불 가장자리에 (썼던) 글자. 미풍이 불어 방울이 땡그랑 땡그랑

소리를 내니 이는 꿈속에서도 보았던 사람(=영원히 기억하고 있는 사람).

370쪽 마지막 줄

一路躡手躡脚的進來

문: "躡手躡脚"은 느릿느릿, 천천히의 뜻입니까?

답: 아닙니다.

문: 어떤 사전에 "종종걸음으로 빠르게 가는 모양"이라 하는데 타당하지 않은 것 같습니다. 책 속의 상황과 맞지 않습니다.

답: 맞습니다.

손도 발도 소리를 내지 않고 살금살금 들어가 주인이 알지 못하게 한다. 여기서는 짓궂은 장난의 뜻을 포함합니다.

책 외의 문제

A. 道班, 道台

문: "道台"는 관명입니까?

답: 그렇습니다.

문: 아니면 "道台"는 민간에서 온 존칭입니까?

답: 아닙니다.

문: 민간에서 "道台"라 부르나 사실 정부에는 이런 관명이 없는 것입니까?

답: 아닙니다. 이러한 관명을 "道"라 합니다.

B. A大老爺(父), A大少爺(子)

문: "大老爺"는 장자에 한해서 씁니까?

답: 그렇습니다.

문: 둘째아들, 셋째아들도 "A大少爺"라 합니까?

답: 아닙니다.

문: 둘째아들은 "A二少爺", 셋째아들은 "A三少爺"라 합니까?

답: 맞습니다. 이렇게 부릅니다.

주)

1) 본 절은 제28편 「청말의 견책소설」과 관련된 문답이다.

부: 마스다 와타루가 마쓰에다 시게오松枝茂夫를 대신하여 한 질문

1. 『소설사략』의 원저 46쪽 8번째 줄(일본어 번역본 60쪽 3번째 줄)

又雲, "唐張柬之書『洞冥祀』後雲: 『漢武故事』, 王儉造也."

문: 이 구절은 "당나라 장간지가 『동명기』의 후반에 쓰기를……"로 해석합니까?

답: 그렇습니다.

문: 아니면 "당나라 장간지의 책은 『동명기』 후반에서……"입니까?

답: 아닙니다.

문: "書"는 명사입니까?

답: 아닙니다.

문: "書"는 동사입니까?

답: 그렇습니다.

2. 『소설사략』 원저 53쪽 세번째 줄(일본어 번역본 70쪽 14번째 줄)

문: 「외척전」外戚傳을 『사기』로 주를 달았습니다. 한 친구[1]가 편지를 보내서 말하길, 『사기』 가운데 외척은 '세가'世家에 들어가는데 「외척세가」를 찾아보니 그 문단의 글이 보이지 않는다 합니다. 반고의 『한서』에 「외척전」이 있는데 이 문단 글이 없습니다. 여기의 「외척전」은 유흠의 『한서』를 말하는 겁니까? 저도 유흠의 『한서』라 보는데 어떻게 생각하시나요?

답: 원서에는 주가 없고 번역본에 『사기』로 주를 달고 있습니다. 이 「외척전」이 『사기』에서 나왔다고 추측하는 것 말고는 별다른 방법이 없지요. 고인의 저작 가운데에는 종종 서명을 잘못 쓴 것이 있는데 「외척세가」를 「외척전」이라고 써도 결코 이상하지 않습니다. 오늘날의 『사기』는 한, 진晉나라 사람이 본 완정한 『사기』가 아닙니다. 빠진 부분이 많고 해당 문장이 아마 일실逸失되었을 겁니다. 결국 소설이기 때문에 이렇게 추측하는 것 말고는 방법이 없습니다.

하지만 유흠의 『한서』가 아닙니다. 『서경잡기』西京雜記는 유흠이 지은 것으로 전해져 오고 있고, 이중에 "家君"(유흠의 아버지 유향)의 말을 기록하고 있으니 아들의 저작을 인용할 도리가 없겠지요. 반고는 유흠보다도 늦으니 당연히 『한서』일 수 없습니다.

3. 원저 62쪽 첫번째 줄(일본어 번역본 83쪽 다섯번째 줄)

劉敬叔字敬叔……

문: 어떤 이가 묻기를 "字敬叔" 세 글자는 쓸데없이 들어간 문장이 아닌가 묻습니다. 질문자는 이름과 자가 서로 같아서 의심스럽다 합니다. 하지만 저는 "이름과 자가 같은 것은 자주 보이는 일이며 쓸데없이 들어간 글이 아니다"라고 대답했습니다. 이렇게 대답하면 어떤지요?

답: 그렇습니다. 이름과 자가 같은 것이며 쓸데없이 들어간 것이 아닙니다.

4. 원저 79쪽 10번째 줄(일본어 번역본 106쪽 11번째 줄)

……下至繆惑, 亦資一笑.

문: 이 "繆惑"은 『세설신어』의 「비루」紕漏, 「혹닉」惑溺편을 말합니까? (아니면 "繆"자가 있는 편명으로 전해져 오는 판본이 있습니까?)

답: 『세설신어』의 「비루」, 「혹닉」편입니다. 紕 = 繆.

문: 번역본에서 "繆惑" 두 글자를 서명으로 하면 틀립니까? 아니면 『繆·惑』이라 해야 합니까? 아니면 "繆惑"이라 해야 합니까?

답: 그냥 繆惑이라 해도 됩니다.

5. 원저 80쪽 6번째 줄(일본어 번역본 107쪽)

"三語掾"的解釋

문: "三語掾"은 두 가지 독법이 있습니다. "분명 다름" 아니면 "같지 않은가"입니다. 즉 "다름"과 "같음" 두 가지로 해석할 수 있어 "다르다고 하면 다르고, 같다고 하면 같다"입니다. 세 글자를 대비하여 답을 하기 때문에 왕연王衍 선생이 찬탄했을 따름입니다. 어떤 사람은 이상의 해석으로 저에게 의견을 구하고 있습니다. 저는 두 가지를 취할 필요가 없고 하나만 택해도 가하다고 했는데, 선생은 어떻게 생각하십니까?[2)]

답: "將無同"은 진대晉代의 속어이며 지금은 알기 어렵습니다. 고로 해석이 여러 가지입니다. 제 생각에는 두 가지 뜻을 다 포함하는 요령부득의 말도 아니고 "다름"이란 식의 간단한 대답도 아니라 봅니다. 이렇게 번역하면 아마 원뜻에 더 가깝지 않을까 싶습니다. 즉 "처음부터 같지 않다"

혹은 "본래부터 같지 않다"입니다. 본래 같지 않기 때문에 따라서 "같고 다름"同異를 묻는 사람은 바보이며 "같고 다름"을 비교하는 사람도 쓸데없는 일을 하는 겁니다. 왕연 선생도 아마 아주 칭찬하시겠지요?

이 "三語"는 의의와 관계없이 세 글자로 관리가 된 일입니다. 고문 가운데 "千言" = 千字이며 따라서 "三語" = 三字입니다.

6. 원저 227쪽 9번째 줄(일본어 번역본 306쪽의 주석)

潘金蓮亦作河間婦

문: "河間婦"는 "남편을 모살한 독부毒婦"라 하면 이상합니다. "현생에 남편을 독살한 응보로 내세에 남편을 살해하는 독부가 된다"고 해도 타당하지 않습니다. 이것을 "성불능자의 처가 되었다"로 해석할 수 있을까요? 어떤 사람이 이런 질문을 했습니다. 그 이유는 "하간은 '환관의 명산지'로 예로부터 유명하다. 『후한서』, 신구 『당서』唐書, 『송사』宋史 등 환관전 가운데 '하간'이란 두 글자가 자주 보이고 『명사』明史 환관전 가운데 왕진王振, 장종蔣琮 등이 하간 출신이다. 『청패류초』淸稗類鈔의 엄사류奄寺類 가운데 '엄관閹官 부류에 하간 사람이 많다'는 구가 있다. 그러나 『송사』 환관전은 카이펑 사람이 가장 많다고 했다. 따라서 하간부가 환관이 나오는 땅은 대략 원, 명, 즉 베이핑으로 천도한 뒤의 현상이다……"라 했습니다.

이러한 해석은 어떠신지요? 너무 견강부회한 것일까요?

답: 일리가 있으나 너무 견강부회입니다.

확실히 하간에서는 환관이 많이 나왔습니다. 하지만 엄관은 인위적이며 결혼을 하지 않았습니다. "성불능자의 처"를 "하간부"의 예로 하는 것은 보이지 않습니다.

하간에서 유명한 독부에 대한 기록을 보았던 것으로 기억합니다.[3] 하지만 서명이 생각나지 않네요. 잠깐 보류하고 제가 찾아보지요.

이 밖의 문제

원저 226쪽에서 227쪽 처음에 홍연紅鉛, 추석秋石에 관한 것은 『야획편』野獲編 권21에 보입니다. "若邵陶則用紅鉛, 取童女初行月事, 煉之如辰砂以逃. 若顧盛則用秋石, 取童男小遺去頭尾, 煉之如解鹽以進……"

문: "頭尾", "解鹽"은 무슨 뜻입니까?

답: "頭尾"는 처음과 끝, 즉 소변의 첫 부분과 마지막 부분을 취하지 않는다는 것입니다.

"解鹽". 산시성 제저우解州에서 나온 소금은 암염과 같은 덩어리가 아니고 분말소금 같은 가루 상태도 아닙니다. 눈꽃 같은 것이 일본의 소금과 닮았습니다. 해수에서 취한 것은 모두 이런 형태입니다. 그러나 해염解鹽은 땅에서 취한 것입니다.

주)______

1) 마쓰에다 시게오를 말한다.
2) 여기서 인용한 원문은 '三語掾'이나, 루쉰의 대답 및 전체 질문의 내용을 고려해 볼 때 이 질문은 "將無同"의 번역에 관한 질문이 대부분이다.
3) 이와 관련한 것은 본 부록 마스다 와타루와의 문답 11편의 주석을 참조하시오.

『세계 유머 전집—중국편』에 관하여

1.

『아Q정전』

"過了二十年又是一個……" 阿Q在百忙中, "無師自通"的說出半句從來不說的話.

문: 이 후반의 뜻을 알려 주십시오. "一個"는 무엇을 가리킵니까?

답: 한 젊은이입니다. 중국 사회는 여전히 불교의 윤회설을 믿고 있습니다. 따라서 설령 살해되어도 다시 윤회하여 이십 년 뒤에 또 한 사람의 젊은이가 됩니다(그러나 이것은 제가 보증할 수 없네요).

2.

『서문장 이야기』徐文長故事

怪不見

문: "怪不見"은 어쩐지怪不得인가요?

답: 그렇습니다.

娘舅

문: "娘舅"는 모친의 형제입니까? 아니면 외조부의 형제입니까? 아니

면 다른 관계입니까?

답: 娘舅 = 모친의 형제.

向衛門控告徐文長間人骨肉

문: "間人骨肉"(『咬耳胜訟章』)은 무슨 뜻입니까?

답: 다른 사람의 골육을 이간하다 = 다른 사람을 선동하여 부자형제를 불화하게 만들다.

3.

「두 시인」二詩人[1]

a. 詩人的何馬, 想到大世界去聽滴篤班去, 心裏在作打算……

문: "滴篤班"은 무슨 뜻입니까?

답: "滴篤班"은 "三角班"이라고도 합니다. 두세 사람으로 구성된 희극입니다. 통속적인 노래를 부르는데 한 구의 노래를 부르고 북과 박판(두 조각의 목판으로 만든 것)으로 계속 틱滴(Dic) 탁篤(Tac)을 소리내기 때문에 "滴篤班"이라 합니다. 매우 간단한 원시적 희극입니다.

b. ……他的名片右角上, 有"末世詩人"的四個小字, 左角邊有『地獄』, 『新生』, 『伊利亞拉』的著者的一行履曆寫在那裏 ……

문: "伊利亞拉"는 발음으로 따지면 "伊利亞特"인가요?

답: 일부러 Iliad를 틀리게 써서 만들어 낸 서명이며 사실 그런 책은 존재하지 않습니다.

c. 走下了扶梯, 到扶梯跟前二層樓的亭子間門口, 他就立住了 ……

문: 무엇을 "亭子間"이라 합니까?

답: 정식 방 사이 계단 모퉁이의 방을 팅즈젠亭子間이라 하는데(작은 방의 뜻이며 집세가 쌉니다) "이층의 방"이라 번역할 수 있을까요?

A= 정식 방

B= 계단이 있는 곳

C= 팅즈젠

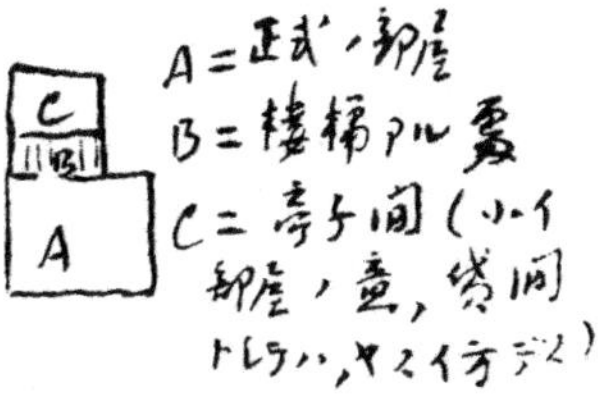

d. 老何, 你還是在房裏坐着做首把詩罷! 回頭不要把我們這一個無錢信飮食宿泊外都弄糟.

문: "回頭"는 "그러나 이와 상반되게"의 뜻입니까?

답: "回頭"는 "주의하세요"의 의미로 직역이 어렵습니다. 의역한다면 "우리의 이 무전 음식 숙박소를 제발 망치지 말아 주세요!"

e. ……前幾天他又看見了鮑司惠而著的那本『約翰生大傳』

문: "鮑司惠而"은 '베오츠후이루'입니까?

답: Boswell.

문: "約翰生"은 '요하네스'입니까?

답: 아닙니다. Johnson.

f. 樓底下是房主人一位四十來歲的風騷太太的睡房……

문: "風騷太太"는 "풍류부인"風流夫人입니까?

답: "풍류"와는 조금 차이가 있고 "색정적"(에로틱)이라 번역할 수 있을 겁니다.

g. 油炸餛飩

문: "餛飩"은 고기만두인가요 샤오마이인가요?

답: 모두 아닙니다. 얇은 밀가루피에 고기를 넣고 기름에 튀겨 만든 것입니다.

h. 馬得烈把口角邊的鼠須和眉毛同時動了一動, 鬼強裝著微笑, 對立在他眼底下的房東太太說: "好家伙, 你還在這裏念我們大人的這首獻詩? 大人正想出去和你走走, 得點新的煙世披裏純哩!"

문: "好家伙"는 "아, 부인(이 짐승)"의 뜻입니까?

답: 직역하면 "좋은 물건", "착한 아이"의 뜻입니다. 하지만 사실은 감탄어로 일본어의 "이 녀석"こ奴は과 비슷합니다.

"煙世披裏純"은 즉 inspiration(영감, 계시)입니다.

i. 大人 先生

문: "大人"과 "先生"은 어떤 것이 더 존중의 뜻이 있습니까?

답: "大人"이 더 존중의 뜻입니다. "大人"은 일본의 "각하"에 해당하며 대부분 관리의 호칭에 쓰입니다.

j. 中南小票

문: 중난中南은행의 일 위안 지폐입니까?

답: 그렇습니다.

k. 一邊亭銅亭銅的跑上扶梯去, 一邊他嘴裏還在叫: "邁而西, 馬彈姆! 邁而西, 馬彈姆!"

문: 서양 노래의 발음입니까, 중국 노래입니까? 만약 중국 노래라면 어떤 노래이지요? 뜻이 무엇이지요?

답: 프랑스어로 '감사합니다, 부인'입니다.

m.[2] 他嘴裏的幾句"邁而西, 馬彈姆!"還沒有叫完, 剛跳上扶梯的頂邊, 就白彈的一響, 詩人何馬卻四腳翻朝了, 叫了一聲 "媽嚇, 救命, 痛煞了!"

문: "媽嚇"는 "이 짐승"의 뜻입니까?

답: 직역을 한다면 "어머니"인데 이렇게 번역해도 괜찮습니다.

n. 樓底下房東太太床前的擺鍾却堂堂的敲了兩下……

문: "擺鍾"은 시계입니까?

답: 그렇습니다.

o. 詩人回過頭來, 向馬得烈的還捏著兩張鈔票支在床沿上的右手看了一眼, 就按捺不住的輕輕對馬得烈說……

문: "按捺不住"는 끊임없이 망가진 안경을 만지고 있는 것입니까, 아니면 가볍게 마더례에게 말하는 모습을 표현한 것입니까?

답: 참을 수 없는 것입니다(자신의 생각을 말하고자 하며 이미 참을 수 없는 것).

p. "有了, 有了, 老馬! 我想出來了. 就把框子邊上留着的玻璃片拆拆幹淨, 光把沒有鏡片的框子帶上出去, 豈不好麼?"
馬得烈聽了, 也喜歡得什麼似的, 一邊從床沿上站跳起來, 一邊連聲說……

문: "光"은 어떻게 해석합니까?

답: "겨우"僅僅의 뜻입니다.

문: "也喜歡得什麼似的"은 무슨 뜻입니까?

답: 말할 수 없이 기쁘다는 것으로 사실 그냥 "아주 기쁘다"의 뜻입니다.

q. 擱起了腿

문: 두 다리를 교차하는 겁니까, 평행하는 겁니까?

답: 두 다리를 교차합니다.

(마스다의 그림)

R. 我們這一位性急的詩人, 放出勇氣, 急急促促的運行了他那兩只步子開不大的短脚, 合着韻律的急迫原則地搖劫他兩只捏緊拳頭的手, 同貓跳似的跑出去又跑回來跑出去又跑回來的……

문: "原則的"은 "규칙적"의 뜻입니까?

답: 그렇습니다. "原"은 오식입니다.

r. "老馬, 我們詩人應該要有覺悟才好. 我想, 今後詩人的覺悟, 是在坐黃包車!" 馬得烈很表同情似的答應了一個"烏衣"之後……

문: "烏衣"와 "喂喂"는 같은 뜻입니까?

답: 프랑스어로 yes입니다. 이 시인은 프랑스 유학생으로 늘상 프랑

스어를 씁니다.

s. 車夫們也三五爭先的搶了攏來三角角子兩角洋細的在亂叫.

문: "攏"은 무슨 뜻입니까?

답: "搶了攏來", 뛰어오다. "搶"은 모으다입니다.

문: "角子", "洋細"는 무슨 뜻입니까?

답: "角子", "洋細"는 모두 은화입니다.

t. 臭豆腐

문: 두부를 튀긴 것입니까?

답: 조금 냄새가 나는 두부이며 서양의 치즈와 비슷합니다.

u. "喂! 嗳嗳…… 大人, 郎不嚕蘇, 怕不是法國人罷!"
詩人聽了這一句話, 更是得意了, 他以爲老馬在暗地裏造出機會來使他可以在房東太太面前表示他的博學……說: "老馬, 怎麼你又忘了, 郎不嚕蘇怎麼會不是法國人呢? 他非但是法國人, 他並且還是福祿對兒的結拜兄弟哩!"

문: "郎不嚕蘇", "福祿對兒"는 인명입니까?

답: "郎不嚕蘇"는 Lombroso(龍勃羅梭), 이탈리아 학자입니다. "福祿對兒"는 Voltaive(伏爾泰)입니다. 직역하면 "롬브로소는 어찌 프랑스인이 아니란 말인가? 그는 프랑스인일 뿐만 아니라 볼테르의 의형제이다!"입니다.

문: "結拜兄弟"는 어떻게 된 일인가요?

답: "結拜兄弟"는 아무런 혈연관계가 없으나 의기투합하여 형제이기를 맹세한 것입니다. 『삼국연의』의 유비, 관우, 장비 세 사람과 같습니다.

일본에서는 "의형제"라 부르겠지요?

v. 他覺得 "末世詩人" 這塊招牌未免太舊了, 大有更一更新的必要, 況且機會湊巧, 也可以以革命詩人的資格去做詩官.

문: "詩官"은 "시의 관리"입니까?

답: "詩官"은 작가가 만들어 낸 명사입니다. "시 덕분에 관리가 되었다"는 뜻으로 좀 번역이 어렵습니다. "시의 관리"와는 뜻이 다릅니다. 혹은 그냥 "관리"라고 하는 것이 더 이해하기 쉽습니다.

w. 詩人一見到笑迷迷地迎出來的中年老板, 馬上就急得什麼似的問他說…

문: "急得什麼似的"은 무슨 뜻입니까?

답: 말할 수 없이 황당함을 형용한 것으로 '대단히 황당하다'입니다.

x. "是不是? 假如你們店裏在這四日之內, 也要死人的話, 那豈不耽誤了我的名片的日期了麼?"

문: "是不是"는 "어때요"怎麼樣입니까, "그렇죠"不是麼입니까?

답: "그렇죠"不是麼이고, "是吧"로도 할 수 있습니다.

y. 她看了他一副癡不像癡傻不像傻的祥子……

문: 어리석다는 뜻입니까?

답: 그렇습니다. 직역하면 "정신 나간 것도 아니고 바보도 아니다"이나 실은 어리석다는 뜻입니다.

z. 一盤很紅很熱很美觀的蕃茄在那裏……

문: 토마토인가요?

답: 그렇습니다.

a´. 詩人喝了幾杯三鞭壯陽酒.

문: 중국 술인가요 서양 술인가요? 만약 양주라면 이름이 뭔가요?

답: 중국 술입니다. "鞭"은 남성 생식기(동물의 경우)이며 "三鞭"= 세 종류의 동물 생식기(대략 물개 종류)입니다.

b´. 何詩人, 你今晚上可以和我上大華去看跳舞麼? 你若可以爲我拋去一兩個鍾頭的話……

문: "拋去"는 무슨 뜻입니까?

답: = 扔掉(버리다) = 糟蹋(못 쓰게 하다) = 浪費(낭비하다)

문: 자기를 위해 두 시간을 나누었다는 뜻입니까?

답: 그렇습니다.

문: 그렇다면 여기서 "話"는 무슨 뜻인가요?

답: 만약이란 뜻입니다.

c´. 亨亨的念出了一首即席的詩來:

"愛愛, 坐一只黑潑麻皮兒……"

문: "黑潑"는 무슨 뜻인가요? "麻皮兒"는 mobile(자동차)입니까? 아니면 "黑潑麻皮兒"= Hup mobile의 음역인가요?

답: "麻皮兒", 자동차의 뜻입니다. "黑潑麻皮兒"= Hup mobile의 음역입니다.

주)______

1) 위다푸(郁達夫)의 단편소설이다.
2) 본래 원문에서는 표기가 없었다.

4.

「가죽 벨트」皮帶[1)]

a. "…… 哈哈哈." 梁副官雖然是好人, 笑起未可像壞鵝.

문: "壞鵝"는 나쁜 거위인가요? 듣기 힘든 거위 울음소리인가요?

답: 분명하지 않습니다. 아마도 "어리석고 심보 고약한"의 뜻이 아닐까 생각합니다. 거위는 중국에서 바보로 여깁니다.

b. "你愁什麼," 梁副官舐舐手指, 翻著帳簿.
"事情問姨爹要, 要不到就住在這裏吃, 慢慢地來, 哈哈哈."

문: "要"는 어떻게 번역합니까?

답: "要"= 요구하다. "事情"= 일. 일은 형수에게 부탁하고, 구해지지 않으면 여기에 있으면서 밥을 먹어, 천천히.

c. 他便想掙口氣

문: "想掙氣"는 무슨 뜻입니까?

답: 분발하고자 하다. 그는 분발하려 했다. 직역하면 "힘을 내 노력하다" 즉 분발하여 강해지려 노력하다.

d. 他聽著隔壁梁副官格達格達地在打算盤, 打着打着梁副官用了九成鼻音喊人.

문: "打着打着"는 "한편으로는 주판을 튕겨보고…… " 즉 "한편으로는 톡톡 주판을 튕기면서 한편으로는 …… "의 뜻입니까?

답: 약간 차이가 있습니다. "한참을 두드린 연후"(오랜 시간 이후)의 뜻입니다.

e. 上士以前當學兵, 現在晚上沒事就看些書.

문: "學兵"은 무엇입니까?

답: 학병. 국민당이 "북벌" 이전과 "북벌" 때에, 베이양군벌에 불만인 혁명 학생들을 상당수 광둥으로 보냈습니다. 이러한 학생이 군대로 편성되어 훈련을 했는데 사실 사병이었지만 "학병"이라 불렸습니다. "학생에서 군인으로"의 의미입니다. 그들은 북벌 때에 많이 죽었습니다.

f. 睡覺行頭

문: 침구입니까?

답: 침구를 세련되게 말한 것입니다. 취침 용구입니다.

g. 拼死命找人說話

문: 기를 쓰고 일을 찾는다는 의미입니까?

답: 기를 쓰고 사람들에게 부탁하며 말을 하다 = 사람들에게 취직을 부탁하다.

h. 趙科員定了幾份白活文的雜志

문: 정기 독자가 된 것입니까?

답: 그렇습니다.

i. 吃稀飯的時候他問薛收發: "你的政策以爲鹹鴨蛋的趨勢好, 逐是皮蛋的趨勢好?"

문: "吃稀飯的時候"는 아침 식사 때입니까?

답: 죽을 먹을 때(즉 아침)입니다.

문: "趨勢"는 무슨 뜻입니까?

답: 경향, 취향의 뜻입니다. 하지만 여기서는 "방법"으로 쓰입니다.

문: "皮蛋"?

답: 검게 변한 소금에 절인 알입니다. 소금에 절인 알의 일종으로 일본에는 없습니다. 원문에 쓰인 대로 따르는 것 외에 다른 방법이 없습니다.

j. 炳生先生還是一刻也不休息地埋頭抄䟽衣什麼, 而且用恭楷.

문: "恭楷"는 공경恭敬의 해서楷書입니까?

답: 그렇습니다.

k. "西本理想"又自己商量著: "一介趨勢使他仲不重心, 一介趁勢是自己同外長科長感情好起未. 送祥才能算是青年範圍的政策."

문: "不重心"은 "안심하게 하는 것"입니까? "마음이 불안하지 않게"입니까?

답: 걱정하지 않게 하는 것입니다.

l. 第二天有介大信封的東西到梁副官手裏: 叫他“毋庸”到處裏辦公了, 叫他“另候任用”.

문: “해고”입니까 아니면 “휴직”입니까?

답: 휴직입니다.

m. 炳生先生心髒一跳. 他記得相書上說二十幾歲的人是走額頭運. 他對鏡子照照額頭: 額頭很豐滿.

문: “走額頭運”은 마의상법麻衣相法의 비전秘傳으로 그 내용은 보통사람은 이해하기 어렵습니다. 하지만 최소 일본식으로 이 네 자를 이해할 수 있기를 부탁드립니다! “이마가 분주한 운”입니까? 읽고 무슨 뜻인지가 분명하지 않습니다, 아아!

답: 관상법에 의하면 사람의 운명과 얼굴상은 관계가 있습니다. 연령에 따라 얼굴의 위에서 아래로 이동합니다. 예를 들어 스무 살이라면 “이마의 운”이 해당되고(즉 그때 이마가 높으면 운도 좋고 낮으면 운도 나쁘다), 삼·사십은 “코의 운”이 해당되고, 오·육십은 “입의 운”이 해당되고, 칠·팔십은 “턱의 운”이 해당되고 구십·백 세는……? “走額頭運”은 이마의 형태와 상응하는 경우로 이마가 풍만하면 운이 좋다는 것입니다.

주)______

1) 장톈이(張天翼)의 단편소설이다.

5.

「가죽 벨트」(2)

a. "江斌, 褥單要鋪平哪, 你真是!……還要放下些……"

문: "你真是"는 "당신은 정말로"입니까?

답: "당신은 정말 (바보)"라는 뜻입니다.

문: "還要放下些"는 '다시 좀 느슨하게'의 뜻입니까?

답: '좀더 아래쪽으로'입니다.

b.…… 淡末淡去淡到娘兒們 ,因此連帶地把脫褲的事也. 談到些……

문: "娘兒們"은 여인입니까?

답: 여인, 하지만 경멸의 뜻이 있습니다.

문: "脫褲的事"는 "저속한 말"입니까?

답: 그냥 "바지를 벗는다"의 뜻이지만, 성교를 가리킬 겁니다.

c. 少尉准尉雖然只是起碼官兒, 可總是官兒, 不是士兵.

문: "起碼"는 최초, 최저의 뜻입니까?

답: 그렇습니다.

d. 娘老子

문: 양친, 부모의 뜻입니까?

답: 그렇습니다.

e. 用了九成鼻音喊人: "江斌, 江便!"

문: “九成鼻音”?

답: “九成鼻音”은 구십 프로가 비음이라는 뜻으로 발음의 대부분이 코를 통해 나옵니다.

문: “江”의 발음은 “チャング”인가요, 아니면 “キャン”인가요?

답: 중국에서 “江”은 “チアン”으로 합니다.

f. “申飭”

문: “계칙을 선고하다”라 번역할 수 있습니까?

답: “계칙”의 뜻만 있습니다만, 이렇게 번역해도 됩니다.

g. “勤務兵就……” 她搖搖頭. “十塊五毛錢一個月, 夥食吃自己的, 忙又忙得個要死, 外開一個也沒有……”

문: “外開一個也沒有”, 다른 직업에 하나의 공석도 없다의 뜻입니까?

답: ‘의외의 수입은 한 푼도 없다’입니다. “外開”, 정당한 수입 이외의 수입, 예를 들어 뇌물이 있습니다.

h. “狗婆養的, 此刻不是又想到了!”

문: “狗婆養的”은 욕하는 말 “이 짐승아”입니까?

답: 욕입니다. 직역하면 암캐 새끼입니다.

i. “他們哪裏替我誠心找, 誠心找還找不成麼, 一個中將處長? …… 我的事情, 他們只說說風…… 風…… 風什麼話的.”

炳生先生記得 “下江人” 對這些話有個專門名詞, 叫風什麼話, 但中間那個字怎麼也想不起.

문: "下江人"은 창장 하류 지역 사람입니까?

답: 그렇습니다.

문: "風什麼話"는 가담항설의 뜻입니까?

답: 비아냥거리는 말로 아무런 관계가 없는 말을 말합니다.

j. 經過職務: "曾任侍令中士, 須至履曆者."

문: "이력으로는"의 뜻입니까?

답: "이력은 오른쪽과 같이"의 뜻입니다.

k. "五哥你說咸板鴨好還是燒鴨子好?"

문: "咸板鴨"와 "燒鴨子"는 "염장한 오리"와 "집오리 구이"인가요?

답: 그렇습니다.

l. 中尉收發

문: "收發"은?

답: 일본어로 "접수"입니다.

m. "恭喜鄧先生, 清你蓋個私章." 掀開一本薄子.

문: "蓋個私章"은 "날인을 요청하다"인가요 아니면 "서명을 요청하다"인가요?

답: 날인을 요청하는 것입니다. 私章은 개인의 인장이며 관서의 인장이 아닙니다.

n. 右令少尉司書鄧炳生准此.

문: "右, 封少尉司書, 鄧炳生准此"입니까?

답: 우, 소위사서少尉司書 등선생에게 명한다. 오른쪽과 같이 처리한다! 입니다.

문: "令"은 전체에 연결됩니까, 아니면 소위사서에만 연결됩니까?

답: 전체에 연결됩니다.

o. "這是處裏的公事, 你沒看見麼! 還要呈請部裏正式委."

문: "你沒看見麼"는 "당신과 말할 필요가 없다"(네가 아는 일이 아니다)의 뜻인가요?

답: 너는 보지 못했는가(너는 몰랐는가)의 뜻입니다.

문: "委"는 "위임"입니까?

답: 그렇습니다.

p. 辦公廳.

문: 사무소입니까? 사무실입니까?

답: 사무실입니다.

q. 給士兵瞧不起的長官, 做人是很難的……

문: "做人是很難的"은 무슨 뜻입니까?

답: 사람 되는 것은 참 어렵다(병사에게 경멸당하는 장관은 일이 어렵다)(명령을 듣지 않기 때문에).

r. "我說本處裏的勤務老爺."

문: "勤務老爺"는 근무병의 군대 용어입니까?

답: “근무” 이후에 “주인어른”을 데리고 온다는 것으로 경멸의 어조입니다.

s. 性的事件必須要談的以外, 就是也影哪家好……

문: “必須要談的以外”는 “말할 필요 없다” “이 밖에”의 뜻입니까?

답: 성적인 일은 꼭 말하지만 이외에는…… 의 뜻입니다.

t. 撤了差.

문: 근무태만의 뜻입니까?

답: ‘정직당하다’입니다.

u. 上校.

문: “校”는 군대의 편제 가운데 장관과 위관 사이의 계급인가요?

답: 그렇습니다.

v. 起居是有江斌伺候. 照規矩炳生先生可以跟另一個尉官合用一個勤務兵, 可是他沒用, 每月就能拿半個勤務兵的錢: 五塊兩毛五. 江斌服侍, 每月給江斌兩塊大洋. 所以炳生先生每月的收入一起有四十五塊兩毛五了: 那三塊兩毛五是額外收入……

문: “可是他沒用, 每月就能拿半個勤務兵的錢”에서 “그”는 누구를 가리킵니까? 누가 “근무병의 돈의 절반”을 가져갑니까?

답: 빙성炳生을 말합니다. 빙성 선생은 다른 위관 한 사람과 함께 한 사람의 근무병을 고용할 수 있습니다만, 고용하지 않고 고용액의 절반을 자신의 주머니에 넣었습니다.

w. "江斌, 江便! …… 喊你怎麼總不來, 嗯? …… 有的事情做慣了的, 還是要囑咐, 真是 ……"

문: "嗯"은 "喂"입니까?

답: "唉"의 뜻입니다.

문: "有的事情做慣了的"은 무슨 뜻입니까?

답: 어떤 일은 벌써 익숙할 터인데, 그러나 여전히 신신당부를 하지 않으면 안 된다.

x. "她來了之後, 你的家庭範圍還重心不重心?"

문: "重心"은 안정의 뜻입니까?

답: 곤란하다의 뜻입니다.

y. "那真是能者多勞."

문: 위대한 사람은 많은 일을 한다는 뜻입니까?

답: 인재는 고생이 많다는 뜻입니다.

z. 接看滿不在乎地笑了, 不述笑得很緊張

문: "마음에 두지 않는"의 뜻입니까?

답: 아무 일도 없었던 것처럼입니다.

문: 또 「가죽 벨트」에서 주요 주소 "處"와 "處長姨參"의 "處"는 어떻게 번역해야 일본어에 잘 맞습니까, 가르침을 부탁드립니다.

답: "局"으로 하면 어떻겠습니까?

6.

「웃긴 연애 이야기」[1)]

a. 姓是姓……姓牛! 因爲姓得不大那個, 很少被人提起……

문: "姓是姓……姓牛"는 "성은 성이라 하는데 …… 즉 뉴牛 성"의 뜻입니까?

답: 직역하면 = "성, 성, …… 성은 뉴! 성이 결코 대단한 것이 아니기 때문에 사람들의 입에 오르내리는 게 적었다."(뉴 성은 사람들이 좋아하는 것도 아니고 또 위인의 친척도 아니기 때문이겠지요)

"幹麽盡背履歷?"

문: 일반적으로 이력을 말하는 방식이 "背"입니까? "背履歷"은 성어입니까?

답: 어째서 언제나 항상 이력을 말하는 겁니까? "盡"은 단지, "背"는 암송하다.

b. 三挖子是專門伺候他的一個不大不小的孩子.

문: "三挖子"는 그냥 만들어 낸 것입니까? 어떤 뜻이 있나요?

답: 그냥 만들어 낸 것입니다.

c. "唔, 是不是去打茶圍?"

문: 함께 차를 마신다는 뜻입니까?

답: 기생집에 가서 차를 마신다는 겁니다.

d. "你幹麼不就'下水'?"

문: "下水"는 외설 행위를 가리킵니까? 적절한 함의를 모르겠습니다.

답: 투숙하는 것(여자를 살 때 사용).

e. "仙女牌的呢? …… 那麼*瓦嫩踢奴*牌的呢?……

문: *瓦嫩踢奴*는 발렌치노(ヴアレンチヌ)라 읽습니까?

답: 그렇습니다.

f. 男的瞪著眼瞧地, 似乎想從她頭發裏找出不□癩兒式的半個世界來.

문: "不□癩兒"의 발음과 빠진 글자를 알려주십시오.

답: [2]

g. "聽說現在耗痢窩[3]的電影明星還作米大嘴哩."

문: "耗痢窩"는 American(미국)의 음역입니까?

답: 미국의 것입니다. 일부러 이런 나쁜 글자를 사용하는 듯합니다.

h. 電燈下垂著的綠色流蘇. 白綢子桌布. *汽爐*. Vis-a-vis.

문: "Vis-a-vis"는 중국어로 어떻게 씁니까?

답: 중국어로 없습니다. 쓴다면 "면대면"face-to-face이라 하겠지요.

i. 那介贊許地笑看: 豬股癩糖使他的牙齒成了幹鴨肫的顏色.

문: "幹鴨肫"은 "말린 집오리의 위"입니까?

답: 그렇습니다.

j. 猪頭肉

문: 돼지 머리 고기입니까?

답: 맞습니다.

k. "詩人怕我割他靴子."

문: "그의 정인을 빼앗다"의 뜻, 맞습니까?

답: 네. 하지만 기녀의 경우에만 씁니다.

l. "你真像 Grara Bow, 是真的, 越看越像."
"那夠多難看!"
"怎麼, 你說難看?……"

문: "那夠多難看"은 어떻게 해석하나요?

답: 이 녀석은 정말 추하구나! "Grara"는 "Crara"로 해야 할 것 같습니다.

문: "怎麼, 你說難看?"은 "그녀는 결코 그렇게 예쁘지 않다"인가요, 아니면 "그녀는 그렇게 예쁜가?"입니까?

답: 일본어 번역으로 "뭐냐, 그녀는 추하다 말하지 않았나?"입니다.

m. 直到各人回去, 他們沒做什麼減"靈"的事.
這晚羅繆寫了一個鍾頭日記.
這晚朱列照了一個鍾頭鏡子.

문: "鍾頭"는 어떤 뜻인가요? "鍾"은 베개 주변에 두는 알람시계인가요? 발음으로 보면 "鍾"은 "床"의 해성자인가요?

답: "一個鍾頭"는 한 시간입니다. 한 시간 일기. 한 시간 동안 거울로

자기 얼굴을 보는 것입니다.

n. "你瞧這風景夠多好!" 女的看看些畫片……

"這像牯嶺那個什麽" 他說.

"牯嶺我沒到過."

문: "牯嶺"은 어디 산입니까?

답: 장시성에 있는 루산廬山의 다른 이름이며 피서지로 유명합니다.

o. "燙手!" 她那被粘著的嘴叫.

문: "燙手"는 속어 같은데 뜻을 모르겠습니다. "큰일났다"不得了, "그만둬라"住手吧로 의역해도 될까요?

답: 손을 데었다! "그만둬라"의 뜻일 겁니다.

p. "瞧瞧她的日記," 羅繆拿給我們看. "别瞧她不起, 她簡直是個女作家. 只是文句裏多幾個'了'字."

"(a)我真是如何的傻呵! 我知道我錯了! 他一百三十四號信上告訴我了! (b)我真是知何的傻呵!"

문: "他一百三十四號信上告訴我了"와 앞의 두 구(a)가 연결되나요, 아니면 뒤의 구(b)와 서로 연결되나요?

답: 둘 다 연결됩니다. 사실 a = b이며 한 구만 있어도 됩니다.

q. 上館子二百餘次(詳見他倆的日記)

문: "館子"는 여관의 뜻입니까? 식당에 가는 것을 "上館子"라 부르지 않습니까?

"上館子"는 숙박입니까? 아니면 특별한(남녀 두 사람의 동침) 뜻이 또 있나요?

답: "館子" = 식당(이 밖에 특별한 뜻은 없습니다).

r. "我們的窗檔子用淡綠色印度綢的, 好不好?"

문: "窗檔子"는 격자창, 창문의 격자입니까?

답: 이전에는 창의 격자였습니다. 하지만 여기서는 창의 커튼으로 사용하고 있고, 아마 작가의 오기일 것입니다.

(마스다의 그림)

s. 千把塊錢.

문: 천 달러?

답: 천 달러가량.

些塗退光漆的木器.

문: "退光漆"는 전문적인 서양어입니까?

답: 중국어입니다. 번쩍번쩍 빛나는 칠입니다.

t. "繆, 鋼琴送來之後放到哪間房裏, 你說? …… Betty, 看見羅繆最近的詩沒有? 我想給他畫張油畫像. 對不起. 今天沒給韓太太預備好酒. 老柏你瞧……

朱列指著一位客的怪臉, 把三條指頭放在嘴上笑. 吃飯了. 坐在多羅繆的上手.

他拉拉羅繆的袖子:

"詩人, 我怕我十輩子也找不著個把愛人."

문: "鋼琴送來之後"는 "방해되는"의 뜻이 있습니까?

답: 없습니다.

문: "今天沒給韓太太預備好酒" 가운데 "給"은 "爲"의 뜻입니까?

답: 그렇습니다. 아직 준비되지 않았다. "好酒"는 좋은 술입니다.

문: "一位客的怪臉"은 한 부인韓太太을 말합니까?

답: 그럴 겁니다.

문: "吃飯", 누구입니까? 주어가 없어서 이해하기 좀 어렵습니다.

답: 모두가 밥을 먹었다입니다.

문: "我十輩子"는 "我等十人", 즉 "대다수 사람"의 의미인가요?

답: "十輩子"는 "十生", 사실 "일생"을 유머러스하게 말한 것이지요.

주)

1) 「웃긴 연애 이야기」(稀松的戀愛故事). 장톈이의 단편소설이다.
2) 루쉰은 당시 대답하지 않았는데 이와 관련하여서 320628(일) 마스다 와타루에게 보낸 편지를 참조하시오.
3) Hollywood를 가리킨다.

7.

「웃긴 연애 이야기」(2)

a. "朱——列㗱!" 誰在後面大叫.

趕緊回頭——

唔, 賣豬頭肉的.

"朱列, 豬頭肉," 他念著 "豬頭, 朱列, 朱……豬頭肉, 肉, 列, 朱, 豬……"

문: 마지막 말은 단순히 "그"의 의식의 혼란을 표현한 것입니까, "朱列"과 "豬頭肉"은 특별한(습관적인) 관계가 없는 건가요? 아니면 혹시 "朱列"에 돼지고기의 선홍빛, 신선함 등의 언외의 뜻이 특별히 포함되어 있나요?

답: "朱"와 "豬"는 음이 같고, "列"과 "肉"도 발음이 비슷합니다. 따라서 "豬肉"은 "朱列"처럼 들리는 겁니다.

b. "好極了, 比瘟西, 還好."

"幹什麼拿我比瘟西, 我們派數不同; 我們是後期印象派."

문: "瘟西"는 누구입니까? 저는 조금의 실마리도 찾기 어렵네요.

답: 르네상스 때의 화가 Leonardo da Vinci입니다. 장텐이는 종종 이렇게 서양인의 이름을 마구 쓰는데 이는 사실 나쁜 습관입니다.

c. "那夠多難看!"

문: "그것은 매우 추하지 않은가"라고 번역해도 될까요?

답: 됩니다.

8.

『금고기관』今古奇觀 「교태수난점원앙보」喬太守亂點鴛鴦譜

○那裴九老, 因是老年得子, 愛惜如珍寶一般, 恨不能風吹得大, 早些兒與他畢了姻事……

문: "그는 심지어 만약 바람이 크게 불어 그를 자라게 한다면 하고 생각했으나 ……그러나 그것은 불가능하다"의 뜻입니까?

답: 바람이 불어 그를 자라게 해서 일찍 결혼시키지 못해 한스럽다 = 빨리 자라게 해서 결혼시킬 수 없는 것이 유감이라는 뜻.

○玉郎從小聘定善丹青徐雅的女兒……

문: "善丹青"은 "뛰어난 화가"입니까? 아니면 "聘定善, 丹青"입니까?

답: 단청을 잘 그리는 서아徐雅입니다.

○因冒風之後, 出汗虛了, 變爲寒症

문: "땀이 나 벗어 버렸다"입니까 "식은땀이 났다"입니까?

답: 많은 땀을 흘려서 쇠약(허虛)해졌다. 대략 약으로 땀을 나게 한 것이며 식은땀이 아닙니다.

○萬一有些山高水低, 有甚把臂……

문: "把臂는 무슨 뜻입니까?

답: 어떤 파악이 있을까 = 아마도 위험할지 모른다.

○第二件是耳上的環兒, 此乃女子平常時所戴, 最輕巧也少不得戴對不香兒.

문: 귀고리 장식은 정향의 열매입니까?

답: 아닙니다.

문: 정향 열매로 귀고리를 만듭니까?

답: 아닙니다.

문: 보통 금은 귀고리로 된 장식품입니까? 아니면 귀고리의 크기를

형용한 것입니까?

답: 아닙니다. 대체로 정(丁) 모양의 귀고리일 겁니다(대체로 은으로 만듭니다). 정향이란 것은 이것입니다.

정향 귀고리는 가장 간편한 것도 반드시 한 쌍을 걸어야만 합니다. "輕"은 簡, "巧"는 便.

○轉候迎親人來, 到了黃昏時候, 只聽得鼓樂喧天, 迎親轎子, 已到門首, ……孔寡婦將酒飯犒賞了來人, 想念起詩賦, 諸親人上轎……

문: "想念起詩賦, 諸親人上轎"는 "시부詩賦를 떠올리니 배우자가 가마 타는 것이 생각났다"의 뜻입니까? 시부는 누가 생각하는 것입니까? 어떤 시부입니까? 신랑이 있는 곳으로 갈 때 문을 닫는다는 시입니까?

답: 신부가 가마 탈 때 어떤 이가 시(혹은 문)를 읊으며 가마 타는 것을 재촉합니다. 시문은 이전에 지었거나 새로 지은 것인데, 읊는 사람은 혹은 문인(대체로 신부의 친구에게 부탁) 혹은 도인(고용)입니다.

"諸親人上轎"의 "親"은 "新"의 오기이며 "新人"은 신부입니다.

○孫寡婦又叮囑張六嫂(媒婆)道: "與你說過, 三朝就要送回的……"

문: 신혼의 사흘 아침, 신부가 친정에 가는 풍속입니까?

답: 혼인 후 사흘째, 신부는 대체로 친정에 갑니다.

○且說迎親的, 一路笙簫聒耳, 紅燭輝煌, 到了劉家門首, 賓相進來說道……

문: "迎親的"은 고용한 사람입니까?

답: 그렇습니다.

문: 아니면 "迎親的"은 친척입니까?

답: 아닙니다.

문: "賓相"은 결혼식에서 이끄는 사람(서양의 목사와 같은?)을 생각나게 하는데, 그들은 승려나 도사입니까? 아니면 다른 특정한 직업의 사람입니까? 아니면 보통의 친척이나 잘 아는 사람이 임시로 맡는 것입니까?

답: 특정한 직업의 사람이 아니며 친척, 잘 아는 사람이 임시로 맡습니다.

賓相은 신랑을 데리고 신부를 맞이하러 가는 사람으로 대체로 신랑의 친척이나 친구(꼭 젊은 사람)입니다.

○只見頭兒歪在半邊昏迷去了……當下老夫妻, 手忙腳亂, 捺住人中, 即教取過熱湯, 灌了幾口……

문: "捺住人中"은 강제로 사람이 남아 있게 한다는 뜻입니까?

답: 중국인은 혼절했을 때 손톱으로 "인중"을 누르면 죽지 않을 수 있다고 생각합니다.

○這事便有幾分了

문: "幾分"?

답: 이 일은 약간(의 희망)이 있는 것 같다는 뜻.

○木餓

문: 마비성 기아?

답: 명확하지 않은데 오자가 있습니다. 제 생각에는 그냥 "기아"의 뜻인 것 같습니다.[1]

○ "與你一頭睡了"

문: "'함께' 혹은 같은 방향을 향해 머리를 들다"의 뜻입니까?

답: 말하는 방식은 후자이지만, 뜻은 전자입니다.

○ "還像得他意……"

문: '그것이 꼭 마음에 들게 하다'입니까?

답: 맞습니다.

○ "須與他幹休不得……"

문: "幹休"는 관계와 같습니까?

답: 그는 포기하지 않는다, 즉 그와는 평화롭게 될 수가 없다는 뜻입니다.

○ 皮箱內取出道袍, 鞋襪……

문: "皮箱"은 상자입니까?

답: 맞습니다.

문: "道袍"는 외투입니까? "鞋襪"는 노동할 때 신는 고무 밑창을 댄 양말입니까?

답: "道袍"는 도사가 입는 의복이지만 여기서는 장삼의 뜻입니다. "鞋襪"는 신발과 양말입니다.

○ "可恨張六嫂這老虔婆……"

문: 욕하는 말입니까?

답: 즉 "나쁜 시어머니"(욕하는 말)입니다.

○ 罵道: "老忘八, 依你說起來, 我的兒應該與這殺才騙的." 一頭撞個滿懷…

문: 갑자기 온몸으로 충돌하는 겁니까? "個滿懷"는 자신입니까, 상대방입니까?

답: 욕하는 놈이 머리로 욕먹는 놈의 가슴을 부딪는 것입니다.

○ "老忘八, 羞也不羞, 待我送個鬼臉兒與你帶了見人"

문: "鬼臉兒"은 너입니까, 아니면 제삼자입니까?

답: 전체 뜻은 다음과 같습니다. "나쁜놈아, 부끄럽지도 않냐? 내가 가면 하나를 줄 테니, 사람을 만나면 그걸 써라!"입니다.

○ 正值喬太守早堂放告……

문: "아침 근무를 선포하다"입니까?

답: 아닙니다. '아침에 법정에서 고소장을 수리하다'입니다.

○ "……誰想他縱女賣奸……"

문: "縱"은 허락, 방치의 뜻입니까?

답: "縱"= 일부러 방임하다(자신의 딸을 매음시키다).

○ "我看孩兒病休, 凶多吉少, 若娶來家, 沖得好時……"

"況且有病的人, 正要得喜來沖他, 病也易好……"

"故將兒子妝去沖喜……"

문: "沖"은 무슨 뜻입니까?

답: 중국의 미신에는 다음과 같은 것이 있습니다. 집안에 혹은 타인이 불길한 일이 있을 때 신부를 맞이함으로써 기쁜 일로 액운을 깨뜨릴 수 있

다고 생각합니다. "冲"= 충돌, 깨뜨리다입니다. 따라서 남자가 중병을 앓을 때 신부를 맞이하면 병이 나을 수 있다고 합니다. 또 다른 사람의 결혼식에 가도 이러한 효과가 있다고 생각합니다.

○ 本該打一頓板子……

문: 판으로 죄인을 치는 것입니까?

답: 그렇습니다. 긴 "판"은 볼기를 치는 것이고 작은 것은 사숙의 선생이 머리나 손바닥을 때릴 때 사용합니다.

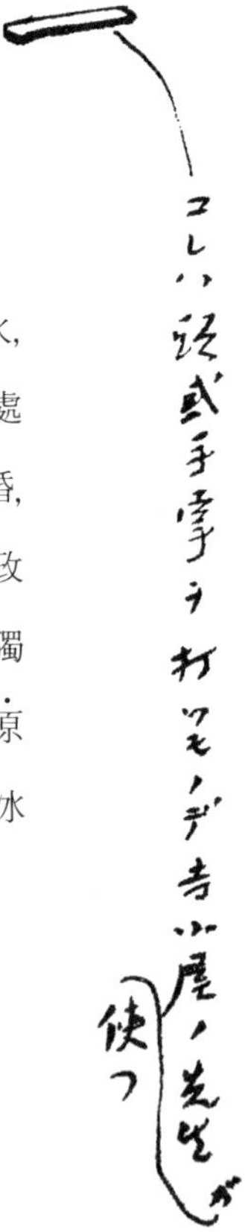

○喬太守援筆判道: "弟代姊嫁, 姑伴娘眠, 愛子愛女, 情在理中; 一雌一雄, 變出意外. 移幹柴近烈火, 無怪其然; 以美玉配明珠, 適逢其偶. 孔氏子因姊而得婦, 摟處子不用逾牆; 劉氏女因嫂而得夫, 懷吉士初非衒玉. 相悅爲婚, 禮以義起. 所厚者薄, 事可權宜. 令徐雅便婿裴九之兒, 並裴政改娶孔郎之配. 奪人婦, 人亦奪其婦, 兩家恩怨, 總息風波; 獨樂樂, 不若與人樂, 三對夫妻, 備諧魚水." 人雖兌換, 十六兩原只一斤; 親是交門, 五百年決非錯配. 以愛及愛, 伊父母自作冰人; 非親是親, 我官府權爲月老. 已經明斷, 各赴良期."

문: "摟"는 안다의 뜻입니까?

답: 그렇습니다.

문: "吉士"는 무슨 뜻입니까?

답: 좋은 남자입니다.

문: "樂樂"는 "즐거운 것을 즐기다"의 뜻입니까?

답: 그렇습니다.

문: "親是交門, 五百年決非錯配"는 속담입니까?

답: 아닙니다.

……[2]

문: "良期"는 결혼식을 가리킵니까?

답: 좋은 때, 즉 결혼식을 거행하는 때를 말합니다.

○取出花紅六段, 教三對夫妻披掛起來

문: "花紅"은 무엇입니까?

답: 직역을 한다면 "비녀와 붉은 명주"인데, 여기서는 "붉은 명주"로 씁니다.

주)______

1) 원작에는 "未餓"로 되어 있다.
2) 여기서 "親是交門"에 관련한 구절의 해답은 321219(일) 마스다 와타루에게 보낸 편지를 참조하시오.

9.

『금고기관』「전운한교우동정홍」轉運漢巧遇洞庭紅

○蘇州閶門外有一人

문: "閶門"은 일반 명사입니까?

답: 아닙니다.

문: 특정한 명사입니까?

답: 그렇습니다.

○ 先將禮物求了名人詩畫, 免不得是沈石田, 文衡山, 祝枝山塌了幾筆, 便直數兩銀子……

문: "免不得"은 어구 끝의 "數兩銀子"까지 관련됩니까?

답: 맞습니다. 심沈…… 등이 몇 번 붓칠을 하면 은자 몇 량의 것이 됨을 피할 수 없다 입니다.

○妝晃子弟

문: 모던 보이입니까? 귀족 자제입니까?

답: 분명하지 않습니다. 아마 후자 같습니다.

○北京微渗卻在七八月, 更加日前兩濕之氣, 鬥著扇上膠墨之性, 弄做了個"舍而言之"揭不開了……

문: "微渗"는 장마입니까, 아니면 눅눅한 날씨입니까?

답: "微渗"은 장마로 인하여 날씨가 눅눅한 것입니다.

문: "舍而言之"는 무슨 뜻입니까?

답: "한꺼번에 말하면" = 그냥 "붙어 있다"를 유머러스하게 말한 것입니다.

○但只是嘴頭子謅得來, 會說會笑, 朋友皆喜歡他有趣, 遊耍去處, 少他不得, 也只好趁日不能勾做家, 況且他自大模大祥過來的, 幫閑行裏又不十分得人有他做隊的, 要薦他坐館教學, 又有誠實人家嫌他是個雜班令, 高不湊低不就, 打從幫閑的處館的兩項人, 見了他也就做鬼臉……

문: "趁日" = 매일입니까?

답: 아닙니다. 趁日 = 하루하루 좇다 = 매일 하는 일 없이 빈둥거리다입니다.

문: "做家"는 생계를 도모하다의 뜻입니까?

답: 그렇습니다.

문: "大模大祥過來的"은 사치스런 생활이 습관이 되다의 뜻입니까?

답: 태도가 한결같이 오만하다입니다.

문: 상우인 판본은 "不十分得人有隊有他的"이고, 광이廣益 판본은 "不十分得人有他做隊的"인데 어느 것이 정확합니까?

답: 상우인 판본이 틀렸습니다.

문: "不十分得人有他做隊的"은 "사람들과 잘 어울리지 않는다", 아니면 "거의 어울리지 않는다"의 뜻입니까?

답: "人" 뒤에 마침표가 있어야 합니다. "不十分得人"은 그 사람은 사람들이 좋아하지 않는다, "有他做隊的"은 그와 같은 부류가 있다의 뜻입니다.

문: "雜班佡"은 예능인입니까?

답: 일정한 직업이 없는 사람입니다. 어떤 일이라도 모두 하는 사람 = 뭘 해도 신뢰할 수 없는 사람.

문: "打從幫閑的處館的兩項人, 見了他也就做鬼臉"은 무슨 뜻입니까? "打從"은 "……에서 말하자면"(從……而言), "……에서 보자면"(從……方面看)의 뜻입니까?

답: "打從"은 즉 "從"입니다. 전체 뜻은 다음과 같습니다. "고수鼓手와 가정교사 이 두 종류는 그를 보면 바로 괴상한 얼굴을 합니다."

○恰遇一個瞽目先生, 敲著"報君知"走將來

문: "報君知"는 어떤 종류의 소리 나는 것인가요?

답: 동라銅鑼입니다.

○看見中間有個爛點頭的棟了出來

문: 곰팡이가 난 것입니까?

답: 맞습니다.

○裏肚

문: "裏肚"는 전대입니까, 아니면 허리띠입니까?

답: 허리띠입니다.

○只見那個人接上手, 掂了一掂道: "好東西呀!" 撲地就拍開……

문: "撲地"는 "즉시", 신속한 동작을 나타냅니까?

답: 그렇습니다. 즉 "갑자기, 돌연히"입니다.

문: "撲地"는 "쿵" 하는 소리를 형용합니까?

답: 아닙니다.

○俺家頭都要買去進可汗哩

문: 우리 두목, 우리 주인이란 뜻입니까?

답: 제 생각에는 그냥 "우리"의 뜻입니다.

○眾人吃驚道: "好大龜殼, 你拖來何幹!" 他道: "也是罕見的, 帶了他去." 眾人笑道: "好貨不置一件, 要此何用." 有的道: "也有用外, 有甚公天大的疑心,

是灼他一卦, 只沒有送祥大龜藥."

문: 거북이 등딱지를 구워 갈라지는 것을 가지고 길흉을 점칠 때 "龜藥"이 필요한가요? 어떤 방법을 사용하나요?

답: 龜藥은 들어 본 적이 없습니다. 제 생각에는 아마 거북이 등딱지를 구울 때 사용하는 쑥이 아닐까 합니다.

○祖母綠

문: 녹옥(Emerald)의 일종입니까?

답: 그렇습니다.

○衆人都笑指道: "敝友文兄的寶." 中有一人襯道: "又是滯貨."

문: "襯"은 수다를 떠는 것입니까?

답: 아닙니다.

문: '말참견'입니까?

답: 그렇습니다.

○文若虛也心中鑊鐸, 忖道……

문: "鑊鐸"은 부들부들입니까? 안절부절입니까?

답: 안절부절입니다. = 갑작스럽다, 느끼다 = 이해할 수 없다.

○遂叫店小二拿出文房四寶來, 主人家將一張供單綿料紙, 折了一折

문: "供單綿料紙"는 어떤 종이입니까?

답: 계약서를 쓸 때 사용하는 종이(질긴 것으로 일본의 미쓰마타三椏에서 만든 종이와 유사).

○立合同議單張乘運等,……各無翻悔, 有翻悔, 罰契上加一. 合同爲照

문: "加一"은 갑절이 된다는 뜻입니까?

답: 아닙니다. 1할 증가합니다(십분의 일).

○況且文客官是單身, 知何好將下船去, 又要泛海回還, 有許多不便處.

문: A. "將下船去"는 배가 돌아오는 것입니까?

답: 그렇습니다.

문: 화물을 포함합니까?

답: 아닙니다.

문: B. "將下船去"는 출항하여 돌아오는 겁니까?

답: 아닙니다.

문: 화물과 무관합니까?

답: 그렇습니다.

"如何好將下船去", 어떻게 배로 갈 수 있을까.

○說得文若虛另張大趺足道: "果然是客綱客紀, 句句有理."

문: "客綱客紀"는 무슨 뜻입니까?

답: 손님의 도움, 즉 실은 손님을 돕는다는 뜻입니다.

"趺足道"(탄복하여) 발로 땅을 밟는다는 뜻입니다.[1]

○"這是天大的福氣, 撞將來的, 知何強得?"

문: "天大的福氣是撞將來的"인가요, 아니면 "這是天大的福氣, 撞將來的如何強得"인가요? "撞將來的"은 앞에 이어진 것인가요, 아니면 뒤로 이어지는 것인가요?

답: 이것은 하늘의 대운이다. 이것(=대운)은 자신에게 날아오는 것이니 어떻게 인위적으로 만드는가?

○文若虛道: "好却好, 只是小弟是個孤身, 畢竟還要尋幾房使喚的人, 才住得." 主人道: "這個不難, 都在小店身上." 文若虛滿心歡喜.

문: 어떤 것이 "小店身上"에 있나요? 상대방의 호의를 보살피는 것인가요? 아니면 "심부름하는 사람"인가요?

답: 심부름할 사람을 찾는 것입니다.

○西洋布

문: 서양 직물입니까, 아니면 "천축" 혹은 다른 지방의 직물입니까?

답: 서양의 목면 직물입니다.

○解開來只見一團線, 囊著寸許大一顆夜明珠

(마스다의 그림)

문: "편직물로 된 주머니에 한 알의 야명주가 있는 것을 보았다"입니까?

답: 문장에 불분명한 곳이 있습니다. 원문의 이해에 따르면 "실 한 꾸러미가 한 알의 야명주를 싸고 있다"는 것인데, 하지만 좀 이상합니다. 아니면 "실로 짠 주머니에 구슬이 들어 있다"고 번역할 수 있을 것 같습니다.

○咱國

문: "咱國"은 자국입니까?

답: 자신의 국가 = 나의 국가.

○道袍

문: 이 옷은 어떻게 해도 해석이 매끄럽지 않습니다. 옛사람들이 외출할 때 오늘날 상하이 거리에서 보이는 긴 겉옷("파오"袍라고 부르지 않나요?)과 같은 보통의 복장입니까? "道"는 길입니까, 아니면 도교입니까?

답: "道袍"는 보통의 옷입니다. "道"는 도교, 그러나 "도포"는 "장삼"의 뜻이며 도교와는 무관합니다.

○模出細珠十數串, 各送一串

(마스다의 그림)

문: 진주를 연결하기 위해서 구슬에 작은 구멍을 뚫어 중간을 뀁니까?

답: 맞습니다.

문: 아니면 세로로 배열(작은 구멍을 뚫지 않고)합니까?

답: 아닙니다.

○就在那裏取了家小, 立起家老, 數年間, 才到蘇州走一遭.

문: "立起家老, 數年間"이라 읽습니까, 아니면 "立起家老數年間"이라 합니까? 만약 전자라면 "家老"는 무슨 뜻입니까?

답: 전자입니다. 뜻은 그곳에서 처를 얻어 가정 관리자(늙은 부녀로 그 직책은 처를 감독하는 것이라 생각됩니다)를 두었고 이삼 년 뒤 쑤저우에 한 번 갔다.

○料也沒得與你, 只是與你要

문: "料也"는 반드시, 분명한의 뜻입니까?

답: 생각에 '아마'입니다. 料也 = 아마도 ……일 것이다.

○船上人把船後拋了鐵錨, 將椿橛泥犁上岸去釘停當了.

문: "椿橛泥犁"는 진흙을 파는 쟁기 입니까?

답: "椿橛"은 나무로 만들었습니다. "泥犁"는 진흙을 파는 쟁기의 뜻입니다. 하지만 배에서 쓰지 않고 이런 것일 겁니다(그림을 보세요). 진흙에 깊이 들어갑니다.

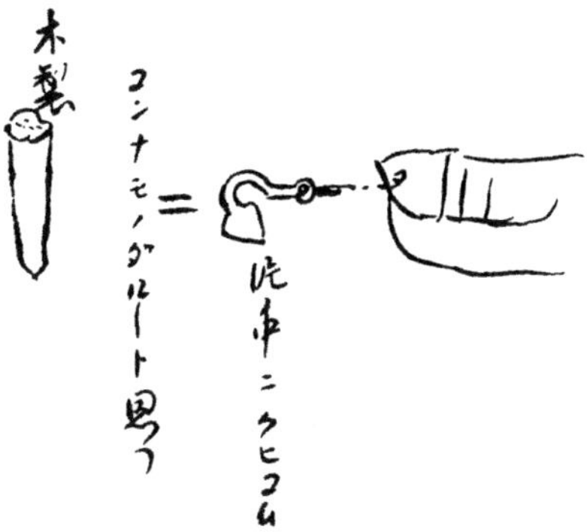

○偏要發個狠

문: 분개의 뜻입니까?

답: 분개함은 없고 자기변호의 뜻입니다. "狼"은 狠의 오기입니다. 發狠 = 작정하다.

○正是: 運退黃金失色, 時來頑鐵生輝, 莫與癡人說夢, 思量海外尋龜.

문: "癡人"은 청중을 조롱하는 겁니까? 누가 생각하는 겁니까? 화자인가요, 청자인가요?

답: 화자는 청자에게 말합니다. "운이 다한 황금도 빛을 잃는다, 때가 오면 쇠도 빛을 발한다. 어리석은 이가 바다 밖에서 거북이를 찾는 꿈이라 말하지 말라!"

주)

1) 여기서 마스다 와타루의 질문은 없고 루쉰 스스로 해석한 것이다.

10.

『유림외사』(마이선생馬二先生 음식여행과 연금술)[1]

시후의 풍경을 서술:

…… 真不教 "三十六家花酒店, 七十二座管弦樓!"

문: 시후西湖는 정말 이렇게 주점과 관현루가 많습니까? 단지 표현일 뿐입니까?

답: 표현일 뿐입니다. "백발 삼천 장"白髮三千長과 같습니다. "셀 수 없다"는 반어이지만 사실은 "말할 수 있다"와 같지요. 花酒店 = 여점원을 고용한 주점입니다. 管弦樓 = 음악을 듣는 장소 = 기녀가 모여서 노래를 부르고 공연도 하는 장소(일본의 "요세"寄席[2]?와 유사).

……年紀小的都穿些紅紬單裙子, 也有模樣生的好些的.

문: "좀 어여쁘다"의 뜻입니까? 옷, 자태를 말합니까, 아니면 얼굴입니까?

답: 얼굴입니다.

糟鴨

문: 오리를 잘게 잘라서 익힌 것을 "糟鴨"이라 합니까?

답: "糟"는 술을 만들 때 쌀에서 미주를 뽑아낸 뒤 남은 것(일본어로 뭐라 하는지 모르겠습니다)이고, "糟鴨"는 오리를 술에 절인 것입니다.

那船上女客在那裏換衣裳, 一個脫去元色外套, 換了一件水田披風, 一個脫去天青外套, 換了一件玉色繡的八團衣服.

문: “元色”은 검은색입니까?

답: 그렇습니다. “元”= 玄.

문: “水田披風”은?

답: 披風은 즉 소매가 없는 외투입니다. 水田은 그림과 같은 무늬입니다(일본어로 “시마”縞(줄무늬)라 하나요?).

(마스다의 그림)

문: “玉色繡的八團衣服”은 “옥색의 여덟 개 구 모양을 수놓다”입니까?

답: ‘옥색으로 옷 위에 여덟 개의 원형 무늬를 수놓다’입니다. 그림과 같습니다.

棺材厝基

문: 잠시 안치하는 장소입니까? 아직 매장하지 않고 임시로 안치하는 곳입니까?

왜 이렇게 하는 것이지요? 이 밖에 “棺材”는 관을 만들기 전의 재료를 말합니까?

답: “棺材厝基”는 관을 잠시 안치하는 곳입니다. 풍수가 좋은 곳을 찾아 매장하고자 하나 갑자기 찾을 수가 없어 잠시 임시로 안치하는 곳입니다. “가매장”과 같을까요(?) 사실 좋은 장소를 찾지 못할 때는 관의 네 주위를 벽돌로 두르기도 합니다. 棺材는 즉 관입니다.

靴桶

문: “靴桶”= 신발에 넣는 숨기는 것입니까?

답: 신발에 넣는 원형의 통입니다.

水磨的磚

문: “갈아서 수평으로 만든 벽돌”입니까, “물갈음한 벽돌”입니까?

답: 물을 뿌려 갈아 만든 벽돌로 매우 매끄럽게 간 벽돌입니다.

馬二先生步了進去, 看見窗櫺關著. 馬二先生在門外望裏張了一張, 見中間放著一張桌子, 擺著一座香爐, 眾人圍著, 像是請仙的意思. 馬二先生想道: “這是他們請仙判斷功名大事, 我也進去問一問.” 站了一會, 望見一個人(A)磕頭起來, 旁邊人(B)道: “請了一個才女來了.” 馬二先生聽了暗笑. 又一會. 一個(C)問道: “可是蘇若蘭?” 又一個(D)問道: “可是李清照?” 又一個(E)拍手道: “原來是朱淑貞!”

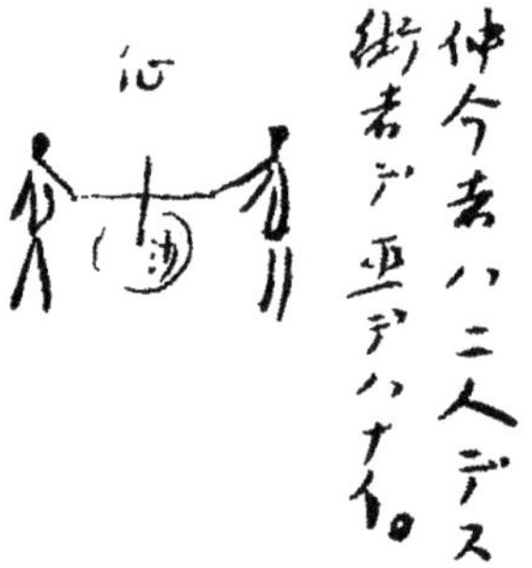

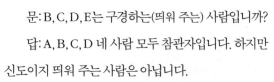

문: 이 경우 신선을 부르기 위해請仙 매개자가 되는 무당이 있습니까? A는 신선을 부르는 당사자입니까, 아니면 매개를 하는 무당입니까?

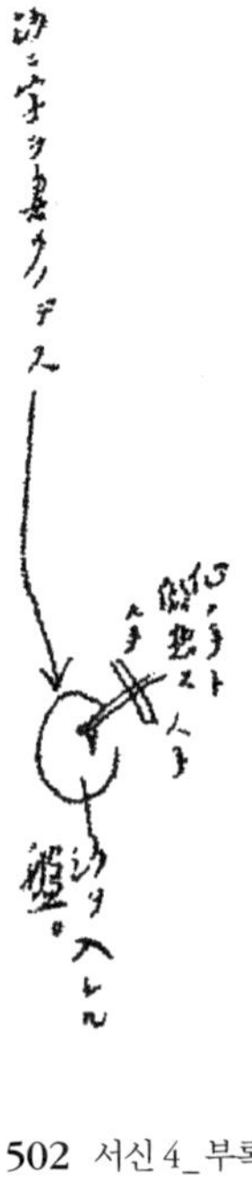

답: 중개자는 두 명입니다. “행하는 사람”이나 “무당”은 아닙니다.

문: B, C, D, E는 구경하는(띄워 주는) 사람입니까?

답: A, B, C, D 네 사람 모두 참관자입니다. 하지만 신도이지 띄워 주는 사람은 아닙니다.

一間一間的房子, 都有兩進.

문: 그림으로 “兩進”을 해석해 주십시오.

답: 그림을 보세요(오른쪽).

恰好鄉裏人棒著許多溫面薄餅來賣

문: “溫面薄餅”은 탕면과 얇은 빙입니까?

답: “溫面”[3)]은 명확하지 않습니다. 면일 것입니다. “薄餅”은 밀가루를 물로 잘 개어 얇고 둥글게 해서 냄비에 넣고 기름을 살짝 둘러 익힌 것입니다.

上寫冰盤本的二十八個大字……

문: “冰盤”은 무엇입니까?

답: “冰盤”은 가장 큰 접시(직경이 1척 5촌)입니다.

馬二先生看過『綱鑒』, 知道“南渡”是宋高宗的事……

문: 『綱鑒』은 원서명입니까, 아니면 서명이 생략된 것입니까? 누구의 저작입니까?

답: 『강감』綱鑒은 서명이 생략된 것 같습니다. 명대의 『강감정사약』綱鑒正史約(고석주顧錫疇 편찬)이 있고, 또 『강감역지록』綱鑒易知錄(오병권吳秉權 등)이 있는데 모두 비루합니다. 여기서는 후자를 말하는 것 같은데, 후자가 비교적 널리 퍼진 것 같기 때문입니다.

……不瞞老先生說, 我們都是買賣人, 丢着生意, 同他做這虛頭事. 他而今直腳去了, 累我們討飯回鄉……

문: “直腳去了”는 사망의 뜻입니까?

답: 그렇습니다.

…… 候著他裝殮, 算還廟裏房線, 叫腳子抬到清坡門外厝著. 馬二先生備個牲醴紙錢, 送到厝所, 看著用磚砌好了.

문: 안치 장소의 관을 벽돌로 견고하게 해놓나요?

답: 가까운 시일 내로 매장할 방법이 없기 때문에 벽돌로 주위를 둘러놓은 것입니다.

주)______

1) 이 부분은 『유림외사』(儒林外史) 제14, 15회의 마정이 시후에 놀러 갔다가 가짜 신선을 만난 이야기 부분을 참고하시오.
2) 만담, 재담 등을 들려 주는 장소.
3) '盪'. 원래는 '燙'이다.

11.

「가오 선생」高老夫子

…… 也許不過是防微杜漸的意思.

문: 빠르게 폭로(노출)하는 것입니까?

답: 아주 작은 것도 커다란 것으로 변하여 조금씩 나아가도 엄중한 결과를 가져온다. 따라서 "작은 것을 막아 점차 커지는 걸 막는다"이지요.

……膝關節和腿節關接二連三地屈折.

문: 이어서는 먼저 무릎 관절, 곧이어 다리 관절의 골절이라는 뜻입니까?

답: 연속으로 두세 차례 골절되다 입니다.

變戲法

문: "變戲法"은 무슨 뜻입니까?

답: "變"은 하다, 행하다, "戲法"은 마술입니다.

都罵他急筋鬼.

문: "急筋鬼"는?

답: 急筋鬼는 명확하지 않습니다. 아마 "너무 성급한 녀석"이 아닐까 합니다.

문: 이른바 담장에 쓴 "物歸原處"의 글자는 담장에 걸어 놓은 단순한 장식용 편액입니까? 아니면 편액이 아니고 담장에 직접 쓴 것입니까? 아니면 좀도둑을 막기 위한 것입니까? 담장 위에 쓴 "物歸原處"는 특수한 경우입니까, 아니면 상투적인 것입니까?

답: 아마도 낙서일 것 같고, 종이에 써서 붙일 때도 있습니다. 좀도둑을 막기 위한 것은 아닙니다. "다 쓴 것은 본래 자리에 놓으세요"의 뜻입니다. 당연히 "가져가지 마시오"의 뜻도 포함되어 있습니다.

『루쉰전집』과 「소품문의 위기」에 관하여

1.[1]

a. "阿呼, 送是什麼活阿! 八一嫂, 我自己看來倒還一個人, 會說出這樣昏誕胡塗話麼?……"

문: "我自己看來倒還一個人"은 "자기는 한 사람이고 적(즉 난리 치는 사람)은 많다"의 뜻입니까? "會說出這樣昏誕胡塗話麼"는 누가 말하는 것입니까? 팔일댁인가요?

답: 아닙니다. 뜻은 이렇습니다. 나 스스로를 보건대 나는 사람이란 말이오. 도대체 이런 멍청한 소리를 할 수 있겠어요? (즉 팔일댁은 결코 자기가 한 말이 아니라는 뜻이다. 왜냐면 그런 — 변발을 찬성하는 — 말은 사람 말 같지 않은 것이고 자신은 사람이기 때문이다.)

b. …… 在菜湯的熱氣裏…… 早先看中了的一個菜心去.

문: "菜湯"은 채소탕입니까?

답: 배추탕은 중국(남방)에서 거의 주 요리입니다. 커다란 그릇에 가득 담아 식탁 중앙에 놓는데 이때 잎은 길이가 1촌寸 정도 되게 자르는데 그래도 심은 역시 심이라 한 번 보면 알 수 있습니다. 맛이 좋아서 아이들이 다투어 먹습니다.

(마스다의 그림)

문: "菜心"은 채소(식물)의 심입니까?

답: 맞습니다.

문: “菜心”의 “菜”는 간단한 반찬의 뜻입니까?

답: 아닙니다.

c. 冰糖葫蘆

문: 아이스크림입니까?

답: 아닙니다. 과일(산사, 포도 등)을 대꼬치에 끼우고 겉면에 설탕 옷을 입힌 것입니다.

주)

1) 이 절은 세 가지 문제에 대한 대답으로 그 출전은 각기 「야단법석」, 「비누」, 「나의 실연」이다.

2.

「소품문의 위기」小品文的危机[1]

客棧裏有一間長包的房子,……煙榻……

문: “長包的房子”는 무엇입니까?

답: “長包的房子”는 매달 일정한 금액을 정해 놓은 것이 아니고 일 년 약간의 방세를 내는 것입니다. 장기로 거주하기 때문에 방세가 비교적 쌉니다. “객잔”客棧은 “하숙”이라고 번역할 수 있습니다.

癮足心閑, 摩挲鑒賞.

문: "癮足"은 아편병입니까?

답: 그렇습니다.

문: "摩挲"는 무슨 뜻입니까?

답: 세심하게 어루만지고 되풀이하여 쓰다듬는 것.

正是一榻胡塗的泥塘裏的……

문: "一榻胡塗" 자꾸 이 단어를 보면 뜻을 오히려 잘 모르겠습니다.

답: 엉망진창 혹은 형용할 말이 없다. 사실 그냥 "심각하다"의 뜻입니다. "泥塘" = 진흙투성이의 물웅덩이.

想在戰地或災區裏的人們來鑒賞罷

문: "想在"는?

답: 만약 전쟁 지구 혹은 재해 속의 사람들이 와서 감상한다고 생각(희망)한다면.

遍满小報的攤子上……

문: "小報的攤子"는?

답: "攤子"는 넓은 보행도로에 종이를 펼치고 물건을 파는 것인데 일본의 "노점"에 비해 작습니다. 일본의 잿날 때에도 있습니다.

"小報" = 사회 사건과 자질구레한 문장, 골계 등을 싣는 매체로 일간이 있고 주간도 있습니다. 이런 것은 일본에는 없는 듯합니다. 일반적으로 매회 소형 한 장 정도라 "小報"라 합니다.

已經不能在弄堂裏拉扯地的生意

문: "弄堂"은?

답: 일본어로 "요코초"橫町(골목길)입니다.

문: "拉扯"는?

답: 일본어로 "引っぱる"(끌어당기다), "生意"= 매매(여기서는 "판매측"입니다).

주)______

1) 마스다 와타루의 질문에는 다음과 같은 부기가 있다. "『문학월보』에 제가 「소품문의 위기」를 번역하기로 하여 이하 몇 가지를 부디 빠른 시간 안에 가르쳐 주시길 부탁드립니다(대단히 바쁘시겠지만 가능한 한 빨리 해주시길 부탁드립니다. 원고가 7월 12일, 13일까지라서 그렇습니다). 6월 29일.

부록 3

루쉰, 마오둔이 홍군에게 보내는 축하 편지[1)]

중국소비에트정부와 중국공산당중앙의 「항일 구국을 위해 모든 동포에게 고하는 글」과 중국공산당의 「전국 민중 각 당파 및 모든 군대에게 고하는 선언」, 그리고 중국홍군의 항일구국을 위한 전문식電文式 공문을 읽었습니다. 우리는 정중히 선언합니다. 우리들은 중공·중소의 호소를 열렬히 옹호하며, 우리는 중공·중소의 항일구국의 큰 계획이 실현되어야만 중화민족이 해방되고 자유롭게 된다고 생각합니다!

최근 홍군의 산시山西에서의 승리는 매국의 군대의 병사가 중공·중소의 이 정책을 옹호한다는 것을 증명하였습니다. 최근 베이핑, 상하이, 한커우, 광저우의 민중은 군벌의 쇠발굽 아래에서 더욱더 분발하여 반일·반파시스트의 위대한 운동을 일으켰는데, 이는 전국의 민중이 또한 중공·중소의 구국의 큰 계획을 얼마나 열렬히 옹호하는지를 증명합니다!

용감한 홍군의 장교들과 병사들이여! 당신들의 용감한 투쟁, 당신들의 위대한 승리는 중화민족해방사에서 가장 영광스러운 첫 페이지입니다! 전국의 민중은 당신들의 더욱 큰 승리를 기대합니다. 전국의 민중은 노력하고 분투하고 있으며 당신들을 위해 후원하고 당신들을 위해 성원합니다! 당신들이 한 걸음 전진할 때마다 열렬한 옹호와 환영으로 맞이할 것입니다!

전국 동포와 전국 군대의 항일 구국 대단결 만세!

중화소비에트정부 만세!

중국홍군 만세!

중화민족해방 만세!

×× ×× 1936. 3. 29.

주)

1) 이 편지는 본래 중공중앙서북국(中共中央西北局) 기관 간행물 『투쟁』의 제95기(1936년 4월 17일)에 실렸다. 기안자는 미상이다.

부록

『서신 4』에 대하여

—1936년 서신, 외국인사에게 보낸 서신 등

『서신 4』에 대하여
— 1936년 서신, 외국인사에게 보낸 서신 등

1936년 10월 19일 새벽, 루쉰은 생을 마감한다. 서신 16권은 생을 마감한 1936년 그해에 보냈던 편지와 20년대 이후 교류했던 외국인들에게 보낸 편지로 구성되어 있다. 1936년 3월에 크게 발병한 병은 좀처럼 낫지 않고 내내 루쉰을 괴롭혔기 때문에 독자들은 16권의 편지들을 편안하게 읽을 수는 없을 것이다. 병마로 인해 드리워진 죽음의 그림자 앞에서 담담히 견딘다는 것이 얼마나 어려운 일인가. 편지의 행간들 사이로 죽음의 두려움을 오롯이 견디는 한 인간의 모습이 순간순간 튀어나올 수 있다.

하지만 생의 마지막 해에 오간 편지들에는 한 사회에서 오랜 시간 삶을 견뎌 온 선생先生, 어른의 모습이 고스란히 드러나기도 한다. 사위어 가는 육신의 불꽃 앞에서도 루쉰은 끊임없이 번역을 하고 동시에 환각으로 사태를 봉합하는 숱한 미디어들의 행간을 살피며 잡문을 썼고, 또한 새로운 판화의 소통을 위해 젊은 청년들과 끊임없이 대화를 나누고 그들의 눈높이로 몸을 낮추었다. 생을 마감하기 전 3년 동안 한 일은 그 이전의 6년 동안의 총량에 비슷했으니, 1936년 그해의 편지와 30년대 교류한 외국인 편지에 나오는 루쉰의 작업은 양적으로 상당하다. 게다가 1930년대 문학장은 검열이 엄혹하여 루쉰의 모든 작업이 "족쇄를 차고 추는 춤"(360504 ① 차오바이에게)이었기에, 운신이 어려운 상황에서 글을 쓴다는 것은 생명을 재료 삼아 실을 자아내는 것일 수도 있다. 서신의 내용들은 한 사회의 견결한 영혼을 가진 어른의 자세, 즉 죽음이 목전 앞에 있으나 죽음의 두려움에 먹히지 않고, 사회를 숨쉴 수 없을 정도로 압박하고 옥죄는 그물들을 자신의 몸부림으로 숨구멍을 만들어 주고 있는 먼저 태어난 자의 모습을 보여 준다. 그래서 더욱 독자들은 이 서신을 편안하게 소일거리로 읽을 수 없을 것이다.

서신은 깊은 자의식이 드러나는 여타의 글들과 다르다. 글쓰기의 하나이지만 말을 거는 대화 상대가 분명하기 때문에 관계 속에서 감정과 생각을 다루게 된다. 뿐만 아니라 서신은 문인·학자들에게는 교우·사제 관계 속에서 서로 소통하며 학술공동체를 구성하는 동력으로 꽤 깊은 뿌리를 가진 글쓰기이기도 하다. 청대 학자 전대흔錢大昕이 평생 동안 이천 명이 넘는 학자들과 서신을 교류했던 것은 흔한 예의 하나인데, 문文의 나라에서 서신이라는 글쓰기는 문의 장이 어떻게 구성되고 움직이는지를 볼 수 있는 중요한 통로이기도 하다.

루쉰의 서신은 그런 면에서 루쉰의 다양한 네트워크와 그 속에서의 상호작용, 사회적 관계들을 볼 수 있는 중요한 자료이기도 하다. 흥미로운 것은 루쉰의 일기나 잡문보다도 서신에서 루쉰의 다양한 감정들을 엿볼 수 있다는 점이다. 분노, 피로, 소진, 애틋함 등 다양한 관계 속에서 발생하는 감정과 생각, 태도들이 서신에는 고스란히 드러난다. 아마 독자들은 루쉰의 다양한 포지션을 발견할 수 있을 것이다. 동시에 1930년대의 다양한 상호작용이 일어나는 중국의 문학장의 모습을 볼 수 있을 것이다. 생계를 짊어진 한 집안의 가장의 포지션, 즉 아들이며 남편이며 아버지이며 일가를 돌보는 집안 어른인 루쉰의 모습이 있다. 하지만 동시에 한 사회의 어른이자 선생으로서 대화를 지속해 나간다. 그것이 사실 서신 내용의 대다수이기도 하다. 1930년대를 10대로 보내는 중학생들과 서신을 주고받고, 판화 운동의 위기를 염려하며 젊은 판화가들을 독려하고, 번역·글쓰기를 막 시작한 젊은 청년들의 두드림을 권위와 권력을 가진 자의 두드림보다도 더 정중하게 대하는 태도들은 서신을 읽으면서 종종 만나게 되는 어른의 태도라 할 수 있다. 아울러 벗이 되었다가 적이 되기도 하는 변신술이 횡행하는 문단과 아카데미는 루쉰으로 하여금 적막감, 피로, 분노를 불러일으켰지만, 그는 그러한 정서가 자신을 갉아먹지 않도록 하면서 동시에 나이불문 허명虛名에만 목매는 문단과 학술의 온갖 욕망들과 싸우며 일말의 연대의 가능성을 찾는데 이러한 루쉰의 싸움 역시 마찬가지로 중요하게 읽어 보아야 한다.

16권 서신의 상당 부분을 차지하고 있는 외국인과의 서신 부분도 사실 섬세하게 읽을 필요가 있다. 외국인 서신은 흔히 아오키 마사루, 시오노야 온처럼 유명한 중국문학연구자와의 교류를 예상하겠지만 이들과의 편지는 예상보다 많지 않다. 편지의 대부분은 30년대 교류한 마스다 와타루, 야마모토 하쓰에, 우치야마 간조 등에게 보낸 것이다. 루쉰의 『중국소설사략』을 번역했던 마스다 와타루는 30년대 당시 일본의 출판·학술계가 그렇게 선호하는 인물은 아니다. 30년대 일본의 문화계에는 중국여행의 붐이 조장되고 있었고, 가이조샤改造社와 같은 출판사들은 중국여행의 붐에 기대어 문학가·학자가 중국 기행문이나 중국을 배경으로 한 소설을 쓰도록 독려하고 분위기를 조성했다. 그런 가운데 이노우에 고바이처럼 중국이나 루쉰을 블루칩으로 여기고 남들보다 재빠르게 번역하고 중국 평을 하고 유행하는 정보를 매끄럽게 실어 나르는 사람들을 선호했다.

이런 분위기를 "이노우에 선생의 기민함에 정말 놀랐습니다만 매우 유감스럽습니다", "지금 소위 중국통이 쓴 것을 보면 실수투성인데도 편안하게 출판합니다"(340425 야마모토 하쓰에에게)라고 불만을 표시한다. 이러한 불만들은 사실 많은 질문 거리를 품은 것이라 할 수 있다. 도대체 중국을 쓴다는 것은 무엇인가, 중국을 만난다는 것은 어떤 것인가. 국민국가의 틀 안에 몸을 둔 채 다른 국가의 지역/문학 연구를 하는 모든 사람에게 부여되는 근본적이면서도 괴로운 질문일 수 있기 때문이다.

> "일본의 학자와 문학자는 대체로 고정관념을 가지고 중국에 옵니다. 중국에 오면 그 고정관념과 충돌한다는 사실과 만난다는 것을 두려워합니다. 그리고 회피합니다. 따라서 와도 오지 않은 것과 같습니다. 이 점에서 평생 엉터리로 끝나게 됩니다."(320116 마스다 와타루에게)

30년대 중국의 문학장은 검열이 정교해지고 좌련 해산 이후 벗과 적이 구분되지 않은 채 사욕에 좌우되는 권력의지들이 종종 횡행했으며, 30년대 일본의 학술·문화계는 인정받고 지위를 획득하기 위한 수단으로 중국연구를 하는 사람들의 글이 종종 미디어를 채웠다. 이 모두 어쩌면 허명虛名에만 매달리는 자잘한 개인들이 구성한 네트워크, 그 속의 인간 군상의 모습일지 모른다. 루쉰의 30년대 서신에는 이처럼 중국의 안팎에서 벌어지는 개인 생존을 위한 인정투쟁이 격렬한 장, 생존주의가 지상과제가 되고 각자도생이 진리의 차원이 되어 보편의 가치를 추구하고 도모하는 것이 버려지는 상황에 대한 루쉰의 감정, 생각, 태도들이 다양한 사회적 관계와의 대화를 통해 드러나고 있다. 생기가 있고 활력이 있는 단체나 잡지는 허명만을 좇고 자신의 지위획득과 인정투쟁에만 목을 매는 사람들이 너무나도 자연스럽게 늘어날 때, 그러한 상황이 '어쩔 수 없는 것 아닌가'의 차원으로 자연스러워질 때 그 생기와 활력을 잃는다. 루쉰 서신의 대부분은 단체나 잡지가 생기와 활력을 잃어가고 개인의 생존만이 바쁘게 도모되며 이른바 공심公心이 허물어지고 사심私心만이 남으려는 상황에서 계속적으로 사람들에게 편지를 건네고 대화하고 질문하는 내용으로 가득 차 있다. 살아남는다는 것은 무엇인가, 어떠한 생존이어야 하는가.

2005년판 루쉰전집에는 식민지 조선인 신언준에게 보낸 편지가 새롭게 수록되었다. 외국인 서신편에 수록된 식민지 조선인에게 보낸 단 하나의 편지이다. 신언준은 루쉰의 이 편지를 1934년 잡지 『신동아』의 「루쉰방문기」라는 글에 실었다. 이 글에는 매우 간단하게 루쉰과 대화할 때 받은 인상이 스케치되어 있다. "그는 보기와 딴판인 建讀의 人이다. 그의 이야기하는 態度는 어린아이들과 자근자근히 속삭이는 天眞味가 있다. 아주 無邪氣하다." 생존이 너무나 처절해질 때, '삿된 마음이 없을 수'無邪氣 있을까. 식민지 조선인이 본 삿된 마음이 없는 루쉰은 1936년 생을 마감한다. 전집 16권(서신 4)은 루쉰이 마지막까지 글로 교류하며 사람들과 더불어 나눈 이야기가 담겨 있다. 그 풍부하고 복잡한 풍경들이 펼쳐지길 바란다.

옮긴이 천진

편지 수신인 찾아보기

※ 이 색인은 『서신』 1~4(루쉰전집 13~16권)에 수록된 편지의 수신인을 'ㄱㄴㄷ 순'으로 찾아볼 수 있도록 배열했습니다.

지은이 **루쉰**(魯迅, 1881.9.25~1936.10.19)

본명은 저우수런(周樹人), 자는 위차이(豫才)이며, 루쉰은 탕쓰(唐俟), 링페이(令飛), 펑즈위(豊之餘), 허자간(何家幹) 등 수많은 필명 중 하나이다.

저장성(浙江省) 사오싱(紹興)의 명문가에서 태어나 어린 시절 조부의 하옥(下獄), 아버지의 병사(病死) 등 잇따른 불행을 경험했고 청나라의 몰락과 함께 몰락해 가는 집안의 풍경을 목도했다. 1898년부터 난징의 강남수사학당(江南水師學堂)과 광무철로학당(礦務鐵路學堂)에서 서양의 신학문을 공부했고, 1902년 국비유학생 자격으로 일본으로 건너갔다. 고분학원(弘文學院)에서 일본어를 공부하고 센다이 의학전문학교(仙臺醫學專門學校)에서 의학을 공부했으나, 의학으로는 망해 가는 중국을 구할 수 없음을 깨닫고 문학으로 중국의 국민성을 개조하겠다는 뜻을 세우고 의대를 중퇴, 도쿄로 가 잡지 창간, 외국소설 번역 등의 일을 하다가 1909년 귀국했다. 귀국 이후 고향 등지에서 교원 생활을 하던 그는 신해혁명 직후 교육부 장관 차이위안페이(蔡元培)의 요청으로 난징 중화민국 임시정부의 교육부 관리를 지냈다. 그러나 불철저한 혁명과 여전히 낙후된 중국 정치·사회 상황에 절망하여 이후 10년 가까이 침묵의 시간을 보냈다.

1918년 「광인일기」를 발표하면서 본격적인 작품 활동을 시작한 그는 「아Q정전」, 「쿵이지」, 「고향」 등의 소설과 산문시집 『들풀』, 『아침 꽃 저녁에 줍다』 등의 산문집, 그리고 시평을 비롯한 숱한 잡문(雜文)을 발표했다. 또한 러시아의 예로센코, 네덜란드의 반 에덴 등 수많은 외국 작가들의 작품을 번역하고, 웨이밍사(未名社), 위쓰사(語絲社) 등의 문학단체를 조직, 문학운동과 문학청년 지도에도 앞장섰다. 1926년 3·18 참사 이후 반정부 지식인에게 내린 국민당의 수배령을 피해 도피생활을 시작한 그는 샤먼(廈門), 광저우(廣州)를 거쳐 1927년 상하이에 정착했다. 이곳에서 잡문을 통한 논쟁과 강연 활동, 중국좌익작가연맹 참여와 판화운동 전개 등 왕성한 활동을 펼쳤으며, 55세를 일기로 세상을 등질 때까지 중국의 현실과 필사적인 싸움을 벌였다.

옮긴이 **천진**

연세대학교 중어중문학과에서 『루쉰의 '시인지작'(詩人之作)의 의미 연구: 문학사 연구를 중심으로』(석사), 『20세기 초 중국의 지·덕 담론과 文의 경계』(박사)로 학위를 받았다. 지은 책으로 『중국 근대의 풍경』(공저, 2008) 등이 있으며, 주요 논문으로 「식민지조선의 지나문학과(支那文學科)의 운명—경성제국대학의 지나문학과를 중심으로」, 「'행복'의 윤리학: 1900년대 초 경제와 윤리 개념의 절합을 통해 본 중국 근대 개념어의 형성」, *The Camera in pain: memories of the Cold War in East Asian Independent Documentaries* 등이 있다.

루쉰전집번역위원회 명단(가나다 순)

공상철, 김영문, 김하림, 박자영, 서광덕, 유세종,
이보경, 이주노, 조관희, 천진, 한병곤, 홍석표